KB107374

노스트로모 1

Nostromo

세계문학전집 414

노스트로모 1

Nostromo

조지프 콘래드

이미애 옮김

민음사

"저렇게 잔뜩 찌푸린 하늘은 폭풍이 몰아치지 않고는 개지 않지."*

— 셰익스피어

---

* 「존 왕」, 4막 2장 109행.

일러두기

1 이 책은 Joseph Conrad, *Nostromo*(Oxford University Press, 1984, New Edition 2007)를 저본으로 번역했다.

2 모든 주석은 옮긴이주이다.

3 본문에 나오는 고유 명사는 모두 개정된 외래어 표기법을 따르는 것을 원칙으로 했다.

차례

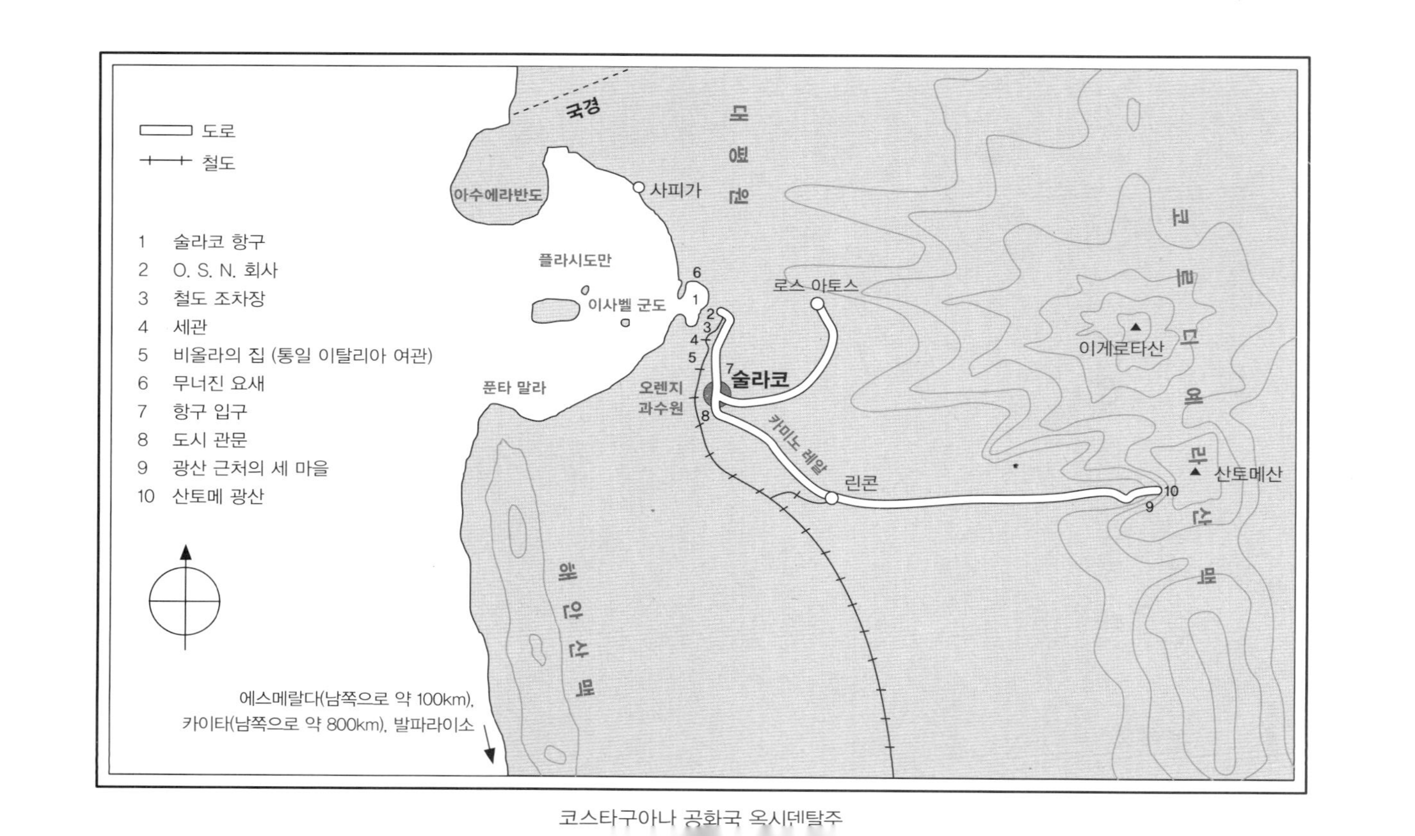

코스타구아나 공화국 오시데탈주

1부

은광

1

아름답고 울창한 오렌지 과수원이 긴 역사를 드러내기는 했어도 스페인의 통치를 받던 시절과 그 후 오랜 세월이 지나도록 술라코시는 쇠가죽과 인디고 교역이 꽤 성행한 해안의 항구에 불과했다. 쾌속 범선의 선체 선도에 기초해서 건조된 현대식 배라면 돛만 펄럭여도 앞으로 나아갈 수 있지만, 강한 바람이 세차게 불어야 움직일 수 있는 정복자들의 투박한 원해용 갤리언[1]은 바람 한 점 없이 잔잔한 술라코만에 진입하지 못한 채 멈춰 있곤 했다. 세상의 어떤 항구들은 눈을 속이는 바닷속 암초와 해안에 몰아치는 사나운 비바람 때문에 접근하기 어렵다. 하지만 술라코는 장엄한 정적이 감도는 플라시

---

1) 15~18세기의 큰 돛배.

도만의 깊은 바다에서 교역 세계의 유혹이 침범할 수 없는 성소(聖所)를 찾아냈다. 애도의 휘장처럼 구름이 드리워진 깎아지른 고봉이 벽처럼 둘러싼 가운데 그것은 마치 바다 쪽으로 트이고 지붕 없는 거대한 반원형 사원(寺院)에 들어앉아 있는 것 같았다.

코스타구아나 공화국의 곧게 뻗은 해안에서 큰 곡선을 이루며 들어간 만의 한쪽 끝에는 푼타 말라라는 작은 곶이 튀어나와 있다. 플라시도만의 한가운데서 보면 돌출된 곶이 보이지 않지만, 그 뒤의 가파른 산등성이가 하늘에 비친 그림자처럼 흐릿한 윤곽을 드러냈다.

플라시도만의 다른 쪽 끝에는 눈부시게 반짝이는 수평선에 푸른 안개 조각 같은 것이 홀로 가볍게 떠 있다. 그것은 아수에라반도로, 수직으로 깎아지른 협곡에 의해 잘라진 날카로운 바위가 암반 위에 나뒹구는 황량한 곳이다. 가시덤불에 뒤덮인 모래사장이 목처럼 가늘게 이어지다가 그 끝에서 바다로 멀리 뻗어 나간 반도는 초록 해안에서 쭉 뻗은 울퉁불퉁한 바위 머리 같았다. 물은 전혀 없다. 비가 내리면 그 즉시 빗물이 사방에서 바다로 흘러가 버렸기 때문이다. 그래서 아수에라반도는 저주를 받은 황무지처럼 풀 한 포기 키워 낼 흙도 없다는 말이 돌았다. 가난한 사람들은 마음의 위안을 얻으려는 모호한 본능으로 악과 재물을 결부시키며, 그곳에 풀 한 포기 자라지 못하는 것은 숨겨진 금단의 보물 때문이라고 말할 것이다. 인근에 사는 평민들, 농장의 날품팔이 일꾼과 해안의 평원에서 소 치는 목동, 서푼짜리 옥수수 광주리나 사탕수

수 꾸러미를 들고 몇 킬로미터를 걸어 장터에 가는 온순한 인디언들은 아수에라반도의 평평한 암반을 갈라놓은 깊은 절벽의 컴컴한 곳에, 빛나는 금덩어리가 쌓여 있다고 알고 있었다. 전하는 이야기에 따르면, 예전에 많은 모험가들이 그 금덩이를 찾으러 갔다가 목숨을 잃었다고 한다. 또한 사람들이 기억하는 바로도, 방랑하던 선원 두 명이 있었는데 아마 미국인이었을 테고 어떻든 영미계였음이 분명한 그 선원들은 노름을 일삼던 젊은 건달과 얘기를 나누게 되었고, 세 사람은 며칠분의 장작과 물 담은 부대, 식량을 운반할 당나귀 한 마리를 훔쳤다. 이렇게 준비를 갖추고 권총을 혁대에 찬 다음 그들은 출발했고 날이 넓은 큰 칼로 그 반도의 목 부분에 무성한 가시덤불을 헤치며 나아갔다.

이틀째 되는 날 저녁나절에 소용돌이 모양의 희미한 연기가(그들의 모닥불에서 나온 것일 수밖에 없었다.) 머리 모양의 바위 위에서 면도칼처럼 날카로운 산등성이 너머 하늘로 똑바로 피어오르는 것은 그곳 사람들이 생전 처음 본 광경이었다. 해안에서 5킬로미터쯤 떨어진 곳에 정박해 있던 연안 항해 스쿠너[2]의 선원들은 깜짝 놀라서 어두워질 때까지 그 연기를 바라보았다. 근처 작은 만의 외딴 오두막에 사는 흑인 어부 역시 그 놀라운 광경을 보고는 무슨 징조인지 알아내려고 지켜보았다. 해가 막 떨어질 무렵 그는 아내를 소리쳐 불렀고, 그들은 부러움과 의혹, 또 두려운 마음으로 그 기이한 징조를

2) 둘에서 네 개의 돛대에 세로돛을 단 범선.

바라보았다.

그 불경한 모험가에게선 어떤 기척도 보이지 않았다. 두 선원과 인디언, 훔친 당나귀는 두 번 다시 볼 수 없었다. 술라코 주민인 젊은 건달을 위해 그의 아내는 돈을 내고 미사를 몇 번 드려 주었다. 네발 달린 불쌍한 짐승은 죄가 없으니 아마도 죽을 수 있었을 것이다. 그러나 외국인 선원들은, 자기들이 찾아낸 보물의 치명적인 주문에 걸려 유령이 된 채로 지금도 바위틈을 떠돌고 있다고 믿어진다. 그들의 영혼은 자기들이 발견한 보물을 지키며 망보는 육신에서 떨어져 나올 수 없다. 이제 그들은 부자가 되었지만 배고픔과 목마름에 시달린다. 기독교인이라면 보물을 포기하고 풀려났겠지만, 그 집요한 외국인 유령들은 도전적인 이교도였기에 굶주리고 타들어 가는 육체 속에서 고통받는다는 이상한 이야기였다.

그렇다면 이들이 금단의 보물을 품고 있는 아수에라반도의 전설적 주민들이다. 강풍이 수면 위에 인 적이 없다고 하여 '골포 플라시도(고요한 만)'라 불리는 이 만은 한쪽 하늘에 걸린 구름과, 다른 쪽의 눈부신 수평선 언저리를 흐릿하게 하는 푸르스름하고 둥근 안개 덩어리가 양끝을 이루고 있었다.

유럽에서 술라코로 항해하는 선박들이 푼타 말라와 아수에라반도를 잇는 가상의 선을 넘어서면 그 즉시 대양에서 이는 강풍의 위력이 사라졌다. 그래서 어떤 경우에는 배를 희롱하는 변덕스러운 산들바람에 서른 시간 동안 꼼짝없이 당하기도 했다. 그들 앞에 펼쳐진 고요한 만은 일 년 내내 거의 움직임이 없는 불투명한 큰 구름 덩어리에 덮여 있었다. 어쩌다가 맑은 아침이면 만의 완만한 곡선에 또 다른 그림자가 드리웠다. 새벽이면 우뚝 솟은 코르디예라산맥의 험준하고 높은 산벽 뒤에서 빛이 새 나왔다. 해안에서부터 차츰 높이 솟아오른 숲 위로 가파른 검은 산봉우리들이 선명한 윤곽을 드러내고, 그중 이게로타의 흰 봉우리가 창공에 장엄하게 우뚝 솟아 있다. 눈 덮인 그 봉우리의 매끄럽고 둥근 마루터기에는 거대한 바윗덩어리 몇 개가 작은 흑점처럼 점점이 박혀 있다.

한낮의 태양이 플라시도만에서 산 그림자를 거두어 가면, 아래 골짜기에서 구름이 밀려 나오기 시작했다. 구름은 비탈진 숲 위로 훤히 드러난 벼랑의 험한 바위들을 거무스름한 누더기처럼 감싸 봉우리들을 감췄고, 이게로타에 덮인 눈 위에 폭풍이 휘몰아치듯 안개를 피워 올렸다. 그러면 코르디예라산맥은 거무칙칙하고 거대한 안개 덩어리에 녹아 버린 듯 자취를 감췄고, 그 안개 덩어리는 서서히 바다 쪽으로 밀려 나오다가 한낮의 타는 듯한 열기에 부딪쳐 최전선을 따라 옅은 공기 속으로 사라졌다. 안개구름의 흐릿한 언저리는 늘 만의 한가운데로 뻗어 나가려 했지만 그곳에 이르지는 못했다. 선원들은 태양이 그 구름을 덥석 먹어 버린다고 말했다. 다만 어쩌다 안개구름에서 떨어져 나온 거무칙칙한 소나기구름이 만을 질주해서 아수에라반도 너머 앞바다로 달아나면, 수평선 위로 끌려 올라와 바다와 교전하는 허공의 불길한 해적선처럼 갑자기 불꽃과 굉음을 내며 부서져 버렸다.

밤이 되면 구름 덩어리들이 공중으로 높이 솟아올라 그 밑의 고요한 만을 꿰뚫을 수 없는 어둠으로 덮어 버렸고, 그 암흑 속에서 갑자기 소나기가 쏟아지다가 그치는 소리가 여기저기서 들리곤 했다. 이 거대한 대륙의 서쪽 연안을 따라 항해하는 선원들은 실로 이처럼 짙은 구름이 깔린 밤을 잘 알고 있었다. 플라시도만이 시커먼 판초를 뒤집어쓰고 잠들면 하늘과 땅, 바다가 세상에서 완전히 사라져 버린다고 그들은 말했다. 바다 쪽으로 잔뜩 찌푸린 하늘 아래 남은 별 몇 개가 시커먼 동굴 입구를 비추듯 흐릿한 빛을 발했다. 이 방대한 공간에서는 바로 발밑에서 배가 표류해도 보이지 않았고, 머리 위에서 돛이 펄럭여도 보이지 않았다. 여기서는 인간의 손이 무슨 짓을 저지르든 하느님의 눈도 볼 수 없을 거라고 선원들은 음산하고 불경스럽게 말하곤 했다. 이런 암흑천지에서 악마의 적의가 무력해지지만 않는다면, 마음껏 악마를 불러 도움을 받아도 벌 받지 않고 넘어갈 수 있으리라는 것이었다.

플라시도만을 둘러싼 해안은 어디나 가팔랐다. 구름의 장막을 넘어선 곳에서 술라코 항구 입구를 마주 보며 햇볕을 쬐고 있는 작은 무인도 세 개는 '이사벨 군도'라고 불렀다.

큰이사벨섬과 둥그스름하고 작은 작은이사벨섬, 그리고 가장 작은 에르모사섬이었다. 에르모사섬은 수면에서 고작 30센티미터 높이에 일곱 걸음이면 가로지를 수 있는 평평한 잿빛 바위에 불과했다. 소나기가 쏟아지면 뜨거운 숯처럼 연기를 내뿜어 누구도 해가 지기 전에는 맨발로 딛고 싶지 않은 곳이었다. 작은이사벨섬에는 두껍고 불룩한 몸통에 가시가 돋아 거칠고 울퉁불퉁한 야자나무 고목이 있었다. 야자수들 사이에서 마녀처럼 보이는 그 고목의 시든 이파리들이 깔깔한 모래밭

위에서 불길하게 사각거렸다. 큰이사벨섬에는 샘이 있어 수풀이 무성한 쪽의 협곡으로 맑은 물이 흘러나왔다. 에메랄드 초록빛이 감도는 1.5킬로미터 길이의 쐐기 모양으로 바다 위에 넙죽 엎드려 있는 큰이사벨섬에는 두 산림수가 붙어 서서 매끄러운 몸통의 밑동에 그늘을 넓게 드리웠다. 덤불이 우거진 채 섬 전체에 길게 뻗은 협곡은, 높은 쪽 사면의 뒤엉킨 수풀 속에 깊이 갈라진 틈을 드러내며 건너편 얕은 구릉으로 뻗어 나가 가느다란 띠처럼 이어진 모래사장에 접했다.

큰이사벨섬의 얕은 바닷가에서 보면, 3킬로미터쯤 떨어진 해안의 완만한 곡선을 도끼로 잘라 놓은 듯 갑자기 터진 곳으로 술라코 항구가 곧바로 눈에 들어왔다. 항구는 타원형 호수처럼 보였다. 한쪽에는 관목이 밀집한 코르디예라의 지맥과 골짜기가 직각으로 해안선에 내리꽂혔다. 다른 쪽에는 술라코 대평원의 훤히 트인 들판이, 메마른 아지랑이가 오팔색으로 아른거리는 신비로운 먼 곳으로 이어졌다. 술라코시의 성벽 꼭대기, 거대한 둥근 지붕, 드넓은 오렌지 과수원의 은은히 빛나는 망루는 코르디예라산맥과 대평원 사이에 자리하고 항구와 약간 떨어져 있어서, 바다에서는 바로 보이지 않았다.

2

큰이사벨섬에서 보이는 술라코 항구 내 상업 활동의 조짐은 목제 방파제의 네모지고 뭉툭한 끝부분뿐이었다. 대양 기선 항해사(흔히 O. S. N.으로 알려진)가 코스타구아나 공화국에서 기항할 만한 항구 중 하나로 술라코를 지정하고 오래지 않아 플라시도만의 야트막한 기슭에 세운 것이었다. 공화국의 긴 해안선에는 항구가 여러 곳 있었다. 하지만 중요한 항구인 카이타를 제외하면, 남쪽으로 100킬로미터쯤 떨어진 곳에 있는 에스메랄다처럼 바위투성이 해안에 박힌 작고 불편한 항구이거나, 바람에 노출되고 파도에 침식되는 자유 정박지에 불과했다.

과거에는 상선의 접근을 막았던 기상 조건이 O. S. N. 회사로 하여금 술라코의 고요한 삶을 지켜 온 평화로운 성소를 침범할 수 있게 했을 것이다. 아수에라반도 머리 안쪽의 드넓은 반원형 바다 물결을 가볍게 찰싹이던 변덕스러운 산들바람은 그 훌륭한 회사 선박의 증기력을 막을 수 없었다. 해마다 증기선의 검은 선체가 해안선을 따라 오르내리며 들락거렸고, 아수에라반도와 이사벨 군도, 푼타 말라를 지나다녔다. 증기선들은 시간의 폭거를 제외한 모든 것을 무시했다. 신화에 나오는 온갖 이름이 붙은 선박들은 올림퍼스산의 신에게 지배받은 적 없는 해안에서 자주 듣는 말이 되었다. 유노호는 선체 중앙의 안락한 객실로 유명했고, 새턴호는 친절한 선장과 채색 후 금박을 입힌 호사스러운 살롱으로 유명했다. 반면에 가니메데호는 대체로 가축 수송에 적합하게 꾸며져 있어서 항해 사정을 잘 아는 선객들은 그 배를 꺼렸다. 해안의 궁벽한 오지에 사는 가난한 인디언도 케르베로스호를 잘 알았다. 이렇다 할 장식이나 숙박 시설도 없이 연기를 내뿜고 다니는 작고 검은 기선으로 그 배의 임무는 육지 가까이 숲이 우거진 해변을 따라 울퉁불퉁한 큰 바위들 옆으로 기어 다니며 오두막이 밀집한 곳에서 친절하게 멈추어, 건초로 묶은 1.3킬로그램 무게의 고무 뭉치에 이르기까지 토산물을 사 모으는 것이었다.

O. S. N. 상사는 아무리 작은 꾸러미라도 빠뜨리는 법이 없었고 황소를 잃어버린 적도 거의 없었으며 단 한 명의 승객도 물에 빠진 적이 없었으므로 신뢰할 만한 회사로 여겨졌다. 이 회사의 보호를 받으면 육지의 자기 집에 있을 때보다 더 안전하게 생명과 재산을 지킬 수 있다고 사람들은 말했다.

술라코에 주재하며 코스타구아나 전역의 운항을 관리하는 O. S. N.의 총감독은 회사의 위상을 무척 자랑스러워했다. 그는 "우리는 절대 실수가 없소."라는 말로 그 위상을 요약했고, 이 말을 자주 입에 올리곤 했다. 직원들은 그 말을 엄중한 명령으로 받아들였다. "우리는 어떤 실수도 해서는 안 됩니다. 저쪽에서 스미스가 무슨 짓을 하든, 여기 있는 나는 한 치의 실수도 용납하지 않겠소."

그가 한 번도 본 적 없는 스미스라는 사람은 술라코에서 2500킬로미터쯤 떨어진 곳에 주재하는 그 회사의 다른 총감독이었다. "내게 스미스 얘기는 꺼내지도 마시오."

그러고 나서 그는 갑자기 흥분을 가라앉히고 무심한 척 그 이야기를 간단히 치워 버리곤 했다.

"스미스는 이 대륙에 대해 갓난아이만큼도 모르니까."

술라코의 장사꾼들과 관리들에게 '훌륭한 미첼 씨'로 알려지고 그 회사의 선장들에게 '수다쟁이 조'로 통하는 조지프 미첼 선장은 코스타구아나 사람들과 현황, 그 나라의 제반 사정을 속속들이 꿰고 있는 것을 자랑스럽게 생각했다. 그 제반 사정 가운데 그의 회사를 질서 정연하게 운영하는 데 가장 방해가 되는 요인은 군사 혁명으로 인한 빈번한 정부 교체라고 그는 생각했다.

당시 코스타구아나 공화국 전역은 극심한 정치적 혼란에 휩싸여 있었다. 패배한 당의 망명 애국자들은 놀라운 재간으로 기선의 절반을 소총과 탄약으로 채워 다시 해안에 나타났다. 도망칠 때 무일푼이었던 그들을 생각해 보면 여간 놀라운 재주가 아니라고 미첼 선장은 생각했다. "여기서 달아날 땐 여객선 푯값 낼 푼돈도 없는 것 같았거든."이라고 선장은 말했다. 이 말은 엄연한 사실에 근거했다. 왜냐하면 타도된 정부의 술라코 관리 몇 명, 즉 주지사와 세관장, 경찰서장뿐 아니라 절대 권력자의 목숨을 구해 달라는 청을 받았던 잊지 못할 중대한 사건이 있었던 것이다. 가엾은 리비에라 씨(그가 절대 권력자였다.)는 소코로 전투에서 패한 후 그 치명적인 패전 소식보다 먼저 닿기를 바라며 산을 넘어 130킬로미터를 질주해 왔다. 하지만 당연히 절름발이 노새를 타고서는 먼저 도착할 수 없었다. 더구나 그 노새는 알라메다 거리 끝에서 그를 태운 채 숨을 거두고 말았다. 알라메다는 혁명이 잠시 소강상태일 때 저녁나절이면 가끔 군악대가 연주를 하던 곳이었다. 미첼 선장은 심상치 않은 일을 예고하듯 엄숙한 어조로 말을 잇곤 했다. "그 노새가 하필 그때 고꾸라지는 바람에 거기 탄 불운한 사람에게 관심이 쏠렸소. 혈안이 되어 관청 창문을 부수던 폭도 중에 그 절대 권력자의 군대에서 달아난 탈주병 몇 명이 그의 얼굴을 알아보았지."

바로 그날 아침에 술라코의 관리들은 일찌감치 도망쳐서 방파제 옆에 있는 견고한 O. S. N. 사무실로 피신했고, 혁명 폭도들의 손아귀에 시를 넘겨주었다. 투쟁 과정에 필요한 조치로서 가혹한 징병법을 시행할 수밖에 없었던 절대 권력자는 극심한 증오를 받고 있었으므로 폭도들에게 갈가리 찢길 가능성이 농후했다. 그 순간 다행히도 비길 데 없이 소중한 사내 노스트로모가 국립 중앙 철도를 부설하러 온 이탈리아인 기술자 몇 명과 가까운 곳에 있다가 간신히 리비에라 씨를 구해 냈다. 적어도 당분간은 구출했다. 결국 미첼 선장이 그들을 자신의 소형 보트에 태워 운 좋게도 때마침 입항 중이던 기선 미네르바호에 실어다 줄 수 있었다.

시내에서 쏟아져 나와 온 해안에 깔린 폭도들이 건물 앞에서 게거품을 물고 고함을 질러 대는 동안 선장은 이 신사들을 밧줄에 매달아 건물 뒤쪽 벽에 난 구멍으로 내려보내야 했다. 그런 다음에는 그들이 방파제를 따라 달리도록 재촉해야 했다. 생사가 달린 필사의 뜀박질이었다. 그런데 이번에도 노스트로모가, 천 명에 하나 나올까 말까 한 이 대장부가, 거룻배 사공들의 선두에 서서 폭도들이 방파제에 몰려들지 못하도록 가로막았다. 이렇게 해서 도주자들이 선박 회사 깃발을 선미에 달고 방파제 끝에서 대기하던 소형 보트까지 뛰어갈 시간을 벌어 준 것이다. 막대기와 돌과 총알이 빗발치듯 날아왔고 칼도 날아왔다. 미첼 선장은 작대기에 붙인 면도날에 찢겨 왼쪽 귀와 관자놀이에 길게 파인 흉터를 기꺼이 보여 주었다. 그의 설명에 의하면 '이 고장의 가장 저질스러운 검둥이'들이 아주 좋아하는 무기가 그것이었다.

미첼 선장은 나이가 지긋하고 통통한 사람이었다. 목 위로 높이 올라오는 각진 칼라를 달고 구레나룻을 짧게 깎았으며 흰색 조끼를 즐겨 입었다. 거드름을 피우며 과묵한 분위기를 풍겼지만 실은 무척 수다스러웠다.

"그 신사들은 토끼처럼 뛰어야 했답니다." 그는 엄숙한 눈으로 똑바로 쳐다보며 말하곤 했다. "나도 토끼처럼 달렸죠. 사실 어떤 식의 죽음은, 이를테면, 음, 점잖은 사람에게는 역겹기 짝이 없거든요. 폭도들의 마구잡이 공격에 나도 죽을 뻔했어요. 미친 폭도들은 사람을 구분하지 않으니까. 하느님의 도움으로, '카파타스 데 카르가도레스(부두 노동자들의 십장)' 덕분에 우리가 목숨을 부지하게 된 겁니다. 여기 사람들은 그를 카파타스라고 부르는데, 이탈리아 선박의 갑판장에 불과했던 그의 진가를 내가 알아보았죠. 그 배는 국립 중앙 철도가 부설되기 전에 잡다한 화물을 싣고 술라코를 찾아온 극소수의 유럽 선박 중 하나로 제노바의 큰 상선이었소. 노스트로모는 여기서 사귄 매우 점잖은 동향인의 설득으로 그 배를 떠났어요. 여기서 출세해 볼 생각도 있었을 겁니다. 나는 사람의 성격을 꽤 잘 꿰뚫어 보거든요. 그를 우리 거룻배 사공 감독으로 고용하고 선창 관리를 맡겼죠. 기껏해야 노동자 십장이었지. 그렇지만 그가 없었더라면 리비에라 씨는 이미 저세상 사람이 되었을 거요. 한 군데도 나무랄 데가 없는 이 노스트로모라는 사내는 이 시의 도둑들에게 공포의 대상이었지. 당시 온 나라에서 몰려온 도둑들과 살인자들이 여기서 들끓었거든. 폭동이 일어나기 일주일 전부터 그런 놈들이 술라코에 떼거리로 몰려들었어요. 죽음의 냄새를 맡았던 거지. 살인을 일삼는 그 폭도의 절반은 캄포[3]에서 온 직업 도둑이었소. 그렇지만 노스트로모의 이름을 들어 보지 못한 놈은 하나도 없었지. 술라코의 어중이떠중이들은 노스트로모의 검은 콧수염과

---

3) 평원 지대.

하얀 이만 봐도 기가 죽었소. 강한 성격은 그런 힘을 발휘하는 겁니다."

노스트로모가 단독으로 그 신사들의 목숨을 구했다고 말해도 무방할 것이다. 미첼 선장도 그 나름대로 기여했다. 공포에 질리고 격앙된 신사들이 안전하게 미네르바호 1등석 선실의 호사스러운 벨벳 소파에 숨을 헐떡이며 주저앉는 것을 볼 때까지 그들 옆을 떠나지 않았다. 선장은 마지막까지 잊지 않고 이전 절대 권력자를 '각하'라고 불렀다.

"그렇게 부르지 않을 수 없었어요. 그는 완전히 기가 죽어 있었거든요. 핼쑥하고 시커멓고 상처투성이인 채로요."

그때 미네르바호는 항구에 들어와서도 닻을 내리지 않았다. 총감독인 미첼 선장은 그 기선에게 즉시 출항을 명령했다. 그러니 화물을 내릴 수 없었고, 술라코에서 내릴 예정이었던 승객들은 당연히 뭍에 오르기를 거부했다. 발포 소리가 들리고 해안에서 일어나는 싸움이 똑똑히 보였던 것이다. 방파제에서 밀려난 폭도들은 힘을 모아 세관을 공격했다. O. S. N. 사무실에서 200미터쯤 떨어진 곳에 있던 세관은 창문이 많고 황량해서 미완성 건물처럼 보였는데, 항구 근처에서는 유일한 건물이었다. 미첼 선장은 미네르바호의 선장에게 코스타구아나 공화국을 벗어나 처음 기항하는 항구에 '이 신사들'을 내려 드리라고 지시한 후 자기 보트로 돌아갔고, 회사 자산을 보호하기 위해 무엇을 해야 할지 곰곰 생각했다. 선박 회사와 철도 회사의 자산은 유럽 출신의 주민들, 다시 말해 미첼 선장 본인과 철로 건설 기술자들이 각각 영국인 우두머리를 중심으로 충실하게 똘똘 뭉친 이탈리아인과 바스크인[4] 노동자들의 도움을 받아 지키고 있었다. 이 나라의 원주민인 나룻배 사공들도 십장의 지휘를 받아 처신을 아주 잘했다. 잡다한 혼혈 부랑자로 대개 흑인이었던 사공들은 시내의 값싼 럼주 술집에 드나드는 다른 무리들과 늘 앙숙이었으므로 이번에 회사의 지원을 받아 가며 개인적 원한을 풀 기회가 생기자 신나 있었다. 사공들 중에서 이런저런 경우에 자기 얼굴에 바짝 댄 노스트로모의 권총을 보고 두려움에 떨지 않거나 노스트로모의 과감한 행동에 겁을 먹지 않았던 사람은 없었다. 그들의 십장은 '대단한 사나이'였다. 그는 남을 너무나 업신여기는 기질이라서 욕설 따위는 절대 입에 올리지 않았고, 쉴 새 없이 일을 시켜 댔으며, 냉담한 태도 때문에 더 무서운 인간이라고 그들은 말했다. 그런데 보라! 이날 카파타스는 그들의 선두에 서서 으스대지 않고, 이 사람 저 사람에게 농담도 걸었던 것이다.

이런 통솔력은 그들의 사기를 북돋워 주었다. 그래서 폭도들이 입힌 손해는 사실 철도 침목 한 더미, 고작 한 더미에 불을 지른 게 전부였다. 그 침목은 크레오소트 오일이 발라져 있었기에 활활 타올랐다. 폭도들은 철도 조차장과 O. S. N. 사무실, 특히 금고에 많은 은괴가 보관되어 있다고 알려진 세관을 집중적으로 공격했지만 완전히 실패하고 말았다. 항구와 시내 사이에 외따로 서 있는, 조르조 영감의 작은 여관도 약탈과 파괴를 면할 수 있었다. 기적이 일어나서가 아니라 처음에

---

4) 스페인 서부 피레네 산지에 사는 사람들.

는 폭도들이 금고 털이를 목표로 삼았기에 그 여관을 무시해 버렸고, 나중에는 멈춰 설 틈이 없었기 때문이었다. 부두 노동자들과 함께 노스트로모가 폭도들을 너무도 맹렬히 압박한 것이다.

3

이때 노스트로모가 지킨 것은 자기 소유물뿐이라고 볼 수도 있을 것이다. 처음부터 그는 동향인이었던 여관 주인 가족과 한 식구처럼 가깝게 지냈다. 제노바 출신이었던 조르조 비올라 영감의 희끗희끗한 머리칼은 사자 갈기처럼 덥수룩했고, '가리발디노'라는 별명으로(이슬람교도들이 그들의 예언자 이름을 따서 모하메단이라 불리듯이) 간단히 불리곤 했다. 미첼 선장의 표현에 따르면, 비올라 영감은 '점잖은 가장'이었다. 그 영감의 권고 덕분에 노스트로모는 선원으로 일하던 배를 떠나 코스타구아나의 해안에서 운을 개척하게 되었다.

엄격한 공화주의자들이 흔히 그렇듯이 비올라 영감은 오합지졸을 몹시 경멸했기에 폭동이 일어날 조짐을 깨끗이 무시했다. 그날도 그는 평소처럼 슬리퍼를 끌며 집 주위를 어정버정 돌아다녔고, 혼자 분개한 어조로 어깨를 으쓱이며 정치적 목적이 없는 폭동을 업신여기는 말을 중얼거리곤 했다. 그러다가 결국 밀려오는 폭도에게 불시의 습격을 받았던 것이다. 가족을 피신시킬 시간도 없었다. 그리고 사실 뚱뚱한 테레사와 어린 두 딸을 데리고 그 넓은 평원 어디로 달아나겠는가? 그래서 노인은 입구마다 바리케이드를 친 후 낡은 엽총을 무릎에 올려놓고는 근엄한 표정으로 깜깜한 식당 한가운데 앉아 있었다. 그의 아내는 옆 의자에 앉아서 달력에 적힌 성인들의 이름을 하나하나 경건하게 부르며 기도했다.

늙은 공화주의자는 성인이나 기도를 믿지 않았다. 다시 말해 스스로 '신부들의 종교'라고 지칭한 것을 믿지 않았다. 그의 신은 자유와 가리발디였다. 그러나 여자들의 '미신'은 너그럽게 봐주었고 그 문제에 대해서는 고고한 침묵으로 일관했다.

열네 살인 큰딸과 두 살 어린 작은딸이 테레사 부인 옆의 모래 바닥에 웅크리고 앉아서 부인의 무릎에 머리를 대고 있었다. 둘 다 겁에 질려 있었지만, 각자 반응하는 방식은 달랐다. 검은 머리칼의 린다는 분개하고 성난 표정이었고, 동생인 금발의 지젤은 어리둥절하고 체념한 얼굴이었다. 안주인은 딸들을 감싸 안은 팔을 들어 한순간 성호를 긋고 재빨리 양손을 꼭 쥐었다. 그녀의 신음 소리가 조금 더 커졌다.

"아! 잔 바티스타,[5] 왜 여기 없는 거야? 왜 여기 없냐고?"

그녀는 지금 성인을 부르며 간청하는 것이 아니라 노스트

5) 세례 요한.

로모를 부르고 있었다. 노스트로모의 수호성인이 세례 요한이었다. 아내 옆에서 꼼짝 않던 조르조는 이런 비난조의 빗나간 탄식을 듣자 화가 났다.

"쉿, 여보! 그게 말이 되는 소리요? 그에게는 의무가 있소." 깜깜한 어둠 속에서 노인이 중얼거리자 아내가 숨을 헐떡이며 쏘아붙였다.

"아니! 난 못 참겠어요. 의무라니! 엄마처럼 자기를 보살펴 준 여자는 어떻게 되는 거죠? 오늘 아침에 난 그에게 무릎 꿇고 애걸복걸했어요. '제발 나가지 마, 잔 바티스타. 집 안에 있어, 바티스티노. 죄 없는 저 두 애를 보라고!'"

비올라 부인도 스페치아시 태생의 이탈리아인이었는데, 남편보다는 꽤 젊었지만 중년에 접어든 나이였다. 잘생긴 얼굴은 몸에 맞지 않는 술라코의 기후 때문에 누렇게 떠 있었다. 그녀의 목소리는 풍부한 저음이었다. 하지만 다리가 굵고 땅딸막한 중국인 하녀들이 침대보를 갈거나 닭털을 뽑거나 집 뒤편의 진흙 헛간에서 나무절구에 밀을 빻을 때면, 그녀가 풍만한 가슴 밑으로 팔짱을 낀 채 얼마나 불같이 떨리는 음산한 소리로 야단을 치는지 묶여 있던 집 지키는 개가 사슬을 덜컥거리며 개집으로서 뛰어 들어갈 정도였다. 계피 색이 감도는 피부에 이제 막 콧수염이 나기 시작하고 입술은 거무스름하고 두터운 혼혈인 루이스는 야자수 이파리를 엮은 빗자루로 식당을 쓸다가 조용히 등골을 따라 흐르는 전율이 멈출 때까지 빗질을 멈추기도 했다. 아몬드 모양의 무기력한 눈은 한참 동안 감겨 있곤 했다.

비올라 집의 일꾼이었던 이들은 그날 아침 일찍 총소리가 처음 들리자마자 모두 달아나 버렸다. 집 안에서 무사하기를 바라기보다는 평원에 숨는 편이 낫다고 생각했던 것인데 그렇다고 그들을 나무랄 수는 없었다. 왜냐하면, 사실이든 아니든 간에, 가리발디노가 부엌의 진흙 바닥 밑에 돈을 숨겨 두었다는 소문을 사람들이 대체로 믿었기 때문이다. 집 뒤편에서는 툭하면 흥분하는 털북숭이 개가 제 집을 들락거리면서 분노나 공포에 휩싸이는 대로 난폭하게 짖거나 애처롭게 낑낑거렸다.

바리케이드를 친 집 주위의 평원에서 요란한 고함 소리가 거친 돌풍처럼 터져 나왔다가 사라졌다. 함성 너머로 펑펑 쏘아 대는 총성이 일정치 않게 들려왔다. 때로 까닭을 알 수 없는 정적이 이어지기도 했다. 덧창 틈새로 들어온 햇살이 식당을 가로질러 어지럽게 쌓인 의자들과 식탁들 너머 맞은편 벽까지 직선으로 그어 놓은 가느다란 빛줄기는 더없이 화사하고 평화롭게 보였다. 조르조 영감은 회벽으로 둘러진 휑한 식당을 피신처로 택했다. 창문이 하나밖에 없고, 하나뿐인 문은 항구와 시내 사이 알로에 산울타리가 양옆에 심어진 먼지 자욱한 소로로 나 있었기 때문이다. 말 탄 사내아이들이 황소 떼를 이끌고 천천히 나아가면 투박한 짐마차가 삐걱거리며 끌려가던 길이었다.

잠시 정적이 흐르는 동안 조르조는 총의 공이치기를 잡아당겼다. 그 불길한 소리에 옆에 있던 여자의 경직된 몸에서 나지막한 신음 소리가 쥐어짜듯 흘러나왔다. 그 순간 갑자기 집 바로 옆에서 공격적인 함성이 터지더니 단숨에 투덜거리는 웅얼거림으로 가라앉았다. 집을 돌아 달려간 누군가가 문 앞을 지나며 헐떡거리는 소리가 들렸다. 벽 가까이에서 중얼거리는 쉰 목소리와 발자국 소리가 났다. 누군가 어깨를 덧창에 대는 바람에 방 안에 그어진 밝은 빛줄기가 지워졌다. 테레사 부인은 꿇어앉은 딸들을 감싸 안은 팔에 발작적으로 힘을 주었다.

세관에서 격퇴된 폭도들이 여러 패로 갈라져서 평원을 가로질러 시내 쪽으로 달아나고 있었다. 일제히 사격하는 소리가 멀리서 간간이 들리면 그에 응수하는 함성이 희미하게 들렸다. 사이사이에 단독으로 발사하는 총소리가 맥없이 울려 퍼졌다. 창문을 모두 막은 나지막하고 긴 흰색 건물은, 밀폐된 정적 주위에서 점점 반경을 넓히며 확산되는 소동의 한복판에 있는 것 같았다. 그러나 건물 벽 뒤에서 잠시라도 대피하려는 패잔병 무리의 조심스러운 움직임과 속삭임은 고요한 햇살로 줄무늬가 그어진 어둑한 방을 사악하고 은밀한 소리로 휘저었다. 비올라 가족에게는, 눈에 보이지 않은 유령들이 의자 주위를 맴돌면서 이 외국인의 집에 불을 지르는 것이 어떨지를 의논하는 웅얼거림처럼 들렸다.

참을 수 없을 만큼 등골을 오싹하게 하는 소리였다. 비올라 영감은 총을 들고 천천히 일어섰지만 폭도를 어떻게 막을 수 있을지 몰라 망설였다. 벌써 집 뒤편에서 얘기를 나누는 소리가 들렸다. 테레사 부인은 공포에 질려 제정신이 아니었다.

"아, 그 배신자! 배신자!" 그녀는 거의 들리지 않게 중얼거렸다. "이제 우린 불에 타 죽을 거야. 난 무릎 꿇고 애걸했어. 그런데도 녀석은 영국인들 뒤꽁무니를 따라갔다고."

그녀는 노스트로모가 집 안에 있기만 하면 안전했을 거라고 생각하는 것 같았다. 지금까지 그녀도 카파타스 데 카르가도레스가 독자적인 힘으로 해안과 철로 주변의 영국인들과 술라코 주민들에게서 일궈 낸 평판을 철석같이 믿었던 것이다. 그의 면전에서는, 심지어 남편의 말에 반박하면서, 늘 그의 명성을 비웃는 척했다. 때로 유쾌하게 비웃었지만 묘하게 신랄할 때가 더 많았다. 하지만 여자들은 터무니없는 생각을 잘한다고 조르조는 틈을 타 조용히 말하곤 했다. 지금도 그는 총을 앞으로 겨누고 바리케이드를 친 문에서 눈을 떼지 않은 채 아내의 머리 위로 고개를 숙이고 노스트로모도 도와줄 수 없었을 거라고 작게 속삭였다. 지붕에 불을 지르려고 달려드는 스무 명 이상의 폭도를 상대로 집 안에 갇힌 남자 둘이 뭘 할 수 있었겠소? 잔 바티스타는 우리 집을 한시도 잊지 않았을 거라고 믿소.

"우리 집 생각을 한다고요? 그 녀석이!" 비올라 부인은 미친 듯이 숨을 헐떡였다. 그러고는 펼친 두 손으로 가슴을 쳤다. "난 그를 잘 알아요. 자기 생각밖에 할 줄 모른다고요."

가까이에서 총소리가 나자 그녀는 고개를 젖히고 눈을 감았다. 조르조 영감은 흰 콧수염 밑의 이를 꽉 물고 맹렬하게 두리번거렸다. 총탄 몇 개가 벽 끝에 동시에 박혔고, 바깥벽에서 회반죽 떨어지는 소리가 들렸다. 누군가 "저놈들이 온다!"라고 비명을 지르자 한순간 불안한 침묵이 흐르더니 집 앞쪽으로 급히 달려가는 소리가 났다.

그러자 팽팽히 긴장했던 조르조 영감의 자세가 풀어졌고,

사자 머리 늙은 투사의 입술에 경멸 어린 안도의 미소가 피어올랐다. 저 폭도들은 정의를 위해 투쟁하는 투사가 아니라 도둑이었다. 저들에 대항해서 목숨을 지키려는 일 따위는, 시칠리아를 정복한 가리발디의 불후의 용사 천 명 중 하나였던 사람의 품위에 맞지 않았다. 그는 '자유'라는 단어의 의미를 모르는 불한당과 가난한 하층민이 일으킨 이런 폭동을 한없이 경멸했다.

그는 구식 총을 내려놓고 고개를 돌려 흰 벽에 걸린 검은 액자 속의 가리발디 채색 판화를 바라보았다. 강렬한 햇살 한 줄기가 그림을 수직으로 가로질렀다. 어둑한 빛에 익숙해진 그의 눈은 짙붉은 얼굴과 붉은 셔츠, 각진 어깨 윤곽, 저격병의 모자 춤 위로 말려들어간 수탉 깃털의 검은 반점을 알아보았다. 불멸의 영웅! 이것이 바로 자유였다. 생명뿐 아니라 불멸을 주는 자유!

가리발디를 향한 영감의 열광은 예전 그대로였다. 지금까지 가족과 함께 이리저리 옮겨 다니며 겪은 시련 중에서 어쩌면 가장 큰 위험에서 벗어나 한시름 놓은 순간에 그는 자신의 옛 대장, 최초이자 유일한 대장의 초상화를 바라보았고, 그런 다음 아내의 어깨에 손을 올렸다.

바닥에 꿇어앉은 아이들은 미동도 하지 않았다. 테레사 부인은 꿈도 없는 깊은 잠에 빠졌다가 남편의 손길에 깨어난 듯 눈을 가늘게 떴다. 그가 안도의 말을 차분히 꺼낼 새도 없이 그녀는 양팔로 아이들을 감싼 채 벌떡 일어섰고, 숨을 헐떡이며 거친 비명을 질렀다.

그와 동시에 덧문 바깥쪽을 거칠게 두드리는 소리가 났다. 갑자기 말의 콧김 소리와 집 앞의 좁고 단단한 길을 거칠게 짓밟는 말발굽 소리가 들렸다. 다시 덧문을 구둣발로 차는 소리가 들렸다. 발길질을 할 때마다 짤랑짤랑 박차 소리가 울렸고, 흥분한 목소리가 외쳤다. “이봐요! 이봐요, 안에 있어요?”

4

오전 내내 세관 옆에서 격렬한 난투가 벌어지는 와중에도 노스트로모는 멀리 있는 비올라의 집에서 눈을 떼지 않았다. '저기서 연기가 솟아오르면 그들은 죽은 거야.' 그는 이렇게 생각했다. 폭도들이 뿔뿔이 흩어지자마자 그는 이탈리아인 노동자 몇 명을 이끌고 비올라의 집으로 급히 말을 몰았다. 실은 그쪽 방향이 시내로 가는 지름길이기도 했다. 그가 추격한 폭도 일부는 그 집 밑에서 저항할 생각인 것 같았다. 노스트로모의 부하들이 알로에 산울타리 뒤에서 일제히 사격을 가하자 불한당들은 달아났다. 항구의 지선 철로를 놓으려고 파헤친 구덩이에 노스트로모가 은회색 암말을 타고 나타났다. 그는 고함을 질렀고 도망가는 폭도들 뒤로 총을 한 방 쏘고는 식당 창가로 성큼 달려갔다. 집 안에 있는 조르조 영감이 식당으로 피신했으리라고 생각했던 것이다.

서두르는 듯 숨 가쁜 그의 목소리가 그 가족에게 닿았다. "이봐요! 영감님! 안에 있는 가족 모두 무사하세요?"

"저거 보라고……." 비올라 영감이 아내에게 중얼거렸다.

테레사 부인은 이제 입을 다물었다. 바깥에서 노스트로모의 웃음소리가 들렸다.

"부인 숨 쉬는 소리가 아직 들리는군요."

"내가 겁에 질려 숨이 넘어가도록 넌 최선을 다했어." 테레사 부인이 소리쳤다. 그녀는 더 말하고 싶었지만 목소리가 나오지 않았다.

린다가 눈을 들어 엄마 얼굴을 잠시 쳐다보았고, 조르조 영감은 사과하듯이 소리쳤다.

"아내가 좀 화가 났다네."

바깥에서 노스트로모가 또다시 웃으며 소리쳤다.

"아무리 그러셔도 전 화나지 않아요."

테레사 부인이 다시 목소리를 냈다.

"내 말이 바로 그거야. 넌 인정머리가 없어. 양심도 없고, 잔바티스타……."

노스트로모가 덧문에서 말 머리를 돌려 멀어지는 소리가 들렸다. 그가 이끄는 무리는 흥분해서 이탈리아어와 스페인어로 왁자지껄하게 지껄이며 추격하자고 서로를 자극했다. 그는 그들의 선두에 서서 소리쳤다. "전진!"

"우리와 같이 있는 시간은 아주 잠깐뿐이군요. 여기 있어봐야 낯선 이들의 칭찬을 받지 못할 테니까." 테레사 부인이 구슬프게 말했다. "전진이라고! 그래! 저 녀석이 생각하는 건 그것뿐이지. 어딘가에서 첫째가 되는 것. 어떻게 해서든 영국인들에게 첫째가는 인물로 인정받는 것. 영국인들은 그를 누구에게나 소개하겠지. '이 사람이 바로 우리의 노스트로모요!'라고." 그녀는 음산하게 웃었다. "무슨 이름이 그렇담? 그게 뭐야? 노스트로모? 영국인들이 주는 거라면 말도 안 되는 이름[6]도 받으려는 거야."

그사이에 조르조는 조용히 걸어가서 문의 빗장을 풀었다. 햇빛이 넘치듯 쏟아져 들어와 두 딸을 옆에 끼고 의기양양하게 모성애를 드러내고 있는 아름다운 여자, 테레사 부인을 비추었다. 그녀의 뒤쪽 벽은 눈부시도록 하얗게 빛났고 가리발디 판화의 조야한 색깔이 햇빛을 받아 선명하게 빛났다.

문간에 선 비올라 영감은 머릿속에서 재빨리 스치는 생각을 벽에 걸린 초상화의 옛 대장에게 알려 주려는 듯이 팔을 쳐들었다. 그는 주로 철도 기술자들인 '영국 신사들'을 위해 요리할 때도(비록 부엌이 침침하긴 했어도 그의 요리 솜씨는 정평이 나 있었다.) 실은 그 영광스러운 전투를 지휘했던 그 위대한 인간의 눈길을 받고 있었다. 그 저주받을 피에몬테 혈통의 왕들과 성직자들만 아니었다면, 가에타 성벽 밑에서 벌어진 그 전투에서 전제 정치는 완전히 종말을 고했을 것이다. 때로 잘게 썬 양파를 맛있게 요리하는 동안 프라이팬에 불이 붙어 매운 연기가 자욱해지면 영감은 연신 기침을 해 대며 밖으로 나오

6) 노스트로모는 '우리의 사람'이란 뜻이다.

면서 저주를 퍼부었다. 그럴 때면 요리를 맡은 중국인 하녀들에 대한 악담과, 반역자들이 자유를 압살시키는 바람에 어쩔 수 없이 살아가게 된 이 야만적인 나라에 대한 악담 사이에, 왕들과 폭군들에게 매수된 교활한 밀통자의 이름, 카보르가 섞여 있었다.

그럴 때면 검은 옷을 걸친 테레사 부인이 다른 문으로 풍채 좋은 몸을 드러내고는 걱정스러운 표정으로 까맣고 섬세한 눈썹이 아름다운 얼굴을 갸웃하면서 양팔을 내뻗고 낮은 목소리로 소리쳤다.

"조르조! 열정도 넘치네요! 하느님의 자비가 내리기를! 이렇게 쨍쨍한 햇볕에서! 그러다가 병나겠어요."

그녀의 발치에 있던 암탉들은 잽싸게 사방으로 달아났다. 술라코에서 일하는 철도 회사의 기술자들이 집 안에 있었으면 젊은 영국인 한두 명은 집의 한쪽 끝에 있는 당구장에 얼굴을 내밀 것이다. 그러나 다른 쪽 끝의 식당에 있는 혼혈인 루이스는 눈에 띄지 않으려고 조심했다. 검은 말갈기 같은 머리카락에 짧고 낙낙한 치마만 입은 인디언 하녀들은 이마 위로 가지런히 자른 앞머리 밑의 멍한 눈으로 쳐다보았다. 기름이 지글거리는 소리가 멎고, 연기가 햇빛 속에 피어오르고, 타버린 양파의 강한 냄새가 졸음을 불러오는 열기에 스며들어 온 집 안을 감돌았다. 술라코 너머로 치솟은 시에라산맥과 저 멀리 에스메랄다 쪽으로 뻗어 나간 해안선 사이의 평원은 세상의 절반을 차지한 듯이 서쪽으로 방대한 풀밭이 끝없이 펼쳐졌다.

테레사 부인은 엄숙하게 말을 멈추었다가 항의했다.

"아, 조르조! 카보르는 그만 좀 들먹이고 당신 생각이나 해요. 두 애들만 데리고 이 나라에 와서 우린 어쩔 줄 모르고 있잖아요. 당신이 왕 밑에선 살 수 없다고 고집을 부리는 바람에."

남편을 바라보면서 그녀는 이따금 초조하게 허리에 손을 얹고 섬세한 입술을 잠시 삐죽거리며 곧고 검은 눈썹을 찌푸리곤 했다. 섬세하고 반듯한 그녀의 이목구비에 극심한 고통이나 생각이 어른거리는 것 같았다.

그것은 통증이었다. 그녀는 쑤시는 아픔을 억눌렀다. 처음 그 통증을 느낀 것은 이탈리아를 떠난 후 아메리카 이곳저곳을 전전하며 소규모 장사를 해 보려고 애쓰다가 마침내 술라코에 정착하고 몇 년 지나서였다. 조르조는 그 위대한 가리발디처럼 젊었을 때 선원이었기에 한번은 말도나도[7]에서 어업 조직체에 몸을 담그기도 했다.

때로 그 통증은 참을 수 없을 정도였다. 여러 해 동안 계속된 물어뜯는 듯한 통증은 울창한 숲이 이어진 산 밑에서 눈부시게 반짝이는 항구를 둘러싼 풍경의 일부가 되었다. 햇살조차 울적하고 무지근했고, 고통이 무겁게 짓눌렀다. 스페치아만의 해변에서 중년의 조르조에게 진지하고 열정적인 구혼을 받았던 처녀 시절의 햇빛과는 달랐다.

"당장 들어와요, 조르조." 그녀가 명령했다. "남들이 보면 당신이 나를 눈곱만큼도 가엾게 여기지 않는다고 생각할 거예

---

7) 우루과이의 남동쪽 해안 도시.

요. 집 안에 영국 신사가 네 명이나 있는데."

"알겠소, 알았다고." 조르조가 중얼거리곤 했다.

그는 아내의 말에 순순히 따랐다. 영국 신사들은 곧 점심 식사를 해야 했다. 그는 '무시무시한 돌풍'에 휘날리는 지푸라기처럼 폭군의 용병들을 날려 보낸 그 불멸의 무적 해방군의 일원이었다. 하지만 그것은 결혼해서 두 아이를 얻기 전의 일이었다. 또한 반역자들 사이에서 다시 독재자가 고개를 들어 그의 영웅 가리발디를 감방에 가두기 전의 일이었다.

그 집의 정면에는 문이 세 개 있는데, 오후가 되면 한 문 옆에 서 있는 가리발디노를 볼 수 있다. 덤불처럼 백발이 무성한 그는 팔짱을 끼고 다리를 꼬아 서서 사자 갈기 머리를 상인방에 기댄 채 눈 덮인 둥근 이게로타 봉우리 기슭의 비탈진 숲을 올려다보았다. 집 앞으로 긴 직사각형의 검은 그늘이 드리워지고, 땅이 무른 달구지 길 위에서 서서히 넓어졌다. 집 언저리에서 60미터 이내의 바싹 마르고 시든 평평한 풀밭에 임시로 부설된 항구 지선 철로가 나란히 반짝이며 굽이져서 협죽도 산울타리의 잘라진 틈 사이로 뻗어 나갔다. 저녁이면 술라코의 짙푸른 덤불을 돌아 항구 옆의 철도 조차장으로 가는 무개 화차의 빈 차량들이 흰 증기를 물결처럼 내뿜으며 비올라의 집 쪽으로 달려왔다. 이탈리아인 기관사들은 발판 위에서서 손을 들어 그에게 인사했고, 무심히 브레이크 위에 앉아 있던 흑인 제동사들은 넓은 모자챙을 바람에 휘날리며 똑바로 앞을 바라보았다. 조르조는 팔짱을 낀 채 고개를 옆으로 약간 까닥하면서 그들의 인사에 답하곤 했다.

폭동이 일어난 그 잊을 수 없는 날에 조르조는 가슴에 팔짱을 끼고 있을 수 없었다. 그의 손은 문지방에 세운 총대 포신을 움켜쥐고 있었다. 이게로타의 차갑고 깨끗한 흰 봉우리는 뜨거운 대지에 초연한 듯이 보였지만 그는 한 번도 올려다보지 않았다. 그의 눈은 주의 깊게 평원을 돌아보았다. 여기저기서 먼지구름이 피어올라 길게 뻗었다가 서서히 가라앉았다. 구름 한 점 없는 하늘에 걸린 태양은 눈부시도록 화창한 빛을 쏘아 댔다. 떼 지어 허둥지둥 달려가는 무리도 있었고, 다른 무리들은 멈춰 섰다. 이따금 발사된 총소리가 뜨겁고 고요한 공기에 파문을 일으키며 그의 귀에 닿았다. 혼자 걷던 사람들은 필사적으로 달음박질쳤다. 말에 탄 사람들이 재빨리 서로를 향해 질주하더니 함께 방향을 돌려 빠르게 흩어졌다. 조르조는 한 사람이 쓰러지는 모습을 보았다. 말에 탄 사람이 말과 함께 깊은 구렁에 뛰어든 것처럼 순식간에 사라졌다. 그 광경의 활발한 움직임은 거대한 정적의 화신 같은 산 아래 평원에서 말에 타거나 걸어 다니며 작은 목구멍으로 고함을 지르면서 맹렬히 싸우는 난쟁이들의 시합 같았다. 조르조 영감은 이 평원이 이렇게나 활기가 넘치는 것을 본 적이 없었다. 그의 눈으로는 세세한 부분을 한 번에 모두 포착할 수 없었다. 그는 눈 위에 손을 올려 햇빛을 가리며 바라보았고, 그러다가 갑자기 가까이에서 우레처럼 울리는 말발굽 소리를 듣고 깜짝 놀랐다.

울타리가 둘러진 철도 회사의 방목장에서 말 떼가 뛰쳐나온 것이었다. 말들은 회오리바람처럼 몰려나와 콧김을 내뿜으며 발로 차고 힝힝거리면서 철로 위로 돌진했다. 적갈색, 갈색, 회색의 말 등이 빽빽이 섞여 흔들리는 그 얼룩덜룩한 무리는 눈을 둥그렇게 뜨고 목을 길게 뺀 채로 붉은 콧구멍을 벌름거리고 긴 꼬리를 나부끼며 급히 질주했다. 말들이 길에 뛰어오르자 말발굽에서 흙먼지가 자욱하게 일었고, 조르조와 6미터도 떨어지지 않은 곳에서 흑갈색 먼지구름이 수많은 목과 궁둥이의 형체를 어렴풋이 드러내고 굴러가면서 대지를 진동시켰다.

비올라는 기침을 하며 흙먼지에서 얼굴을 돌리고 고개를 약간 저었다.

"밤이 되기 전에 말 잡으러 쫓아가겠군." 그가 중얼거렸다.

문에서 쏟아져 들어온 네모난 햇빛 속에서 테레사 부인은 의자 앞에 무릎을 꿇고 머리를 숙여 손바닥으로 감싸고 있었다. 은발이 섞인 새카만 머리카락은 둘둘 말아 올린 모습이었다. 그녀의 얼굴을 감쌌던 검은 레이스 숄은 바닥에 떨어져 있었다. 두 딸은 손을 맞잡고 서 있었고, 짧은 치마를 입은 아이들의 머리카락은 풀려서 엉클어져 있었다. 작은딸은 햇살을 보기가 겁나는 듯 손을 들어 눈을 가렸다. 린다는 동생의 어깨에 한 손을 얹고 대담한 눈으로 응시했다. 비올라는 딸들을 바라보았다.

햇빛이 그의 얼굴에 깊이 파인 주름살을 드러냈다. 억센 표정의 그 얼굴은 조각처럼 미동도 하지 않았다. 무슨 생각을 하는지 알 수 없는 얼굴이었다. 부스스한 잿빛 눈썹이 그의 어두운 눈빛에 그늘을 드리웠다.

"그래! 넌 네 엄마처럼 기도를 드리지 않을 게냐?"

린다는 새빨갛게 보이는 입술을 내밀고 삐죽거렸다. 하지만 아이의 눈은 감탄스러웠다. 눈동자가 금빛으로 반짝이는 갈색 눈은 영리하고 진지해 보였고, 너무나 맑아서 아이의 핏기 없고 여윈 얼굴을 환히 비추는 것 같았다. 거무스름한 머리칼에 구릿빛이 반짝였고, 길고 새까만 눈썹 때문에 얼굴은 더 창백해 보였다.

"엄마는 양초를 많이 바치러 성당에 가실 거예요. 노스트로모가 멀리 싸우러 갈 때는 언제나 그러시니까요. 저도 성모 예배당에 양초 몇 개 갖다 놓을 거예요."

아이는 활기차고 날카로운 목소리로 침착하고 빠르게 말했다. 그러고는 동생의 어깨를 약간 흔들며 덧붙였다.

"지젤도 하나 갖다 놓게 할게요!"

"왜 시킨다는 게냐?" 조르조가 근엄하게 물었다. "지젤은 그러기 싫다든?"

"얘는 겁이 많잖아요." 린다가 살짝 웃으며 말했다. "지젤과 밖에 나가면 사람들이 얘 금발을 보고 뒤에서 소리를 질러요. '저 금발을 봐! 저 금발 계집애 좀 보라고!' 길에서 소리를 질러 대요. 얘는 겁을 먹고요."

"그런데 넌? 너는 겁나지 않고?" 아버지가 천천히 말했다.

린다는 검은 머리카락을 흔들어 뒤로 넘겼다.

"저한테는 아무도 소리치지 않아요."

조르조 영감은 생각에 잠겨 딸들을 찬찬히 살펴보았다. 아이들은 두 살 터울이었다. 아들이 죽고 몇 년 뒤 늦은 나이에 딸들이 태어났다. 아들이 살아 있었다면 영국인들이 노스트로모라고 부르는 잔 바티스타와 나이가 비슷했을 것이다. 영감은 엄격한 성격에다 나이도 지긋하고 자주 옛 생각에 빠졌기 때문에 딸들을 그리 주목하지 않았다. 아이들을 사랑했지만 딸들은 원래 엄마와 더 가까운 법이라 믿었고, 그의 애정은 자유를 숭배하고 자유를 위해 헌신하느라 이미 많이 소진된 탓이었다.

한창 젊은 시절에 조르조 영감은 라플라타[8]로 화물을 운송하던 상선을 떠나 가리발디 휘하의 몬테비데오 해군에 입대했다. 그 후 서서히 세를 떨친 로사스 장군[9]의 폭정에 대항한 공화국의 이탈리아인 군대에 들어가서 대평원이나 드넓은 강변에서 역사상 가장 치열했던 전투에 참가했다. 그는 압제하의 이탈리아를 바라보며 절박하고 숭고한 마음으로 자유를 위해 연설하고, 자유를 위해 고통받고, 자유를 위해 죽은 사람들과 함께 생활했다. 그의 열정은 대량 학살의 현장에서, 숭고한 헌신의 실례에서, 무장 투쟁의 소음에서, 열렬히 타오르는 선언서의 언어에서 더욱 강렬해졌다. 그는 자신이 선택한 대장, 그 열렬한 독립의 사도를 절대 떠나지 않았고, 아메리카와 이탈리아에서 대장의 옆을 지켰으며, 아스프로몬테 전투가 벌어진 치명적인 날 이후에도 그랬다. 그의 영웅을 공격하여 투옥시킨 왕들과 황제들, 성직자들의 배신을 만천하에 드러낸

8) 현재의 우루과이.

9) 후안 마누엘 데 로사스(Juan Manuel de Rosas, 1793~1877). 아르헨티나의 독재자.

그 파국적 재앙 때문에 그의 마음에는 신의 정의가 실현되는 방식을 도저히 이해할 수 없으리라는 우울한 의혹이 스며 있었다.

그렇지만 그가 신의 정의를 부정하는 것은 아니었다. 그것이 실현되려면 인내심이 필요하다고 그는 말하곤 했다. 성직자를 싫어했고 교회에 절대로 발을 들여놓지 않으려 했지만 그는 신을 믿었다. 폭군에게 저항하라는 선언문은 신과 자유의 이름으로 호소하지 않았던가? "남자는 하느님을 찾고 여자는 종교를 찾는 거야." 그는 가끔 이렇게 중얼거렸다. 국왕의 군대가 팔레르모에서 철수한 후 시칠리아섬에 있을 때 거기서 만난 어떤 영국인이 이탈리아어 성경을 선물한 적이 있었다. '영국 및 외국 성경 협회'에서 발행한 검은 가죽 장정본이었다. 혁명가들이 정치적 역경에 처하거나 선언서를 내놓지 않고 침묵을 지킬 때 조르조는 선원이나 제노바 선창의 노동자로, 한번은 스페치아 근방 언덕의 농장 일꾼으로, 닥치는 대로 일하며 생계를 꾸렸고 남는 시간에 그 두꺼운 책을 탐독했다. 전쟁터에도 갖고 다녔다. 이제는 오로지 그 책만 읽었다. (활자가 아주 작은) 그 성경을 읽지 못하는 일이 없도록 에밀리아 굴드 부인이 은테 안경을 선사했을 때는 사양하지 않았다. 굴드 부인은 시내에서 15킬로미터쯤 떨어진 산의 은광을 경영하는 영국인의 아내로서 술라코에 거주하는 유일한 영국 여성이었다.

조르조 비올라는 영국인을 대단히 존중했다. 우루과이의 전쟁터에서 싹튼 그 감정은 아무리 적게 잡아도 사십 년은 족히 지속되었다. 자유라는 대의를 위해 아메리카 대륙에서 피를 흘린 영국인들이 있었는데, 그가 처음 알게 된 영국인은 새뮤얼이라는 이름으로 기억에 각인되었다. 그 영국인은 그 유명한 몬테비데오 포위 공격에서 가리발디 휘하의 흑인 중대를 지휘했고, 보야나강을 건너면서 흑인 병사들과 함께 장렬하게 전사했다. 조르조는 알페레스라는 소위 계급에 올랐고 장군을 위해 요리했다. 후에 이탈리아에서 중위가 되었고 참모들과 함께 말을 달렸지만 여전히 장군을 위해 요리했다. 롬바르디아에서 전투가 벌어지는 동안에도 줄곧 장군을 위해 요리를 담당했고, 로마로 행군할 때는 캄파냐에서 남미식으로 올가미 밧줄을 사용해서 소를 잡았다. 그는 로마 공화국을 방어하면서 부상을 입었다. 그와 도주병 세 명은 장군과 함께 움직이지 못하는 장군의 아내를 숲에서 어느 농가로 옮겼는데, 그녀는 지독히 고통스러운 퇴각으로 진이 빠져 거기서 죽고 말았다. 처참한 시간을 견디고 살아남은 그가 장군을 수행하여 팔레르모에 갔을 때, 성에서 날아온 나폴리군의 포탄이 그 도시를 강타했다. 그는 볼투르노 전장에서 온종일 전투를 치른 후에도 장군을 위해 요리했다. 어디서나 자유를 수호하는 군대의 선두에 선 영국인을 보았다. 영국인들이 가리발디를 사랑했기 때문에, 그는 그들의 나라를 존경했다. 영국의 백작 부인들과 공주들이 런던에서 장군의 손에 입을 맞추었다는 소문이 돌았는데 그는 그 소문이 진실이라고 확고히 믿었다. 그 나라 국민은 고결하고 장군은 성인이었으니까. 장군의 얼굴을 한번 보기만 해도, 그의 성스럽고 강한 신념과 이 세상의 가난하고 고통받고 억압받는 이들에 대한 크나큰 연민을 느낄 수 있었다.

혁명기의 사상과 노력에 영감을 주었던 이타적 정신과 웅대한 인도주의적 이념에 대한 소박한 헌신은 조르조의 마음에 사리사욕에 대한 준엄한 경멸 같은 흔적을 남겨 놓았다. 술라코의 하층민들에게서, 부엌에 보물을 숨겨 놓았으리라고 의심받은 이 사내는 평생 돈을 경멸했다. 젊은 시절에 그를 이끈 지도자들은 가난하게 살았고 가난하게 죽었다. 그는 내일을 무시하는 성향이 있었다. 그 습성은 흥분과 모험, 거친 전투로 이어진 생활에서 비롯되기도 했지만 대체로는 원칙의 문제였다. 그것은 앞날을 개의치 않는 용병의 태평함과는 달랐다. 오히려 청교도 신앙처럼 준엄한 열정에서 태어난 청교도적 행위 원칙이었다.

대의를 위한 엄격한 헌신은 조르조의 노년에 암울한 그림자를 드리웠다. 그 대의가 실패한 것만 같았기 때문이다. 하느님이 인간을 위해 창조하신 이 세상에는 아직도 너무나 많은 왕과 황제가 번영을 누리고 있었다. 그는 자신이 별거 아닌 인물이라는 사실에 슬픔을 느꼈다. 그는 늘 자발적으로 동포를 도우려 했고, 어디서 살든(그는 망명 중이라고 했다.) 이탈리아 이주민들에게서 큰 존경을 받았다. 하지만 그들이 폭정에 짓밟힌 국민의 폐해를 외면하고 있다는 점은 그 역시 인정하지 않을 수 없었다. 그들은 그가 들려주는 전쟁 이야기에 흔쾌히 귀를 기울였지만 결국 그 전쟁에서 무엇을 이루었냐고 묻는 것 같았다. 그들이 보기에는 아무 결실도 없었다. "우리는 그 무엇도 원하지 않았네. 모든 인간에 대한 사랑 때문에 고통받은 걸세!" 때로 격분해서 그는 이렇게 소리치곤 했다. 그럴 때 그의 힘찬 목소리와 번뜩이는 눈, 흔들리는 백발, 하늘을 증인으로 내세우려는 듯이 위로 쳐든 힘줄이 드러난 갈색 손은 듣고 있던 사람들에게 깊은 인상을 남겼다. '하지만 자네들에게 말해 봐야 무슨 소용이 있겠나?'라고 말하는 듯이 노인이 갑자기 말을 끊고 고개를 홱 돌리며 팔을 휘저으면, 그들은 팔꿈치로 서로를 꾹꾹 찔렀다. 조르조 영감에게는 강렬한 감정, 그 나름의 독특한 확신, 그들이 '무시무시한 것'이라 부른 무언가가 있었다. 그들은 그를 '늙은 사자'라고 불렀다. 말도나도에 살 때 그는 사소한 사건이나 우연한 말 한마디를 계기로 해안가의 이탈리아인 어부들에게 이야기를 늘어놓곤 했다. 후에 발파라이소에서 작은 가게를 꾸릴 때는 동포 손님들에게 이야기를 들려주었다. 이제는 저녁에 카사 비올라의 한쪽 끝 식당에서(다른 쪽은 영국인 기술자들의 숙소로 쓰였다.) 단골 기관사들과 철로 작업장의 십장들에게 느닷없이 이야기를 늘어놓곤 했다.

햇볕에 그을린 잘생기고 여윈 얼굴에 윤기 도는 검은 고수머리, 반짝이는 눈에 가슴이 넓고, 수염을 기르거나 때로 귓불에 작은 금귀고리를 단 철도 작업장의 고급 기술자들은 카드 게임이나 도미노 게임을 하다가 고개를 돌려 그의 이야기를 들었다. 간간이 섞여 있는 금발의 바스크인들은 그동안 불평 없이 기다리며 그의 손을 주시했다. 코스타구아나의 원주민은 그곳에 낄 수 없었다. 그곳은 이탈리아인들의 요새나 다름없었다. 술라코의 경찰도 야간 순찰을 돌 때 말발굽 소리를 죽이고 안장 위에서 고개를 숙여 창문 너머로 자욱한 담배 연기에 감싸인 사람들의 머리를 힐끗 쳐다보고는 조용히 지나갔다. 조르조 영감이 들려주는 연설조의 단조로운 이야기는 그들을 지나 멀리 평원에서 가라앉는 것 같았다. 어쩌다가 경찰서장의 보좌관이 식당에 들어오곤 했는데, 인디언의 피가 많이 섞인 가무스름하고 체구가 작은 그 신사는 얼굴이 넓적했다. 그는 바깥의 부하에게 말을 맡긴 뒤 자신만만하고 교활한 미소를 띠고 들어와서 아무 말 없이 긴 탁자로 걸어가서는 선반에 진열된 술병 중 하나를 가리켰다. 그러면 조르조는 돌연 파이프를 입에 물고 직접 시중을 들었다. 짤랑거리는 작은 박차 소리 외에는 사방이 조용했다. 보좌관은 잔을 비우고 천천히 방 안을 샅샅이 둘러본 다음 밖으로 나갔고 천천히 말을 달려 시내 쪽으로 돌아갔다.

5

지방 관리가 '진보적이고 애국적인 사업'을 위해 땅을 파고 바위를 폭파하고 기관차를 운전하는 건장한 외국인들 사이에서 권력을 과시하는 방법은 그런 것밖에 없었다. 열여덟 달 전에 코스타구아나의 절대 권력자, 돈 빈센트 리비에라 각하는 철도 기공식에 참석해서 대단한 연설을 하면서 국립 중앙 철도를 바로 그렇게 묘사했다.

리비에라는 기공식에 참석하려고 일부러 술라코에 왔다. 뭍에서의 행사가 끝난 후 1시에 O. S. N. 회사가 유노호에서 제공한 선상 연회가 열렸다. 미첼 선장은 깃발로 뒤덮인 화물 거룻배를 직접 조종했고, 유노호의 증기선에 예인된 그 거룻배로 각하를 부두에서 태워 유노호에 모셨다. 술라코의 유명 인사는 모두 초대되었다. 외국인 상인 한두 명, 당시 시내에 살던 유서 깊은 스페인계 가문의 대표자들, 평원의 대토지를 소유한 대지주들이었다. 지주들은 정중하고 예의 바르며 소박하고 손발이 작은 순수 혈통의 신사로서 보수적이고 인심 좋고 친절했다. 옥시덴탈주는 그들의 본거지였다. 지금은 그들의 블랑코[10] 당이 승리하여 권력을 잡고 있었다. 그들의 대통령이자 절대 권력자는 블랑코 중에서도 순수한 블랑코로서, 우호적인 두 외국 대표자 사이에 앉아서 점잖게 미소 짓고 있었다. 그 대표자들은 자국의 자본이 유입된 사업을 지지하기 위해 산타마르타[11]에서 대통령과 함께 왔다.

좌중에 숙녀라고는 산토메 은광의 경영자 돈 카를로스의 아내인 굴드 부인뿐이었다. 술라코의 숙녀들은 그 정도 공적 행사에 참석할 만큼 세련된 매너를 갖추지 못했다. 전날 밤 주(州) 청사에서 열린 대규모 무도회에 열성적으로 참석했던 숙녀들 중에, 철로의 첫 삽을 뜨는 의식이 거행된 부둣가의 나무 그늘 아래 심홍색 테이블보가 덮인 연단에 나타난 사람은 굴드 부인뿐이었다. 그녀는 대통령-절대 권력자의 뒤에 늘어선 검은 코트들 사이에서 화사한 홍일점이었다. 굴드 부인은 저명인사들로 가득한 거룻배에 휘날리는 화려한 깃발 밑에서 키를 잡은 미첼 선장의 바로 옆 상석에 앉았다. 유노호의 길고 화려한 홀에 모인 칙칙한 무리에 실로 축제 분위기를 살

10) '백색'을 뜻하며 콜로라도스(적색)와 대립되는 정당. 19세기 라틴 아메리카에서 적색당은 자유주의, 평민, 국가 주권을 옹호하는 당을 자처했고, 블랑코 당은 질서와 가톨릭 신앙을 옹호하는 보수주의 당으로 간주되었다.
11) 가상의 나라인 코스타구아나 공화국의 수도.

려 준 것은 그녀의 산뜻한 드레스뿐이었다.

런던에서 온 철도 회사의 수석 회장은 창백하고 잘생긴 얼굴에 턱수염이 짧고 희끗희끗한 은발의 신사였는데, 몸은 지쳤지만 부인 옆을 맴돌면서 미소 띤 얼굴로 관심을 기울였다. 런던에서 산타마르타까지 우편선을 타고 산타마르타에서 해안선 (지금까지 유일한 철도였던) 특별 객차로 오는 여행은 견딜 만했고 쾌적하기도 했다. 그러나 낡은 승합 마차를 타고 코르디예라산맥을 넘어 술라코로 오는 여정은 무시무시한 낭떠러지가를 돌아 통행할 수 없는 길을 따라오는, 전혀 색다른 경험이었다.

"아주 깊은 골짜기 기슭에서 마차가 하루에 두 번이나 뒤집히기도 했답니다." 그는 낮은 목소리로 굴드 부인에게 말했다. "마침내 여기 도착했을 때 부인께서 친절하게 환대해 주시지 않았다면 우리가 어떻게 됐을지 모르겠어요. 술라코는 정말 외진 곳이에요! 항구로 봐도 그렇고요! 놀라운 곳입니다!"

"네, 그렇지만 저희는 이곳을 아주 자랑스럽게 생각한답니다. 역사적으로 중요한 곳이거든요. 예전에 두 교회 총독의 재임 기간 중에 최고 종교 재판소가 여기 있었어요." 그녀는 쾌활하게 알려 주었다.

"놀랍군요. 헐뜯을 생각은 아니었어요. 부인은 이곳을 아주 사랑하시는 모양입니다."

"무척 아름다운 곳이에요. 주위 환경만 봐도 그렇고요. 제가 여기서 얼마나 오래 살았는지 모르시겠죠."

"얼마간 거주하셨는지 궁금하군요." 그는 잔잔한 미소를 띠고 그녀를 바라보며 중얼거렸다. 굴드 부인은 민감하고 영리한 얼굴 덕분에 젊어 보였다. "여기에 종교 재판소를 다시 세울 수는 없습니다만, 기선과 철로, 전신선은 점점 많아질 겁니다. 미래의 위대한 세계는 과거의 수많은 교회 조직을 합친 것보다 더 크고 무한한 가치를 갖게 될 겁니다. 부인께서는 두 분 총독보다 더 대단한 것과 접촉하실 거예요. 하지만 해안가에 위치한 지역이 세상과 이렇게 단절되어 있을 줄은 몰랐어요. 1500킬로미터쯤 떨어진 내륙에 있다면 모를까. 참으로 놀랍습니다! 과거 백 년간 여기서 무슨 일이든 일어난 적이 있습니까?"

그가 농담조로 천천히 말하는 동안 부인은 미소를 머금고 있었다. 물론 아무 일도 없었다고 그녀는 반어적으로 동의했다. 그녀가 살아오는 동안 혁명이 두 번 일어났지만, 혁명도 술라코의 평화를 존중해 주었기에 술라코는 평화로웠다. 코스타구아나 공화국에서 혁명이 일어난 곳은 인구가 밀집한 남부와 산타마르타의 드넓은 계곡이었다. 그 계곡은 전리품을 쟁취하고 바다로 나아가는 출구를 얻기 위해 수도를 차지하려는 여러 당파의 격렬한 투쟁으로 인해 거대한 전쟁터나 다름없었다. 그곳 사람들은 훨씬 더 진보적이었다. 여기 술라코에는 그 거창한 구호의 메아리만 들려왔다. 물론 혁명이 일어날 때마다 관리들은 매번 바뀌었다. 그들은 철도 회사 회장이 목숨을 걸고 팔다리가 부러질 위험을 무릅쓰면서 낡은 승합 마차를 타고 횡단한, 바로 그 험준한 산을 넘어 술라코에 왔다.

철도 회사 회장은 며칠간 굴드 부인의 극진한 대접을 받으며 진심으로 고마워했다. 산타마르타를 떠난 후로는 이국적인 환경에서 유럽식 생활 감정과 완전히 단절되어 있었던 것이다. 수도인 산타마르타에 체류할 때는 공사관의 손님으로서 돈 빈센트 정부의 각료들과 협상하느라 분주하게 지냈다. 각료들은 교양 있는 사람들이어서 문명국의 사업 조건을 모르지 않았다.

당시 회장이 가장 염려한 것은 철로 부설을 위한 용지를 확보하는 일이었다. 이미 단선 철도가 개통된 산타마르타 계곡의 주민은 상대하기 쉬웠고, 토지 가격이 문제였다. 토지 가격 책정을 위한 위원회가 구성되었고, 어려운 문제가 있으면 위원들이 적절히 뇌물을 써서 해결했다. 그러나 옥시덴탈주의 발전을 위해 철도 부설이 계획된 술라코에는 애로 사항이 있었다. 이 지역은 수 세대에 걸쳐 자연의 장벽 뒤에 감춰져 있었다. 깎아지른 산의 절벽들과 구름에 뒤덮여 늘 고요한 만을 품고 있는 얕은 항구, 비옥한 토지를 소유한 대지주들의 미개한 마음이 현대적 사업을 배척해 왔다. 돈 암브로시오스나 돈 페르난도처럼 유서 깊은 스페인계 귀족인 그 지주들은 자기 땅에 철도가 놓이는 것을 정말 싫어하고 불신하는 듯했다. 그 지역의 여기저기에서 토지 측량 기사들이 폭력적인 위협을 받고 물러난 일도 있었다. 엄청난 토지 보상금을 요구하는 경우도 있었다. 그러나 철도 회사 회장은 어떤 비상사태라도 감당할 역량이 있다고 자부해 왔다. 술라코의 맹목적인 보수 세력의 적대적 감정에 맞닥뜨렸으므로 그도 자신의 권리만 주장하기 전에 감성적 접근으로 문제를 타결하려 했다. 정부는 새 철도 회사 위원회와 맺은 계약에서 분담한 역할을, 무력을 동원하는 한이 있더라도 수행해야 한다. 그러나 그는 자기 계획을 원활히 수행하기 위해 무장 소요가 일어나는 것은 절대 바라지 않았다. 그 계획은 너무도 방대하고 원대하며 유망한 것이었으므로 사방팔방으로 손을 써야 했다. 그래서 그는 대통령-절대 권력자가 술라코 부둣가의 기공식 행사에 참석하고 연설함으로써 그 행사의 정점을 찍는 장면을 상상했다. 결국 돈 빈센트라는 인물은 그들이 만들어 낸 사람이었다. 그 대통령은 이 나라 최고 요소들의 승리를 구현한 인물이었다. 그것은 사실이었다. 사실이란 것이 의미가 전혀 없는 것이 아니라면, 그 인물의 영향력은 실제로 존재해야 하고 그가 직접 행동한다면 자신이 기대하는 타협을 얻어 낼 수 있으리라고 존 경은 속으로 따져 보았다. 그는 아주 영리한 변호사의 도움을 받아서 대통령의 여행을 성사시킬 수 있었는데, 산타마르타에서 그 변호사는 술라코의 가장 큰 회사이자 공화국 전체로 봐도 큰 사업체인 굴드 은광의 대리인으로 알려져 있었다. 실로 굴드 은광은 어마어마한 광물을 보유한 광산이었다. 대리인이라는 사람은 교양 있고 유능한 남자였는데 관직이 없는데도 정부의 최고 권력층에게 놀라운 영향력을 행사하는 것 같았다. 그는 대통령-절대 권력자가 술라코를 방문할 거라고 존 경에게 장담했다. 다만 몬테로 장군이 동행하겠다고 우기는 것이 유감이라고 대화 도중에 덧붙였다.

몬테로 장군은 투쟁 발발 시기에 공화국의 황량한 동부 전선에서 근무하던 무명의 육군 대위였다. 그런데 그가 리비에라 당파에 가담하기로 결정할 당시의 특별한 상황 덕분에 그의 변변치 않은 지지는 예상 밖의 중요한 결과를 낳았다. 전쟁터에서 그는 믿을 수 없을 정도로 운이 좋았고, 리오 세코에서 (하루 종일 필사적으로 싸운 후) 거둔 승리는 결정적으로 그의 출셋길을 열어 주었다. 귀족 혈통은 아니지만 결국 장군이 되었고, 국방 장관이자 블랑코 당의 군사 고문이 되었다. 사실 몬테로와 그의 남동생은 고아였고 한 유명한 유럽 여행가의 아낌없는 후원 덕에 교육을 받았다. 그들의 부친은 그 여행가에게 고용되어 일하다가 목숨을 잃었다는 소문이 있었다. 또 다른 소문은 그 부친은 숲에서 숯을 굽는 사람이었고 그들의 모친은 먼 내지 태생의 세례받은 인디언 여자였다고 전한다.

사실이 어떻든 간에, 코스타구아나 신문은 전투가 시작될 무렵 몬테로가 블랑코 세력에 합류하려고 군사령부를 떠나 숲을 행군해 온 사건을 '현대의 가장 영웅적인 군사적 공적'이라고 미화하곤 했다. 거의 그때쯤 유럽에 주재하는 어떤 영사의 비서였던 그의 동생이 등장했다. 그 동생은 부랑자를 몇 명 모아 게릴라의 우두머리가 되어 재주를 부렸고, 전투가 끝났을 때 그 보상으로 수도군 사령관직을 얻었다.

이렇게 되어 국방 장관은 절대 권력자를 수행하여 술라코에 왔다. O. S. N. 회사의 위원회는 공화국의 이익을 위해 철도 회사와 협력해 왔으므로 이 특별 행사를 위해 귀빈들이 우편선 유노호를 이용하도록 편의를 제공하라고 미첼 선장에게 지시했다. 돈 빈센트는 산타마르타에서 남쪽으로 내려가 코스타구아나의 중요한 항구인 카이타에서 배에 탔고 해로로 술라코에 도착했다. 하지만 철도 회사 회장은 흔들리는 승합 마차를 타고 용감하게 산맥을 넘었는데, 도로를 최종적으로 측량하고 있는 수석 기술자를 만날 생각이었기 때문이다.

그는 자금을 동원하면 자연의 적의는 언제나 극복할 수 있다고 생각하는 사업가라서 자연의 풍광에 극히 무관심했지만, 자기 회사 철도가 부설될 최고 지점에 설치된 측량 캠프에서 잠시 머무는 동안 주위 경관에 깊은 인상을 받지 않을 수 없었다. 그는 그곳에서 하룻밤을 보냈는데 간발의 차이로 늦게 도착하는 바람에 이게로타의 눈 덮인 산등성이에 퍼지는 석양의 마지막 붉은 여운을 보지 못했다. 기둥처럼 생긴 검은 현무암 덩어리들이 열린 문처럼 서쪽으로 완만하게 비탈진 새하얀 들판의 한 부분을 둘러싸고 있었다. 고산 지대의 투명한 공기 속에서는 모든 것이 아주 가깝게 느껴졌고 무게 없는 액체에 잠긴 듯 청명한 정적에 잠겨 있었다. 거친 돌집 문간에 서서 귀를 곤두세우고 승합 마차 소리를 기다리던 수석 기술자는 드넓은 산비탈에서 시시각각 달라지는 색조를 찬찬히 바라보면서, 숭고한 음악에서 그렇듯 이 풍경에서도 지극히 미묘하게 변하는 표현과 거대하고 장엄한 효과를 동시에 볼 수 있다고 생각했다.

존 경은 너무 늦게 도착하는 바람에 시에라산맥의 높은 봉우리들 사이에서 울리는, 귀에 들리지 않는 장엄한 석양의 노래를 듣지 못했다. 그가 뻣뻣한 다리로 어렵사리 승합 마차에서 내려 수석 기술자와 악수를 나누기 전에, 석양은 노래를 끝내고 바람 한 점 없는 깊은 어스름에 잠겨 버렸다.

회장의 저녁 식사가 차려진 오두막은 커다란 입방체 바위처럼 보였고 두 입구에는 문도 없고 창문도 없었다. 바깥에서 활활 타는 (저 아래 가장 가까운 계곡에서 노새 등에 실어 온) 장작의 환한 불빛이 오두막 안에 너울거렸다. 회장에게 경의를 표하려고 불을 붙였다는 양철 촛대의 양초 두 개가 투박한 야전용 식탁에 놓여 있었다. 회장은 수석 기술자의 오른쪽에 앉았다. 그는 호감 사는 법을 알고 있었다. 선로 측량 작업에서 인생의 첫 발을 내디디며 황홀한 매력을 느끼던 젊은 토목 기사들도 동석하여 햇볕에 그을려 반들반들해진 얼굴로 겸손하게 회장의 말에 귀를 기울였고, 그처럼 대단한 인물에게서 그토록 자상한 모습을 목격하게 된 것을 기뻐했다.

그런 후 회장은 밤이 이슥하도록 바깥에서 수석 기술자와 거닐며 긴 이야기를 나누었다. 회장은 오래전부터 그 기술자를 잘 알았다. 불과 물처럼 기본적으로 다른 재능을 가진 두 사람이 서로 협력해서 일을 도모한 것은 이번이 처음이 아니었다. 세상을 동일한 시각으로 보지 않는 이 두 사람의 접촉에서 세상에 봉사하는 힘이 생겨났다. 그것은 강력한 기계와 인간 근육을 작동시킬 수 있는 미묘한 힘이었고, 또한 그런 일에 대한 무한한 헌신을 인간의 가슴에 일깨울 수 있는 힘이었다. 선로 측량이 인생의 행로를 긋는 일이라고 여기던 식탁의 젊은이들 중에서 이 사업이 끝나기 전에 죽음을 맞을 사람이 하나둘이 아닐 것이다. 하지만 이 일은 완성될 것이다. 그 추진력은 신앙심 못지않게 강력할 것이다. 그렇지만 온전히 그렇다고는 볼 수 없을 것이다. 현무암 절벽에 둘러싸인 넓은 경기장의 바닥처럼 보인 고갯마루의 달빛 어린 캠프에서 모두들 잠들어 고요한 가운데, 두꺼운 외투를 입고 어슬렁거리던 두 사람이 걸음을 멈췄고, 수석 기술자의 목소리가 똑똑히 들렸다.

"우리가 산을 옮길 수는 없습니다!"

존 경은 고개를 들어 그가 가리키는 곳을 바라보면서 그 말의 의미를 실감했다. 하얀 이게로타 산봉우리가 달빛 아래 얼어붙은 둥근 돔처럼 어둠에 잠긴 바위와 흙 위에 우뚝 솟아 있었다. 사방이 고요했다. 이윽고 돌들을 거칠고 엉성하게 원형으로 쌓은 캠프 축사의 벽 뒤에서 짐 나르는 노새가 앞발을 구르고 숨을 깊이 내쉬는 소리가 두 번 들렸다.

수석 기술자의 이 말은, 술라코 지주들의 편견을 고려해서 철로를 변경할 수도 있지 않느냐는 회장의 가설적 제안에 대한 답변이었다. 수석 기술자는 인간의 고집을 뚫고 나아가는 게 다른 장애물을 뚫는 것보다 쉽다고 믿었다. 더욱이 인간이라는 장애물과 싸울 때는 찰스 굴드의 대단한 영향력을 동원할 수 있지만, 반면에 이게로타산 밑에 터널을 뚫는 것은 어마어마한 작업일 터였다.

"아, 그래! 굴드라. 그는 어떤 사람인가?"

존 경은 산타마르타에서 찰스 굴드에 대한 이야기를 많이 들었고 더 자세히 알고 싶었다. 수석 기술자는 산토메 은광 경영자가 스페인계 신사들에게 엄청난 영향력을 행사할 수 있다고 장담했다. 또한 굴드는 술라코의 가장 멋진 저택 중 하나를 소유하고 있는데 그 집안의 극진한 손님 접대는 아무리 칭찬해도 부족할 정도라고 했다.

"굴드 부부는 저를 오랜 지인처럼 환대해 주었습니다." 그가 말했다. "그 자그마한 안주인은 친절의 화신이었어요. 저는 그 댁에서 한 달쯤 머물렀습니다. 굴드 씨는 측량 팀의 구성을 도와주셨고요. 산토메 은광의 실제 소유주이기 때문에 그분의 위상은 특별합니다. 지방 관리들을 모두 그분 말에 귀 기울이게 할 수 있죠. 그리고 이미 말씀드렸듯이, 새끼손가락 하나만 움직여도 그 지역 귀족을 전부 구슬릴 수 있습니다. 회장님께서 그분의 충고를 따르시면 애로 사항이 다 해결될 겁니다. 굴드 씨는 철도가 부설되기를 바라니까요. 물론 말씀하실 때 주의하셔야 합니다. 그는 영국인이고 게다가 어마어마한 부자니까요. 홀로이드 상사가 그분을 도와 광산에 투자했습니다. 그러니 아시겠지만……."

나지막한 축사 우리 밖에서 타오르던 작은 장작불 앞에서 판초를 목까지 두른 남자가 일어나자 수석 기술자는 말을 멈췄다. 그 남자가 베개로 삼은 안장이 붉은 깜부기불을 배경으로 땅 위의 검은 점처럼 보였다.

"미국을 거쳐 돌아가는 길에 홀로이드를 직접 만날 걸세." 존 경이 말했다. "홀로이드도 철도를 원한다는 걸 확인했네."

가까이에서 말소리가 들리는 바람에 잠이 깼을 그 남자는 땅바닥에서 몸을 일으켜 담뱃불을 붙이려고 성냥을 그었다. 그 불꽃에 검은 구레나룻과 구릿빛 얼굴, 똑바로 응시하는 눈이 드러났다. 그는 몸을 덮었던 것을 정리하고 드러누워 안장에 머리를 얹었다.

"저 사람이 캠프 책임자입니다. 이제 저희는 산타마르타 계곡을 측량하러 갈 거라서 그를 술라코로 돌려보내야 합니다." 그 기사가 말했다. "아주 쓸모 있는 친구죠. O. S. N. 회사의 미첼 선장이 빌려준 사람입니다. 친절하게도 미첼이 직접 제안해 주셨죠. 그 제안을 받아들이는 것이 최선이라고 찰스 굴드 씨가 말씀하시더군요. 저 친구는 노새 몰이꾼과 날품팔이 일꾼들 다루는 법을 잘 아는 것 같습니다. 일꾼들이 전혀 문제를 일으키지 않았죠. 저 친구와 우리 철도 노동자 몇 명이 회장님께서 타실 승합 마차를 술라코까지 호위할 겁니다. 몹시 험한 길입니다만, 저 사람이 옆에 있으면 놀랄 일이 한두 번 줄어들 겁니다. 완전히 하산할 때까지 회장님을 친아버지처럼 보살펴 드리겠다고 약속했어요."

그 캠프 책임자는 술라코의 유럽인들이 미첼 선장의 잘못된 발음을 따라서 노스트로모라고 부르는 이탈리아 선원이었다. 과묵하고 민첩한 그 남자는, 존 경이 나중에 굴드 부인에게 직접 말했듯이, 험한 산길에서 그를 실로 극진히 보살펴 주었다.

6

당시 노스트로모는 미첼 선장이 스스로 발굴한 인물의 비범한 가치에 대한 평가를 최고치로 끌어올릴 만큼 이미 그 나라에서 오래 살아왔다. 분명 그는 매우 귀중한 직원 중 하나였고, 그런 사람을 고용하고 있다는 것은 당연히 자랑스러운 일이었다. 미첼 선장은 사람 보는 눈이 있다고 자부했다. 그렇지만 그는 이기적이지 않았으므로 순진하게 우쭐하는 마음에서 "내 부하인 부두 노동자 십장을 빌려 드리죠." 하는 열광적인 버릇을 키워 갔다. 그런 까닭에 노스트로모는 일종의 만능 일꾼으로서 오래지 않아 술라코의 모든 유럽인과 개별적으로 접촉하게 되었다. 그는 자신의 영역에서 비범할 정도로 유능한 사람이었다.

"그 친구는 몸과 마음을 바쳐 내게 헌신하고 있다네!" 미첼 선장은 이렇게 단언하곤 했다. 왜 그래야 하는지는 설명할 수 없었지만, 그들의 관계를 살펴보면 그 말을 의심하기 어려웠다. 모니검 의사처럼 신랄한 괴짜만 제외하면 말이다. 그 의사의 짧고 냉소적인 웃음에서는 어쩐지 인간에 대한 엄청난 불신이 드러났다. 그렇다고 모니검 의사가 웃음이 헤프거나 수다스러운 사람은 아니었다. 그는 기분이 가장 좋을 때 지독히도 과묵했다. 그의 기분이 최악일 때 사람들은 그에게서 경멸적 언사가 노골적으로 쏟아져 나올까 봐 두려워했다. 인간의 동기를 불신하는 그를 적절히 억제할 수 있는 사람은 굴드 부인뿐이었다. 그러나 그가 한번은 (노스트로모와 무관한 어떤 기회에 자기 나름으로는 부드러운 어조로) 부인에게도 이렇게 말했다. "사실 사람이 다른 사람을 자기보다 더 낫게 평가해야 한다는 건 말도 안 되는 요구입니다."

그때 굴드 부인은 서둘러 화제를 돌렸다. 그 영국인 의사에 대해서는 기이한 소문이 돌았다. 여러 해 전 구스만 벤토가 집권하던 시절에 의사가 어떤 음모에 연루되었는데 그 음모가 발각되는 바람에 피바다가 되었다고 사람들은 수군거렸다. 그의 머리칼은 희끗희끗했고, 수염 없는 벽돌색 얼굴에는 흉터 자국이 있었다. 그가 걸친 큰 체크무늬 플란넬 셔츠와 낡고 얼룩진 파나마모자는 술라코의 인습에 노골적으로 도전하고 있었다. 그의 옷이 얼룩 하나 없이 깨끗하다는 사실만 아니라면, 그는 세계 도처의 이국적 지역에 거주하는 점잖은 외국인 집단에서 눈에 거슬리는 변변치 못한 유럽인 중 하나로 보였을 것이다. 콘스티투시온가(街)를 따라 이어진 발코니를 꽃처럼 예쁜 얼굴로 장식한 술라코의 젊은 아가씨들은 체크무늬 플란넬 셔츠에 짧은 리넨 재킷을 아무렇게나 걸치고 고개를 푹 숙인 채 절뚝거리며 지나가는 모니검 의사를 보면 수군대곤 했다. "의사 선생님이 에밀리아 부인을 방문하러 가시나 봐. 짧은 코트를 입으셨잖아." 이런 짐작은 옳았다. 의사의 차림새에는 아가씨들의 단순한 머리로는 알 수 없는 깊은 의미가 있었다. 더욱이 아가씨들은 의사에 대해 깊이 생각해 본 적이 없었다. 늙고 못생긴 데다 유식하고 괴짜였다. 대개의 사람들이 의심했듯이 마술사 같은 면모가 있는 것은 아니더라도 '로코', 즉 제정신은 아닌 사람이었다. 짧고 흰 그의 재킷은 사실 굴드 부인의 인간적 감화력에 대한 순종의 징표였다. 회의적이고 신랄한 말을 일삼는 의사는 그 고장에서 영국 숙녀로 알려진 굴드 부인의 성품을 깊이 존경했는데 이를 어떻게 표현해야 할지 알지 못했다. 그래서 그 방법으로 매우 진지하게 존경심을 표현했다. 그것은 그와 같은 습성을 가진 사람에겐 하찮은 일이 아니었다. 굴드 부인도 그것을 잘 알았다. 그녀는 이처럼 각별한 경의의 표현을 그에게 강요할 생각이 결코 없었을 것이다.

굴드 부인은 스페인풍의 고택(술라코의 가장 훌륭한 저택 중 하나)을 늘 개방해 왔고 일상적인 소소한 친절을 베풀어 주었다. 그녀는 진정한 가치를 예민하게 감지했기에 그에 따라서 소박하고 우아하게 친절을 베풀었다. 그녀는 인간적 교제를 나누는 재능이 뛰어났고, 그 사교술의 특징은 미묘하고 섬세한 헌신과 넓은 이해심의 암시였다. 다른 남자들처럼 찰스 굴드(코스타구아나에 정착한 지 삼대째에 이른 굴드 집안은 교육을 받거나 아내를 얻기 위해 늘 영국에 갔다.)는 자신이 아가씨의 건전한 상식에 반했다고 생각했다. 하지만, 가령, 시에라의 높은 봉우리 사이에 설치된 측량 캠프의 젊은이들 중 가장 어린 청년부터 나이 지긋한 수석 기술자까지 누구나 기회만 있으면 굴드 부인의 집을 종종 언급한 것은, 정확히 말해서 부인의 건전한 상식 때문이 아니었다. 술라코 너머의 설선 언저리에서 그녀를 아주 생생히 떠올리는 대화가 오간다고 누군가 말해 준다면, 그녀는 깜짝 놀라서 잿빛 눈을 크게 뜨고는 나지막이 웃으며 자기는 그들을 위해 해 준 것이 전혀 없다고 항변했을 것이다. 그러고는 재빨리 재치를 발휘해서 이렇게 설명했을 것이다. "물론 그 청년들은 우리 집에서 조금이나마 환영을 받고는 무척 놀랐을 거예요. 향수병에 걸렸던 거죠. 누구나 늘 조금은 고향을 그리워하잖아요."

그녀는 고향을 그리워하는 사람을 늘 안쓰러워했다.

찰스 굴드는 자기 아버지처럼 코스타구아나에서 태어났다. 하지만 훤칠한 키에 각진 어깨, 붉은 콧수염과 말끔한 턱, 맑고 푸른 눈, 적갈색 머리칼에 여위고 생기 넘치는 불그레한 얼굴이어서 바다 건너에서 방금 도착한 사람처럼 보였다. 그의 할아버지는 볼리바르[12] 휘하의 영국 군대에서 독립이라는 대의를 위해 싸웠고, 카라보보의 전쟁터에서 그 위대한 해방자

---

12) 시몬 볼리바르(Simón Bolívar, 1783~1830). 스페인 군대에 대항해서 베네수엘라, 콜롬비아, 파나마, 페루, 볼리비아 등 남미의 독립 전쟁을 이끈 지도자.

는 그 유명한 영국 군대를 조국의 구세주라고 칭송했다. 찰스 굴드의 삼촌 중 하나는 연방제 시절에 바로 술라코주(당시에는 주로 불렸다.)의 주지사로 선출되었고, 이후 야만적인 통일주의자 장군, 구스만 벤토의 명령에 의해 교회 벽 앞에서 총살되었다. 구스만 벤토는 나중에 종신 대통령이 되었고 무자비하고 잔인한 폭정으로 악명을 떨쳤다. 산타마르타의 성모 몽소승천 교회의 회중석에 있는 벽돌 무덤에서 악마가 직접 시신을 꺼내 줘서 땅 위를 떠도는 비참한 유령이 되었다는 대중적 전설로 절정에 오른 바로 그 구스만 벤토였다. 신부들은 큰 제단 앞 흉물스러운 벽돌 무덤의 옆면에 뚫린 구멍을 들여다보려고 몰려든 겁먹은 맨발의 대중에게 시신이 없어진 사건을 적어도 그렇게 설명했다.

잔인한 고(故) 구스만 벤토는 찰스 굴드의 삼촌 외에도 많은 사람을 죽였다. 그러나 술라코의 과두제 지지자(구스만 벤토 시절에는 그런 말이 사용되었지만 지금은 '블랑코'라 불렸고 연방주의 이념을 포기했다.), 즉 귀족 집단의 대의를 위해 순교한 친척이 있는 순수한 스페인계 집안들은 찰스 굴드를 자신들의 일원으로 여겼다. 돈 카를로스 굴드는 그런 집안 내력이 있었기에 어느 누구보다 코스타구아나인이라고 볼 수 있었다. 그러나 외모는 영국인의 특징이 너무 뚜렷했기에 보통 사람들은 그를 '잉글레즈', 즉 술라코의 영국인이라고 불렀다. 그는 술라코에 전혀 연고가 없는 이교도 순례자, 우연한 여행객들보다도 더 영국인처럼 보였다. 바로 얼마 전에 도착한 젊은 철도 기술자들보다도 더 영국인처럼 보였고, 발간 후 두 달쯤 지나서 아내의 응접실에 배달되는 수많은 《펀치》[13]의 사냥터 사진에 박힌 그 누구보다도 영국인 같았다. 그가 (원주민들이 카스티야라고 하는) 스페인어나 그 지역민의 인디언 방언을 아주 자연스럽게 말하는 것을 들은 사람들은 놀라지 않을 수 없었다. 그의 억양은 전혀 영국인의 억양이 아니었기 때문이다. 그러나 코스타구아나에서 독립운동가나 탐험가, 커피 농장주, 상인, 혁명가로 살아온 굴드 집안의 조상들에게는 어딘가 지워지지 않는 특성이 남아 있어서, 독특한 승마술을 자부하는 아메리카 대륙에서 삼대에 걸쳐 살아왔어도 그 집안의 유일한 대표자인 굴드가 말에 올라타면 여전히 철두철미한 영국인처럼 보였다. 말 타는 법을 아는 사람은 세상에 자기들밖에 없다고 생각하는 '라네로', 즉 대평원 주민들이 조롱의 의도로 하는 말은 아니었다. 찰스 굴드는, 고상하게 표현하자면, 켄타우로스[14]처럼 말을 탔다. 그에게 승마는 특별한 운동이 아니라, 심신이 건강한 사람이 똑바로 걷는 것처럼 그저 자연스러운 능력이었다. 하지만 그럼에도, 바퀴 자국이 파인 달구지 길 옆에서 광산을 향해 천천히 말을 달릴 때 수입한 마구를 단 말에 영국제 옷을 입고 앉아 있는 그의 모습은, 바로 그 순간 지구 반대편의 초록빛 초원에서 곧바로 코스타구아나에 와서 편안한 속보로 달리는 것처럼 보였다.

그는 옛 스페인 도로, 흔히 '카미노 레알'[15]이라 불리는 큰

---

13) 19세기 영국에서 발간된 유명한 풍자 잡지.

14) 그리스 신화에 나오는 반인반마의 괴물.

15) 왕도라는 의미.

길을 따라 달렸다. 그것은 조르조 비올라 영감이 증오한 왕권이 유일한 흔적으로 남긴 실체와 이름이었다. 이 땅에서 그 왕권은 그림자마저도 완전히 사라졌다. 알라메다(가로수 길) 입구에 나무들을 뒤로하고 높이 솟은 샤를 4세의 크고 하얀 기마상은 지역민들과 그 받침대 옆 계단에서 노숙하는 거지들에게 그저 '돌덩이 말'로 알려져 있었다. 부서진 포장도로 위에서 신속히 말발굽 소리를 울리며 왼쪽으로 돌아선 또 다른 카를로스, 영국제 옷을 입은 돈 카를로스 굴드는 가난한 노숙자들이 자는 층계 위의 받침대에서 말고삐를 잡고 깃털 달린 육중한 모자챙 쪽으로 대리석 팔을 들어 올린 기마 왕과 마찬가지로 주위와 어울리지 않았지만, 그래도 훨씬 편안해 보이는 모습이었다.

비바람에 얼룩진 기마 왕 동상은 인사하는 몸짓을 살짝 드러내면서 자신의 이름도 앗아 간 정치적 변화에 대한 헤아릴 수 없는 심정을 드러내는 것 같았다. 그러나 잘 알려진 인사로서, 한쪽 눈이 하얀 날렵한 청회색 말에 영국제 코트 차림으로 앉은 활기차고 예리한 다른 기수도 자신의 감정을 적나라하게 드러내지 않았다. 그의 마음은 유럽에서 익힌 냉정하고 확고한 사적, 공적 예절에 감춰진 듯이 차분한 평정함을 잃지 않았다. 아름다운 눈동자만 살아 있는 흰 석고상처럼 보일 때까지 얼굴에 연백분을 덕지덕지 바르는 술라코 숙녀들의 충격적인 화장술이든, 그 지역의 특이한 뒷공론이든, 끊임없이 이어지는 정치적 격변이든, 부단한 '구국' 운동이든, 그는 다 똑같이 침착하게 받아들였다. 그의 아내에게는 그런 정변이나 구국 운동이 비행 청소년들이 끔찍하게도 진지하게 저지르는 철없고 살기등등한 살인이나 약탈처럼 보였다. 코스타구아나에 처음 정착했을 때 이 자그마한 숙녀는 그 나라에서 일어나는 떠들썩한 사건들이, 그에 따른 잔혹한 수법이 동원되어야 할 만큼 진지한 것으로 보이지 않아 분노하며 두 손을 꽉 움켜쥐곤 했다. 그런 사건들에서 유치한 거짓 핑계로 점철된 코미디밖에 볼 수 없었고, 경악을 금치 못하는 자신의 분노 외에는 진정한 것을 찾을 수 없었다. 찰스는 긴 콧수염을 조용히 잡아 비틀면서 그런 사건들에 대한 대화를 거부하곤 했다. 그렇지만 한번은 아내에게 부드럽게 말한 적이 있었다.

"여보, 당신은 내가 여기서 태어났다는 사실을 잊은 것 같구려."

이 말이 갑작스러운 계시라도 된 듯이 부인은 잠시 생각에 잠겼다. 어쩌면 이 나라에서 태어났다는 사실 자체가 엄청난 차이였을지 모른다. 그녀는 남편을 깊이 신뢰했다. 한결같이 큰 믿음이었다. 처음 만났을 때부터 그의 감상적이지 않은 성향과 차분한 마음에 깊은 인상을 받았고, 그녀는 그것이 인생을 살아가는 데 필요한 능력을 완벽하게 보여 주는 증거라고 마음에 새겨 두었다. 길 건너편에 사는 이웃 돈 호세 아베야노스는 교양 있는 시인이자 정치가로서 조국을 대표하여 유럽의 몇몇 궁정에 체류한 (독재자 구스만 벤토 시절에는 국사범으로 몰려 이루 말할 수 없는 고초를 겪은) 적이 있는데, 카를로스야말로 진정 애국적인 영국인의 특성을 다 갖고 있다고 에밀리아 부인의 응접실에서 주장하곤 했다.

굴드 부인은 여위고 붉게 그을린 남편의 얼굴을 올려다보았다. 애국심에 대한 찬사를 틀림없이 들었을 텐데도 그의 얼굴에는 미세한 흔들림조차 없었다. 그는 방금 광산에서 돌아와 말에서 내렸을 것이다. 한낮의 가장 뜨거운 열기도 개의치 않고 말을 달릴 만큼 영국인다웠다. 흰 리넨 제복에 붉은 허리띠를 두른 바실리오가 안뜰에서 주인의 발뒤꿈치 뒤에 쭈그리고 앉아 무겁고 뭉툭한 박차 끈을 풀어 주면 그 경영주는 계단을 올라 주랑에 들어섰다. 아치 기둥 사이의 난간에 여러 줄로 늘어선 항아리 속 식물의 이파리와 꽃이 무성하게 늘어져서 저 아래 안뜰에서는 주랑이 보이지 않았다. 돌바닥 위에서 시시각각 달라지는 빛과 그림자가 집 안에 고요히 흐르는 시간을 알려 주는 주랑의 공간은 실로 남아메리카 가정의 난롯가라고 해도 무방했다.

아베야노스 씨는 거의 매일 5시면 안뜰을 건너오곤 했다. 돈 호세가 티타임에 맞춰 건너온 것은 에밀리아 부인 집의 영국식 티파티가 세인트 제임스 궁정의 전권 공사로서 런던에서 지냈던 시절을 상기시켜 주기 때문이었다. 그는 차를 좋아하지 않았다. 그래서 대개는 미국제 흔들의자에 앉아서 말끔하게 광나는 작은 구두를 발판 위에 엇갈리게 올린 채 양손으로 찻잔을 오래 잡고는 그 연배의 사람으로는 놀랍게도 사근사근한 말솜씨로 얘기를 이어 가곤 했다. 짧은 머리칼은 새하얗고 눈은 칠흑처럼 검었다.

그는 찰스 굴드가 응접실에 들어오자 고개를 끄덕여 인사하고는 웅변조로 늘어놓던 이야기를 계속했다. 그러고 나서 굴드에게 말을 걸었다.

"이보게, 카를로스, 이 무더운 대낮에 산토메에서 말을 달려 왔군. 참으로 언제나 영국인답게 행동한단 말이야. 아니라고? 뭐라고 했나?"

아베야노스 씨는 차를 단숨에 들이켜고는 늘 살짝 몸서리를 쳤다. 자기도 모르게 '브르르르' 소리가 나지막하게 새어 나왔다. "아주 맛있군!" 하고 얼른 감탄사를 덧붙여도 그 소리는 감출 수 없었다.

그러고 나서 노인은 젊은 벗이 미소 지으며 내민 손에 빈 찻잔을 건네주고, 미국에서 수입된 흔들의자에 몸을 기대고 앞뒤로 흔들면서, 산토메 광산의 애국적 요소에 관해 장황한 말을 이어 가며 유창하게 이야기하는 소박한 기쁨을 누렸다. 호세 씨 머리 위로 굴드 저택에서 가장 큰 응접실의 흰 천장이 멀리 뻗어 나갔다. 천장이 워낙 높아서 곧은 등받이에 가죽 쿠션을 댄 묵직한 스페인제 갈색 걸상과 사방에 쿠션을 댄 나지막한 유럽식 가구들은 철제 스프링과 말총이 터질 듯이 채워진 땅딸막한 괴물처럼 왜소해 보였다. 작은 탁자들에는 장식용 골동품이 놓이고, 대리석 콘솔 위의 벽에는 거울이 붙어 있었다. 두 세트의 안락의자 밑에는 네모난 카펫이 깔리고, 각각 깊고 푹신한 소파가 하나씩 놓여 있었다. 붉은 타일 바닥 여기저기에 작은 양탄자가 깔리고, 바닥에서 천장까지 이어진 창문 세 개가 발코니 쪽으로 열려 있으며, 창가에는 칙칙한 커튼 주름이 수직으로 늘어져 있었다. 은은한 앵초꽃 색깔이 감도는 높고 매끄러운 네 벽 사이에 과거의 장중한 품위가 남아 있었다. 윤기 흐르는 머리칼을 감아올리고 부드러운 모슬린과 레이스에 감싸여 가느다란 마호가니 탁자 앞에 앉아 있는 굴드 부인은 경쾌한 자세로 은그릇과 사기그릇에 감미로운 미약(媚藥)을 조제해 담는 요정처럼 보였다.

굴드 부인은 산토메 광산의 역사를 잘 알았다. 광산 개발 초기에 대체로 노예들의 등을 채찍으로 휘갈겨 채취한 광물은 그 무게만큼의 인간 뼈를 대가로 치렀다. 은 채굴 과정에서 몇몇 인디언 부족이 전멸하기도 했다. 그러고 나서 광산은 폐기되었다. 그런 원시적인 방법으로는 인간의 시신을 아무리 많이 구렁에 내던져도 수익이 나지 않았던 것이다. 그 후 광산은 잊혔다. 그것이 다시 발견된 것은 독립 전쟁이 끝난 다음이었다. 어느 영국 회사가 광산 개발권을 얻었고 대단히 풍부한 광맥을 발견했던 것이다. 연이어 들어선 정부들의 부당한 요구가 이어지고 광부를 모집한 관리들이 스스로 조직한 유급 광부 집단을 주기적으로 약탈했어도 그 회사는 인내심을 잃지 않았다. 그러나 결국 악명 높은 구스만 벤토의 사망 후 연이은 쿠데타로 오랫동안 혼란스러운 시기에 수도에서 파견된 밀사의 선동에 자극받은 원주민 광부들이 영국인 관리자들에 대항하는 폭동을 일으켰고 한 사람도 남김없이 모두 살해했다. 그 직후 산타마르타에서 발간된 《관보》에 다음과 같이 시작하는 몰수령이 게재되었다. "가난에 찌든 외국인들이 한밑천 잡아 보려고 우리 나라에 와서 호의는 고사하고 이득을 얻으려는 더러운 욕심으로 학대와 억압을 일삼는 데 대한 정당한 분노로 산토메의 광부 등등은……." 그리고 이런 선언으로 끝을 맺었다. "국가 원수는 최대한 관대하게 권력을 행사하기로 결정했다. 국제법이나 인간의 법, 신의 법, 그 무엇으로 보든지 이제 국가 재산으로 정부에 귀속된 광산은 자유주의 원칙을 경건히 수호하기 위해 빼든 칼이 사랑하는 조국의 안위를 수호하는 소명을 완수할 때까지 폐쇄될 것이다."

이것을 끝으로 산토메 광산에 대한 이야기는 오랫동안 들려오지 않았다. 정부가 광산을 강탈하면서 어떤 이득을 기대했는지 지금으로서는 알 도리가 없다. 코스타구아나는 그 희생자 가족들에게 변변찮은 보상금을 제공하는 문제에서도 어려움을 겪었다. 그러고 나서 그 문제는 외교 문서에서 완전히 누락되었다. 그러나 이후에 들어선 또 다른 정부가 그 귀중한 자산을 기억해 냈다. 육 년 사이에 네 번째로 들어선 정부는 이전 정부들과 별로 다르지 않았지만 자기들이 잡을 수 있는 기회를 포착하는 데 있어서는 판단이 빨랐다. 산토메 광산이 자기들 손에 있어 봐야 아무짝에도 쓸모없다고 속으로 확신했지만, 땅에서 광물을 파내는 지저분한 일과는 다른 용도로 광산을 써먹을 수 있겠다고 간파한 것이다. 오랫동안 코스타구아나의 가장 부유한 상인 중 하나였던 찰스 굴드의 부친은 연달아 들어선 정부들이 강요한 대부금 때문에 이미 상당한 재산의 손실을 보았다. 하지만 냉정한 판단력이 있는 사람이었으므로 채권자의 권리를 주장할 생각은 꿈에도 하지 않았다. 그런데 갑자기 정부가 대부금을 완전히 청산하는 조건으로 산토메 광산의 영구 채굴권을 제공했을 때 그의 놀라움은 극에 달했다. 그는 코스타구아나 정부들이 일하는 방식을 잘 알았다. 사실 그 조치의 의도는, 의심할 바 없이 은밀히 깊이 숙고한 결과로서, 조속히 그의 서명을 요구하며 제시한 문서의 앞면에 적나라하게 드러나 있었다. 가장 중요한 세 번째 조항에서 채굴권 보유자는 광산의 추정 산출량에 대한 오 년간의 광산 사용료를 정부에 즉시 납부해야 한다고 명시되어 있었던 것이다.

연로한 굴드 씨는 여러 방식을 동원하여 주장하고 간청함으로써 이 치명적인 특혜에서 벗어나려 했지만 성공하지 못했다. 그는 광산에 대해 아는 바가 전혀 없었다. 그 채굴권을 유럽 시장에 내놓는 방법도 알지 못했다. 더욱이 사업체로서의 광산이란 것은 존재하지도 않았다. 건물은 다 부서지고, 채굴 시설은 파괴되고, 광부들도 인근에서 사라진 지 오래였다. 도로도 바닷물에 잠기듯 밀려든 열대 식물 밑에서 완전히 사라졌다. 가장 큰 갱도는 입구에서 100미터도 안 되는 곳에서 무너져 있었다. 이제 그곳은 폐광도 아니었다. 시에라산맥의 황량하고 접근할 수 없는 바위투성이 골짜기에 불과했다. 그곳을 뒤덮은 가시덩굴 밑에서 시커멓게 타 버린 숯이나 부서진 벽돌, 형편없이 녹슬어 버린 쇳조각을 찾을 수 있을 것이다. 굴드 씨는 그 폐허의 영구 소유권을 원하지 않았다. 실로 그는 잠을 이루지 못하는 고요한 밤에 광산이 눈앞에 떠오르면 견딜 수 없는 분노로 온몸에 열이 올랐고 흥분한 나머지 몇 시간이고 불면증에 시달리곤 했다.

불운하게도 굴드 씨는 당시 재무 장관에게 여러 해 전에 적은 금전을 베풀어 주지 않은 적이 있었다. 원조를 청한 그 사람이 악명 높은 노름꾼이고 사기꾼인 데다 판사로 재직하던 먼 시골에서 부유한 농장주를 실제로 폭행하고 강탈했다는 단순한 혐의 이상의 강력한 의혹을 받고 있었기 때문이다. 그 정치가는 이제 높은 자리에 오르자 가엾은 굴드 씨에게 악을 선으로 갚아 주겠다고 선언했다. 그는 산타마르타의 여러 응접실에서 이런 의도를 재차 확언했는데, 부드러우면서도 무자비한 목소리와 악의에 찬 눈빛으로 거듭거듭 단언했기에 굴드 씨의 절친한 친구들은 뇌물로 무마하려는 시도를 절대로 하지 말라고 진지하게 조언했다. 뇌물을 써 봐야 소용없다는 것이었다. 실로 그 방법은 그리 안전하지 않았을 것이다. 스스로를 고위 관리(고위급 장성)의 딸이라고 밝힌 프랑스 혈통의 뚱뚱하고 목소리가 큰 숙녀도 그런 의견을 피력했다. 그녀는 재무부 바로 옆의 정부 소유로 귀속된 수녀원에서 기거하고 있었다. 굴드 씨의 친구가 그를 위해 적절한 선물을 들고 적절한 방식으로 찾아갔을 때 그 혈색 좋은 숙녀는 낙심한 듯이 고개를 저었다. 성격 좋은 여자였던 그녀는 진심으로 낙담했다. 자신이 성사할 수 없는 일에 대한 사례금은 받을 수 없다고 생각했던 것이다. 이 곤란한 중재를 맡았던 굴드 씨의 친구는 훗날 자신이 만난 여러 정부 관련 인사 중에서 그 숙녀가 유일하게 정직한 사람이었다고 말하곤 했다. "틀렸어요." 호탕하고 거친 목소리를 타고난 그녀는 고아가 된 장성의 딸이라기보다는 부모를 모르는 고아에게 더욱 어울릴 법한 말투로 말했다. "아뇨, 이젠 틀렸어요. 다 쓸데없는 짓이에요. 어떻든 유감스러운 일이죠. 아! 빌어먹을! 난 내 의뢰인들을 약탈하지 않아요. 난 장관이 아니니까요! 당신의 작은 가방은 도로 가져가세요."

한순간 붉은 입술을 깨물면서 그녀는 고위층에 영향력을 행사해서 돈을 버는 행위를 억제하는 자신의 엄격한 원칙의 횡포를 속으로 한탄했다. 그러더니 의미심장하게, 조급한 기색으로 덧붙였다. "돌아가셔서 친구분에게 분명히 말씀하세요. 제 말 아시겠어요? 그 쓴 약은 삼킬 수밖에 없다고요."

이런 경고를 받았으니 그 문서에 서명하고 돈을 납부하는 수밖에 다른 도리가 없었다. 굴드 씨는 그 알약을 삼켰다. 그것은 그의 뇌에 즉시 효과를 미치는 기묘한 독으로 조제되었던지 그의 마음은 당장 광산에 사로잡혔다. 가벼운 문학을 많이 읽은 탓에 그에게 광산은 자기 어깨에 매달려 떨어지지 않는 바다 노인[16]의 모습으로 떠올랐다. 그는 흡혈귀 꿈도 꾸기 시작했다. 굴드 씨는 이 새로운 상황이 가져올 불이익을 스스로에게 과장했다. 그것을 감정적으로 보았던 것이다. 코스타구아나에서 그의 상황이 전보다 나빠진 것은 아니었다. 그러나 인간이란 지극히 보수적인 동물이라 그의 감정은 자기 지갑을 유린한 기상천외한 사건에 몹시 시달렸다. 그의 주위 사람들도 모두 구스만 벤토의 사망 이후 제멋대로 정부를 만들고 혁명을 일으킨 기괴하고 잔학한 무리에게 약탈당하고 있었다. 약탈물이 적절한 기대치에 못 미치더라도 대통령 궁을 장악한 패거리들이 핑곗거리가 없어 헛물켜고 있을 만큼 무능

16) 아라비안 나이트에 나오는 인물.

하지 않다는 것은 그도 경험상 잘 알고 있었다. 제일 먼저 맨발의 허수아비 군대를 이끌고 불쑥 나타난 대령은 어느 민간인에게나 1만 달러를 받을 권리가 있다고 강력하고 명확하게 주장했고, 그러면서 어떻게든 1000달러 이상의 보수에 눈독을 들이고 반드시 받아 내려 했다. 굴드 씨는 그런 행태를 아주 잘 알았으므로, 체념으로 마음을 다지고 더 나은 시절이 오기만을 기다렸다. 그러나 적법한 사업 형식을 통해 강탈당하는 것은 아무리 생각해도 참을 수 없었다. 굴드 씨는 영리하고 존경할 만한 사람이었지만 한 가지 결함이 있었다. 형식을 지나치게 중시했던 것이다. 선입견에 물든 견해를 가진 사람들에게 흔히 보이는 그런 결함이었다. 그에게 그것은 정의를 비열하게 악용한 사건이었으므로, 도덕적 충격이 그의 원기 왕성한 신체를 공격했다. "나는 결국 이것 때문에 죽고 말 거야." 그는 하루에도 몇 차례씩 이렇게 푸념했다. 사실 그 이후로 그는 열병과 간 질환에 시달렸고, 근심 걱정 때문에 다른 일을 생각할 수 없어 괴로워했다. 재무 장관은 자신이 이토록 심각하고 미묘한 방식으로 보복했다는 것을 짐작도 못 했을 것이다. 당시 영국에서 교육을 받고 있던 열네 살의 아들 찰스에게 굴드 씨가 보낸 편지도 온통 광산에 대한 이야기뿐이었다. 그는 광산과 관련된 부당한 조치와 끈질긴 괴롭힘, 무도한 침해에 대해 하소연했다. 광산을 소유함으로써 빚어질 치명적인 결과를 온갖 관점에서, 온갖 불길한 추론을 덧붙여, 분명 영원히 지속될 그 저주에 대해 무서운 말로 자세히 설명하며 편지지 몇 장을 가득 채웠다. 그 채굴권은 그와 그의 자손에게 영구적으로 양도되었다. 굴드 씨는 아들에게 절대로 코스타구아나에 돌아오지 말라고 신신당부했다. 거기 남은 어떤 유산에 대해서도 (그 악랄한 채굴권으로 오염되었으므로) 권리를 주장하지 말라고, 유산에는 손도 대지 말고 가까이 가지도 말라고, 아메리카 대륙이 존재한다는 사실도 잊어버리고 유럽에서 장사를 하라고 간청했다. 그리고 도둑과 음모꾼, 산적의 소굴에서 너무 오래 살아온 자신에 대한 쓰라린 한탄으로 편지를 끝맺었다.

은광 소유로 인해 장래를 망쳤다는 넋두리를 거듭해서 듣다 보면 열네 살 소년은 그 주된 내용을 가장 중요한 문제로 여기지 않게 된다. 그렇지만 그의 푸념 방식은 상당한 놀라움과 관심을 일으켰다. 처음에 소년은 분노에 찬 하소연에 어리둥절했고 아버지에 대해 다소 안쓰러움을 느꼈다. 차차 시간이 지나면서 놀이를 하거나 공부하고 남은 시간에 그 문제를 머릿속에서 굴려 보기 시작했다. 일 년쯤 지나자 그 편지들의 훈계를 통해서 소년은 코스타구아나 공화국의 술라코주에, 가엾은 해리 삼촌이 오래전에 군인들에게 총살당한 곳에, 은광이 있다는 사실을 명확히 인식하게 되었다. 또한 그 광산과 밀접하게 관련된 '악랄한 굴드 채굴권'이라는 것이 있다는 것도 알게 되었다. 부친이 그것을 대통령이나 사법부의 재판관, 장관의 '면전에서 갈가리 찢어 내던지기를' 간절히 바란 것으로 보아 채굴권은 종이에 적혀 있는 것이 분명했다. 아버지의 소원은 변함이 없었지만 그 고관들의 이름이 일 년 내내 그대로 있는 경우는 거의 없다는 것을 그는 알아차렸다. 채굴권을 갈가리 찢어 버리려는 부친의 욕망은 (채굴권이 악랄한 것이었으므로) 아주 자연스러워 보였지만, 그것이 왜 악랄한 것인지는 알 수 없었다. 이후 분별력이 커지면서 그는 부친의 편지에서 아라비안나이트 이야기의 섬뜩한 분위기를 풍기는 바다 노인이나 흡혈귀, 송장 먹는 귀신 같은 것을 그 사업의 명확한 실체로부터 떼어 낼 수 있었다. 차차 청년으로 성장하면서 마침내 그는 지구 반대편에서 애처롭게 분노에 찬 편지를 보내온 노인 못지않게 산토메 광산에 친숙해졌다. 노인은 광산 개발을 소홀히 한다며 부과된 과중한 벌금을 이미 여러 차례 물어야 했다고 말했다. 그뿐 아니라 그렇게 귀중한 채굴권을 가진 사람이라면 공화국 정부에 대한 재정적 지원을 거절할 수 없으리라는 이유에서 광산의 미래 사용료를 근거로 산출된 거금을 빼앗겼다. 자기에게 남은 마지막 재산이 아무짝에도 쓸모없는 영수증과 맞바꿔져 술술 빠져나가고 있다고 노인은 분개했다. 그런데도 자신은 그 나라에 필요한 물건에서 막대한 이득을 취하는 사람으로 지목받고 있다는 것이었다. 유럽에 있는 젊은이는 그처럼 격렬한 말과 격정을 일으킬 수 있는 문제에 점점 관심을 갖게 되었다.

그는 날마다 그 문제에 대해 생각했다. 하지만 그것을 생각하며 쓰라림을 느낀 것은 아니었다. 가엾은 아버지에게는 불행한 사건이었지만, 그 이야기의 전모는 코스타구아나의 정치와 사회를 기묘하게 밝혀 주었다. 그는 아버지를 동정했지만 그 사건에 관해 차분하게 숙고하려는 관점을 취했다. 그 자신의 개인적 감정이 침해된 것도 아니었고, 친아버지더라도 다른 인간이 느끼는 신체적, 정신적 고통에 대해 적절한 분노를 지속적으로 느끼기란 쉽지 않은 일이다. 스무 살이 되었을 때 찰스 굴드는 자기 나름대로 산토메 광산의 마력에 사로잡히고 말았다. 그러나 그것은 그의 젊음에 적합한, 다른 형태의 마력이라서, 그 마력을 구성한 재료는 지친 분노와 절망이 아니라 희망과 활기, 자신감이었다. 스무 살 이후에는 독자적으로 처신해도 좋다는(코스타구아나에 절대로 돌아오지 말라는 준엄한 금지령만 제외하고) 허락을 받았으므로 그는 광산 기술자 자격을 갖추려고 벨기에와 프랑스에서 공부했다. 그러나 과학적인 면에 기울인 노력은 모호하고 불완전하게 생각되었다. 그에게 광산은 극적 흥미를 일으켰던 것이다. 그는 사람들의 다양한 성격을 연구하듯이 여러 광산의 특이한 점을 각각의 관점에서 연구했다. 호기심을 갖고 저명인사들을 찾아다니듯이 광산들을 찾아다녔다. 독일과 스페인, 콘월의 광산을 둘러보았다. 폐기된 채굴장을 보며 강렬한 매혹을 느꼈다. 그런 광산은 갖가지 심각한 이유로 비참한 상태에 빠진 인간의 모습처럼 그의 마음을 흔들었다. 폐광은 가치가 없을 수도 있지만 잘못 평가되었을 수도 있다. 장차 그의 아내가 될 여자는 물질의 세계를 말없이 깊이 감지하는 이 남자의 태도에 영향을 미친 이 은밀한 감정을 처음으로 간파한, 어쩌면 유일한 사람이었을 것이다. 그것을 알아차리자 그녀가 그에게서 느낀 기쁨은, 평지에서는 쉽사리 날아오르지 못하는 새처럼 날개를 반쯤 펼치고 머뭇거리다가, 당장 하늘로 날아오를 발판이 될 작은 첨탑을 찾아냈다.

두 사람은 이탈리아에서 만났다. 장래의 굴드 부인은 늙고 창백한 숙모와 지내고 있었다. 여러 해 전에 중년의 가난한 이탈리아인 후작과 결혼한 숙모는 당시 남편의 죽음을 애도 중이었다. 후작은 조국의 독립과 통합을 위해 헌신했고, 그 대의에 매료된 사람 중에서 젊은 청년들 못지않게 가장 열정적으로 고결하게 행동할 줄 아는 사람이었다. 바로 그 대의의 잔재 중 하나인 조르조 비올라 영감은 해군의 승리 후 부서진 돛대처럼 외따로 표류했다. 후작 부인은 황폐한 옛 대저택의 2층 구석에서 수녀처럼 검은 옷을 입고 이마에 흰 상장을 두르고 조근조근 속삭이며 조용히 살아갔다. 크고 텅 빈 아래층 홀의 채색된 천장 밑에서는 소작농 일가가 수확한 농작물과 가금, 심지어 가축과 함께 비바람을 피하며 지냈다.

두 젊은이는 루카에서 만났다. 찰스 굴드는 그녀를 처음 만난 후 광산을 더 이상 찾아다니지 않았지만, 한번은 둘이서 마차를 타고 대리석 채석장을 보러 간 적이 있었다. 그곳에서 진행된 작업은 보물의 원료를 땅에서 떼어 내는 것이라는 점에서 채굴과 다르지 않았다. 찰스 굴드는 속마음을 어떤 준비된 말로도 털어놓지 않았다. 다만 그녀의 눈앞에서 계속 행동하고 생각했을 뿐이다. 이것이 진정으로 진심을 보여 주는 방법이었다. 그는 이런 말을 자주 입에 올렸다. "가엾은 아버지가 산토메 광산을 잘못 파악하셨다는 생각이 가끔 듭니다." 그러면 두 사람은 지구 반대편에서 살아가는 사람의 마음에 영향을 주기라도 할 듯이 그 의견에 대해 오랫동안 진지하게 이야기를 나누었다. 하지만 그 이야기를 나눈 것은 실은 사랑의 감정이 어떤 주제에나 스며들어 그리 상관없는 말에서도 열렬히 타오르기 때문이었다. 이런 자연스러운 이유 때문에 약혼 시절의 굴드 부인에게 이런 이야기는 무척 소중했다. 찰스는 부친이 채굴권에서 벗어나려고 애쓰다가 기운이 소진되어 병에 걸릴까 봐 염려했다. "그 일은 이런 식으로 처리해서는 안 된다고 생각해요." 그는 생각에 잠겨 혼잣말하듯이 말했다. 인격을 갖춘 분이 음모와 술책에 정력을 빼앗기는 것이 놀랍다고 그녀가 솔직히 말하자 찰스는 그녀의 의아한 심정을 이해하는 듯 부드럽고 다정하게 말하곤 했다. "아버지가 그곳에서 태어나셨다는 것을 잊어서는 안 돼요."

그녀는 영리한 마음으로 그 말을 생각해 보았고 그러고 나서 동떨어진 말로 대답했다. 그는 그 대답을 더없이 현명한 말로 받아들였다. 실로 그러했기 때문이었다.

"그래요, 그럼 당신은요? 당신도 거기서 태어났잖아요."

그는 적절한 대답을 알고 있었다.

"그건 달라요. 나는 십 년이나 떠나 있었어요. 아버지는 그렇게 긴 시간을 떠나 계신 적이 없었고요. 게다가 삼십 년도 넘은 옛날이었어요."

부친의 부고를 들은 후 그가 처음 말을 건넨 상대 역시 그녀였다.

"아버지는 그것 때문에 돌아가신 겁니다!" 그가 말했다.

아버지의 부음을 듣자 그는 즉시 밖으로 나가 한낮의 햇빛을 받으며 하얀 길을 곧바로 걸어 시내를 벗어났다. 발길이 이끄는 대로 걸음을 옮기다가 황폐한 저택의 홀에 이르러 그녀와 얼굴을 마주하게 되었다. 웅장하고 휑뎅그렁한 방 곳곳에 습기와 세월에 찌들어 거무칙칙한 긴 능직 천이 맨벽에 늘어져 있었다. 가구라고는, 정확히 말해, 등받이가 부서진 금박 안락의자 하나와 팔각형 기둥 모양의 받침대에 놓인 묵직한 대리석 꽃병이 전부였다. 꽃병은 가면과 꽃다발 조각으로 장식되고 위에서 바닥까지 금이 가 있었다. 찰스 굴드의 구두와 어깨, 챙이 두 개인 모자에 뽀얀 길 먼지가 뒤덮여 온통 먼지범벅이었다. 모자 밑으로 얼굴 전체에서 땀이 뚝뚝 흘러내렸다. 그는 장갑을 끼지 않은 오른손으로 두꺼운 참나무 곤봉을 움켜잡았다.

장미꽃을 두른 큰 밀짚모자 아래서 그녀의 얼굴이 창백해졌다. 그녀는 포도원 옆으로 포플러 나무 세 그루가 서 있는 언덕 기슭에서 그를 만나려고 장갑을 끼고 산뜻한 양산을 흔들며 나가려던 참이었다.

"그것이 아버지를 돌아가시게 했어요!" 그가 다시 말했다. "아버지는 더 오래 사셨어야 해요. 우리는 장수 집안이거든요."

그녀는 너무 놀라서 아무 말도 할 수 없었다. 그는 금이 간 대리석 꽃병을 영원히 기억에 담아 두기로 결심한 듯 뚫어지게 응시하며 생각에 잠겼다. 그러다 갑자기 그녀에게로 몸을 돌렸다. "난 당신에게 왔습니다…… 곧바로 당신에게 왔어요……." 그가 두 번이나 불쑥 말을 꺼내고 끝맺지 못하자, 바로 그 순간 코스타구아나에서 외롭고 고통스럽게 죽어 간 사람의 가련한 운명이 밀려와 그 참담한 불행을 절절이 실감하게 했다. 그는 그녀의 손을 잡아 입술에 댔다. 그러자 그녀는 양산을 떨어뜨리고 그의 뺨을 가볍게 어루만졌고, "가엾은 사람." 하고 중얼거리며 굽은 모자 챙 밑에서 눈물을 훔쳤다. 수수한 흰색 드레스에 감싸인 작은 몸집의 그녀는 장엄하고 웅대한 퇴락한 홀에서 길을 잃고 우는 아이처럼 보였다. 그동안 그는 그녀 옆에서 미동도 하지 않은 채 또다시 대리석 꽃병을 뚫어지게 응시했다.

그 후 그들은 멀리 산책을 나갔다. 말없이 거닐다가 그가 갑자기 소리쳤다.

"그래요. 하지만 아버지가 적절한 방식으로 그 문제를 해결하려고 하셨더라면!"

그들은 걸음을 멈추었다. 언덕과 길, 울타리가 둘러진 올리브밭 어디에나 그림자가 길게 드리워졌다. 포플러 나무와 커다란 밤나무, 농가와 돌담의 그림자였다. 대기에 희미한 경보처럼 울려 퍼진 종소리는 고동치는 석양의 맥박 같았다. 자기를 바라보는 그의 표정이 평소 같지 않아 조금 놀란 듯 그녀의 입술이 약간 벌어졌다. 평소에 그는 무조건 동의하며 경청하는 듯이 보이곤 했다. 그녀와 이야기를 나눌 때면 한없이 마음을 졸이며 존중심을 보여 주는 권력자 같았고, 그녀는 그의 그런 태도가 더없이 기뻤다. 그런 태도는 그의 품위를 떨어뜨리지 않으면서 그녀의 매력을 확인시켜 주었다. 손발이 작고 조그만 얼굴에 무거울 정도로 풍성한 머리칼을 매력적으로 감아올린 가냘픈 아가씨, 다소 큰 입술을 조금만 벌려도 솔직함과 너그러움의 향기를 내뿜는 것 같은 이 아가씨는 인생 경험이 풍부한 여자의 까다로운 영혼을 갖고 있었다. 그녀는 어떤 사정이나 아부보다도 자신이 선택한 대상에 대한 자부심을 소중하게 여겼다. 그런데 지금 그는 그녀를 전혀 바라보지 않았다. 젊은 아가씨의 머리 너머 허공을 응시하기로 작정한 남자처럼, 그의 표정은 잔뜩 긴장하고 이성을 잃은 것처럼 보였다.

"네, 그래요. 그건 사악한 일이었어요. 그들이 아버지를 철저히 파괴했어요, 가엾은 아버지. 아, 왜 내가 돌아가지 못하도록 금지하셨을까요? 그렇지만 이제 나는 그 문제와 씨름하는 법을 알게 될 겁니다."

확신에 찬 어조로 이렇게 말하고 나서 그는 그녀를 내려다보았다. 그러자 즉시 고뇌와 불안, 두려움이 몰려들었다.

이제 그가 알고 싶은 것은 단 한 가지뿐이라고 했다. 그녀가 그를 사랑하는지, 그와 함께 그 먼 곳으로 가는 용기를 낼 수 있는지. 그는 불안한 목소리로 떨면서 이렇게 물었다. 자신의 결심이 확고했기 때문이다.

그녀는 그렇다고 말했다. 그렇게 하겠어요. 그러자 그 즉시 장차 술라코의 유럽인들을 접대할 안주인이 될 아가씨는 발밑에서 땅이 꺼져 버리는 느낌을 온몸으로 경험했다. 땅이 완전히 사라지고 종소리도 사라져 버렸다. 다시 발이 땅에 닿았을 때 골짜기에서는 아직도 종소리가 울리고 있었다. 그녀는 양손을 머리에 올리고 숨을 가쁘게 내쉬며 자갈투성이 오솔길을 이리저리 살펴보았다. 다행히 길에는 아무도 없었다. 그동안 찰스는 먼지에 뒤덮인 메마른 도랑으로 내려가서, 군악대의 북소리처럼 요란하게 튕겨 나간 펼쳐진 양산을 집어 올렸다. 그는 차분하면서도 약간 어색한 태도로 양산을 그녀에게 건네주었다.

그들은 돌아섰다. 그녀가 슬그머니 그의 팔짱을 꼈을 때, 그가 제일 먼저 꺼낸 말은 이것이었다.

"다행히 우리는 해안가 마을에 정착할 수 있어요. 이름은 알고 있겠죠. 술라코입니다. 가엾은 아버지가 집을 장만해 두셔서 다행이에요. 옥시덴탈주라고 불리는 지역의 중심지에 언제까지나 굴드 저택이 있어야 한다며 오래전에 그곳에 큰 집을 구입하셨어요. 어렸을 때 어머니와 함께 그곳에서 일 년간 살았어요. 가엾은 아버지는 사업 때문에 미국에 계셨죠. 당신은 굴드 저택의 새 안주인이 될 겁니다."

포도밭과 대리석 언덕, 루카의 소나무와 올리브나무 숲을 지나 그 너머 대저택의 구석방에 돌아왔을 때 그는 이런 말도 했다.

"굴드라는 이름은 술라코에서 늘 큰 존경을 받아 왔어요. 해리 삼촌은 얼마간 주지사를 지내셨고 첫째가는 가문들 사이에서 평판이 높으셨죠. 첫째가는 가문이란 순수한 혈통의 크리올[17]을 말하는데, 그들은 야비한 정부들의 어릿광대극에 전혀 관여하지 않습니다. 해리 삼촌은 물불 가리지 않고 부와 권력을 추구하는 사람이 아니었어요. 코스타구아나의 우리 굴드 집안은 그런 모리배가 아닙니다. 삼촌은 그곳에서 태어나셨고 그 나라를 사랑하셨죠. 하지만 근본적인 사고방식

17) 남미에 정착한 프랑스계, 스페인계, 포르투갈계의 후손을 지칭하는 말.

에서는 끝까지 영국인이었습니다. 그분은 당대의 정치적 구호를 내걸었어요. 연방제를 주창하셨죠. 하지만 삼촌은 정치가가 아니었어요. 오로지 합리적 자유에 대한 순수한 사랑과 억압에 대한 혐오 때문에 사회의 질서를 대변하신 겁니다. 그분은 허튼 생각이 전혀 없었어요. 자신의 방식이 옳다고 판단했기 때문에 그 방식으로 착수하셨던 겁니다. 지금 내가 그 광산을 붙잡아야 한다고 느끼는 것과 똑같이."

찰스는 이렇게 말했다. 어린 시절을 보낸 나라에 대한 기억이 생생히 떠올랐고, 이 아가씨와 함께 살아갈 인생에 가슴이 벅찼으며, 산토메 광산 채굴권에 대한 생각이 마음을 가득 채웠다. 그는 며칠간 그녀를 떠나서, 샌프란시스코 출신으로 유럽 어딘가에 아직 머물고 있을 미국인 한 사람을 찾아봐야겠다고 덧붙였다. 몇 달 전 역사적으로 유명한 독일 광업 지대의 옛 마을에서 알게 된 미국인으로, 그는 함께 온 부인과 딸들이 중세 시대 저택의 낡은 문간이나 작은 탑 귀퉁이를 온종일 스케치하는 동안 무료함을 느끼는 것 같았다. 찰스 굴드는 그와 광산에 대해 이야기를 나누며 친분을 쌓았다. 그 미국인은 광산업에 관심이 있었고 코스타구아나에 대해서도 약간 알았으며 굴드라는 이름도 들어 본 적이 있다고 했다. 그들은 연령대가 달라서 느낄 수 있는 친밀감을 느끼며 이야기를 나누었다. 이제 찰스는 빈틈없고 성격이 배타적이지 않은 그 자본가를 찾아볼 생각이었다. 코스타구아나에 아직 상당히 남아 있는 줄 알았던 부친의 재산은 악당들이 일으킨 혁명의 도가니에서 녹아 버린 것 같았다. 영국에 예치되어 있는 1만 파운드가량의 현금을 제외하면, 술라코의 저택과 먼 황무지의 분명치 않은 삼림 벌채권, 그리고 가엾은 아버지를 무덤으로 몰아간 산토메 채굴권 말고는 남은 것이 없는 듯했다.

그는 이런 상황을 그녀에게 설명했다. 두 연인은 늦은 저녁에 헤어졌다. 예전에는 그녀의 모습이 이토록 매혹적으로 보인 적이 없었다. 그녀는 머나먼 낯선 곳에서의 생활과 모험적이고 투쟁적인 미래에 대한 청춘의 열망, 구원과 정복에 대한 모호한 생각으로 강렬한 흥분에 휩싸였고, 이런 감흥을 일으킨 사람에게 더 솔직하고 섬세하게 애정을 보여 주며 보답했던 것이다.

그는 그녀의 집을 나와서 언덕을 내려갔다. 홀로 있게 되자 곧 마음이 차분해졌다. 죽음이 일상적 생각의 흐름에 일으키는 돌이킬 수 없는 변화는 막연하면서도 사무치는 마음의 불편함에서 느낄 수 있다. 찰스 굴드는 이제 아무리 애쓰더라도 아버지에 대해서 살아 계실 때와 같은 식으로 생각할 수 없으리라는 느낌에 가슴이 아팠다. 이제 더는 살아 숨 쉬는 아버지의 이미지를 마음대로 떠올릴 수 없었다. 이런 생각이 그의 독자적 성격에 단단히 영향을 미치면서 애절하면서도 분노에 들끓는 행동에의 욕망을 그의 가슴에 채웠다. 이 점에 있어서 그의 본능은 옳았다. 행동은 위안을 준다. 행동은 생각의 적이고, 유망하게 보이는 환상의 벗이다. 우리는 행동할 때만 운명을 장악했다는 느낌을 얻는다. 그가 활약할 수 있는 무대는 분명 광산뿐이었다. 때로는 죽은 자의 진지한 소원을 따르지 않는 법도 알아야 한다. 그는 (속죄로서) 가급적 철저히 불복하겠다고 굳게 마음먹었다. 그 광산은 어처구니없는 정신적 재앙을 일으킨 원인이었다. 그러므로 광산 개발은 진지한 정신적 승리가 되어야 한다. 그리고 그 승리를 망자의 영전에 바쳐야 한다. 정확히 말하면, 찰스 굴드의 감정은 이런 것이었다. 그는 샌프란시스코나 다른 곳에서 막대한 자본을 조달할 방법을 찾기로 결심했다. 망자의 권고란 언제나 불합리한 지침일 수밖에 없다는 일반론적 생각도 우연히 떠올랐다. 어떤 개인의 죽음이든 그것이 이 세상의 모습에 얼마나 엄청난 변화를 일으킬 수 있는지는 누구도 미리 알 수 없으니 말이다.

굴드 부인은 몸소 경험한 바를 통해 광산의 최근 역사를 잘 알았다. 그것은 기본적으로 그녀의 결혼 생활의 역사와 다르지 않았다. 술라코에서 이어져 내려온 굴드 집안의 위상이 품 넓은 망토처럼 그녀의 작은 몸을 덮었다. 하지만 그 낯선 의상의 특이한 면에 짓눌려 본래의 활기찬 성격을 잃어버린 것은 아니었다. 그녀의 활기는 무의식적인 발랄함이 아니라 열렬한 지성의 표현이었다. 그렇다고 굴드 부인이 남성적인 마음을 갖고 있었다고 가정해서는 안 된다. 남성적 마음을 가진 여자는 뛰어나게 유능한 존재가 아니다. 그런 여자는 불완전하게 분화된 현상이고, 흥미롭게도 메마르고 보잘것없다. 여성적 지성을 소유한 에밀리아 부인은 자신의 사심 없는 마음과 공감을 환히 드러냄으로써 술라코 주민의 마음을 사로잡았다. 그녀는 매력적으로 대화를 나눌 줄 알았지만 수다스럽지 않았다. 지혜로운 마음은 편견을 옹호하거나 사사로운 지론을 세우고 부수는 데 관심이 없으므로, 아무 말이나 늘어놓지 않는다. 그런 마음으로부터 흘러나오는 말은 고결하고 포용적이고 동정적인 행동 못지않게 귀중하다. 남자의 진정한 사내다움과 마찬가지로 여자의 진정한 다정함은 다른 사람의 마음을 사로잡는 행동에서 드러난다. 술라코의 부인네들은 굴드 부인을 흠모했다. "그 부인들은 아직도 저를 괴물처럼 생각해요." 결혼한 지 일 년쯤 지났을 때 굴드 부인은 샌프란시스코에서 찾아온 세 명의 신사를 술라코의 새 집에서 접대하다가 그중 한 사람에게 유쾌하게 말했다.

그녀가 처음으로 맞은 외국인 손님이었던 그들은 산토메 광산을 살펴보러 온 참이었다. 그녀의 농담이 아주 쾌활하다고 그들은 생각했다. 그리고 찰스 굴드는 자신이 추구하는 바를 완벽하게 알고 있을 뿐 아니라 정력적으로 일하는 수완가임을 보여 주었다. 이런 사실 때문에 그들은 그의 아내에 대해 상당한 호감을 갖게 되었다. 약간 반어적인 의미가 가미되어 더욱 두드러지는 명백한 열정 때문에 광산에 관한 그녀의 이야기는 손님들의 마음을 사로잡았고, 존중심에 가득 찬 근엄하고 너그러운 미소를 짓도록 자극했다. 그녀가 성공에 대한 이상주의적 관점에 상당히 고무되어 있다는 것을 알았더라면 어쩌면 그들은, 남미의 스페인계 숙녀들이 지칠 줄 모르는 그녀의 활력에 놀랐듯이, 그녀의 심리에 놀랐을 것이다. 그녀의 말대로 '괴물처럼' 생각했을 것이다. 하지만 굴드 부부는 기본적으로 과묵했다. 따라서 그 방문객들은 은광 개발에서 단순히 이득을 추구하는 것 외에 다른 목적이 있으리라는 의심은 전혀 품지 않은 채 그들의 집을 떠났다. 굴드 부인은 흰 노새

두 마리가 끄는 자기 마차로 그들을 항구로 모셔 가게 했다. 그곳에서 케레스호가 손님들을 부자들의 올림퍼스로 실어 갈 것이다. 미첼 선장은 인사를 건넬 기회를 잡아 굴드 부인에게 낮은 목소리로 은밀히 말했다. "이건 새 시대를 여는 사건입니다."

굴드 부인은 자신의 스페인풍 저택 안뜰을 좋아했다. 벽감에 서 있는 푸른 옷을 걸친 성모상이 왕관 쓴 아기를 팔에 안고 돌계단의 넓은 층계참을 고요히 내려다보았다. 이른 아침이면 석판이 깔린 안뜰 우물가에서 숨죽인 목소리가 들려왔고, 물통에서 물을 마시도록 쌍쌍이 끌려 나온 말과 노새가 발을 구르는 소리가 들렸다. 뒤엉킨 가느다란 대나무 줄기들이 칼날처럼 뾰족한 잎사귀를 네모진 물웅덩이 위로 늘어뜨렸다. 몸을 따뜻하게 감싼 뚱뚱한 마부가 한가하게 고삐 끝을 잡은 채 물가에 앉아 있었다. 맨발의 하인들이 저 아래 어둡고 나지막한 문간에 나와 분주하게 오갔다. 세탁부 둘이 이불보를 빨아 바구니에 담아 내왔고, 빵 굽는 하인은 그날 먹을 빵이 담긴 쟁반을 들고 있었다. 부인의 하녀인 레오나르다는 고개를 쳐들고 새까만 머리 위로 팔을 올려 비스듬히 비치는 햇살에 눈부시게 하얀 속치마를 널었다. 그러고 나서 늙은 문지기가 절뚝거리며 들어와 판석에 빗질을 하면 집 안은 하루를 맞을 준비를 끝냈다. 네모진 안뜰의 삼면에 접한 천장 높은 방들은 서로 이어져 회랑으로 통했다. 연철 난간과 꽃들이 테두리를 두른 회랑에서 그녀는 성에 사는 중세 시대의 귀부인처럼 그 저택에서 출발하고 도착하는 모든 사람을 내려다볼 수 있었다. 낭랑한 소리가 울리는 아치형 대문은 오가는 행사에 장중하고 품위 있는 분위기를 더해 주었다.

굴드 부인은 북미에서 온 세 손님을 태우고 굴러가는 마차를 바라보며 미소를 지었다. 세 사람이 동시에 팔을 올려 모자를 들고 인사했다. 그들을 수행하러 온 미첼 선장은 네 번째 좌석에 앉아 벌써 젠체하며 이야기를 시작하고 있었다. 그녀는 회랑에서 서성였다. 곧게 이어진 복도를 따라 발을 천천히 내디디며 생각이 걸음을 따라잡을 시간을 주려는 듯이 여기저기 무성하게 피어난 꽃들에 얼굴을 대면서 서성였다.

이른 아침 햇살이 비치는 회랑 구석에 알록달록한 깃털이 달린 아로아산의 술 달린 인디언 그물 침대가 보기 좋게 매달려 있었다. 술라코의 아침나절은 선선했다. 여러 응접실의 열린 유리문 앞에 포인세티아 꽃송이가 무더기로 피어나 화려한 색채를 발했다. 황금처럼 반짝이는 새장에서 에메랄드처럼 반짝이는 큰 초록색 앵무새가 사납게 "코스타구아나 만세!"라고 소리 질렀다. 그러고는 굴드 부인의 목소리를 흉내 내어 "레오나르다! 레오나르다!"라고 감미롭게 두 번 부르더니 갑자기 꼼짝 않고 침묵에 빠져들었다. 굴드 부인은 회랑 끝에 이르러 남편의 방문을 열고 고개를 들이밀었다.

굴드는 벌써 낮은 목제 발판에 한 발을 올려놓고 박차 끈을 조이고 있었다. 그는 서둘러 광산으로 돌아가고 싶어 했다. 굴드 부인은 방에 들어서지 않고 문간에서 둘러보았다. 유리문이 달린 큰 책장에는 책들이 가득 꽂혀 있었다. 그렇지만 선반 없이 붉은 베이즈 천이 깔린 다른 책장에는 총들이 진열되어 있었다. 윈체스터 카빈총, 연발 권총, 엽총 두 자루, 가죽

케이스에 든 쌍발 권총도 두 자루 있었다. 총기 사이의 진홍빛 벨벳에는 오래된 기병도가 걸려 있었다. 한때 옥시덴탈주의 영웅이었던 돈 엔리케 굴드의 유물인데, 대대로 가깝게 지낸 돈 호세 아베야노스가 선물한 것이었다.

회칠한 흰 벽의 다른 곳에는 에밀리아 부인이 직접 그린 산토메산의 수채화 스케치가 걸려 있었다. 붉은 타일이 깔린 바닥 중앙의 긴 탁자 두 개에는 설계 도면과 서류가 흩어져 있고, 의자 몇 개와 광산에서 나온 광석 견본이 든 유리 진열장이 있었다. 이런 것을 차례로 둘러보다가 굴드 부인은 남편과 광산 이야기를 할 때는 몇 시간이고 지치지 않고 흥미와 만족감을 느낄 수 있는데, 기업가 정신이 왕성한 그 부자들이 광산의 전망이나 경영, 안전성에 대해 하는 말을 듣고 있으면 왜 조급하고 불안해지는지 모르겠다고 말했다.

그러고는 의미심장하게 눈길을 내리며 덧붙였다.

"당신은 어떻게 생각해요, 찰리?"

그런데 남편이 대답을 하지 않자 그녀는 깜짝 놀라 눈을 들었고 파란 꽃처럼 예쁜 눈을 크게 떴다. 그는 박차를 다 동여매고, 긴 다리로 우뚝 서서 양손으로 콧수염을 옆으로 비틀면서 분명 아내의 외모를 감상하는 듯이 찬찬히 바라보았다. 이렇게 남편의 눈길을 받고 있음을 의식할 때면 굴드 부인은 즐거워졌다.

"그들은 유력한 인사들이오." 그가 말했다.

"알아요. 하지만 그분들의 대화를 들었어요? 여기서 본 것을 전혀 이해하지 못하는 것 같았어요."

"그들은 광산을 보았소. 광산을 제대로 이해했지." 찰스 굴드는 방문객을 옹호하며 말했다. 그러자 그의 아내는 세 사람 중 가장 유력한 인사의 이름을 언급했다. 그는 재계와 산업계의 거물이었다. 그의 이름은 수백만 인구에게 잘 알려져 있었다. 너무나 중요한 인물이었으므로, 긴 휴가를 내서 쉬어야 한다는 의사들의 은근한 협박과 종용이 없었더라면 그는 자신의 활동 무대에서 이렇게 멀리 떨어진 곳까지 여행하지 않았을 터였다.

"신앙심이 돈독한 홀로이드 씨는," 굴드 부인이 말을 이었다. "성당에서 번지르르한 성인 조각상을 보시더니 충격을 받고 혐오스러워하셨어요. 그건 나무와 반짝이는 쇳조각을 숭배하는 일이라고 하시더군요. 하지만 내가 보기에 그분은 자기의 신을 유력한 동업자로 여기는 것 같았어요. 교회에 들어온 기부금에서 자기 몫의 이득을 챙기는 동업자 말이에요. 그건 우상 숭배와 마찬가지예요. 그분은 매년 여러 교회에 기부하신다더군요, 찰리."

"수많은 교회에 기부금을 내실 거요." 굴드 씨는 미묘하게 달라지는 아내의 표정을 경이롭게 생각하며 말했다. "온 나라의 교회에 기부하실 테니. 그런 아낌없는 적선으로 유명하신 분이오."

"아, 그분이 자랑하신 건 아니에요." 굴드 부인이 신중하게 말했다. "정말로 선량한 분이라고 믿어요. 그렇지만 너무 어리석어요! 병을 고쳐 줘서 고맙다는 표시로 하느님께 작은 은제 팔이나 다리를 바치는 가난하고 소박한 사람도 그분만큼은 합리적이고, 그분보다 감동적이죠."

"홀로이드 씨는 어마어마한 은광과 철광 산업의 거물이오." 찰스 굴드가 말했다.

"아, 그래요! 은광과 철광의 종교죠. 아주 예의 바른 분이기는 해요. 페인트를 칠한 나뭇조각일 뿐인 층계 위의 성모 마리아상을 처음 보셨을 때는 아주 근엄한 표정을 지었지만 아무 말씀도 안 하셨어요. 찰리, 그분들끼리 하는 말을 들었어요. 그분들은 진심으로 지상의 모든 나라와 국가에 물을 길어 주고 나무를 잘라 주는 하인 노릇을 하고 싶은 걸까요?"

"사람은 뭔가 목적을 추구하며 일해야지." 찰스 굴드가 모호하게 대답했다.

굴드 부인은 이마를 찌푸리며 남편을 머리끝에서 발끝까지 훑어보았다. 승마용 바지에 가죽 각반(코스타구아나에서는 예전에 볼 수 없던 의상이었다.)을 두르고 노퍽에서 만든 회색 플란넬 코트를 걸친 모습과 붉게 타오르는 콧수염은 부유한 농장 경영자로 변신한 기병대 장교를 연상시켰다. 굴드 부인의 취향을 만족시키는 조합이었다. '가엾게도 저렇게나 여위다니!' 그녀는 생각했다. '너무 과로하고 있어.' 하지만 섬세하고 예리한 그의 불그스레한 얼굴과 팔다리가 길고 여윈 몸이 교양 있고 기품 있어 보이는 것은 부정할 수 없었다. 그래서 굴드 부인은 마음이 누그러졌다.

"당신은 어떻게 느꼈는지 궁금했을 뿐이에요." 그녀가 부드럽게 중얼거렸다.

사실 지난 며칠간 찰스 굴드는 말을 하기 전에 심사숙고하느라 머릿속이 하도 복잡해서 자기 감정에는 그리 관심을 두지 않았다. 하지만 그들은 순조로운 결혼 생활을 이어 왔기에 그는 어렵지 않게 대답할 수 있었다.

"내 최선의 감정은 당신이 간직하고 있소, 여보." 그가 부드럽게 말했다. 이 모호한 말에 진실이 가득 담겨 있었으므로 이 순간 그는 아내에 대한 고마움과 애정이 물밀듯 차오르는 것을 느꼈다.

굴드 부인은 이 대답을 모호하게 여기지 않는지 얼굴이 은은하게 밝아졌다. 남편의 어조가 이미 달라졌던 것이다.

"그렇지만 명백한 사실이 있소. 광산 그 자체를 볼 때, 광산의 가치는 의심할 바 없어요. 광산 덕분에 우리는 큰 부자가 될 거요. 광산을 가동하는 일이야 기술적 지식에 달린 문제지. 나도 그런 지식을 갖고 있고, 전 세계에 그런 지식을 가진 사람은 만 명도 넘을 거요. 하지만 광산의 안정성이라든지, 광산에 투자하는 낯선 외부인에게 수익을 돌려주는 기업으로서 광산의 지속성은 전적으로 내게 달려 있소. 나는 유력한 부자들에게 신뢰감을 주었어요. 당신은 그것이 너무나 당연하다고 생각하는 것 같군. 그렇지 않소? 글쎄, 잘 모르겠소. 내가 왜 신뢰감을 주었는지. 하지만 그건 분명한 사실이오. 그 덕분에 모든 일이 가능해졌소. 그렇지 않았더라면 내가 아버지의 유훈을 불복하려는 생각은 꿈도 꿀 수 없었겠지. 가능하면 부자가 되고 어떻든 당장 주머니를 채울 현금이나 주식을 손에 넣으려고 회사에 대한 귀중한 권리를 처분하는 투기꾼처럼 내가 광산 채굴권을 처분하는 일은 절대 없을 거요. 그럴 수는 없소. 그런 일이 가능할지 의심스럽지만 가능하더라도 나는 그러지 않을 거요. 가엾은 아버지는 이해하지 못하셨어요. 내가 그런 기회를 기다리며 파멸을 불러올 일에 매달려 내 인생을 비참하게 허비할까 봐 걱정하셨지. 아버지께서 내리신 금지령의 진정한 의미는 바로 그것이었소. 우리는 그 금지령을 어기기로 했고."

그들은 회랑을 따라 걸었다. 아내의 머리가 그의 어깨에 닿았다. 그는 팔로 아내의 허리를 감쌌다. 그의 박차에서 짤랑거리는 작은 소리가 났다.

"아버지는 나를 십 년이나 보지 못하셨어요. 그러니 나를 잘 모르셨지. 나를 위해 멀리 보내시고는 절대로 돌아오지 못하게 하셨소. 본인도 코스타구아나를 떠날 거라고, 모든 것을 버리고 달아날 거라고 늘 편지에 쓰셨지. 하지만 그자들에게 아버지는 너무 귀중한 먹잇감이었소. 그런 의심이 들면 당장 아버지를 감방에 가뒀을 거요."

발에 달린 박차가 천천히 짤랑거렸다. 그는 아내 쪽으로 몸을 숙인 채 함께 걸었다. 큰 앵무새가 고개를 갸우뚱하고는 깜박임 없는 동그란 눈으로 천천히 거니는 그들을 쳐다보았다.

"아버지는 외로운 분이었어요. 내가 열 살이 되었을 때부터 다 큰 어른에게 하듯 말씀하시곤 했소. 내가 유럽에 있을 때는 매달 편지를 쓰셨어요. 십 년 동안 매달 열 장에서 열두 장에 달하는 긴 편지를 써 보내셨지. 그런데도 결국은 나를 잘 모르셨던 거요! 생각해 봐요. 십 년이나 되는 긴 세월을 떨어져 지냈어요. 내가 어른으로 커 가는 그 긴 시간 내내. 아버지는 날 알지 못했어요. 아실 수 있었을 것 같아요?"

굴드 부인은 부정하듯 고개를 저었다. 남편이 강력하게 주장하며 기대한 것이 바로 그것이었다. 하지만 그녀가 고개를 저은 것은 어느 누구도 남편을 이해할 수 없으리라고 생각했기 때문이었다. 그가 어떤 사람인지를 진정으로 아는 사람은 자신뿐이었다. 그것은 분명했다. 느낌으로 알 수 있었다. 말할 필요도 없었다. 그리고 너무 일찍 돌아가시는 바람에 그들의 약혼 소식도 듣지 못한 가엾은 굴드 씨는 너무나 막연한 인물이라서 무엇이든 알았다고 여길 수도 없었다.

"그래요, 아버지는 이해하지 못하셨어요. 내 생각에 이 광산은 절대 팔 수 없는 물건이에요. 절대로! 아버지께서 숱한 고통을 겪으셨는데, 내가 그저 돈이나 벌려고 이 광산에 손을 대는 것은 절대 있을 수 없는 일이지." 찰스 굴드는 말을 이었고, 그녀는 수긍하듯이 머리를 그의 어깨에 기댔다.

두 젊은이는 찬란하게 빛나는 희망찬 사랑으로 자신들의 삶이 결합된 바로 그 시점에 비참하게 끝나 버린 인생을 기억했다. 그런 사랑은 양식이 있는 사람들에게 지상의 온갖 해악에 대한 선의 승리처럼 보인다. 다시 일으켜 세워야 한다는 막연한 생각이 그들의 인생 계획에 스며들었다. 그 생각은 논리적 주장으로 뒷받침할 수 없이 막연했기에 더 강렬했다. 그것은 여자의 헌신적 본능과 남자의 활동적 본능이 더없이 강렬한 환상에서 가장 강력한 추진력을 얻을 수 있는 순간에 떠올랐다. 금지되었기 때문에 반드시 성공해야 했다. 그들은 절망하고 지친 상태에서 저지를 수 있는 비정상적인 과오에 대항해서 자신들의 활기찬 인생관을 실현할 도덕적 의무가 있는 것 같았다. 혹시라도 막대한 돈을 벌 수 있다는 생각이 들었다면 그것은 재산이 다른 성공과 결부될 때뿐이었다. 어려서 고아가 되어 재산이 없었던 굴드 부인은 지적인 관심사가 풍부한 분위기에서 성장했으므로 막대한 재력에 대해 생각해 본 적이 없었다. 그것은 자신과 너무나 동떨어진 것이었고, 재물이 바람직한 것이라고 배운 적도 없었다. 반면에 절대적 궁핍을 경험해 본 적도 없었다. 숙모인 후작 부인은 가난했지만, 기품 있는 마음이 견뎌 내기 힘들 정도로 궁핍하지는 않았다. 그 가난은 큰 슬픔과 잘 어울리는 것 같았고, 고귀한 이념을 위해 바친 준열한 희생이 배어 있었다. 그러므로 굴드 부인은 물질에 대해서 지극히 당연한 관심마저 기울이지 않는 성격이었다. 그녀가 (찰리의 부친이었으므로) 애정을 품고 (나약한 분이었으므로) 안타깝게 생각한 고인은 전적으로 잘못 판단하셨던 게 분명했다. 유일하게 진실한 면, 즉 비물질적인 면에서 그들의 번영에 하나의 오점도 없으려면 다른 방식으로 접근해서는 안 될 것이다.

한편 찰스 굴드는 부의 개념을 전면에 내세우지 않을 수 없었다. 그러나 그는 그것을 목적이 아니라 수단으로 내세웠다. 광산이 유망한 사업이 아니라면 손댈 수 없을 것이다. 그는 유망한 사업이라고 주장해야 했다. 그것이 자본을 가진 사람들을 움직일 수 있는 지렛대였다. 그리고 찰스 굴드는 광산을 믿었다. 광산에 대해 알 수 있는 사실을 모두 알아냈다. 광산에 대한 그의 믿음은 열렬한 웅변으로 피력되지 않아도 전염성이 있었다. 종종 사업가들은 사랑에 빠진 사람처럼 낙관적으로 생각하고 풍부한 상상력을 발휘한다. 그들은 일반적으로 생각하는 것보다 훨씬 더 상대방의 성품에 영향을 받는다. 그리고 찰스 굴드에게는 흔들리지 않는 확신이 있었으므로 절대적인 설득력이 있었다. 게다가 그가 접촉한 사업가들에게 코스타구아나의 광산업이 투자한 노력과 돈의 가치를 상회하는 유망한 사업이 될 수 있다는 것은 잘 알려진 상식이었다. 사업가들은 그 점을 잘 알았다. 그 광산에 손을 대려 할 때 실로 골치 아픈 문제는 다른 데 있었다. 그것에 맞서려는 차분한 불굴의 결의가 찰스 굴드의 목소리에서 엿보였다. 사업가들은 때로 사람들이 일반적으로 터무니없다고 생각하는 행동을 감행하기도 한다. 분명 그들은 충동적이고 인간적인 근거에서 결정을 내리는 것이다. "좋네." 찰스 굴드가 여행길에 샌프란시스코에 들러서 자신의 생각을 명료하게 피력했을 때 그 유력한 인물이 말했다. "우리가 술라코의 광산업에 손을 댄다고 가정해 보세. 그러면 이런 것들이 관련되겠지. 우선 홀로이드 상사(商社)가 있는데, 그건 괜찮네. 그리고 코스타구아나의 시민 찰스 굴드 씨가 있네. 그것도 괜찮아. 끝으로 그 공화국 정부가 있네. 여기까지는 아타카마의 초석 광산을 처음 개발했을 때와 똑같네. 거기에도 자금을 조달한 회사가 있었고, 에드워즈라는 이름의 신사가 있었고, 정부가 있었지. 아니 두 개의 정부, 두 개의 남아메리카 정부가 있었다고 해야겠군. 그 사업이 어떻게 됐는지 자네도 잘 알겠지. 전쟁이 일어났어. 지독히 파괴적인 전쟁이 오래도록 지루하게 이어졌네, 굴드 씨. 하지만 이 경우에는 이 사업을 약탈할 기회를 노리며 어정거리는 남아메리카 정부가 하나뿐이라는 이점이 있군. 그것이 장점이기는 하네. 그렇지만 정부가 악랄하게 구는 정도는 제각기 다르지. 더구나 그 정부는 다름 아닌 코스타구아나 정부라네."

유력 인사는 이렇게 말했다. 자신의 거대한 조국에 걸맞게 어마어마한 기부금을 교회에 내는 백만장자이자, 의사들이 무시무시한 말로 은근히 협박했던 바로 그 사람이었다. 팔다리가 길고 용의주도한 이 남자가 무뚝뚝한 어조로 조용히 내뱉은 말은 넉넉한 실크 프록코트에 한층 위엄을 더해 주었다. 잿빛 머리칼에 눈썹이 검은 그의 억센 옆얼굴은 옛 로마 동전에 새겨진 시저의 두상처럼 보였다. 하지만 그는 독일계와 스코틀랜드계, 영국계 혈통을 물려받았고 아주 오래전에 덴마크와 프랑스의 핏줄도 섞였기에, 청교도적 기질과 만족을 모르며 정복을 꿈꾸는 상상력을 갖고 있었다. 그는 방문객을 아주 편안히 대해 주었다. 그 방문객이 유럽에서 진심 어린 소개장을 들고 왔기 때문이기도 하고, 어디서 만났고 어떤 목적을 추구하든 간에 진지함과 결단력을 가진 사람이라면 무조건 호감을 느꼈기 때문이었다.

"코스타구아나 정부는 기를 쓰고 그 나름의 수를 쓸 걸세. 그 점을 잊지 말게, 굴드 씨. 자, 코스타구아나라는 나라가 대체 뭔가? 금리 10퍼센트의 차관과 눈먼 투자금을 집어삼킨 밑 빠진 독일세. 오랫동안 유럽은 전력을 다해 자본을 쏟아부었지. 하지만 우리는 그러지 않았네. 비가 올 때 집 안에 있어야 한다는 것쯤은 알고 있거든. 가만히 앉아서 지켜보는 거지. 물론 언젠가는 우리도 들어갈 걸세. 그렇게 할 수밖에 없지. 하지만 서두를 필요는 없네. 시간도 온 우주에서 가장 위대한 하느님의 나라의 뜻을 받들 테니까. 우리는 산업이나 무역, 법, 언론, 예술, 정치, 종교, 그 모든 것에 명령을 내릴 걸세. 케이프 혼에서 스미스 사운드[18]까지, 그리고 북극에서도 손에 넣을 만한 것이 나타나면 그 너머까지 말일세. 그런 다음에 지상의 외진 곳에 있는 섬이나 대륙을 천천히 느긋하게 인수하겠지. 세상이 좋아하든 말든 우리는 온 세상의 사업을 주름잡게 될 걸세. 세상은 그것을 피할 도리가 없네. 우리도 피할 수 없겠지."

이 말을 통해서 그는 일반적 개념을 설명하는 데 익숙하지 않은 자신의 지적 능력에 적합한 용어로 운명에 대한 믿음을 표현하려 했다. 그의 지적인 능력은 사실을 자양분 삼아 그 바탕에서 성장했다. 찰스 굴드의 상상력은 은광이라는 한 가지 중대한 사실에 늘 사로잡혀 있었으므로 앞으로의 세계에 대한 이런 지론에 이의가 없었다. 이 지론이 순간 불쾌하게 들렸다면, 그것은 느닷없이 튀어나온 엄청난 미래에 대한 얘기가 지금 당면한 실제 문제를 하찮은 것으로 보이게 했기 때문이었다. 굴드 자신과 그의 계획, 옥시덴탈주에 묻혀 있는 풍부한 광물이 갑자기 중요성을 모조리 빼앗긴 것 같았다. 불쾌한 느낌이었다. 하지만 찰스 굴드는 아둔하지 않았으므로, 자신이 호감을 주고 있다는 것을 이미 감지했다. 그 사실을 기

---

18) 그린란드와 캐나다 북쪽 섬 사이의 북극 항로.

분 좋게 의식하면서 그는 모호한 미소를 지었고, 그와 대화를 나누던 거구의 남자는 그 미소를 신중하게 경탄하면서 동의하는 뜻으로 받아들였다. 그도 조용히 미소를 지었다. 순간 찰스 굴드는, 소중한 희망을 지켜 내려는 사람의 기민한 마음으로, 자기의 목적이 아주 하찮게 보이기 때문에 오히려 실현될 수 있으리라고 생각했다. 자신의 행동을 그처럼 엄청난 운명과 결부시키는 사람에게는 그것이 이렇게 되든 저렇게 되든 그리 큰 문제가 아니기 때문에 굴드의 성품과 그의 광산을 후원할 것이다. 이런 생각이 들었어도 찰스 굴드는 굴욕감을 느끼지 않았다. 그것이 그에게는 여전히 중대한 문제였기 때문이다. 어느 누구의 거창한 운명관도 산토메 광산을 구제하려는 자신의 욕망을 위축시킬 수 없었다. 특정한 공간에서 일정한 시간 내에 반드시 도달할 수 있는 자신의 틀림없는 목표와 비교해 볼 때 상대방은 한순간 전혀 중요하지 않은 관념적 몽상가로 보였다.

체구가 육중하고 성품이 온화한 그 거물은 생각에 잠겨 그를 바라보았다. 잠시 이어진 침묵을 깨고 입을 뗐을 때 그가 꺼낸 말은 그런 이권이 코스타구아나에 난무한다는 것이었다. 평범한 사람도 이권을 따내려고만 하면 단번에 따낼 수 있다.

"우리 영사들의 입을 막으려고 이권을 준다네." 그는 기분 좋게 조롱하는 눈빛을 반짝이며 말을 이었다. 하지만 이내 진지해졌다. "뇌물을 좋아하지 않고, 그들의 음모나 작당, 파벌 싸움을 멀리하려는 양심적이고 올곧은 사람은 곧 추방되지. 아시겠나, 굴드 씨? '주재국 정부가 기피하는 외국인'이 되는 거라네. 이런 이유로 우리 정부는 제대로 된 정보를 얻지 못하고 있어. 다른 점에서 보자면, 유럽은 그 대륙에서 물러나야 하네. 그런데 아직은 우리가 개입할 때가 아니야. 하지만 우리는 이 나라 정부도 아니고 평범한 사람도 아니지. 자네의 용건은 나쁘지 않아. 우리에게 중요한 문제는, 두 번째 파트너인 자네가 달갑지 않은 세 번째 파트너인 코스타구아나 정부를 장악한 막강한 고위직 강도들에 맞서 굴복하지 않을 사람인가 하는 점이네. 어떻게 생각하나, 굴드 씨, 어?"

몸을 앞으로 숙인 채 그는 움츠리지 않는 찰스 굴드의 눈을 뚫어지게 들여다보았다. 굴드는 큰 상자를 가득 채운 부친의 편지를 떠올리면서 오랜 세월 누적된 조롱과 쓰라린 고통이 밴 어조로 대답했다.

"그 사람들이나 그들의 수법과 술책을 잘 아느냐고 물으신다면 그렇다고 장담할 수 있습니다. 저는 어렸을 때부터 그런 지식을 먹고 자랐으니까요. 제가 지나친 낙관에 빠져 실수를 저지르는 일은 없을 겁니다."

"없을 거라고, 그래? 좋네. 기지와 난관에 꿈쩍하지 않는 꿋꿋한 자세가 필요할 걸세. 그리고 자네를 뒷받침하는 후원자에 기대서 으름장을 좀 놓을 수도 있겠지. 하지만 너무 많이 해서는 안 되네. 사업이 순탄하게 굴러가는 한은 자네에게 협력하겠네. 그렇지만 우리가 큰 곤경에 말려드는 일은 없을 걸세. 이 실험을 기꺼이 해 볼 생각이네. 위험 부담이 있지만 그 정도 위험은 감수할 생각이네. 하지만 자네가 자네의 목적을 달성하지 못한다면 우리는 물론 손실을 감수할 테고 그런 다음에는 손을 떼겠지. 이 광산은 그냥 내버려 둬도 괜찮아. 자네도 알다시피 전에도 폐광이었으니까. 어떤 상황에서든 우리가 손실을 만회하려다 더 큰 손실을 보는 일은 절대 없으리라는 점을 명심하게."

이 거물은 대도시의 개인 집무실에서 그렇게 말했다. (변변치 않은 서민의 눈에는 대단한 인물로 보이는) 다른 사람들이 그의 손짓에 맞춰 민첩하게 시중들고 있었다. 그러고 나서 일 년 후 뜻밖에도 술라코에 나타난 그는 자신의 재력과 영향력 덕분에 가능한 거침없이 솔직한 말로 자신의 강경한 입장을 강조했다. 어쩌면 그동안의 성과와 더욱이 연속적으로 조치를 취한 방식을 세밀히 살펴보고 찰스 굴드가 목적을 절대로 포기하지 않으리라는 확신을 얻었기 때문에 더 거리낌이 없었을지도 모른다.

'이 청년은 앞으로 이 나라의 거물이 될 수 있겠군.' 그 유력 인사는 이렇게 생각했다.

이런 생각이 들자 그는 기분이 우쭐해졌다. 지금까지는 가까운 지인들에게 이 청년을 이렇게 설명할 수밖에 없었기 때문이다.

"내 처남이 독일의 어느 광산 근처에 있는 작은 옛 마을에서 그를 만났다네. 내게 편지를 한 장 들려서 보냈더군. 그는 코스타구아나의 굴드 집안사람인데, 혈통은 순수한 영국인이지만 모두 그 나라에서 태어났다네. 그의 삼촌은 정치에 개입해서 술라코의 마지막 주지사를 지내다가 전쟁이 일어난 후에 총살됐지. 그의 부친은 산타마르타의 유명한 사업가였는데 정치판에 휘말리지 않으려고 애썼지만 몇 차례 혁명이 일어난 후에 몰락해서 죽고 말았어. 간단히 말해서 코스타구아나는 그런 곳이라네."

물론 그는 매우 대단한 인물이어서 가까운 친지들도 그의 동기가 무엇인지 캐묻지 못했다. 바깥 세계는 경의를 품고 그의 처신에 숨은 의미를 나름대로 추측할 뿐이었다. 너무나 대단한 거물이었으므로 그가 '보다 순수한 형태의 기독교 신앙'(그것이 교회 건립이라는 단순한 형태로 나타난다는 것을 굴드 부인은 재미있어했다.)을 아낌없이 후원한다는 사실은 그의 경건하고 겸손한 마음을 명백히 드러낸다고 시민들은 생각했다. 그러나 그가 속한 재계는 산토메 광산 같은 것에 후원한 사실을 실로 존중하기는 했지만 조심스러운 농담거리로 여겼다. 거물의 변덕쯤으로 본 것이다. 거대한 홀로이드 건물(두 거리가 만나는 모퉁이에 철과 유리, 큰 돌덩어리를 엄청나게 쌓아 올린 건물인데 그 위에 방사선 모양으로 뻗어 나간 전선들이 거미줄처럼 덮여 있었다.)에서 주요 부서의 부장들은 장난기 어린 눈빛을 주고받았다. 그것은 그들이 산토메 사업의 비밀을 알지 못한다는 뜻이었다. 코스타구아나에서 온 우편물(큰 소포였던 적은 없고 그저 꽤 묵직한 서류봉투 하나에 불과한)은 개봉되지 않은 채 거물의 집무실로 직행했고, 그것과 관련된 지시가 그곳에서 나온 적도 없었다. 거물이 직접 답장을 쓴다는 소문이 돌았다. 편지를 받아쓰게 하지도 않고, 직접 펜과 잉크를 사용해서 손수 답장을 쓰고, 불경한 눈이 범접할 수 없는 비밀 편지 사본집에 한 부를 남겨 놓았으리라고 짐작되었다. 위대한 사업을 운영하는 그 십일 층짜리 공장의 작고 하찮은 기계 조각에 불과한, 빈정대기 잘하는 젊은 직원들은 그 위대한 거물이 마침내 어리석은 일을 저질렀고 그 우행을 부끄러워하고 있다고 솔직히 의견을 털어놓았다. 매한가지로 하찮은 부품에 불과하지만 자신의 전성기를 삼켜 버린 사업에 대해 낭만적 존중심을 품고 있는 더 나이 든 직원들은 그것이 불길한 전조라고 아는 체하며 넌지시 중얼거리곤 했다. 홀로이드 상사가 서서히 코스타구아나 공화국을 송두리째 장악할 의도라는 것이었다. 하지만 실은 그것이 취미라는 의견이 옳았다. 그 거물은 산토메 광산에 직접 관심을 기울이면서 흥미를 느꼈다. 그것이 너무나 흥미로워서, 놀랍도록 오랜만에 처음으로 손에서 일을 떼고 휴식을 취하기로 결정했을 때 그 취미에 따라 여행지를 정했던 것이다. 그곳에서 대단한 사업을 하는 것은 아니었다. 철도 회사 위원회나 산업체를 운영하는 것도 아니었다. 그는 한 인간을 운영하는 것이었다! 만일 그 일이 성공한다면 새롭고 참신한 이유에서 매우 기쁨을 느낄 터였다. 하지만 동일한 감정의 이면에서 보자면, 실패의 첫 조짐만 드러나도 가차 없이 내던져 버려야 했다. 인간도 함께 내던질 것이다. 불행히도 언론이 그가 코스타구아나를 방문한다는 사실을 온 나라에 나팔을 불어 대듯 떠벌렸다. 그는 찰스 굴드의 경영 방식을 흐뭇하게 생각하면서도 원조를 확언하며 더욱 냉혹한 말을 덧붙였다. 심지어 그는 흰 노새가 끄는 굴드 부인의 마차 뒷좌석에서 모자를 들어 올리며 안뜰을 빠져나가기 삼십 분 전에 마지막으로 대화를 나눌 때도 찰스의 방에서 이렇게 말했다.

"자네 방식으로 계속해 나가게. 자네가 그 방식을 고수하는 한 나는 자네를 도울 방법을 찾아낼 걸세. 하지만 어떤 경우에는 우리가 자네를 적시에 내버릴 수 있다는 점을 명심하게."

찰스 굴드의 대답은 이것뿐이었다. "우선 가급적 빨리 기계류를 보내 주십시오."

거물은 조금도 흔들리지 않는 굴드의 확신이 마음에 들었다. 내밀한 속내를 들여다보자면, 실은 찰스 굴드도 이 엄격한 조건이 마음에 들었다. 이렇게 되어 광산은 그가 어린 소년이었을 때 부여했던 독자성을 유지했다. 광산의 운명은 오로지 그의 손에 달려 있었다. 그것은 엄중한 일이었고, 찰스 역시 그 일을 엄중히 받아들였다.

"물론," 앵무새가 화난 눈으로 지켜보는 가운데 아내와 회랑을 천천히 거닐면서 그는 조금 전에 떠난 손님과 마지막으로 나눈 대화를 들려주며 말했다. "물론, 그런 거물은 마음 내키는 대로 지원할 수도, 내던져 버릴 수도 있소. 그가 패배를 경험하는 일은 없을 거요. 그는 포기해야 할 수도 있고 내일 죽어야 할지도 모르지만, 그 엄청난 은광과 철광 이권은 지속될 테고, 언젠가는 세계의 다른 지역과 함께 코스타구아나를 장악할 거요."

그들은 새장 가까이에서 걸음을 멈췄다. 아는 단어를 알아들은 앵무새가 말참견하려는 충동을 느꼈다. 앵무새는 인간과 매우 비슷하다.

"코스타구아나 만세!" 앵무새가 주제넘게 나서서 맹렬히 날카롭게 소리를 질렀다. 그러고는 반짝이는 창살 뒤에서 즉시 깃털을 곤두세우고 의기양양하게 졸린 기색을 띠었다.

"그런데 정말 그렇게 믿어요, 찰리?" 굴드 부인이 물었다. "그런 생각은 아주 무서운 물질주의 같아요. 그리고……."

"나는 상관하지 않소." 남편이 조리 있는 어조로 말을 가로막았다. "나는 눈앞에 보이는 것을 이용할 뿐이오. 그 거물의 말이 운명의 목소리든, 허튼 웅변에 불과하든 무슨 상관이겠소? 아메리카 대륙 양쪽에서 이런저런 웅변이 엄청나게 쏟아져 나오고 있소. 신세계의 분위기가 열변을 토하기 적합한 모양이오. 친애하는 아베야노스 씨도 여기서 몇 시간이고 장황한 열변을 늘어놓으시지 않소?"

"아, 하지만 그건 달라요." 굴드 부인이 충격을 받은 듯이 반론을 제기했다. 그 말은 맞지 않았다. 돈 호세는 친절하고 선량한 사람이었고 말을 매우 잘했으며 산토메 광산의 중요성을 열성적으로 피력했다. "어떻게 그분과 비교할 수 있어요, 찰스?" 그녀는 비난하듯이 큰 소리로 말했다. "호세 씨는 큰 고통을 겪으셨어요. 그래도 희망을 갖고 계세요."

굴드 부인은 남자들의 업무 능력을 의심하지 않았지만 상당히 놀랍게 여기기도 했다. 너무나 명확한 문제에 있어서 남자들은 희한하게도 멍청하게 굴기 때문이었다.

찰스 굴드는 두 사람을 비교한 것이 아니라고 말했고, 근심에 찌든 그의 차분한 어조에 아내는 즉시 걱정과 연민을 느꼈다. 찰스 굴드는 자기도 결국 아메리카 대륙 사람이기 때문에 두 종류의 웅변을 잘 이해할 수 있다고 말했다. "이해하려고 애쓸 가치가 있는 웅변이라면 말이지." 그는 침울하게 덧붙였다. 하지만 자신은 삼대에 걸친 가족 가운데 누구보다도 영국의 공기를 오래 마셨으니 제외되어야 한다고 했다. 가엾은 부친도 달변이셨다. 부친이 마지막 편지에서 확신을 피력한 구절을 기억하느냐고 그는 아내에게 물었다. "하느님은 진노하신 눈으로 이 나라를 바라보셨다. 그렇지 않았더라면 어느 대륙보다도 아름다운 이곳을 뒤덮은 음모와 유혈 사태, 범죄의 무서운 어둠을 뚫고 갈라진 틈으로 희망의 빛을 내려 주셨을 것이다."

굴드 부인은 기억하고 있었다. "당신이 읽어 주었잖아요, 찰리." 그녀가 중얼거렸다. "놀라운 선언이었어요. 아버님께서는 무서운 슬픔을 통감하셨던 거죠!"

"아버지는 약탈당하는 것을 싫어하셨소. 그래서 분개하셨던 거요." 찰스 굴드가 말했다. "하지만 그 이미지는 꽤 적절할 거요. 여기 이 나라에 필요한 것은 법과 신뢰, 질서, 안정이오. 누구든 이런 것들에 대해 미사여구를 동원해서 웅변을 늘어놓을 수 있겠지만, 나는 물질적 이익을 절대로 믿기로 했소. 물질적 이익이 일단 확고한 기반을 다져야만 그런 것들이 뿌리 내릴 수 있는 환경이 만들어질 거요. 그렇게 돼야만 이 나라의 무법과 무질서에 맞서 돈벌이를 하는 것이 정당화될 거요. 돈벌이에 필요한 안정을 억압받는 사람들과 공유해야 하기 때문에 정당화되는 거지. 더 나은 정의는 그 후에 찾아올 거요. 그것이 한 가닥 희망이지." 한순간 그는 팔로 그녀의 가냘픈 몸을 바싹 끌어당겼다. "그런 의미에서 산토메 광산이 가엾은 아버지께서 찾지 못해 절망하셨던, 어둠의 작은 틈새가 될지 누가 알겠소?"

그녀는 경탄하듯이 남편을 올려다보았다. 남편은 유능했다. 그는 그녀의 모호한 이타적 야심에 어마어마한 형체를 부여한 것이다.

"찰리," 그녀가 말했다. "당신은 장한 불효자예요."

갑자기 그는 그녀를 회랑에 두고 모자를 가지러 갔다. 부드러운 잿빛 맥고모자는 이 나라의 독특한 소품이었는데, 그의 영국식 차림과 의외로 잘 어울렸다. 그는 승마용 채찍을 겨드랑이에 끼고 개가죽 장갑의 단추를 끼우며 돌아왔다. 그의 얼굴은 단호한 생각을 반영하고 있었다. 아내는 계단 꼭대기에서 그를 기다렸다. 그는 작별 키스를 하기 전에 하던 이야기를 끝맺었다.

"우리가 분명히 명심해야 할 것은 돌아갈 수 없다는 사실이오. 어디서 인생을 새로 시작할 수 있겠소? 이제 우리 안의 모든 것이 이 일에 걸려 있소."

그는 올려다보는 아내의 얼굴을 아주 다정하고도 약간 안쓰러운 듯이 내려다보았다. 찰스 굴드가 유능한 까닭은 환상을 품지 않기 때문이었다. 굴드 채굴권을 지켜 내기 위해 그는 도처에 만연되어 대수롭지 않게 보이는 부패의 구렁텅이에서 당장 손에 넣을 수 있는 무기를 갖고 목숨 걸고 싸워야 했다. 그는 무기를 잡으려고 몸을 굽힐 준비가 되어 있었다. 부친을 살해한 은광이 자신을 유혹해서 의도했던 것보다 더 멀리 가게 했다는 느낌이 한순간 들기도 했다. 그러나 두루뭉술한 감정의 논리로, 자기 인생의 가치는 성공에 달려 있다고 설득했다. 되돌아갈 수는 없었다.

7

굴드 부인은 지적인 공감 능력이 뛰어났으므로 남편의 그런 감정을 공유할 수 있었다. 그 감정은 삶을 흥미진진하게 만들었고, 매우 여자다웠던 그녀는 흥미진진한 삶을 좋아하지 않았다. 그로 인해 약간 겁이 나기도 했다. 돈 호세 아베야노스가 미국제 흔들의자에 앉아서 "만일 자네가 실패하더라도, 친애하는 카를로스, 어떤 고약한 사건 때문에 자네 사업이 망하는 일이 있더라도 — 그런 일은 절대로 일어나지 않기를 바라네만! — 자네는 조국을 위해 큰 공을 세운 걸세."라고 말했을 때, 굴드 부인은 다탁에서 고개를 들고 아무 말도 못 들은 듯 태연히 스푼으로 찻잔을 젓는 남편을 의미심장하게 올려다보았다.

돈 호세가 광산의 실패를 예상한 것은 아니었다. 그는 친애하는 카를로스의 재간과 용기를 한없이 칭찬해도 부족하다고 생각했다. 굴드의 영국인다운 확고한 성격이 그를 지켜 주는 최고의 안전장치라고 돈 호세는 주장했다. 그러고는 그의 나이와 오랜 친분에 걸맞게 친밀한 목소리로 굴드 부인에게 말하곤 했다. "부인에 대해 말하자면, 내 영혼 에밀리아, 부인은 여기서 태어난 사람 못지않게 진정한 애국자라오."

이는 어느 정도 옳은 말이었을 것이다. 굴드 부인은 광부를 모집하려고 그 지역 일대를 돌아다닌 남편과 동행하면서 코스타구아나의 토박이보다 더 깊은 눈으로 그 나라를 보았다. 그녀는 여행용 승마복을 입고 석고상처럼 얼굴에 하얗게 분을 바르고 뜨거운 한낮에는 작은 실크 마스크를 두른 채 짧은 행렬의 중간에서 날렵하고 민첩한 조랑말을 타고 달렸다. 선두에서는 평원의 소몰이꾼 두 명이 카빈총을 어깨에 비스듬히 걸고 말의 보폭에 따라 흔들리며 말을 몰았다. 큼직한 모자를 쓰고 맨발에 박차를 매달고 양옆에 단추가 달린 수놓인 흰 바지와 가죽 재킷, 줄무늬 판초를 걸친 그림 같은 모습이었다. 행렬 뒤쪽에서는 갈색 피부의 여윈 노새몰이꾼이 짐 나르는 노새를 몰았다. 그는 귀가 긴 노새의 꼬리에 닿을 만큼 꽁무니에 붙어 앉아서 다리를 앞으로 쭉 뻗었는데, 뒤로 젖힌 넓은 모자챙이 그의 머리를 후광처럼 둘러싸고 있었다. 돈 호세는 탐험대를 조직하고 물자 보급을 책임질 코스타구아나 출신의 늙은 장교를 추천해 주었다. 비천한 계층 출신이었지만 블랑코 당을 지지하는 의견을 표명했기에 스페인계 최고 집안의 후원을 받은 고참 대령으로 은퇴한 인물이었다. 잿빛 콧수염의 양끝이 턱 밑으로 길게 늘어진 그는 굴드 부인의 왼쪽에서 말을 몰면서 다정한 눈으로 주위를 돌아보고 그 지역의 특색을 가리키며 작은 마을과 사유지의 이름을 알려 주었고 또한 평평한 술라코 계곡 너머 작은 언덕의 꼭대기에 긴 요새처럼 매끈한 벽이 둘러진 농장의 이름도 알려 주었다. 멀리 푸른 연무가 서린 산맥에서부터 초원과 하늘이 맞닿아 아른거리는 광대한 지평선에 이르기까지 그 계곡에는 초록의 어린 작물과 평원, 숲, 반짝이는 물결이 공원처럼 펼쳐져 있었다. 지평선에 걸린 거대한 흰 구름은 그 어두운 그림자 속으로 서서히 빠져드는 것 같았다.

한없이 펼쳐진 넓은 공간에서는 아주 작게 보이는 사람들이 광대함에 도전하려는 듯이 나무 쟁기와 굴레에 매단 황소를 끌어 땅을 갈고 있었다. 멀리서 소몰이꾼들이 말을 타고 질주했고, 어마어마한 소 떼가 드넓은 가축 목장을 가로질러 까마득히 멀리까지 한 줄로 비뚤배뚤 서서 뿔 달린 머리를 한쪽 방향으로 향한 채 풀을 뜯고 있었다. 사방으로 가지를 뻗은 사시나무 한 그루가 길가의 초가지붕 오두막에 그늘을 드리웠다. 몇 줄로 대열을 이뤄 무거운 짐을 들고 터벅터벅 걷던 인디언들은 모자를 벗고 슬픔에 잠긴 무언의 눈을 들어, 노예였던 조상들이 맨손으로 만든 카미노 레알 대로에서 부서진 가루 먼지를 일으키는 행렬을 올려다보았다. 나날이 여행하는 동안 해안 도시의 하찮은 유럽식 허세에 물들지 않은 방대한 내지의 모습이 여실히 드러나자 굴드 부인은 그 땅의 영혼에 더 가까이 다가서는 느낌이었다. 그곳은 평원과 산, 그리고 말없이 고통을 겪으며 애처롭게도 변함없는 인내심으로 미래를 기다리는 사람들의 거대한 나라였다.

굴드 부인은 그 지역의 풍경과 그곳 사람들의 환대를 알게 되었다. 바람이 휘몰아치는 목장 쪽으로 막다른 긴 벽을 세우고 육중한 문을 낸 대저택에서 졸음이 올 정도로 차분하고 정중하게 베풀어 준 환대였다. 집주인과 식구들이 소박한 가부장적 위계에 따라 식탁에 앉고 그녀에게 상석을 내주었다. 집안 여자들은 달빛을 받으며 안뜰의 오렌지 나무 밑에서 부드러운 목소리로 얘기를 나누곤 했다. 그들의 감미로운 목소리와 조용한 생활에 스며든 신비로움은 그녀에게 깊은 인상을 주었다. 아침이면 신사들은 떠나는 손님들을 배웅하려고 밀짚을 꼰 맥고모자를 쓰고 수놓은 승마복을 입고 은붙이로 잔뜩 장식한 말을 타고 달려 나오곤 했다. 사유지의 경계석에 이르면 그들은 엄숙한 얼굴로 손님들과 작별 인사를 나누며 신의 가호를 빌어 주었다. 이런 저택에서 그녀는 무도하기 짝이 없는 정치에 대한 이야기를 들을 수 있었다. 친구들과 친척들이 무의미한 내전의 싸움터에서 다치고 투옥되고 살해되었고, 잔인한 선고를 받아 야만적으로 처형되었다. 이 나라 정부는 땅 위에 풀려난 어처구니없는 악귀 무리가 기병도와 군복, 호언장담으로 무장하고 싸움질을 벌이는 욕망의 각축장 같았다. 누구의 입에서나 평화를 희구하는 지친 갈망을 들을 수 있었고, 법과 안정, 정의도 없이 통치를 흉내 내는 악몽 같은 관료주의에 대한 두려움이 흘러나왔다.

굴드 부인은 꼬박 두 달에 걸친 여행을 아주 잘 견뎌 냈다.

그녀는 아주 연약해 보이는 여자에게서 이따금 놀랍게도 찾아볼 수 있는, 남다른 불굴의 영혼에 사로잡힌 듯이, 지치지 않는 저항력을 갖고 있었다. 늙은 코스타구아나 대령, 돈 페페는 가냘픈 숙녀를 몹시 걱정하다가 나중에는 '지칠 줄 모르는 부인'이라는 별명을 붙여 주었다. 굴드 부인은 실로 코스타구아나 사람이 되어 가고 있었다. 남부 유럽에서 진정한 농민 계층을 이해하게 되었으므로 그녀는 민중의 위대한 가치를 느낄 수 있었다. 그녀는 말없이 슬픈 눈으로 짐을 나르는 짐승 밑에서 걸어가는 사람을 보았다. 길에서 짐을 운반하는 그들을 보았고, 바람에 나부끼는 흰옷이 팔다리에 휘감기는 가운데 큰 밀짚모자를 쓰고 힘겹게 일하는 평원의 외로운 형체들을 보았다. 그녀는 어느 마을의 샘터에 모인 인디언 여자들에게서 깊은 인상을 받았던 일을 기억했고, 또 어떤 마을에서는 옆모습이 우울하고 육감적인 인디언 아가씨가 찬물이 든 토기 항아리를 커다란 갈색 항아리들로 가로막힌 어두운 오두막의 목재 현관에서 들어 올렸던 일을 기억했다. 굴대가 흙 속에 박혀 멈춰 버린 달구지의 단단한 나무 바퀴에는 도끼에 찍힌 자국이 선명하게 나 있었다. 목탄을 나르는 짐꾼 한 무리가 각자의 짐을 머리맡의 나지막한 진흙 담에 올려놓고 좁은 그늘에 일렬로 누워 자고 있었다.

정복자들이 남긴 육중한 석제 교량과 교회들은 사라진 국가들이 강제로 부과한 인간 노동이 얼마나 등한시되었는지를 분명히 보여 주었다. 왕과 교회의 권력은 사라졌다. 하지만 작은 언덕에서 흘러내려 마을의 나지막한 흙담을 두텁게 뒤덮은 폐허 더미가 보이면 돈 페페는 자신의 전투 무용담을 중단하고 이렇게 소리치곤 했다.

"불쌍한 코스타구아나! 예전에는 전부 신부들 차지라 민중은 가질 게 아무것도 없더니, 지금은 죄다 산타마르타의 위세등등한 정치가들, 검둥이들과 도둑들 차지랍니다."

찰스는 시장이나 세관, 여러 읍의 중요 인사들, 큰 농장을 소유한 신사들과 이야기를 나누었다. 여러 마을의 경찰서장들은 그에게 호위 부대를 제공하겠다고 제안했다. 그가 당시 술라코의 주지사가 인가한 허가장을 보여 줄 수 있었기 때문이었다. 그 문서를 얻어 내기 위해 20달러짜리 금화를 얼마나 쏟아부어야 했는지는 찰스 자신과 (친절하게도 술라코 발신 편지에 손수 답장해 주었던) 미국의 거물, 그리고 당시 술라코주 청사에서 머물던 또 다른 거물만 아는 비밀이었다. 짙은 올리브색 피부에 눈동자를 잘 굴리는 그 거물은 유럽에서 몇 년 살았기 때문에, 그의 말로는 유형살이를 했기 때문에, 교양과 프랑스식 유럽 매너를 갖췄다고 떠벌렸다. 하지만 그가 망명을 떠나기 전에, 세도가였던 친구가 부세관원 자리를 얻어 준 조그만 항구에서 세관에 있던 현금을 무모하게도 전부 도박으로 날린 것은 잘 알려진 사실이었다. 젊은 시절의 경솔한 행동 때문에 다른 불편도 겪었지만 한동안 마드리드의 음식점에서 웨이터로 생활비를 벌어야 했다. 그러나 그는 결국 처세술이 대단했던 게 틀림없다. 그 재주 덕분에 아주 근사한 행운을 다시 잡을 수 있었던 것이다. 찰스 굴드는 냉정하고 차분한 태도로 용무를 밝히며 그를 각하라고 불렀다.

그 고관은 따분한 듯 거만한 자세로 열린 창가에 앉아 코스타구아나인답게 의자를 한껏 뒤로 젖혔다. 그 순간 우연히도 군악대가 광장에서 오페라 모음곡을 요란하게 연주하자, 그는 자기가 좋아하는 악절을 들으려고 두 번이나 손을 들어 굴드의 입을 막았다.

"절묘하군, 훌륭해!" 옆에 선 찰스 굴드가 무한한 인내심을 발휘하며 기다리는 동안 그는 중얼거렸다. "루치아, 람메르무어의 루치아![19] 나는 음악을 열렬히 좋아한다오. 음악을 들으면 황홀해지거든. 하! 신묘해, 하! 모차르트. 그래! 신묘하지……. 조금 전에 뭐라고 하셨소?"

물론 그는 새로 온 사람의 의도를 이미 풍문으로 들어 알고 있었다. 게다가 산타마르타에서 공식 통보를 받은 바도 있었다. 그러므로 순전히 호기심을 감추고 방문객에게 깊은 인상을 줄 작정으로 그런 태도를 취했던 것이다. 하지만 방 안 한구석의 큰 책상 서랍에 귀중품을 챙겨 넣은 다음에는 태도가 아주 사근사근해졌고, 재빨리 자기 의자로 돌아왔다.

"만일 광산 근처에 촌락을 세우고 사람들을 끌어들일 작정이라면, 그 문제에 관해 내무 장관의 명령이 필요할 거요." 그가 사무적인 태도로 제안했다.

"이미 청원서를 보냈습니다." 찰스 굴드가 차분하게 말했다. "이제 각하께서 호의적인 결정을 내려 주실 거라고 기대하고

---

19) 월터 스콧의 소설 『래머무어의 신부』를 바탕으로 한 도니체티의 오페라. 모차르트의 곡이 아니다.

믿습니다."

그 고관은 변덕스러운 사람이었다. 돈을 받고 나자 그의 단순한 영혼은 아주 감상적이 되었다. 예기치 않게 그가 깊은 한숨을 쉬었다.

"아, 돈 카를로스! 이런 시골에서 우리에게 필요한 것은 당신 같은 진보적 인물이오. 그 나약하고 무기력하기 이를 데 없는 귀족들! 공익 정신도 전혀 없고! 진취적인 사업도 하나 없소! 나는 유럽에서 심오한 연구를 하면서, 아시겠지만……."

그는 벅차오르는 가슴에 한 손을 찔러 넣은 채 일어서려다 넘어질 뻔했지만 용케 몸을 가눴고, 십 분 동안 거의 숨도 돌리지 않으며 온갖 지력을 동원해 찰스 굴드의 공손한 침묵의 공격에 대응하여 덤벼들었다. 그러다가 갑자기 말을 멈추고 의자에 다시 털썩 주저앉는 모양이 마치 요새를 공격하다가 격퇴당한 사람 같았다. 체면을 지키려고 고개를 엄숙하게 끄덕이더니 언짢고 지친 듯이 생색을 내면서 이 과묵한 남자를 서둘러 물러나게 했다.

"당신이 내 호의에 걸맞게 선량한 시민으로 행동한다면, 나 역시 개화된 사람으로서 호의를 베풀 것으로 기대해도 좋소."

찰스 굴드가 고개를 숙여 인사하고 나가는 동안 그는 종이 부채를 집어 들고 거드름을 피우며 부채질을 시작했다. 그러고 나서는 곧 부채를 내던지고는 의아하고 당혹스러운 표정으로 닫힌 문을 한참 동안 응시했다. 마침내 그는 자신이 느끼는 경멸을 확인이라도 하려는 듯 어깨를 으쓱했다. 냉정하고 아둔해. 지적인 구석은 한 군데도 없어. 붉은 머리칼에다 진짜 영국 놈이야. 고관은 그 남자를 경멸했다.

그의 얼굴빛이 어두워졌다. 그 무감각하고 냉랭한 태도는 대체 뭐란 말인가? 그를 필두로 해서 이후 수도에서 연이어 옥시덴탈 주지사로 보낸 정치가들은 찰스 굴드와 공적으로 교섭할 때면 그의 태도가 불쾌할 정도로 오만방자하다고 느꼈다.

찰스 굴드는 당치않은 헛소리를 들어주는 체하는 것이 성가신 간섭을 받지 않기 위해 치러야 할 대가에 포함되어 있다 치더라도 스스로도 같잖은 소리를 늘어놓을 의무는 그 거래에 포함되지 않았다고 생각했다. 그 점에 있어서는 분명하게 선을 그었다. 모든 계층의 온순한 사람들을 자기 앞에서 벌벌 떨게 만들곤 했던 지방 폭군들은 그 영국인다운 기술자의 과묵함에 불편해져서 굽실거리며 아첨을 떨거나 모질게 굴었다. 시간이 흐르면서 차차 그들은 어느 당파가 권력을 잡든 찰스 굴드는 수도 산타마르타의 고위 당국자들과 더없이 효과적으로 접촉한다는 사실을 알게 되었다.

이것은 분명한 사실이었다. 새 철도 회사의 수석 기술자가 예상한 만큼 굴드 부부가 부유하지 않은 이유는 이런 사실로 완벽히 설명할 수 있다. 좋은 충고를 해 주는 (구스만 벤토 시절에 겪은 잔혹한 경험 때문에 소심해지기는 했지만) 돈 호세 아베야노스의 권고에 따라서 찰스는 수도의 권력자들을 가까이하지 않았다. 그렇지만 그는 당시 수도에 거주하던 외국인에게 '술라코의 왕'이라는 (빈정거림 속에 진지함도 다분히 섞인) 별명으로 알려져 있었다. 또한 그들은 술라코 계곡에 방대한 사유지를 갖고 있는 유명한 모라가 가문의 일원으로 유능하고 성격이 좋다고 알려진 코스타구아나인 변호사가 산토메 광산의 대리인이라고 은밀하게 경의를 표하듯 낯선 사람들에게 알려 주었다. "아시다시피, 정략적 대변인이지요." 큰 키에 검은 구레나룻이 난 그 변호사는 신중한 사람이었다. 그는 장관들과 쉽게 접촉할 수 있었고, 코스타구아나의 많은 장관들이 그의 집에서 열리는 정찬 파티에 초대받기를 늘 고대한다고 알려져 있었다. 대통령들은 신속히 그에게 접견을 허락했다. 그는 외삼촌인 돈 호세 아베야노스와 활발히 서신을 교환했다. 그러나 그 편지들은, 친지간의 충실한 애정을 형식적으로 기술한 편지가 아니면, 코스타구아나의 우체국에 맡겨지는 일이 거의 없었다. 우체국에서 편지를 공공연히 닥치는 대로 뜯어 보는 것이 스페인계 남미 정부의 특징이라 부를 만한 뻔뻔스럽고 철면피하며 치졸한 작태였기 때문이다. 하지만 산토메 광산이 다시 가동될 무렵에는 찰스 굴드가 평원 지대를 처음 여행하면서 고용했던 노새몰이꾼이 고지대의 산타마르타와 술라코 계곡 사이의 산길을 이따금 넘나드는 교역꾼 행렬에 자기 짐승들과 합류했다는 사실을 주목해야 한다. 아주 특별한 상황이 아니면, 그 힘들고 위험한 산길로 여행하는 사람은 없었다. 또한 내지의 교역 수준을 보면 수송편이 확연히 더 늘어나야 하는 것도 아니었다. 그러나 그 노새몰이꾼은 산길을 넘어 다니는 것이 수지가 맞는 모양이었다. 그가 산길에 나설 때는 언제나 꾸러미 몇 개가 마련되어 있었다. 암갈색 피부에 무뚝뚝한 그 남자는 털을 바깥쪽에 댄 염소 가죽 바지를 입고 날렵한 노새 뒤꽁무니에 바짝 붙어 앉아서 커다란 모자를 햇빛

쪽으로 기울이고 기다란 얼굴에 아무 생각도 없는 듯 멍한 표정으로 날마다 구슬픈 가락의 사랑 노래를 불렀고 때로 표정의 변화가 조금도 없이 앞에 있는 작은 노새에게 소리를 질러댔다. 그의 등짝에는 작고 둥근 기타가 높이 매달려 있었다. 그의 안장 중 하나에는 나무를 교묘히 파서 구멍을 만들고, 단단히 둥글게 만 종이를 밀어 넣고 나무 마개를 덮은 다음 위에 못질해서 거친 범포를 덮어 둔 곳이 있었다. 술라코에 있을 때면 노새몰이꾼은 굴드 저택 대문 바깥의 돌의자에 앉아 아베야노스 저택의 창문 쪽을 바라보며 하루 종일 (세상일에 아무 관심도 없는 듯이) 담배를 피우거나 끄덕끄덕 졸았다. 아주 오래전에 그의 모친은 아베야노스 집안의 고참 세탁부였고, 옷에 깨끗하게 풀을 먹이는 솜씨가 좋았다. 그는 그 집안의 한 농장에서 태어났다. 그의 이름은 보니파시오였는데, 돈 호세는 에밀리아 부인을 방문하러 5시쯤 길을 건널 때면 손을 흔들거나 고갯짓으로 그의 공손한 인사에 답했다. 양쪽 집의 문지기들은 진지하고 친근한 어조로 그와 한가롭게 이야기를 나누었다. 저녁이 되면 그는 도박을 하거나 큰맘 먹고 흥겨운 기분에 젖어 읍내의 한적한 뒷골목으로 창녀를 찾아가곤 했다. 그러나 그 역시 신중한 사람이었다.

8

철로가 부설되기 전에 사업상의 이유나 호기심 때문에 술라코에 가 본 적이 있는 사람이라면 산토메 광산이 그 외진 지역 사람들의 생활에 얼마나 확고한 영향을 미쳤는지를 기억할 것이다. 그 당시의 외적 풍경이 그 이후만큼 많이 달라진 것은 아니었다. 내가 들은 바로는, 그 이후로 콘스티투시온가를 따라 전차가 달리고, 시골 멀리 외국 상인들과 부자들이 현대식 교외 주택을 지은 린콘과 다른 마을들까지 길이 이어지고, 항구 옆에 커다란 철도 화물 터미널이 생기면서 엄청난 변화가 생겼다고 한다. 부두 쪽으로 창고들이 길게 줄지어 늘어섰고 그 나름대로 꽤 심각하고 조직화된 노동 분쟁도 일어났다고 한다.

당시는 누구도 노동 분쟁에 대해 들어 본 적이 없었다. 사실 항구의 부두 노동자들은 제각기 다른 수호성인을 모시는 다양한 부류의 하층민으로 구성된 동업자 조직이라서 다루기가 어려웠다. 그들은 정기적으로(투우 시합이 있는 날마다) 파업을 했고, 그것은 노스트로모가 한창 위세를 떨치던 시절에도 효과적으로 다루기 어려운 고충이었다. 그러나 축제가 끝난 다음 날 아침이면 시장에서 장사하는 인디언 여자들이 멍석 파라솔을 광장에 펼치기도 전에, 시내 너머 이게로타산 봉우리의 눈이 아직 깜깜한 하늘에서 어슴푸레하게 빛날 때, 은회색 암말을 탄 유령 같은 사내가 나타나서는 노동 문제를 확실히 해결하곤 했다. 오래된 성벽 안의 빈민가와 울타리가 둘러진 잡초밭을 누비면서 그 암말은 빛 한 점 새 나오지 않아 시커멓고 다닥다닥 붙어 있는 외양간이나 개집 같은 오두막 사이의 작은 길을 걸었다. 말에 탄 사람은 나지막한 식료품 가게들과 무너져 내리는 높다란 담벼락에 기대 비스듬히 이어 지은 달개집들의 문을 두툼한 연발 권총의 개머리로 두드렸다. 그가 두드린 나무 벽이 너무 얇아서 꽝꽝 울리는 가운데 집 안의 코 고는 소리와 잠꼬대가 들려왔다. 말안장에 앉은 채 노스트로모는 사람들의 이름을 위협적으로 한두 번 불렀다. 그가 가만히 말에 앉아 있는 고요한 어둠 속으로 잠에 취해 퉁명스럽거나 달래려 하거나 사납거나 익살스럽거나 미안한 듯이 대답하는 목소리가 들렸다. 그러고는 곧 거무스름한 형체가 재빨리 뛰어나와 고요한 공기에 기침을 해 댔다. 때로 여자의 나지막한 목소리가 열린 창문 틈새로 부드럽게 들리기도 했다. "곧 나갈 거예요." 그러면 말에 탄 사람은 가만히 서 있는 말 위에서 꼼짝 않고 기다렸다. 혹시라도 그가 말에서 내려야 하는 일이 생긴다면, 잠시 후 굴집이나 식료품점의 문간에서 부두 노동자가 정신없이 허둥대면서 욕지거리를 억누르고 머리를 내밀며 두 손을 든 채 튀어나와 은회색 암말의 앞다리 밑으로 기어야 했다. 그러면 암말은 예리한 작은 귀를 쫑긋 세우기만 했다. 그런 일에 익숙했던 것이다. 그런 다음에 그 남자는 몸을 일으켜 재빨리 노스트로모의 권총에서 멀리 달아나려고 비틀거리며 걸어갔고 낮은 소리로 으르렁대며 저주의 욕설을 퍼부었다. 동이 틀 무렵 미첼 선장이 잠옷 차림으로 걱정스럽게 바닷가에 홀로 서 있는 O. S. N. 사옥 앞쪽의 목제 발코니에 나와 보면, 거룻배들이 벌써 바다로 나아가고 뱃짐을 옮기는 기중기 주위로 사람들이 분주히 움직이고 있었다. 지중해 선원처럼 체크무늬 셔츠를 입고 붉은 허리띠를 두른 그 무한히 소중한 인물, 노스트로모는 이제 말에서 내려 방파제 끝에서 호통을 치며 명령을 내리고 있었다. 천 명에 하나 있을까 말까 한 친구였다!

현대적 삶의 정형화된 설비로 옛 마을의 고유한 특성을 지워 버리는 완성된 문명의 물적 장치가 아직은 밀려오지 않은 시절이었다. 하지만 그 정신만큼은 매우 현대적인 산토메 광산이라는 실체가, 치장 벽토를 바른 저택과 창살 박힌 창문, 몇 줄로 늘어선 짙푸른 사이프러스 나무 뒤로 폐허가 된 수도원의 긴 상아색 벽에서 잘 드러나는 술라코의 퇴락하고 고색창연한 모습에 이미 미묘한 영향을 미치고 있었다. 또한 광산은 산토메 광부들이 휴일에 즐겨 입는 흰 바탕에 녹색 줄무늬가 있는 판초의 숫자를 대폭 늘림으로써 축제일마다 성당의 열린 문 앞 광장에 모여드는 군중의 모습을 변화시켰다. 광부들은 녹색 끈과 술 달린 흰 모자를 쓰곤 했는데, 품질이 좋은 그 물건은 관리 창고에서 아주 싸게 구입할 수 있었다. (코스타구아나에 낯선) 녹색 옷을 걸친 온순한 혼혈 인디언들이 경찰에게 불손하다는 이유로 죽도록 얻어맞는 일도 어떻든 드물어졌다. 또한 갑자기 신병을 모집한다는 창병 무리에게 길거리에서 올가미 밧줄로 잡힐 위험도 크지 않았다. 이 공화국에서는 이런 식의 신병 모집을 거의 합법으로 보았고, 마을 주민 전체가 이런 식으로 입대했다고 알려진 곳도 많았다. 그러나 돈 페페는 어쩔 수 없다는 듯 어깨를 으쓱하며 굴드 부인에게 말하곤 했다. "달리 무슨 방법이 있겠어요! 불쌍한 사람들! 불쌍한 사람들! 불쌍한 사람들! 하지만 국가에는 군인이 있어야 하거든요."

투사였던 돈 페페는 직업 군인답게 말했다. 콧수염이 양끝에서 늘어지고 개암 색의 여윈 얼굴에 무쇠처럼 억센 턱선이 매끈한 그는 남부의 대평원에서 말을 타고 소 떼를 모는 몰이꾼을 연상시켰다. 술라코의 귀족 클럽에서 그는 늘 "파에스[20]의 늙은 장교 말에 귀를 기울여 주신다면, 신사 여러분," 하고 서두를 꺼내곤 했다. 과거에 연방제라는 스러진 대의를

20) 호세 안토니오 파에스(José Antonio Páez, 1790~1873). 식민 군대에 저항하여 게릴라 전투를 이끈 베네수엘라의 혁명 지도자.

위해 봉사했기에 그는 그 클럽에 출입할 수 있었다. 코스타구아나의 독립을 선언한 시절에 만들어진 그 클럽은 초대 설립자들 중에 조국 해방을 위해 노력한 사람이 많이 포함되어 있음을 자랑스럽게 여겼다. 전횡을 일삼는 정부에 수없이 억압당하고 추방당하고, 열성적인 사령관의 명령에 어쩔 수 없이 연회에 참석한 회원들이 대대적으로 학살당한(후에 비천하기 이를 데 없는 불량배들이 시신을 발가벗겨 창문에서 광장으로 내던졌다.) 기억도 있었지만, 당시 이 클럽은 다시 평화를 누리고 있었다. 클럽은 과거에 이단자 심문소 고위 성직자의 공관이었던 저택에서 역사적으로 유명한 앞쪽 건물의 시원하고 넓은 방을 개방하여 외국인들을 환대했다. 저택의 양 날개에 해당하는 건물은 못을 박아 막아 버린 문 뒤에서 허물어지고 있었다. 돌이 깔리지 않은 중정(中庭)에서 무성하게 자라는 어린 오렌지나무 숲이 대문이 난 뒤곁의 완전히 퇴락한 모습을 가려 주었다. 비밀의 과수원에 들어가듯이 거리에서 그곳에 들어서면 허물어진 계단 바닥에 이르는데, 주교관을 쓰고 지팡이를 든 성스러운 주교의 이끼 낀 동상이 섬세하게 조각된 양손을 가슴에 포갠 채 굴욕스럽게도 부서진 코를 온순하게 감내하며 그곳을 지키고 있었다. 초콜릿색 얼굴에 검은 더벅머리 하인들이 들어서는 사람을 위층에서 흘끗 내려다보고, 당구공이 딸까닥 부딪치는 소리가 들려온다. 계단을 올라 첫 번째 큰 방에 들어서면 환한 창가의 곧은 의자에 꼿꼿하게 앉아서 팔을 쭉 뻗어 오래된 산타마르타 신문을 멀찌감치 밀어 놓고 한 자 한 자 더듬어 읽으며 긴 콧수염을 움찔거리는 돈 페페가 보일 것이다. 둔하고 무감각하지만 참을성이 강한 그의 검은 말은 밖에서 커다란 안장을 짊어진 채 꼼짝 않고 서서 보도의 연석에 코를 박다시피 하며 졸곤 했다.

술라코에서 흔히 쓰이는 말로 '산에서 내려왔을' 때 돈 페페는 굴드 저택의 응접실에도 모습을 보이곤 했다. 그는 다탁에서 조금 떨어진 곳에 겸손하고 침착한 자세로 앉았다. 양 무릎을 붙인 채 움푹 들어간 눈에 익살스러운 빛을 반짝이며 빈정거리는 소소한 농담을 대화에 끼워 넣곤 했다. 그는 온건하면서도 익살스러운 기민함이 있었고, 치열한 전투를 많이 치르고 용기가 입증된 소박한 노병사들에게서 흔히 보이는 진정한 너그러움이 흘렀다. 물론 그는 광산에 대해 아는 바가 전혀 없었다. 그러나 그가 맡은 임무는 특별했다. 그는 광산 구역의 주민을 책임지고 있었는데, 그 구역이란 골짜기의 꼭대기에서부터 산기슭의 달구지 길이 평원을 지나 초록색 — 희망의 색깔인 초록은 광산을 상징하는 색이기도 했다 — 의 작은 나무 다리로 개울을 건너는 곳까지 이어졌다.

'산에 있을' 때 돈 페페는 추레한 군복에 고참 소령의 변색된 금빛 견장을 달고 큰 칼을 허리띠에 찬 모습으로 낭떠러지 길을 돌아다닌다고 술라코에 알려져 있었다. 광부들은 대체로 눈이 부리부리한 인디언들이었는데, 맨발로 다니는 코스타구아나 사람들이 구두를 신은 사람들을 부를 때 그렇듯 그를 '타이타(아버지)'라고 불렀다. 그런데 굴드 씨의 시종이자 그 집안의 수석 하인인 바실리오가 한번은 성심껏 예의를 차릴 생각으로 그가 왔음을 알리며 "총독님께서 도착하셨습니다."라고 엄숙하게 말한 적이 있었다.

때마침 응접실에 있던 돈 호세 아베야노스는 그 그럴듯한 호칭을 아주 재미있게 여겨, 군인다운 풍채의 늙은 소령이 들어서자마자 친절하게 농담하듯이 그 호칭으로 인사를 건넸다. 돈 페페는 '늙은 군인에게 더 고약한 별명도 붙일 수 있겠지요'라고 말하는 듯이 그저 긴 콧수염 아래로 미소를 지으며 받아들였다.

그래서 이후 '총독님'으로 불리게 된 그는 굴드 부인에게 자신의 역할과 영역을 가벼운 농담처럼 익살스럽게 과장하며 말했다.

"어디서 돌멩이 두 개가 부딪치든 그 딸깍 소리를 총독이 못 듣는 일은 절대 없습니다, 부인."

그러면서 돈 페페는 뭔가를 안다는 듯이 집게손가락으로 귀를 톡톡 두드렸다. 고용된 광부가 600명이 넘었을 때도 그는 그들을 하나하나 알고 있는 것 같았다. 자신이 통치하는 세 마을(광산촌은 세 군데에 있었다.)의 수많은 호세와 마누엘, 이그나시오를 전부 다 알았다. 굴드 부인에게는 똑같아 보이는 그들의 납작한 얼굴, 조상에게서 물려받은 고통과 인내의 틀에 갇힌 듯 기쁜 기색이 전혀 없는 얼굴들을 그는 다 구별해 냈다. 그뿐 아니라, 큰 갱도 입구의 공터에서 교대하는 광부 두 무리가 리넨 속바지와 사발 모양의 가죽 모자만 걸친 알몸으로 맨팔과 맨다리가 정신없이 뒤섞인 채 어깨에 곡괭이를 메고 램프를 흔들며 샌들을 질질 끌면서 걸어갈 때도 돈 페페는 그들의 등만 보고도 적갈색이나 흑갈색, 황갈색의 극히 미세한 색깔 차이로 정확히 구별할 수 있었다. 그들은 교대 시간에 잠시 숨을 돌리곤 했다. 인디언 청년들은 길게 늘어선 텅 빈 작은 수레에 한가롭게 몸을 기댔다. 체를 치는 사람과 광석을 부수는 사람들은 쭈그리고 앉아서 긴 시가를 피웠다. 갱도 언저리에 비스듬히 세워진 거대한 목제 활강관에서는 아무 소리도 들리지 않았다. 다만 뚜껑이 열린 용수로에서 맹렬하게 솨솨 소리를 내며 돌진하는 물소리, 회전하면서 철벅거리며 덜커덕덜커덕 울리는 터빈 바퀴 소리, 저 아래 평지에서 보물 광석을 가루로 만드는 쇄광기가 쿵쿵 돌아가는 소리가 들려왔다. 맨가슴에 놋쇠 메달을 매단 각 무리의 조장은 자기 조를 집합시켰다. 마침내 광산은 말 없는 군중의 절반을 삼켰고, 나머지 절반은 긴 줄을 지어 골짜기 기슭으로 이어지는 꾸불꾸불한 길을 따라 내려갔다. 골짜기 바닥은 매우 깊었다. 저 아래 불타듯 뜨거운 바위 사이로 가느다란 초록색 띠처럼 구불구불 식물이 이어진 곳에 바나나밭과 종려나무, 그늘진 나무들이 밀집한 세 군락이 굴드 광산의 광부들이 살아가는 제1, 제2, 제3마을이었다.

이게로타산 어딘가에 일자리가 있고 안전하다는 소문이 목가적인 평원 지대에 퍼져 나가 만조 시의 밀물처럼 멀리 푸르스름한 시에라산맥의 구석구석으로 밀려들자, 수많은 가족들이 처음부터 그곳을 향해 몰려들었다. 뾰족한 밀짚모자를 쓴 아버지가 앞장서고, 어머니가 큰 자식들을 데리고 뒤따랐으며, 대개 작은 당나귀 한 마리가 그 뒤를 이었다. 선두에 선 아버지를 제외하면 모두들 짐을 지고 있었다. 어쩌다 집안의 자랑거리인 큰딸이 새까만 머리카락을 땋아 늘어뜨리고 오동통하고 오만한 옆얼굴을 보이며 토속적인 작은 기타와 부드러운 가죽 샌들 한 켤레만 달랑 어깨에 메고 화살처럼 꼿꼿이 맨발로 걷기도 했다. 방목장 사이의 교차로에 늘어서거나 왕도 옆에서 야영하는 이런 무리들을 보면 말에 탄 여행자들은 이런 말을 주고받았다.

"산토메 광산으로 가는 사람이 더 많아졌군. 내일은 또 다른 무리가 보일 거야."

어스름 속에서 박차를 가해 달리면서 그들은 그 지역의 중요한 소식거리인 산토메 광산에 관한 이야기를 나누곤 했다. 부유한 영국인이 광산을 가동할 것이다. 영국인이 아닐지도 모른다. 누가 알겠나? 돈 많은 외국인일 것이다. 아, 그래, 벌써 착수했다고 한다. 다음 번 투우 시합에 검은 황소를 끌고 술라코에 다녀온 사람들의 말로는, 5킬로미터밖에 떨어지지 않은 린콘의 여인숙 현관에서 숲속에 반짝이는 광산 불빛이 보였다고 한다. 그리고 남자 모자를 쓴 여자가 의자가 아니라 안장을 올려놓은 말에 비스듬히 걸터앉은 것을 보았다고 한다. 그 여자는 산길을 걸어 올라갔다고도 한다. 여자 기술자나 그런 인물인 모양이었다.

"말도 안 돼! 믿을 수 없군!"

"아냐! 맞아! 미국에서 온 여자야."

"아, 그래! 정말 그런 얘기를 들었다면. 미국 여자라. 그럼 그렇고 그런 사람이겠군."

어둠에 잠긴 길을 경계하고 주시하면서 그들은 기막혀하며 조롱기 어린 웃음을 터뜨리곤 했다. 밤늦은 시간에 초원을 돌아다니면 불한당을 만나기 십상이었다.

그런데 돈 페페가 잘 아는 것은 인디언 남자만이 아니었다. 생각에 잠긴 눈으로 주의 깊게 쓱 쳐다보기만 해도 관할 구역의 여자를 처녀든, 어린 소녀든 다 알아보는 것 같았다. 어쩌다 그가 고개를 갸웃거릴 때는 아주 어린 아기들 때문이었다. 이따금 신부와 함께 그는 마을 길 건너편에서 가무스름한 피부의 조용한 아이들을 생각에 잠겨 바라보며 누군지 알아내려는 듯이 나지막하게 얘기를 나누곤 했다. 작은 입술에 시가를 물고 있거나 어머니의 묵주를 훔쳐서 작고 둥근 배에 구슬 목걸이를 늘어뜨리고 벌거벗은 채 엄숙한 얼굴로 길을 누비는 근엄한 작은 소년과 마주치면 그 부모를 알아내려고 서로 질문을 던지곤 했다. 광산에서 살아가는 양 떼의 영적 목자와 세속의 목자는 아주 친한 사이였다. 두 사람은 굴드 부인의 부탁으로 광산 병원에서 일하는 의술의 목자, 모니검 의사와는 그리 가깝지 않았다. 하지만 그 의사는 누구와도 친하게 지낼 수 없는 사람이었다. 비틀린 어깨와 푹 숙인 고개, 냉소적인 입, 날카로운 곁눈질 때문에 수상쩍고 불길한 인상을 풍겼다. 다른 두 목자는 잘 협력해 나갔다. 작은 체구에 마르고 기민한 로만 신부는 주름이 자글자글한 얼굴에 큰 눈은 둥글고 턱은 날카로웠으며 코담배를 많이 피웠는데 오래전에 종군 신부로 참전한 경험이 있었다. 그는 공화국의 전쟁터에서, 비탈진 언덕이나 긴 풀밭, 어두운 숲에서 죽어 가는 군인 옆에 무릎을 꿇고는 화약 냄새가 코를 찌르고 구식 소총의 딸깍 소리와 윙윙거리며 빗발처럼 쏟아지는 탄환 소리가 귓전을 스치는 가운데 마지막 고해를 듣고 소박한 영혼들의 죄를 사해 주었다. 돈 페페가 직접 고용한 광산 경비원들이 모두 제자리를 지키고 있는지 확인하려고 마지막 순찰을 돌기 전에 사제관에서 신부와 기름때 묻은 카드로 게임을 했더라도 해로울 일이 있을까? 취침 전의 마지막 의무를 다하려고 돈 페페는 로만 신부가 사제관이라고 부른 미국식 흰색 판잣집 베란다에서 낡은 칼을 허리에 둘렀다. 가까이 있는 길쭉하고 나지막하며 지붕이 뾰족한 검은색 건물은 박공 위에 나무 십자가가 달린 큰 헛간처럼 보였는데, 바로 광부들의 예배당이었다. 거기서 로만 신부는 매일 거무스름한 제단의 부활을 상징하는 성화 앞에서 미사를 드렸다. 회색 묘석의 한 귀퉁이가 들린 채 균형을 잡고 있고 타원형의 흐릿한 빛 속에서 팔다리가 긴 창백한 형체가 솟아오르며 역청탄처럼 시커먼 전경에는 투구를 쓴 갈색 로마 군인들이 쓰러져 있는 그림이었다. "자녀들이여, 이 그림은 아주 아름답고 경탄스럽지요." 로만 신부는 양 떼에게 이렇게 말하곤 했다. "우리 경영자 부인의 아낌없는 후원 덕분에 여러분이 볼 수 있게 된 이 그림은 유럽에서 그려진 것이라오. 그곳은 코스타구아나보다 훨씬 더 큰, 성인들과 기적의 땅이지." 그러고는 감격스럽게 코담배를 두 손가락으로 집어 올리곤 했다. 한번은 호기심 많은 사람이 유럽이란 곳이 어디에 있는지, 해안선 위쪽인지 아래쪽인지를 묻자 로만 신부는 당혹감을 감추려고 과묵하고 엄한 표정을 지었다.

"물론 아주 멀리 떨어진 곳에 있지. 하지만 산토메 광산의 자네들처럼 무지한 죄인은 도저히 알 수 없을 지구의 크기나 다른 나라와 사람들에 대해 알려 하지 말고 영원한 벌에 대해 진지하게 생각해야 해."

"신부님, 편안히 주무시오." "잘 주무시게, 돈 페페." 이런 인사를 나눈 후 총독은 기병도를 들어 옆구리에 붙인 채 고개를 약간 앞으로 숙이고 긴 걸음으로 어둠 속을 터벅터벅 걸어갔다. 시가 몇 대나 부에나 건초 한 다발을 내기로 거는 무해한 카드 게임에 적합한 장난기는 즉시 야영 부대의 전초 기지를 순찰하러 나가는 장교의 엄격한 의무감으로 바뀌었다. 그가 목에 걸린 호루라기를 한 번 크게 불면 그 즉시 응답하는 호루라기 소리가 개들이 왕왕 짖어 대는 소리와 뒤섞여 날카롭게 울려 퍼지다가 이윽고 먼 골짜기의 꼭대기에서 서서히 사라졌다. 그러면 다리에서 보초 서던 두 경비원이 정적 속에서 나타나 소리 없이 그에게 걸어오곤 했다. 길 한쪽의 기다란 판잣집은 가게였는데 문이 닫히고 바리케이드로 완전히 차단되어 있었다. 베란다가 있는 맞은편의 길고 흰 판잣집은 병원이었고, 모니검 의사가 기거하는 방의 두 창문에 불이 켜져 있었다. 옻나무 덤불의 가냘픈 이파리도 흔들리지 않고, 뜨겁게 달궈진 바위에서 발산된 열기로 후덥지근한 어둠 속에 바람 한 점 일지 않았다. 돈 페페는 미동도 않는 두 경비원을 앞세우고 잠시 가만히 서 있곤 했다. 그러면 별빛이 눈부시게 빛나는 거대한 두 성단에서 떨어진 불덩어리처럼 횃불이 점점이 박힌 가파른 산비탈 높은 곳에서 돌연 광석 활강관이 덜거덕

대기 시작했다. 요란하게 덜컹거리며 움직이는 소리는 속도와 무게가 더해지면서 골짜기 절벽에 부딪쳐 우레 같은 소리를 평원으로 내보냈다. 린콘의 여인숙 주인은 고요한 밤에 문간에서 귀를 기울이면 산에서 폭풍이 몰아치는 듯한 소리가 들린다고 말했다.

찰스 굴드는 그 소리가 그 지방의 가장 먼 곳까지도 닿을 거라고 상상했다. 한밤중에 광산을 향해 말을 달리다 보면 린콘을 벗어난 작은 숲가에서 그 소리와 마주치곤 했다. 보물을 쇄광기 아래로 흘려보내며 우르르 울리는 광산의 중얼거림은 달리 착각할 수 없는 것이었다. 그 소리는 대지에 천둥처럼 울려 퍼지는 유난히 힘찬 선언으로, 대담한 욕망을 실현하고 성취했다는 사실의 경이로움으로 찰스의 마음에 와닿았다. 아주 오래전 어느 날 저녁에 아내와 힘겹게 긴 숲을 헤치며 말을 달린 후 개울 옆에서 고삐를 잡아 말을 세우고 밀림이 울창한 골짜기의 고적함을 처음 바라보았을 때 상상 속에서 들었던 바로 그 소리였다. 야자수가 여기저기에서 머리를 높이 쳐들고 있었다. (각재로 지은 집처럼 네모난) 산토메 모퉁이를 돌면 깊게 파인 협곡에서 흘러내린 가느다란 폭포 한 줄기가 무성하게 늘어진 나무고사리의 두텁고 검푸른 이파리 사이로 유리처럼 반짝였다. 그들과 동행한 돈 페페가 다가와서 골짜기 위쪽으로 팔을 뻗으며 장난스럽게 엄숙한 목소리로 말했다. "뱀들의 낙원을 보십시오, 부인."

그러고 나서 그들은 린콘에서 밤을 지내려고 말 머리를 돌렸다. 그 마을의 읍장은 구스만 벤토 시절에 하사관을 지냈던 모레노[21]였는데, 늙고 피골이 상접한 그는 외국인 숙녀와 존경하는 신사들에게 쉴 곳을 제공하려고 예쁜 세 딸과 함께 정중하게 집을 비워 주었다. 그는 찰스 굴드를 신비스러운 요직을 맡은 관리로 여기면서 자신이 마땅히 받아야 할 (매달 약 1달러에 달하는) 연금을 받을 수 있도록 정부 최고위층에 상기시켜 달라고 부탁했을 뿐이었다. 그 연금은 "오래전 젊은 시절에 야만적인 인디언들과의 전쟁에서 용맹을 떨친 덕분에" 약속받았던 것이라고 그는 굽은 등을 군인답게 쭉 펴며 말했다.

그 폭포는 이제 사라지고 없었다. 물보라를 받으며 무성하게 자라던 나무고사리도 말라 버린 웅덩이 옆에서 시들었고, 깊은 골짜기는 땅에서 파낸 토사와 광물 부스러기의 폐물로 반쯤 메워진 거대한 참호가 되고 말았다. 상류에 댐을 세워 막은 물줄기는 버팀 다리 위에 걸쳐진, 통나무의 속을 파서 만든 덮개 없는 홈통으로 급히 흘러내려 저 아래 낮은 평지 — 산토메 대평원 — 의 분쇄기를 돌리는 터빈에 이르렀다. 골짜기 바위에 늘어진 정원처럼 이끼 식물이 놀랍도록 무성했던 폭포는 굴드 부인의 수채화 스케치에 그 기억만 남아 있었다. 그녀는 어느 날 숲속 개간지에 돈 페페의 지시로 거친 장대 세 개를 세우고 지붕으로 밀짚을 덮어 그늘을 드리운 곳에 앉아 서둘러 스케치를 했다.

굴드 부인은 그 모든 과정을 처음부터 보아 왔다. 삼림을 개간하고, 도로를 만들고, 산토메의 가파른 비탈을 깎아 오솔

---

21) 피부가 검은 사람.

길을 내는 것을 전부 보았다. 산에서 몇 주일이나 남편과 함께 지내기도 냈다. 그해에는 술라코에 머문 날이 거의 없어서 굴드 부인의 마차가 알라메다 거리에 나타나면 사교계가 떠들썩했다. 당당한 부인네와 검은 눈의 아가씨를 가득 태우고 그늘진 골목길을 굴러가던 육중한 사륜 대형 마차에서 흰 손들이 물결치듯 그녀에게 활기찬 인사를 건네곤 했다. 에밀리아 부인이 '산에서 내려온' 것이다.

하지만 오래 머물지는 않았다. 에밀리아 부인은 하루나 이틀 안에 '산으로 올라갈' 테고, 그녀의 마차를 끄는 말쑥한 노새는 또다시 한동안 편안히 쉴 것이다. 그녀는 저지대의 평원에 사무실과 돈 페페의 판잣집이 처음 세워지는 것도 지켜보았다. 처음으로 수레 한 대 분량의 광석이 당시 하나뿐이던 활강관을 따라 와르르 쏟아져 내리는 소리를 들으며 감격의 전율을 느꼈다. 열다섯 대에 불과한 쇄광기의 첫 번째 장치가 처음 가동된 순간 그녀는 흥분으로 온몸을 떨며 남편 옆에 가만히 서 있었다. 작업장에 처음 설치된 용광로 밑에서 밤늦도록 불이 이글거리며 타올랐을 때는 아직 휑뎅그렁한 판잣집에 자신을 위해 마련된 거친 침대에 쉬러 가는 대신, 굴드 채굴권의 어두운 심연에서 마침내 처음으로 위험한 세상에 나온 물렁물렁한 은 덩어리를 보았다. 그녀는 간절한 열망으로 떨리는 사심 없는 손을 주형에서 갓 나와 아직 따끈따끈한 은괴에 올려놓았다. 자신의 상상력으로 은괴의 위력을 가늠하면서 그녀는 그 금속 덩어리에 그것을 정당화할 개념을 부여했다. 은 덩어리는 하나의 사실에 불과한 것이 아니라, 어떤 감정의 진실한 표현이나 어떤 원칙의 출현처럼 멀리까지 영향을 미칠 수 있는 무형의 그 무엇 같았다.

돈 페페도 흥미가 동한 듯 미소를 지으며 부인의 어깨 너머로 바라보았다. 미소를 짓자 세로 주름이 잡힌 그의 얼굴은 온화하게 악의적 표정을 지은 가죽 탈처럼 보였다.

"에르난데스 같은 녀석들이 이 시원찮은 물건을 손에 넣으려 하지 않을까요? 이건, 정말로, 양철 조각과 똑같군요." 그가 농담을 던졌다.

산적 에르난데스는 원래 순박하게 살아가던 소농이었는데 내전이 일어났을 때 유독 잔인한 방식으로 자기 집에서 납치되어 강제로 군 복무를 하게 되었다. 군인으로서의 행실은 나무랄 데 없었지만 기회를 노리다가 결국 상관인 대령을 살해하고 가까스로 도망쳐 나왔다. 그는 자신을 두령으로 받드는 일단의 탈주병을 이끌고 황량하고 물도 없는 토노로 평원 너머에서 은신처를 구했다. 농장주들은 그에게 소와 말을 바쳤다. 그의 걸출한 능력과 생포되지 않고 탈출한 놀라운 사건들에 관한 특이한 소문이 파다했다. 에르난데스는 권총 두 자루를 혁대에 차고 짐 나르는 노새를 앞세워 혼자서 말을 달려 대초원의 마을과 작은 읍의 가게나 상점에 곧장 들어가서 원하는 물건을 골랐고, 그의 위업이나 대담무쌍한 행동에 겁을 먹은 사람들에게서 아무런 제지도 받지 않고 돌아가곤 했다. 대개 가난한 시골 사람들은 건드리지 않았다. 그러나 상류층 사람들은 종종 길에 멈춰 세우고 약탈했다. 그에게 걸린 운 나쁜 관리는 반드시 호된 매질을 당했다. 육군 장교들은 그의 이름을 들먹이는 걸 좋아하지 않았다. 훔친 말에 올라탄 그의 부하들은 자기들을 토벌하려고 급파된 정규 기병대의 추적을 비웃었고, 자신들의 험한 요새에 과학적으로 매복해서 습격하기를 좋아했다. 토벌대가 조직되고, 그의 머리에 현상금이 걸렸다. 물론 기만적이긴 했지만 그와 협상하려고 시도한 적도 있는데, 그의 평탄한 행로에 조금도 영향을 미치지 못했다. 마침내 그 유명한 에르난데스를 진압했다는 명성을 얻고 싶었던 토노로의 검찰관이 에르난데스에게 그의 부하를 배신하면 돈을 주고 국외로 안전하게 데려다주겠다고 진짜 코스타구아나인다운 방식으로 제안했다. 그러나 에르난데스에게는 코스타구아나의 유명한 군인 정치가나 음모자들과 같은 자질이 없었던 게 분명하다. (혁명을 진압하는 데 종종 마술 같은 효력을 보였던) 이 교묘하지만 진부한 방법은 비천한 산적 두목에게는 효과가 없었던 것이다. 처음에 그 제안은 아주 성공적으로 보였다. 하지만 에르난데스가 아무 의심도 품지 않은 부하들을 데려오기로 약속했던 우묵한 골짜기에 (검찰관의 지시에 따라) 배치된 창기병들에게는 몹시 고약한 결과가 빚어졌다. 그들이 약속 시간에 온 것은 사실이다. 하지만 덤불 사이로 엎드려 기어와서는 총기를 발사하여 자신들의 존재를 알렸고, 그리하여 많은 기병들을 낙마시켰다. 달아난 기병들은 간신히 말을 타고 토노로에 돌아갔다. 그들을 지휘한 장교(더 좋은 말을 타고 있었기에 남들보다 멀리 앞서 달렸던)는 속이 상해 고주망태가 되어서는 군인에게 그런 치욕을 겪게 한 것에 대한 분풀이로 그 야심 많은 검찰관을 그의 아내와 딸들이 보는 앞에서 기병도 모서리로 가혹하게 두들겨 팼다고 한다. 토노로의 그 최고 민간 관리는 기절해서 땅바닥에 쓰러졌는데, 화증을 참지 못하는 무관 동료의 성미 때문에, 이어서 온몸에 발길질을 당하고 날카로운 박차의 톱니바퀴에 얼굴과 목 주위가 찔리고 찢어졌다. 굴드 부인은 억압과 비효율성, 멍청한 수법과 배신, 무자비한 야만성에 대한 이야기로 이 나라 지배자들의 특징을 잘 드러내는 내륙 평원의 소문을 다 알고 있었다. 지적이고 교양과 인격을 갖춘 사람들도 이런 소문을 분노의 말 한마디 없이 그저 자연의 순리인 양 받아들인다는 것은 의식의 타락을 보여 주는 징후 중 하나였고, 그 사실에 그녀는 거의 낙심할 정도로 격분했다. 그렇지만 은괴를 바라보며 그녀는 돈 페페의 말에 고개를 저었다.

"만일 정부의 무법한 폭정만 아니었다면, 돈 페페, 지금 에르난데스와 함께 있는 많은 범법자들은 자기 손으로 정직하게 일하면서 평화롭고 행복하게 살고 있을 거예요."

"부인," 돈 페페가 감격해서 소리쳤다. "맞는 말씀입니다! 하느님이 부인께 사람들의 마음을 속속들이 들여다볼 수 있는 능력을 주신 것 같습니다. 주위에서 그들이 일하는 모습을, 양처럼 순하고 당나귀처럼 참을성 있고 사자처럼 용감한 모습을 보셨지요, 도냐 에밀리아. 저는 파에스 시절에 그들을 바로 총구 앞까지 이끌었어요. 여기, 부인 앞에 서 있는 제가 말입니다. 파에스는 아주 너그러운 분이었고, 제가 알기로, 그분의 용기에 비견할 만한 사람은 여기 돈 카를로스의 삼촌밖에 없습니다. 대평원에 산적들이 날뛰는 건 놀라운 일이 아니지요.

산타마르타에서 통치한다는 작자들은 도둑이나 사기꾼, 피에 굶주린 불량배들뿐이니까요. 하지만 그렇더라도 산적은 산적이에요. 은을 실어 술라코에 내려갈 때 믿을 만한 라이플총이 열두 자루는 필요할 겁니다."

처음 산출된 은괴를 호위하며 술라코로 내려간 사건으로 인해 이른바 굴드 부인의 '캠프 생활'은 막을 내렸고 그 후 그녀는 시내 저택에 완전히 정착했다. 산토메 광산처럼 극히 중요한 기관의 경영자 아내에게는 그것이 적합하고 필요한 일이기도 했다. 산토메 광산은 실로 하나의 기관으로 확립되는 중이었고, 그 지역에서 살아가기 위해 질서와 안정이 필요한 모든 것의 집결점이 되고 있었다. 안정이 산골짜기에서 평지로 흘러내리는 것 같았다. 술라코 관리들은 현재 상황과 사람들을 그대로 두기만 하면 산토메 광산이 그만한 보상을 해 준다는 사실을 알게 되었다. 찰스 굴드가 처음에 기대했던 상식과 정의의 통치에 가장 근접한 것이 실현되고 있었다. 실로 광산은 그 조직체, 특권이 있는 안정된 지위에 맹렬히 집착하는 광부 인구, 병기고, 돈 페페와 무장한 야경대원(여기에는 범법자와 달아난 병사들, 심지어 에르난데스의 산적도 몇 명 끼어 있다는 소문이 있다.)을 갖추어 이 지역의 강력한 세력을 형성했다. 산타마르타의 한 저명인사는 정치적 위기 상황에서 술라코의 관리들이 취한 행동 노선에 대해 얘기하다가 공허하게 웃으며 소리쳤다.

"그들이 정부 관리라고? 그들이? 결코 그렇지 않소! 그들은 광산 관리요. 그 광산 채굴권의 직원이라고. 참말이오."

그 저명인사는(당시 권력을 쥔 인물이었는데 레몬처럼 노란 얼굴에 머리칼이 양털 같다고는 할 수 없어도 아주 짧고 곱슬곱슬했다.) 이어서 불만이 치밀어 오르는 듯 노란 주먹을 상대방의 코 밑에 흔들며 날카롭게 말했다.

"그렇소! 전부 다! 쉿! 몽땅! 정말 그렇다니까! 주지사니 경찰서장이니 세관장이니 육군 대장이니 할 것 없이 전부 다 굴드의 관리라고."

그러자 용맹하지만 나지막하게 논쟁을 벌이는 웅얼거림이 각료 회의실에서 잠시 흘러나왔다. 저명인사의 격렬한 분노는 냉소적으로 어깨를 으쓱거리며 끝났다. 결국 그 각료는 자신이 권력을 쥐고 있는 짧은 기간만이라도 무시당하지만 않는다면 그것이 무슨 상관이냐고 말하는 것 같았다. 그럼에도 산토메 광산의 비공식적 대변인은 좋은 명분을 위해 일하면서도 불안감을 느낀 순간이 있었고, 외삼촌인 돈 호세 아베야노스에게 보낸 편지에서 불안감을 드러냈다.

"산타마르타의 피에 굶주린 악당 누구도 산토메 다리 너머의 코스타구아나 땅에 발을 들여놓지 못할 겁니다." 돈 페페는 이렇게 굴드 부인을 안심시키곤 했다. "물론 귀빈으로 온다면야 다르지요. 우리 경영자께서는 생각이 깊은 정치가시니까요." 그러나 노소령은 찰스 굴드의 방에서는 엄숙하고 군인답게 쾌활한 태도로 굴드에게 말하곤 했다. "우리 모두 이 게임에서 머리싸움을 하고 있습니다."

돈 호세 아베야노스는 몹시 흐뭇한 듯이 "이 광산은 정부 안의 정부라오, 에밀리아, 내 영혼."이라고 중얼거리곤 했다. 어째서인지 이 만족감에는 묘하게도 육신의 불편함이 기이하게 뒤섞인 것 같았다. 그러나 그것은 내부 사정을 잘 아는 사람에게만 보일 것이다.

그리고 그런 사람들에게 굴드 저택의 응접실은 집주인인 광산 경영자를 어쩌다가라도 볼 수 있는 경이로운 곳이었다. 나이가 들면서 더 강건하고 신비롭게도 말이 없어진 그는 전보다 주름살이 깊어지고 야외에서 그을린 구릿빛 영국인 얼굴로 방금 '산에서 돌아왔거나' 아니면 박차를 철렁이며 겨드랑이에 말채찍을 끼고 '산으로' 막 출발하려고 기병처럼 날씬한 다리로 문간을 휙 넘어섰다. 겸손하고 군인답게 꼿꼿한 자세로 그 응접실 의자에 앉은 돈 페페는 대평원 출신으로 어떻게 되어서인지 군인들과의 야만적인 무장 투쟁 중에 호전적인 농담이나 세상살이에 대한 지식, 자신의 신분에 딱 맞는 매너를 찾아낸 것 같았다. 세련되고 스스럼없는 아베야노스는 신중하고 지혜로운 다변으로 자상한 충고를 해 주는 외교가로서 『오십 년간의 실정사(失政史)』라는 제목으로 코스타구아나에 관한 역사를 집필했고, 현재로서는 그 책을 '세상에 내놓는 것'이 (설사 가능하더라도) 신중하지 못한 처사라고 생각했다. 이 세 사람과 작고 우아한 요정처럼 반짝이는 다기 세트 앞에 앉아 있는 에밀리아 부인의 머릿속에는 한 가지 공통된 지배적 생각, 긴박한 상황에 대한 공동 의식이 있었고, 어떤 희생을 치르더라도 광산의 불가침성을 지키겠다는 한 가지 목표가 떠나지 않았다. 그 응접실에는 미첼 선장도 있었다. 조금 떨어져서 긴 창문 옆에 앉은 미첼 선장은 흰 조끼를 입고 약간 젠체하며 구식으로 말쑥하게 차린 노총각의 분위기를 풍겼는데 약간 묵살당하고 있었음에도 전혀 알아차리지 못했다. 그는 깜깜부지이면서도 자신이 회오리치는 사태의 중심에 있다고 생각했다. 이 선량한 사내는 이른바 '육지의 일자리'를 얻기 전에 꼬박 삼십 년을 바다에서 살아왔으므로 마른 땅에서도 (선적과 무관한) 중요한 일이 일어난다는 사실을 매우 놀랍게 생각했다. 매일 일상적으로 일어나는 거의 모든 사건이 그에게는 '새 시대의 기원'이거나 '역사'였다. 그렇지 않은 경우에는, 눈처럼 희고 짧은 머리칼과 짧은 구레나룻으로 돋보이는 다소 잘생긴 불그레한 얼굴이 당혹감으로 의기소침해지면서도 젠체하려고 애쓰며 이렇게 중얼거리곤 했다.

"아, 그것! 그건 실수였어요."

산토메의 은괴를 O. S. N. 회사의 우편선에 실어 샌프란시스코로 운송하도록 처음 위탁받았을 때, 이 사건은 미첼 선장에게는 '새 시대의 기원'이나 다름없었다. 은괴를 운반하기 편리하게 꼬아 만든 손잡이가 달린 뻣뻣한 소가죽 상자는 두 남자가 쉽게 들어 옮길 수 있을 정도로 작았고, 광산의 야경꾼들이 두 사람씩 짝지어 들고 산기슭까지 1킬로미터쯤의 가파르고 구불구불한 길을 조심스럽게 걸어 내려왔다. 평지에 이르면 은괴는 한 줄로 늘어선 이륜 짐마차에 실렸다. 각각 노새 두 마리가 일렬로 묶이고 뒤쪽에 문이 달린 널찍한 금고처럼 보이는 짐마차가 말에 탄 무장 경비대의 감시를 받으며 기다리고 있었다. 돈 페페는 짐마차의 문에 차례로 자물쇠를 채웠다. 그가 호루라기를 불어 신호를 보내면, 철꺽거리는 박차와 카빈총으로 촘촘히 둘러싸여 일렬로 서 있던 짐마차가 덜컹 소리를 내며 찰싹 내려치는 채찍 소리와 함께 움직이기 시작했고, 갑자기 덜커덕 소리를 크게 울리며 광산 경계선인 다리를 넘어('도둑들과 살벌한 깡패들의 땅'으로 건너가는 거라고 돈 페페는 말했다.) 나아가곤 했다. 첫 햇살이 새어 나오는 어슴푸레한 시간에 망토를 두른 형체들의 머리에서 모자들이 위아래로 출렁였고, 라이플총을 엉덩이춤에 차고 늘어진 판초 자락 밑에서 뻗어 나온 여윈 갈색 손들이 고삐를 잡고 있었다. 은괴 수송대는 작은 숲을 돌아 린콘의 진흙 오두막들과 낮은 벽들 사이로 광산 길을 따라 나아갔고, 왕도에서는 속도를 내서 노새들을 몰아 댔다. 호송대는 전속력으로 질주했다. 돈 카를로스는 홀로 먼지 폭풍 앞에서 달렸고, 노새들의 기다란 귀와 짐마차에 꽂혀 펄럭이는 초록과 흰색이 어우러진 작은 깃발, 맥고모자를 쓰고 흰 안광을 발하는 눈으로 사방을 둘러보는 무리가 휘두르는 팔이 어둠 속에서 어렴풋이 드러났다. 먼지에 휩싸여 덜거덕거리며 나아가는 대열의 후미에서 거의 보이지 않는 돈 페페는 망치 모양의 머리에 목이 잘록하고 은 재갈을 물고 있는 흑마 위에서 무표정한 얼굴로 꼿꼿하게 앉아 규칙적으로 오르내렸다.

길가의 작은 목장에 옹기종기 모여 있는 오두막에서 잠에 취한 사람들은 질주하는 소리가 들리면 산토메 광산의 은괴가 대평원의 무너진 성벽 쪽으로 호송 중이란 것을 알았다. 그들은 덜컥거리고 채찍 소리를 울리며 행동을 개시하는 야포대처럼 용감하게 돌진하고 정확하게 말을 몰아 파인 바퀴 자국과 돌을 넘어 질주하는 대열과 홀로 멀리 앞에서 선두를 이끌며 말을 달리는 영국인 경영자의 모습을 보려고 문가로 달려갔다.

담이 둘러진 길가의 작은 방목장에 풀려 있던 말들이 잠시 거칠게 날뛰었다. 육중한 소들은 날쌔게 지나가는 소음에 투덜거리듯이 가슴까지 올라오는 수풀 속에서 음메 소리를 냈다. 순한 인디언이 뒤를 힐끔 돌아보고는 바닷가로 향하는 산토메 광산 은괴의 호위대에서 비켜나려고 짐 실은 작은 당나귀를 급히 담벼락에 밀어붙였다. 알라메다 거리의 기마상 밑에서 한기에 떨며 노숙하던 몇몇 부랑자들은 그 대열이 전속력으로 넓게 선회하며 텅 빈 콘스티투시온 거리로 돌진하는 것을 보며 "카람바!(어렵쇼!)"라고 중얼거리곤 했다. 산토메 광산의 노새꾼들은 잠에서 깨어나는 도시의 한 끝에서 다른 끝까지 악마에게 쫓기듯 속도를 줄이지 않고 질주하는 것만이 당연하고 적합한 방식이라고 여겼다.

아직 정문이 닫히고 창문의 쇠창살 뒤로 사람 얼굴이 보이지 않는 큰 저택들의 고운 연노랑과 연분홍, 연푸른빛 정면에 새벽 햇살이 닿아 붉게 물들었다. 거리를 따라 이어진, 햇살이 내려앉은 텅 빈 발코니에 하얀 형체 하나만이 깨끗한 보도 위 높은 곳에서 모습을 드러냈다. 항구로 가는 호송대를 바라보려고 발코니 위에서 몸을 숙인 경영자의 아내였다. 작은 머리에 숱 많은 금발을 아무렇게나 틀어 올리고 목둘레에 레이스가 달린 모슬린 가운을 걸친 모습이었다. 단 한 번 재빨리 올려다보는 남편의 눈길에 미소를 보내며 그녀는 저 밑에서 규칙적인 소음을 내며 힘차게 전진하는 대열을 지켜보았고, 끝에서 질주하던 돈 페페가 모자를 무릎 아래로 내리고 뻣뻣하게 고개를 숙여 인사할 때는 다정한 표시로 응답했다.

세월이 흐르면서 자물쇠를 채운 짐마차의 줄은 더 길어졌고, 호송대의 규모도 점점 더 커졌다. 세 달마다 더 많은 보물이 술라코의 거리를 휩쓸고 지나 항구 옆의 O. S. N. 건물의 금고실로 흘러갔고, 거기서 북쪽으로 항해하는 배에 선적되기를 기다렸다. 부피가 커지면서 가치도 무한히 늘어만 갔다. 찰스 굴드가 언젠가 기뻐하면서 말했듯이 굴드 광산의 광맥에 버금가는 것은 세상에 다시없기 때문이었다. 이 부부는 굴드 저택의 발코니 밑으로 호송대가 지나갈 때마다 술라코의 평화를 얻으려는 싸움에서 또 하나의 승리를 얻은 것 같았다.

물론 초기에 찰스 굴드의 활동은 광산 개발을 시작할 무렵에 찾아온 비교적 평화로운 시절의 덕을 보았다. 또한 되돌아보기 겁나는 구스만 벤토의 철통같이 무서운 독재를 만들어낸 내전 시기와 비교할 때 전반적으로 완화된 관습도 도움이 되었다. (꼬박 십오 년간 이 나라의 치안을 유지한) 벤토의 통치가 끝날 무렵에 일어난 전투에서는 얼빠진 짓거리가 더 많았고 잔인한 행위와 고통은 여전했지만, 흉악하고 맹목적으로 사나운 정치적 광증은 훨씬 줄었다. 그들의 싸움은 전보다 치사하고 야비했으며 더욱 가증스러웠지만, 냉소적으로 목적을 드러낸다는 점에서 훨씬 다루기가 용이했다. 그것은 계속 줄어드는 노획물을 낯 두껍게 긁어모으려는 쟁탈전이었음이 더욱 분명했다. 나라의 모든 사업체가 어이없게 망해 버리고 말았던 것이다. 그래서 한때 잔인한 당파적 복수의 싸움터였던 술라코 지방이 보기에 따라서는 정치인들의 중요한 전리품으로 여겨지게 되었다. 이 나라의 (산타마르타의) 거물들은 옛 옥시덴탈주의 관직을 조카나 형제, 좋아하는 누이의 남편이나 막역한 친구, 충실한 지지자 등 가장 가깝고 소중한 사람이나 겁나는 유명 지지자에게 넘겨주었다. 그곳은 엄청난 기회와 최고 수입이 보장된 축복의 땅이었다. 산토메 광산은 그 나름의 비공식 급료 지급 명부를 갖고 있었던 것이다. 찰스 굴드가 아베야노스와 상의해서 결정한 지급 명부의 명단과 금액은, 술라코의 사업에 매달 이십 분씩 집중적으로 관심을 쏟은 미국의 유명한 사업가만 알고 있었다. 그동안 산토메 광산의 위력으로 지탱된 온갖 물적 이익은 공화국의 이 지역에서 조용히 실체를 구축했다. 수도의 정치권에서 가령 술라코의 세금 징수관을 재무 장관직이나 더 나아가 온갖 공직으로 통하는 길로 대체로 여겼다면, 공화국의 침체된 실업계는 옥시덴탈주를 안전한 약속의 땅으로 간주하게 되었다. 특히 광산 경영자와 좋은 관계를 맺을 수 있다면 말이다. "찰스 굴드라! 탁월한 사람이지! 무슨 조치든 취하려면 먼저 그 사람을 반드시 손에 넣어야 해. 가능하면 그에게 보내는 소개장을 모라가에게서 얻어 내게. 알다시피, 술라코 왕의 대리인 말일세."

그러므로 존 경이 철도 부설 작업을 원활히 진척시키기 위해 유럽에서 건너왔을 때 코스타구아나 도처에서 찰스 굴드의 이름(그의 별명까지도)을 듣게 된 것은 놀라운 일이 아니었다. 산타마르타에 있는 산토메 경영자의 대리인이(세련되고 지식이 풍부한 신사라고 존 경은 생각했다.) 대통령의 순회 여행을 성사시키는 데 확실히 큰 도움을 주었으므로 존 경은 굴드 광산의 신비롭고도 엄청난 영향력을 암시하는 어렴풋한 풍문에 뭔가 실체가 있을 거라고 생각했다. 현재 속삭임처럼 떠도는 풍문에 의하면, 산토메 광산의 경영진이 최근에 일어난 혁명에 적어도 자금 일부를 조달했고 그 혁명을 통해 교양 있고 결백한 성격의 소유자 돈 빈센트 리비에라가 오 년간 절대 권력자로서 국가의 최고 당파에 의한 개혁의 권한을 맡게 되었다는 것이다. 진지하고 지식이 많은 사람들은 그 소문을 믿는 것 같았고, 더 나은 상황을 희망하면서 법치의 확립과 공공의 신뢰와 질서의 수립을 바라는 것 같았다. 그렇다면 그럴수록 더 낫다고 존 경은 생각했다. 그는 언제나 방대한 규모로 일해 왔다. 그 나라에 차관을 주고 옥시덴탈주를 체계적으로 개발하려는 계획은 국립 중앙 철도 건설과 더불어 하나의 광대한 계획에 연루되었다. 신뢰와 질서, 정직, 평화는 이 거대한 물질적 이익의 발달에 꼭 필요했다. 존 경의 눈에는 이런 이익의 편에 선 사람이라면, 특히 도움을 줄 능력이 있는 사람이라면 누구든 중요한 인물로 보였다. 그는 '술라코의 왕'을 만난 후 실망하지 않았다. 그 지역의 어려운 문제들은, 수석 기술자가 예상했듯이, 찰스 굴드가 중재에 나서자 모두 사라졌던 것이다. 존 경은 술라코에서 대통령-절대 권력자 다음으로 극진한 환대를 받았다. 몬테로 장군이, 유노호가 대통령-절대 권력자와 유명한 외국인 손님들을 태우고 술라코에서 출항하기 직전 갑판에서 열린 오찬회에서 불쾌한 기분을 드러낸 것도 그 때문일 것이다.

돈 빈센트 각하(돈 호세는 술라코 지방 의회 대표자로서 공식 연설을 하면서 그를 '정직한 사람들의 희망'이라고 불렀다.)는 긴 식탁의 상석에 앉았다. 이 엄숙한 '역사적 사건'에 눈이 돌멩이처럼 굳어 버리고 얼굴이 시뻘게진 미첼 선장은 이 비공식 행사를 주최한 술라코 O. S. N. 회사의 대표로 말석에 앉았고, 유노호의 선장과 해안에서 일하는 하급 관리들이 그의 주위에 앉았다. 가무잡잡하며 체구가 작고 활기찬 이 신사들은 배의 주방장이 손님들 뒤에서 마개를 뽑으려는 샴페인 병들을 유쾌한 눈으로 흘깃거렸다. 호박색 샴페인의 거품이 유리잔의 테두리에서 찰랑거렸다.

찰스 굴드는 한 외국 공사의 옆자리에 앉았는데, 그 공사는 활기 없이 낮은 목소리로 가끔씩 사냥과 사격에 대해 얘기했다. 외알 안경을 끼고 노란 수염이 늘어진 공사의 통통하고 창백한 얼굴과 대조되어 찰스 굴드는 두 배나 더 그을리고 더 타오르듯이 붉고 백배나 더 강렬하고 고요하게 생동감이 넘쳐 보였다. 돈 호세 아베야노스 옆에 앉은 외국 외교관은 검은 피부에 조용하고 신중하며 자신감 있는 태도로 과묵한 기색을 드러냈다. 이 행사에 적합한 에티켓을 무시하고 군복을 입은 사람은 몬테로 장군뿐이었는데, 수를 너무 많이 놓은 탓에 그의 넓은 가슴팍은 황금 갑옷에 감싸인 것 같았다. 오찬회 초반에 존 경은 굴드 부인 옆에 앉으려고 상석에서 물러났다.

그 대단한 금융가가 부인의 환대에 대해 고마웠고 그녀의 남편이 '이 지역에서 행사하는 엄청난 영향력'에 큰 신세를 입었다고 말하려 하자 그녀는 조그맣게 "쉬!" 하면서 그의 말을 가로막았다. 대통령이 비공식 연설을 시작하려는 참이었다.

대통령이 자리에서 일어섰다. 그는 최근의 내란 이후 탄생한 이 나라가 바라건대 평화와 물질적 번영을 누리는 시대에 들어설 수 있도록 지속적 안전을 확보하려는 노력을 끊임없이 이어 가야 한다고 몇 마디만 말했다. 분명 절실한 감정에서 나온 말이었고, 대체로는 옛 친구인 아베야노스에게 들려주고 싶은 말이었을 것이다.

굴드 부인은 부드럽고 약간 침울한 대통령의 목소리에 귀를 기울이고 안경을 쓴 통통하고 가무스레한 얼굴과 쇠약할 정도로 비만하고 땅딸막한 몸을 바라보면서, 섬세하고 침울한 마음을 가진 저 남자, 동료들의 부름에 은거 생활을 박차고 위험한 투쟁에 뛰어든, 불구자에 가까운 저 위인은 자기희생을 바친 사람으로서 권위 있게 말할 권리가 있다고 생각했다. 하지만 그녀는 불안했다. 코스타구아나의 초대 민간인 국가 원수, 와인 잔을 손에 들고 국가의 명예를 수호하기 위한 덕목으로서 정직과 평화, 법에 대한 존중, 국내외의 정치적 신뢰라는 소박한 슬로건을 내걸고 있는 그의 모습은 유망하기보다는 애처롭게 보였던 것이다.

대통령이 자리에 앉았다. 연설에 이어 경의와 감사를 표하는 말이 소란스럽게 오가는 동안 몬테로 장군은 축 처진 무거운 눈꺼풀을 들고 불안하고 따분한 듯이 눈동자를 굴리며 사람들의 얼굴을 하나씩 살펴보았다. 변방의 산림 지대에서 전투를 치른 영웅으로서 그는 갑자기 얻은 높은 직위 덕분에 색

다르고 호사스러운 광경에 접해서 속으로 깊은 인상을 받았지만 (그는 예전에 배를 타 본 적도 없었고, 바다도 멀리서 본 게 전부였다.) 야만적 군인으로서 자신의 험악하고 투박한 태도가 이 세련된 블랑코 귀족들 사이에서 오히려 유리하다는 것을 본능적으로 느꼈다. 그런데 어째서 아무도 자기를 바라보지 않는단 말인가? 그는 속으로 의아해하며 분개했다. 그는 신문에 인쇄된 글씨도 읽을 수 있고, 자신이 '현대의 가장 위대한 전훈'을 세웠다는 것도 알고 있었다.

"남편은 철도가 부설되기를 바랐어요." 다른 이들이 다시 대화를 나누며 웅성거리자 굴드 부인이 존 경에게 말했다. "이 모든 것들이 우리가 바라는 이 나라의 미래를 좀 더 앞당겨 줄 거예요. 이 나라가 슬픔 속에서 그 미래를 얼마나 오래 기다려 왔는지는 하느님만 아시겠지요. 하지만 솔직히 말씀드리면, 얼마 전 오후에 마차를 타고 나섰다가 한 인디언 소년이 측량대의 붉은 깃발을 들고 숲에서 달려 나오는 것을 보고, 전 갑자기 충격 같은 것을 받았어요. 미래는 변화를, 철저한 변화를 뜻하죠. 그렇지만 여기에는 그림처럼 아름다워서 보존하고 싶은 소박한 것이 있거든요."

존 경은 미소를 지으며 귀를 기울였다. 하지만 이번에는 그가 굴드 부인에게 조용히 하도록 일러 주었다.

"몬테로 장군이 한마디 할 모양이오." 존 경이 속삭이며 우스꽝스럽고 놀라운 듯이 즉시 덧붙였다. "맙소사! 저 사람이 날 위해 축배를 들자고 제안할 모양이군."

몬테로 장군이 일어서자 칼집이 쩔렁거리고 금빛 자수가

놓인 가슴팍에서 물결처럼 광채가 일었다. 그의 옆구리에 매달린 두툼한 칼자루가 식탁 모서리 위로 드러났다. 이처럼 화려한 군복을 차려입고 자라목에다 남색으로 물들인 콧수염 위로 끝이 납작한 매부리코를 가진 그는 인상 고약한 소몰이꾼이 변장한 것 같았다. 그의 목소리는 기이하게도 귀에 거슬리고 넋이 빠진 듯이 단조롭게 울렸다. 그는 더듬거리며 낮은 목소리로 모호하게 몇 마디 하다가 갑자기 큰 머리를 들고는 동시에 목소리를 높여 거칠게 소리쳤다.

"나라의 명예는 군대의 손에 달려 있소. 나는 그 명예를 충실히 지키겠다고 여러분에게 장담합니다." 그는 망설이며 눈알을 이리저리 굴리다가 존 경의 얼굴에 닿자 번득이는 멍한 눈으로 뚫어지게 보았다. 그러자 최근에 협상된 차관 액수가 생각난 모양이었다. 그는 잔을 들어 올렸다. "우리 나라에 150만 파운드를 갖다주신 분의 건강을 위해 건배하겠소."

그는 샴페인을 들이켰고, 축배가 끝난 후 섬뜩하리만치 깊은 침묵이 이어지자 놀랐던지 위협적인 시선으로 주위의 얼굴을 돌아보며 느릿느릿 앉았다. 존 경은 움직이지 않았다.

"내가 일어서야 하는 건 아니겠지요." 그가 굴드 부인에게 속삭였다. "그건 분명해요." 그러나 돈 호세 아베야노스가 분위기가 어색해지지 않도록 짧은 연설로 도와주었다. 그는 코스타구아나에 대한 영국의 후의를 각별히 언급하며 의미심장하게 덧붙였다. "그 후의에 대해서는, 내가 한때 세인트 제임스 궁정에 대사로 파견된 적이 있어서 실제 경험한 바를 갖고 말할 수 있소."

그제야 존 경은 응답하는 것이 적절하다고 생각했고, 서툰 프랑스어로 정중하게 대답했다. 박수갈채가 터져 나왔고, 이따금 한 단어씩 알아들은 미첼 선장은 "옳소, 옳소!"라고 외치며 그의 말을 끊었다. 답사를 끝내자 철도 금융가는 곧장 굴드 부인에게 몸을 돌렸다.

"고맙게도 제게 뭔가 부탁하실 생각이라고 하셨지요." 그가 호남아처럼 상기시켰다. "무슨 부탁입니까? 부인의 요청이라면 무엇이든 제게 호의를 베푸시는 걸로 여기겠습니다."

그녀는 우아한 미소로 감사의 뜻을 표했다. 모두들 식탁에서 일어서고 있었다.

"갑판으로 가시죠." 그녀가 제안했다. "거기서 부탁드리려는 것을 보여 드릴 수 있을 거예요."

유노호의 큰 돛대 꼭대기에는 빨간색과 노란색 대각선이 그어지고 중앙에 초록 종려나무 두 그루가 그려진 코스타구아나의 커다란 국기가 한가롭게 휘날리고 있었다. 대통령을 환영하기 위해 해안에서 수천 포나 불꽃을 쏘아 올리는 바람에 항구 절반쯤에서는 딱딱거리는 기이한 소리가 끊이지 않았다. 이따금 휙 소리를 내며 보이지 않게 솟구친 많은 불꽃이 머리 위에서 터져 화창한 하늘에 연기만 내뿜었다. 도시 입구와 항구 사이에는 수많은 인파가 몰려 높은 장대 끝에서 펄럭이는 다채로운 깃발 아래 서 있었다. 갑자기 터져 나온 군악대의 연주가 희미하게 들려왔고, 멀리서 함성이 들려왔다. 부두 끝에서 초라한 행색을 한 흑인 몇 명이 작은 철제 대포를 장전해서 계속 쏘아 댔다. 먼지가 희뿌연 아지랑이처럼 엷게 피어올라 태양을 배경으로 까딱 않고 떠 있었다.

돈 빈센트 리비에라는 아베야노스 씨의 팔에 기대서 갑판의 천막 아래로 몇 발짝 걸었다. 그의 주위로 사람들이 큰 원을 그리며 둘러섰고, 그의 짙은 입술이 서글프게 떠올린 미소와 아무것도 보이지 않는 안경에서 반사된 광채가 상냥하게 이쪽저쪽으로 향하는 것을 볼 수 있었다. 대통령이 술라코의 가장 유명한 지지자 몇 명을 친히 만날 기회를 마련하려고 유노호에서 일부러 주선한 비공식 행사는 이제 끝나 가고 있었다. 한쪽에서는 몬테로 장군이 이제 깃털 달린 삼각모로 대머리를 덮고 채광창 의자에 꼼짝 않고 앉아서 크고 긴 장갑을 낀 두 손으로 양다리 사이에 똑바로 세운 기병도 손잡이를 잡고 있었다. 흰 깃털과 넓적한 구릿빛 얼굴, 매부리코 밑의 감색 콧수염, 소매와 가슴팍을 완전히 덮은 황금빛 자수, 큰 박차가 달린 번쩍이는 긴 구두, 씰룩거리는 콧구멍, 리오 세코의 영광스러운 승리자의 우둔하고도 오만한 눈초리에는 어딘가 불길하고 의심스러운 구석이 있었다. 터무니없이 잔인하고 우스꽝스러운 모습, 어리석기 그지없는 엄숙한 변장, 흉악하고 기괴한 군인의 우상이 아즈텍 종족의 관념과 유럽식 장식을 결합한 채 숭배자의 경배를 기다리고 있었다. 돈 호세는 이 섬뜩하고 이해할 수 없는 불길한 사람에게 전략적으로 다가갔고, 굴드 부인은 매료되어 바라보던 눈을 마침내 돌렸다.

존 경에게 작별 인사를 하려고 다가선 찰스는 그가 자기 아내의 손에 입을 맞추려고 고개를 숙이며 하는 말을 들었다. "물론입니다. 부인께서 보호하시는 사람을 위해서라면 당연히 그렇게 해야지요, 친애하는 굴드 부인! 조금도 어렵지 않습니다. 완전히 결정된 일로 생각하세요."

돈 호세 아베야노스는 굴드 부부와 보트를 타고 해안으로 돌아가면서 거의 말이 없었다. 마차 안에서도 한참 동안 입을 열지 않았다. 손을 내민 거지들 사이로 노새가 천천히 달려 항구를 벗어났다. 그날만큼은 거지들도 성당 정문 앞을 떠나 몰려든 것 같았다. 찰스 굴드는 뒷좌석에 앉아서 멀리 평원을 내다보았다. 초록 가지와 골풀, 자투리 판자에 범포 조각들을 붙여 세운 노점들이 벌판 도처에서 사탕수수와 사탕, 과일과 시가를 팔고 있었다. 인디언 여자들은 멍석 위에 쭈그리고 앉아 불타는 숯에 검은 토기를 올려놓고 음식을 만들었고 물을 끓여 마테 차를 만들어서 시골 사람들에게 부드럽고 달래는 목소리로 권했다. 소몰이꾼들이 달릴 경주로가 표시되어 있었다. 멀리 왼쪽으로 곡마장 천막처럼 원뿔형의 초가지붕에 판자로 이은 큰 임시 건물 주위에 사람들이 몰려 있었다. 거기서 하프 줄 튕기는 소리와 기타의 날카로운 소리가 나지막하게 둥둥거리는 인디언 북소리와 함께 춤추는 사람들의 찢어질 듯한 노랫소리 사이로 흘러나왔다.

찰스 굴드가 곧 입을 열었다.

"이제 이 땅은 모두 철도 회사 소유가 됐군. 더는 대중 축제가 열리지 못하겠소."

그 생각을 하니 굴드 부인은 몹시 안타까웠다. 그 말이 나온 김에 그녀는 조금 전에 존 경에게서 조르조 비올라가 점유한 집은 손대지 않겠다는 약속을 받았다고 말했다. 측량 기사가 왜 그 낡은 건물을 부수겠다고 했는지 이해할 수 없었다. 그 집은 설계된 항구 철로 지선에 조금도 방해가 되지 않았다.

굴드 부인은 제노바 출신의 노인을 당장 안심시켜 주려고 그 집 앞에 마차를 세웠다. 노인은 모자도 쓰지 않은 채 뛰어나와 마차 계단 옆에 섰다. 그녀는 물론 이탈리아어로 그에게 말했고, 그는 조용하면서도 품위 있게 감사 인사를 했다. 가리발디의 노병은 아내와 아이들이 거처할 집을 보존할 수 있게 된 것을 깊이 감사했다. 너무 늙어서 더 이상은 떠돌 수 없었던 것이다.

"영원히 거주할 수 있습니까, 부인?" 그가 물었다.

"원하시는 대로 얼마든지요."

"좋습니다. 그러면 이 집에 이름을 붙여야겠군요. 전에는 그럴 가치가 없었지만."

그의 거친 얼굴에 미소가 떠오르자 양 눈가에 동시에 주름이 잡혔다. "내일 당장 이름을 페인트로 칠해야겠어요."

"뭐라고 지을 건가요, 조르조?"

"'통일 이탈리아 여관(알베르고 디탈리아 우노)'이라고요." 늙은 가리발디노가 잠시 먼 곳을 바라보며 말했다. "이미 죽은 사람들을 추모하기 위해서지요." 그가 덧붙였다. "그 저주받을 피에몬테 파벌의 왕족과 장관들의 술수 때문에 자유 수호대의 군인들이 빼앗긴 나라를 위해서라기보다는."

굴드 부인은 살짝 미소를 지었고 고개를 숙여 그의 아내와 아이들의 안부를 물었다. 그는 그날 가족을 시내로 보냈고, 아내의 건강이 좋아졌으며, 안부를 물어봐 주어 매우 감사하다고 말했다.

사람들이 두셋씩 지나갔는데, 남자들과 여자들 무리마다 아이들이 종종거리며 따라갔다. 은회색 암말을 탄 남자가 모자를 벗어 마차에 탄 사람들에게 인사하고는 그 집의 그늘에서 조용히 고삐를 당겼고, 마차에 탄 사람들은 미소를 짓고 친근한 고갯짓으로 응답했다. 비올라 영감은 방금 들은 소식에 무척 기뻐서 잠시 그에게 고개를 돌리고 이제 영국 부인의 친절한 배려 덕택에 원하는 만큼 오랫동안 집을 소유할 수 있게 되었다고 재빨리 말했다. 상대방은 주의 깊게 들었지만 아무 대답도 하지 않았다.

마차가 움직이기 시작하자 그는 다시 모자를 벗었다. 은색 줄과 술이 달린 회색 맥고모자였다. 안장 뒷가지에 감아올린 화려한 멕시코 숄과 수놓인 가죽 재킷의 커다란 은 단추들, 바지 솔기를 따라 줄지어 붙어 있는 작은 은 단추들, 눈처럼 하얀 리넨 셔츠, 양끝에 수가 놓인 실크 허리띠, 말의 굴레 장식 띠와 안장에 얇게 붙인 은판은 그 유명한 카파타스 데 카르가도레스의 범접할 수 없는 차림새를 드러냈다. 이 지중해 출신의 선원은 대평원의 어느 부유한 목동도 성대한 축제일에 뽐내지 못한 완벽하게 화려한 차림새를 과시했다.

"내겐 대단히 중요한 일이라네." 조르조 영감이 아직도 집 생각에 골몰한 채 중얼거렸다. 이제 그는 변화를 받아들이기엔 너무 지쳐 있었던 것이다. "부인께서 그 영국인에게 한마디 부탁하셨지."

"철로 비용을 댈 만큼 부유한 영국인 노인이오? 그는 한 시간 내로 출발할 겁니다." 노스트로모가 무심하게 말했다. "그럼 안전하게 여행하라죠! 난 엔트라다 협곡에서부터 평원을 거쳐 술라코까지 그분을 친아버지처럼 극진히 모셔 왔어요."

조르조 영감은 무심히 고개를 옆으로 돌렸다. 노스트로모는 정글 벽처럼 수풀이 무성한 옛 성벽 문에 가까이 가고 있는 굴드 씨의 마차를 가리켰다.

"그리고 밤에 혼자 권총을 차고 회사 창고에 앉아서 저 다른 영국인의 은괴 더미를 내 것인 양 지킨 적도 많아요."

비올라는 생각에 잠긴 것 같았다. "내겐 아주 중요한 일이야." 혼잣말하듯 다시 중얼거렸다.

"그래요." 그 대단한 카파타스 데 카르가도레스가 조용히 동의했다. "이봐요, 영감님, 안에 들어가서 시가 좀 갖다주세요. 내 방에는 가지 마시고요. 거긴 하나도 없으니까."

비올라는 여전히 생각에 잠긴 채 식당으로 들어갔다가 곧 나왔고, 그에게 시가를 건네주면서도 생각에 잠겨 콧수염 사이로 웅얼거렸다. "애들이 크고 있는데. 게다가 계집애란 말이야! 계집애들이라고!" 그는 한숨을 쉬고 입을 다물었다.

"아니, 한 대밖에 없어요?" 노스트로모가 정신이 딴 데 팔린 노인을 내려다보며 익살스럽게 말했다. "괜찮아요." 그가 거드름을 떨며 무심한 듯이 덧붙였다. "다시 필요할 때까지는 한 대로 충분하니까."

그는 시가에 불을 붙이고는 손가락 사이로 성냥을 떨어뜨렸다. 조르조는 그를 올려다보고 갑자기 입을 열었다.

"내 아들이 살아 있었으면 자네처럼 멋진 청년이 되었을 걸세, 잔 바티스타."

"뭐라고요? 영감님 아들? 하지만 그 말씀이 옳아요, 영감님. 그가 나와 비슷했으면 사내대장부가 됐을 테니까."

그는 천천히 말을 돌렸고, 이따금 아이들과 멀리 대평원에서 온 사람들에게 구경시키려고 암말을 세우기도 하면서 노점들 사이를 누볐다. 사람들은 경탄하는 시선으로 그를 뚫어지게 바라보았다. 선박 회사의 거룻배 사공들이 멀리서 그에게 인사를 보냈다. 선망의 눈길을 한껏 받으며 카파타스 데 카르가도레스는 자기를 알아보고 아부하며 인사를 건네는 웅얼거림 속에서 곡마장처럼 세워진 큰 건물 쪽으로 다가갔다. 사람들이 더 많이 모여 있어 혼잡스러웠다. 기타 소리가 아까보다 크게 울렸고, 말에 탄 다른 사람들은 군중의 머리 위로 조용히 담배 연기를 뿜으며 가만히 앉아 있었다. 높은 지붕의 건물 문 앞으로 군중이 소용돌이치듯 밀치며 몰려갔다. 그곳에서는 과격한 리듬으로 진동하고 날카롭게 울리는 춤곡에 맞춰 발을 구르고 질질 끄는 소리가 들렸고, 그 너머로 우렁찬 큰북 소리가 공허하게 감돌았다. 군중을 광란하게 만들고 유럽인들도 야릇한 감정을 느끼지 않고는 들을 수 없는 큰 드럼의 야만적이고 위압적인 소리가 노스트로모를 그 진원지로 끌어가는 것 같았다. 그쪽으로 다가가는 노스트로모의 말등자 옆에 찢어지고 빛바랜 판초를 걸친 남자가 붙어 서더니 양옆의 인파에 밀려 시달리면서도 자신을 부두 노동자로 써 달라고 '각하'께 애걸했다. 그 남자는 으스대며 활보하는 부두 노동자 조합에 속하는 특권만 얻는다면 일당의 절반을 카파타스 씨에게 바치겠다고 애처롭게 말했다. 자신은 나머지 절반으로도 충분하다고 주장하면서. 하지만 미첼 선장의 심복 — "우리 사업에 한없이 귀중하고, 절대로 부패할 수 없는 친구" — 은 누더기를 걸친 사내를 흠잡듯이 내려다보고는 요란한 소음 속에서 말 한마디 없이 고개를 저었다.

그 사내는 뒤로 물러섰다. 조금 더 가다가 노스트로모는 말을 세워야 했다. 댄스홀의 여러 문에서 남자들과 여자들이 땀을 줄줄 흘리며 후들거리는 팔다리로 비틀비틀 걸어 나왔고 눈을 둥그렇게 뜨고 입을 벌린 채 헐떡이며 건물 벽에 기대서려 했다. 안에서는 쉬지 않고 울리는 천둥처럼 하프와 기타가 미친 듯이 빠른 속도로 울어 댔다. 수백 명이 박수를 치고 비명을 질러 대더니 갑자기 나지막하게 어떤 사랑 노래의 후렴구를 합창하면서 서서히 잠잠해졌다. 군중 속에서 누군가 정확히 겨냥해서 날린 붉은 꽃이 그 눈부신 카파타스의 뺨에 부딪쳤다.

그는 떨어지는 꽃을 멋지게 잡았지만 바로 고개를 돌리지는 않았다. 이윽고 그가 천천히 돌아보자 옆에 있던 무리가 가무스레한 예쁜 여자에게 길을 내주려고 물러섰다. 작은 금색 빗으로 머리카락을 고정한 아가씨가 사람들이 비켜 준 길로 그를 향해 걸어오고 있었다.

눈처럼 흰 민소매 블라우스 덕분에 그녀의 포동포동한 팔과 목이 적나라하게 드러났다. 앞쪽은 풍성하고 엉덩이 쪽은 주름이 거의 없어 딱 달라붙은 푸른색 모직 스커트가 그녀의 도발적인 걸음걸이를 드러냈다. 그녀는 곧장 다가와서 암말에 손을 얹고는 수줍은 듯 교태 섞인 눈초리로 올려다보았다.

"이봐요," 그녀가 애무하듯이 중얼거렸다. "내가 지나갈 때 왜 못 본 척한 거죠?"

"당신을 더 이상 사랑하지 않으니까." 잠시 생각하더니 노스트로모가 차분하게 말했다.

암말에 올려놓은 손이 갑자기 부들부들 떨렸다. 통 크고 무시무시하고 변덕스러운 카파타스 데 카르가도레스와 그의 모레니타[22]를 둘러싼 사람들이 주시하는 가운데 그녀는 고개를 푹 숙였다.

노스트로모는 그녀의 얼굴에서 눈물이 흘러내리는 것을 보았다.

"그럼 이제 끝이에요, 내 사랑?" 그녀가 속삭였다. "정말이에요?"

"아니," 노스트로모가 무심하게 고개를 돌리며 말했다. "거짓말이야. 당신을 전처럼 많이 사랑해."

"진심이에요?" 그녀는 아직 눈물에 젖은 뺨으로 기뻐하며 정답게 물었다.

"진심이야."

"목숨을 걸고 진심이에요?"

"그만큼 진실이야. 하지만 당신 방에 있는 성모상 앞에서 맹세하라고 하면 안 돼." 카파타스는 싱글거리는 군중을 보며 조금 웃었다.

---

22) 가무스름한 피부의 여자.

그녀는 좀 불안한 듯 예쁜 입을 삐죽 내밀었다.

"아니, 그런 건 바라지 않아요. 당신 눈에서 사랑을 볼 수 있으니까." 그녀는 그의 무릎에 손을 얹었다. "왜 이렇게 떨어요? 사랑 때문인가요?" 큰북 소리가 쉴 새 없이 공허하게 울리는 가운데 그녀가 말을 이었다. "하지만 그토록 사랑한다면 성모상 목에 걸 금박 묵주를 당신 애인 파키타에게 선물해야죠."

"아니." 노스트로모가 올려다보며 간청하는 그녀의 눈을 들여다보며 이렇게 말하자 그 눈은 갑자기 놀라 굳어 버렸다.

"아니라고요? 그럼 높으신 분이 성인 축제일에 내게 뭘 줄 건가요?" 그녀가 화가 나서 물었다. "이 많은 사람들 앞에서 날 창피 줄 생각이 아니라면."

"애인에게서 한 번쯤 아무것도 못 받았다고 해서 망신당하는 건 아니야."

"그래요! 망신당하는 건 높으신 분, 내 가엾은 애인이죠." 그녀가 발칵 성을 내며 빈정거렸다.

그녀가 화를 내며 쏘아붙이자 웃음소리가 터져 나왔다. 참으로 대담하고도 성미가 불같은 아가씨였다! 이 광경을 지켜보던 사람들이 다른 사람들을 급히 소리쳐 불렀다. 은회색 암말을 둘러싼 원이 점점 좁아졌다.

여자는 한두 걸음 물러나서 조롱기와 호기심이 어린 사람들의 눈을 쏘아보더니 다시 말등자로 홱 달려가서는 발꿈치를 들고 분노한 얼굴을 들어 활활 타오르는 눈으로 노스트로모를 쏘아보았다. 안장에 앉은 그는 그녀에게 몸을 굽혔다.

“잔,” 그녀가 식식거리며 말했다. “당신 심장을 찔러 버릴 수도 있어!”

무심하면서도 눈에 띄는 근사한 차림새의 그 무시무시한 카파타스 데 카르가도레스는 갑자기 그녀의 목을 팔로 감고 냅다 쏘아 대는 입술에 입을 맞추었다. 웅얼거리는 소리가 퍼져 나갔다.

“칼!” 그녀의 어깨를 꽉 잡은 채 그가 딱히 누구에게랄 것 없이 명령을 내렸다.

둥글게 모여선 무리에서 스무 개의 칼날이 동시에 번뜩였다. 축제일 차림을 한 젊은이 하나가 원 안으로 냉큼 뛰어 들어가 칼자루를 노스트로모에게 내밀었고, 아주 자랑스러운 기세로 다시 뛰어 돌아갔다. 노스트로모는 그를 쳐다보지도 않았다.

“내 발에 올라서.” 그가 명령하자 아가씨는 갑자기 풀이 죽어 가볍게 올라섰다. 그는 그녀를 들어 올려 허리를 감싸 안고 얼굴을 맞대더니 그녀의 작은 손에 칼을 밀어 넣었다.

“아니, 모레니타! 나를 망신시켜선 안 되지.” 그가 말했다. “당신에게 선물을 주지. 당신의 애인이 누군지 오늘 모두가 알 수 있도록, 내 코트의 은 단추를 모두 잘라 가져.”

재치 있고 변덕스러운 이 장난에 웃음소리와 박수 소리가 터져 나왔다. 아가씨는 예리한 칼날을 재빨리 놀렸고, 그는 태연히 앉아서 손바닥에 쌓이는 은 단추를 흔들어 짤랑거렸다. 그러고는 양손 가득 은 단추를 움켜쥔 그녀를 땅에 내려 주었다. 완강한 얼굴로 잠시 속삭이던 그녀는 오만한 눈빛으로 걸어가 군중 속으로 사라졌다.

둥글게 에워싼 무리가 흩어졌다. 군주처럼 당당한 카파타스 데 카르가도레스, 없어서는 안 될 사나이, 확실하고 믿음직스러운 노스트로모, 어쩌다 코스타구아나에서 운을 시험해 보려고 뭍에 올랐던 지중해 출신의 선원은 항구 쪽으로 천천히 말을 몰았다. 때마침 유노호가 선체를 돌리고 있었다. 노스트로모가 다시 바라보려고 고삐를 당겨 말을 세웠을 때, 항구 입구의 오래되고 부서진 작은 요새에 임시로 세워진 게양대에서 깃발이 올라갔다. 대통령과 국방 장관을 위한 예포를 정식으로 발사하려고 술라코 병영에서 야포 포병 부대 절반이 신속히 그곳으로 이동해 갔다. 우편선이 좁은 수로를 통과하며 나아갔을 때, 때를 잘못 맞춘 포성이 돈 빈센트 리비에라의 첫 번째 술라코 공식 방문이 끝났음을 알렸다. 미첼 선장에게는 또 하나의 '역사적 사건'이 종결됐음을 알린 소리였다. '정직한 사람들의 희망'인 리비에라 씨는 일 년 반 후 다시 비공식적으로 방문했는데 전쟁에 패배한 후 절름발이 노새를 타고 산고개를 넘어 도주해 왔다. 그는 폭도의 손에 치욕스러운 죽음을 맞기 직전에 간신히 노스트로모에 의해 구조되었다. 전혀 다른 그 사건에 대해 미첼 선장은 이렇게 말하곤 했다.

"그건 역사였소. 역사였다고! 그리고 내 부하인 저 친구 노스트로모는 바로 그 한가운데 있었지. 실로 역사를 만든 겁니다."

그런데 노스트로모의 공으로 돌릴 수 있는 이 사건은 미첼 선장이 쓰는 용어로 볼 때 '역사'나 '과오'로 분류될 수 없는 다른 사건으로 곧 이어졌다. 선장은 그것을 다른 단어로 표현했다.

"귀하," 그는 후에 이렇게 말하곤 했다. "그건 과오가 아니었어요. 숙명이었죠. 순전히 불운한 일이었어요. 그리고 그 가엾은 친구는 바로 그 안에, 그 한가운데 있었죠. 숙명이란 게 있다면, 그거야말로 숙명입니다. 내 생각에 그는 그 후에 전혀 다른 사람이 되었거든요."

2부

이사벨 군도

1

돈 호세가 "국가적 정직성의 운명이 아슬아슬한 상태에 처했다."라는 말로 규정한 투쟁의 부침이 지속되는 가운데 희비가 엇갈리는 소식들이 들려왔지만, '정부 안의 정부'인 굴드 광산은 중단 없이 가동되었다. 네모꼴의 산토메산은 보물을 목제 활강관으로 계속 쏟아부어 쇄광기를 쉴 새 없이 돌렸다. 밤마다 광산의 불빛은 끝없이 펼쳐진 방대한 평원의 어둠 위에서 반짝였다. 전쟁이나 그 결과도 험준한 코르디예라 산맥 너머에 격리된 옛 옥시덴탈주에는 아무 영향도 미칠 수 없다는 듯이, 은괴 수송대는 석 달마다 바닷가로 내려갔다. 전투는 철로가 아직 뚫지 못한 뾰족한 고봉들이 이어지고 이게로타의 흰 봉우리가 군림하는 장대한 장벽 건너편에서 벌어졌다. 철로는 술라코에서 산길 초엽의 아이비 계곡까지 평원의 순탄한 첫 부분만 부설되어 있었다. 전신선도 아직 산맥을 넘지 못했다. 평원에 가느다란 봉화대처럼 세워진 전신주는 깊이 파인 선로로 깎인 작은 언덕의 숲가로 파고들었다. 전선은 공사 현장의 긴 오두막 안에 전신기를 받치고 있는 흰 제재목 탁자에서 돌연히 끝나고 말았다. 거대한 삼나무들이 그늘을 드리운 곳에 골함석으로 지붕을 덮은 그 판자 오두막은 전진 부서를 담당하는 기술자의 숙소였다.

항구도 철로 자재의 수송과 해안을 따라 이동하는 부대로 분주했다. O. S. N. 회사의 선박들은 할 일이 많아졌다. 코스타구아나에는 해군이 없었고, 해안 경비정 몇 척을 별도로 치면 국가 소유의 선박은 수송용 낡은 기선 두 척뿐이었다.

미첼 선장은 갈수록 역사의 중심에 들어서고 있다고 느끼며 굴드 저택의 응접실에서 오후의 한두 시간을 보내곤 했다. 그는 자기 주위에서 작용하는 실제 세력에 대해 희한할 정도로 아무것도 모르면서 업무의 긴장감에서 벗어날 수 있어 기쁘다고 말했다. 그 소중한 인물 노스트로모가 없었더라면 자기가 무엇을 할 수 있었을지 모르겠다고 했다. 빌어먹을 코스타구아나의 정치 때문에 예상보다 일이 더 많아졌다고 굴드 부인에게 고충을 털어놓기도 했다.

돈 호세 아베야노스는 위기에 처한 리비에라 정부를 돕기 위해 조직화 활동을 펼치면서 열변을 토했고, 그 메아리는 유럽까지 닿았다. 유럽은 리비에라 정부에 새 차관을 제공한 후 코스타구아나에 관심을 갖게 되었던 것이다. 아베야노스는 해방자들의 초상화가 벽에 걸리고 코르테스의 옛 깃발이 의장의 의자 너머 유리 상자에 보관되어 있는 지방 의회의(술라코 주 청사에 있는) 큰 회의실에서 열변을 토했다. '군국주의는 우리의 적'이라는 열정적 선언이 포함된 초기 연설과, 개혁 정부를 수호하기 위해 술라코 제2연대를 편성하기 위한 투표에 즈음하여 '아슬아슬한 상태'를 언급한 유명한 연설도 있었다. 각 주들이 (구스만 벤토 시절에 금지된) 옛 깃발을 다시 게양했을 때 돈 호세는 또 다른 위대한 연설에서 독립 전쟁의 옛 상징이 새로운 이상의 이름으로 다시 내걸린 것을 환영했다. 과거의 연방주의 이상은 사라졌다. 그는 옛 정치적 신조를 부활시키려는 것이 아니었다. 신조는 소멸할 수 있다. 그것은 소멸되었다. 그러나 정치적 정직성이라는 신조는 절대로 썩지 않는다. 그가 이제 이 깃발을 헌정하려는 술라코 제2연대는 질서와 평화, 진보를 위한 싸움에서, 국가적 자부심의 확립을 위한 싸움에서 그 용기를 보여 줄 것이다. 그런 자부심이 없다면 "우리는 전 세계 열강들 사이에서 비난의 대상이자 웃음거리가 될 뿐이다."라고 그는 힘차게 말했다.

돈 호세는 조국을 사랑했다. 그는 외교관으로 근무하는 동안 아낌없이 재산을 바쳐 조국에 봉사했다. 그 후 구스만 벤토 치하에서 감금되어 야만적인 학대를 당한 일은 그의 연설을 듣는 사람들에게 잘 알려져 있었다. 그 독재 체제의 특징이었던, 정식 재판 절차를 거치지 않은 잔인한 처형에 그가 희생되지 않은 것은 놀라운 일이었다. 구스만 벤토는 음울하고 우둔한 정치적 광신으로 나라를 지배했다. 그의 아둔한 마음은 정권의 최고 권력자를 잔인한 신처럼 이상야릇한 숭배 대상으로 만들었고, 그 최고 권력의 화신은 바로 자신이었다. 그러므로 그의 적인 연방주의자들은 극악무도한 죄인이었고, 확신에 찬 종교 재판관의 눈에 이교도들이 그렇게 보였듯이, 증오와 혐오, 두려움의 대상이었다. 여러 해 동안 구스만 벤토는 그런 흉악한 범죄자들을 포획해서 정복군의 꽁무니에 매달아 온 나라를 끌고 돌아다녔고, 그 범죄자들은 즉결 처형을 받지 못한 것을 가장 큰 불행으로 여겼다. 거의 해골처럼 헐벗은 몸에 쇠사슬로 묶이고 먼지와 해충과 생채기에 뒤덮인 그 무리의 숫자는 점점 줄어들었다. 모두 지위도 있고 교육도 받고 재산도 있는 사람들이 군인이 던져 준 썩은 쇠고기 조각을 놓고 서로 싸우거나 흙탕물을 한 모금 달라고 흑인 요리사에게 가련한 목소리로 애걸하기에 이르렀다. 다른 이들과 함께 쇠사슬에 묶여 있던 돈 호세 아베야노스는 오로지 인간의 육신이 어느 정도까지 굶주림과 고통, 치욕과 잔인한 고문을 견디고도 마지막 남은 생명의 불꽃과 분리되지 않을 수 있는지를 입증하려고 살아 있는 것 같았다. 나뭇가지를 엮은 오두막에 급히 소집된 장교들은 자신이 죽을까 봐 두려워서 무자비하게 그들을 심문했고 원시적인 고문 방법을 보강했다. 그런 다음에 유령 같은 범죄자 무리에서 운 좋은 한두 명이 비틀거리며 덤불 뒤로 끌려가 두 명의 군인에게 사살되었다. 그럴 때는 언제나 종군 신부 — 허리춤에 칼을 차고 왼쪽 가슴에 흰 면실로 작은 십자가가 수놓인 중위 군복을 입고 면도도 하지 않은 지저분한 남자 — 가 입꼬리에 담배를 문 채 걸상을 들고 따라가서 고백을 듣고 죄를 사해 주곤 했다. 그 나라의 시민-

구세주(청원서에 쓰인 구스만 벤토의 공식 명칭이었다.)는 온당한 자비를 베푸는 데 반대하지 않았던 것이다. 발사대의 고르지 않은 총성이 들리고 이따금 마무리 사격이 한 발 이어지기도 했다. 그러면 초록 덤불 위로 푸르스름한 연기 구름이 조금 피어올랐고, 정복군은 전진하여 대평원을 지나고 숲을 넘고 강을 건너 시골 마을을 습격한 다음 가증스러운 귀족들의 농장을 짓밟았다. 그들은 내륙의 도시를 점령해서 애국적 임무를 완수했고, 불타는 집들의 연기와 흩뿌려진 피 냄새에서 연방주의의 사악한 흔적을 더는 찾을 수 없는 통합된 땅을 남겼다.

돈 호세 아베야노스는 그런 시절을 견디고 살아남았다.

그 나라의 시민-구세주가 돈 호세를 석방시켜 주겠다고 모욕적으로 말했을 때 그는 이 어리석은 귀족의 건강과 정신, 재산이 박살나 버렸으므로 더는 위험하지 않다고 생각했을 것이다. 아니면 변덕이 나서 내린 결정이었을 수도 있다. 구스만 벤토는 대개 상상 속의 공포에 휩싸여 의심을 풀지 않았지만, 기껏해야 죽을 운명의 음모자들이 이르지 못할 권력과 안전의 정점에 올라섰음을 인식하자 갑자기 터무니없는 자신감을 느꼈다. 그럴 때면 충동적으로 장엄한 감사 미사를 올리라고 명령하곤 했다. 그러면 그가 임명한 순종적인 대주교가 부들부들 떨면서 산타마르타의 성당에서 성대한 미사를 올렸다. 그는 높은 제단 앞의 금박 안락의자에 앉아서 미사를 보았고, 정부의 문관, 무관 수장들이 그를 둘러쌌다. 산타마르타의 공직에 있지 않은 사람들도 성당으로 몰려들었다. 유명 인사들이 대통령의 신앙심을 드러내는 이런 자리에 참석하지 않는 것은 안전하지 않은 일이었기 때문이다. 자기보다 높은 존재라고 인정해 줄 마음을 조금이나마 느낄 수 있는 유일한 권력자를 이렇게 인정하고 나면 그는 냉소적이고 변덕스럽게 정치적 특사령이라는 관대한 조치를 흩뿌리곤 했다. 이제 자신의 권력을 만끽하기 위해 할 수 있는 유일한 조치는, 짓밟힌 적들이 콜레조의 어둡고 시끄러운 감방에서 환한 빛이 내리쬐는 곳으로 무력하게 기어 나오는 꼴을 보는 것이었다. 그들의 무력함은 그의 탐욕적 허영심을 채워 주었고, 언제라도 그들을 다시 잡아들일 수 있었다. 죄수 가족의 여인네들은 후에 특별히 대통령을 알현하고 감사의 뜻을 표현하는 것이 관례였다. 그 기이한 신의 화신, 최고 통치자는 챙이 젖혀진 모자를 쓰고 그들을 세워 둔 채 알현을 받았고, "내가 우리 나라의 행복을 위해 확립한" 민주 정부에 충성을 바치도록 자식들을 키워 감사하는 마음을 보이라고 위협적으로 중얼거리며 훈계했다. 예전에 소 떼를 몰던 시절에 있었던 사고로 앞니가 빠졌기 때문에 그가 말을 할 때면 침이 튀고 발음이 불분명했다. 그는 반역과 반항이 들끓는 소용돌이에서 홀로 코스타구아나를 위해 힘써 왔다. 그러니 이제는 그가 용서를 베풀어 주는 데 싫증이 나지 않도록 그런 짓들이 종식되어야 했다.

돈 호세 아베야노스가 바로 그 용서를 받았던 것이다.

몸도 재산도 무참히 파괴되어 버린 그는 그 민주 정부의 최고 수장에게 실로 흡족한 구경거리였다. 그는 술라코로 물러났다. 그 지역에 사유지가 있었던 그의 아내는 죽음과 감금으로 얼룩진 그 집에서 그를 간호하여 다시 살려 놓았다. 그녀가 죽었을 때 그들의 외동딸은 '가엾은 아빠'에게 헌신할 수 있는 나이였다.

아베야노스 양은 유럽에서 태어났고 영국에서 얼마간 교육을 받은, 키가 크고 진지한 아가씨였다. 차분한 태도에 넓고 흰 이마와 숱 많은 진갈색 머리칼, 푸른 눈을 갖고 있었다.

술라코의 다른 아가씨들은 그녀의 성격과 교양을 두려워했다. 그녀는 너무 유식하고 엄숙하다는 평판을 받았다. 자부심을 따져 보자면, 코벨랑가의 강한 자부심은 잘 알려져 있었는데, 그녀의 어머니가 코벨랑가의 딸이었다. 돈 호세 아베야노스는 사랑하는 딸 안토니아의 헌신에 많이 의존했다. 하느님의 형상으로 만들어지기는 했지만 돌로 된 우상처럼 불에 탄 제물에서 연기가 솟아올라도 냄새를 맡지 못하는 남자들의 무지몽매한 방식으로 그는 딸의 헌신을 받아들였다. 그는 어느 모로 봐도 몰락한 사람이었지만, 열정이 있는 사람의 인생은 파탄 나지 않는 법이다. 돈 호세 아베야노스는 조국의 평화와 번영, 그리고 (『오십 년간의 실정사』의 서문 끝부분에 썼듯이) '친선을 맺은 문명국들 가운데서 명예로운 자리'를 확보할 수 있기를 열정적으로 바랐다. 이 마지막 구절에서, 국채 증서를 소지한 외국인들을 정부가 기만하는 바람에 지독히 치욕스러워했던 전권 공사의 면모가 드러난다.

구스만 벤토의 독재에 이어 탐욕스러운 파벌들의 얼빠진 싸움으로 나라가 혼란스러워지자 그의 욕망은 기회의 문턱에 다가서는 것 같았다. 너무 늙어서 산타마르타의 정치 투기장에 그가 직접 뛰어들 수는 없었지만 그곳에서 활동하는 사람들이 단계마다 그의 조언을 구했다. 그 자신도 멀리 떨어진 술라코에서야 가장 큰 기여를 할 수 있으리라고 생각했다. 그의 이름과 예전 지위, 그리고 경험이 그와 비슷한 귀족들의 존경을 불러일으켰다. (굴드 저택 맞은편의) 코벨랑가 저택에서 가난하고 품위 있게 살아가는 이 노인이 대의를 지지하기 위한 물적 수단을 변통할 수 있음이 드러나자 그의 영향력은 더 커졌다. 돈 빈센트 리비에라가 대통령직에 입후보하기로 결심한 것도 그의 공개적인 호소 편지 때문이었다. 돈 호세는 이러한 비공식 문서 중 또 다른 문서에서 (이번에는 주 의회 연설을 통해) 산타마르타 의회가 압도적인 득표로 오 년간 부여한 특별 권력을 받아들이라고 그 양심적인 입헌주의자를 설득했다. 그것은 국내의 확고한 평화를 바탕으로 국민의 번영을 이룩하고 외국의 정당한 요구를 모두 충족시킴으로써 국가 신용을 회복하라는 특별 위임 통치령이었다.

그 투표에 관한 소식이 카이타를 거쳐 기선으로 해안을 따라 올라와 평소처럼 우회하는 우편배달 방식으로 술라코에 도착한 날 오후에, 굴드 저택의 응접실에서 그 우편물을 기다리던 돈 호세는 흔들의자에서 벌떡 일어서면서 무릎에 놓인 모자를 떨어뜨렸다. 그는 너무도 기쁜 나머지 아무 말도 못 하고 양손으로 은빛 나는 짧은 머리카락을 문질렀다.

"에밀리아, 내 영혼," 그가 갑자기 소리쳤다. "부인을 안게 해줘요! 얼싸안게……."

미첼 선장이 그 자리에 있었다면 틀림없이 새로운 시대의 여명에 대해 적절한 한마디를 했을 것이다. 돈 호세도 그런 생각을 했는지 몰라도 이번에는 열변을 토할 수 없었다. 블랑코당의 부활을 이뤄 낸 이 노인은 서 있던 자리에서 비틀거렸다. 굴드 부인이 재빨리 다가가서 오랜 벗에게 미소 띤 뺨을 내밀고 재치 있게 부축하여 그에게 절실히 필요한 버팀목이 되어 주었다.

돈 호세는 이내 기운을 차렸지만, 두 사람을 한참 동안 번갈아 바라보면서 "오, 당신들 두 사람은 애국자요! 오, 진정한 애국자!"라고 중얼거리는 것이 고작이었다. 그가 사랑하는 조국의 소생을 위해 한 온갖 헌신적 노력이 후세의 존경과 숭배를 받도록 고이 새겨질 또 다른 역사 서술에 대한 막연한 계획이 그의 머리를 스쳤다. 이 역사가는 구스만 벤토에 대해 이렇게 기술할 정도로 영혼이 숭고한 사람이었다. "그렇지만 동포의 피로 물든 이 극악무도한 인간이 무조건 후세의 매서운 비난을 받게 해서는 안 된다. 그도 자기 조국을 사랑한 것은 사실인 듯하다. 그는 십이 년간 나라의 평화를 유지했다. 그리고 사람들의 목숨과 재산을 절대적으로 지배했지만 가난하게 죽었다. 그의 가장 큰 결점은 아마도 흉악성이 아니라 무지였을 것이다." 잔인한 박해자에 대해 이처럼 쓸 수 있었던(이 문단은 그의 『오십 년간의 실정사』에 나온다.) 이 노인은 성공의 조짐이 드러나자 자기를 도와준 두 사람, 바다를 건너온 두 젊은이에게 무한에 가까운 애정을 느꼈다.

오래전에 헨리 굴드가 추상적인 정치 신조보다 더 강력한 실용적 필요성을 확신하고 차분히 칼을 꺼내 들었듯이, 시대가 바뀐 지금 찰스 굴드도 산토메의 은괴를 그 난투에 던져 넣은 것이다. 술라코의 영국인, '코스타구아나의 영국인' 3세는, 그의 삼촌이 혁명의 투기꾼이 아니었듯이, 정치적 음모꾼이 아니었다. 본능적으로 올곧은 그들의 성격에서 야기된 그들의 행동은 합리적이었다. 그들은 기회를 보고, 손에 닿은 무기를 사용한 것이다.

찰스 굴드의 위상 — 코스타구아나 공화국의 평화와 신용을 되찾으려는 시도를 배후에서 지휘하는 위상 — 은 극히 명백했다. 처음에 그는 부패가 만연한 기존 상황에 적응해야 했다. 그 부패는 순진하리만치 뻔뻔스러워서, 그것에 닿는 모든 것을 파멸시키는 무책임한 위력을 겁내지 않을 정도로 용감한 사람의 혐오감도 무장 해제시킬 정도였다. 굴드의 눈에 그것은 너무나 비열해서 격노할 만한 것도 못 되었다. 그는 냉철하고 대담하게 부패를 조롱하며 이용했고, 딱딱하고 예의 바른 태도로 조롱을 감추기보다는 명백히 드러냈으며, 그렇게 함으로써 그런 상황의 치욕을 많이 덜어 낼 수 있었다. 그는 비겁한 환상을 가진 사람이 아니었으므로 마음속에서는 그런 일로 고통스러웠을 것이다. 하지만 그는 도덕적 관점을 아내와 의논하지 않았다. 그들 인생의 모험적인 사업을 안전하게 지켜 온 것은 그의 방침 못지않게, 아니 그 이상으로 그의 성품이라는 점을, 영리한 아내가 약간 환멸을 느끼면서도 이해하리라고 그는 믿었다. 광산이 비약적으로 발전하면서 엄청난 권력이 그의 손에 들어왔다. 광산의 번영이 늘 아둔한 자들의 탐욕에 휘둘린다고 느끼다 보니 점점 짜증스러워졌다. 굴드 부인은 그것을 수치스러운 일로 여겼다. 어떻든 위험한 일이었다. 술라코의 왕 찰스 굴드가 멀리 캘리포니아에 있는 은과 철강업계의 우두머리와 나눈 비밀 서한에서는, 교육받은 성실한 사람이 시도하는 것이라면 신중하게 후원해야 한다는 확신이 커지고 있었다. "내가 그렇게 생각한다고 자네 친구 아베야노스에게 말해도 좋네." 홀로이드 씨는 엄청난 업무를 처리하는 십일 층짜리 공장의 침범할 수 없는 성소에서 적절한 시기에 편지를 썼다. 얼마 지나지 않아 제3 남부은행(홀로이드 건물에서 바로 하나 건넌 곳에 위치한)에 신용장이 개설되면서, 코스타구아나의 리비에라 당은 산토메 광산 경영자가 지켜보는 가운데 실질적인 형체를 갖추게 되었다. 그래서 굴드가의 아버지 대부터 가까운 벗이었던 돈 호세는 이렇게 말할 수 있었다. "친애하는 카를로스, 내 믿음이 헛되지 않았나 보오."

2

몬테로가 리오 세코에서 거둔 승리로 또 하나의 무장 투쟁이 내전의 역사에 더해진 후에 돈 호세가 '정직한 사람'이라고 불렀던 사람들은 반세기 만에 처음으로 자유롭게 숨 쉴 수 있었다. 오 년 통치법은 국가 재건의 기반이 되었고, 그것에 대한 열렬한 욕구와 희망은 돈 호세 아베야노스에게 영원한 청춘의 묘약과 같았다.

그런데 국가 재건이 갑자기 — 전혀 예상치 못한 바는 아니었지만 — 그 '짐승 같은 몬테로' 때문에 위기에 처하자, 격렬한 분노가 그에게 삶의 의욕을 되찾게 해 주었다. 대통령이 술라코를 방문했을 당시에 모라가는 이미 그 국방 장관에 대한 경고의 편지를 산타마르타에서 보낸 바 있었다. 블랑코 당의 현명한 조언자는 몬테로와 그의 동생에 관해 대통령과 진지한 대화를 나누었다. 그러나 코르도바 대학에서 철학 박사 학위를 받은 돈 빈센트는 군사적 능력을 지나치게 존중하는 것처럼 보였다. 군사력이 지성과는 전혀 무관한 것으로 보였기에 그 불가사의함이 그의 상상력을 기만했던 것이다. 리오 세코의 승리자는 영웅으로 인기를 누렸다. 그가 바로 최근에 공적을 쌓았으므로 대통령은 정치적 배은망덕이라는 명백한 비난을 받게 될까 봐 두려워했다. 나라를 재건하기 위한 대규모 변화가 착수되고, 새로운 차관과 새로운 철로, 방대한 개척 사업 계획이 도입되고 있었으므로, 수도의 여론을 동요시킬 일은 무엇이든 피해야 했다. 돈 호세는 대통령의 이런 주장에 굴복했고, 금줄 달린 구두를 신고 기병도를 찬 불길한 사내에 대한 우려를 깨끗이 잊으려 했다. 이제 마침내 도래한 새로운 질서 속에서 그 불길한 전조가 무의미한 것이 되기를 그는 바랐다.

대통령이 방문한 지 여섯 달도 지나지 않아 국가의 명예를 지킨다는 명분을 내건 군사 폭동이 일어났음을 알게 되면서 술라코는 큰 충격을 받았다. 포병 연대를 시찰하던 국방 장관 몬테로가 병영 방진 훈시에서 장교들에게 국가의 명예가 외국인들에게 팔렸다고 연설한 것이다. 대통령이 유럽 열강의 요구 — 오랫동안 상환되지 않은 금전 청구권을 해결해 달라는 — 에 나약하게 순종함으로써 통치에 부적합한 인물임을 보여 주었다는 주장이었다. 나중에 보낸 편지에서 모르가는 그 선동적인 훈시를 주도하고 원고까지 제공한 작자가 실은 과거에 게릴라였던 플라자의 지휘관, 또 다른 몬테로였다고 설명했다. '산으로' 급히 사람을 보내 불러온 모니검 의사가 어둠 속에서 16킬로미터를 달려와 열심히 치료해 준 덕에 돈 호세는 위험한 황달의 고비에서 벗어날 수 있었다.

그 충격을 넘어선 후 돈 호세는 굴복을 거부했다. 사실 처음에는 이보다 나은 소식이 계속 전해졌다. 수도에서 일어난 반란은 하룻밤의 시가전 후 진압되었다. 하지만 불행하게도 몬테로 형제는 남쪽으로 탈출하여 엔트레 몬테스 지역의 고향으로 달아났다. 산림 행군의 영웅, 리오 세코의 승리자는 주도 니코야에서 열광적인 환호를 받았다. 그곳 주둔지의 병력은 송두리째 그에게 넘어갔다. 그 형제는 군대를 조직했고, 불평분자들을 모으고, 애국적인 거짓말을 작성하여 밀사들을 사방으로 파견했고, 평원의 거친 목동들에게는 약탈품을 약속했다. 몬테로파의 신문도 발간되어, 토지를 약탈하려는 유럽 열강의 사악한 계획에 대항해서 '북부의 위대한 자매 공화국'이 은밀히 원조를 약속했다고 과장해서 떠벌렸다. 또한 매호 조국의 손발을 묶어 외국 투기꾼들에게 먹잇감으로 넘겨주려는 음모를 꾸민 '파렴치한 리비에라'를 저주했다.

비옥한 대평원과 광석이 풍부한 은광이 있어 목가적이고 나른한 도시 술라코는 지리적으로 고립되어 있던 덕분에 전투의 소음을 간헐적으로만 들었다. 그럼에도 이 도시는 최선두에 서서 인력과 자금으로 국가를 방어했다. 하지만 소문도 멀리 돌아서 들어왔고 심지어 외국을 통해 들어올 정도로 술라코는 자연적 장애물뿐 아니라 전황에 의해서도 공화국의 여타 지역과 차단되어 있었다. 몬테로 군대가 중요한 우편 연결지인 카이타를 포위 공격하고 있었다. 육로로 다니던 심부름꾼은 더 이상 산을 넘어오지 않았고, 급기야 노새몰이꾼도 위험을 무릅쓴 여행에 나서지 않으려 했다. 보니파시오도 한 번은 산타마르타에서 돌아오지 못했다. 출발할 엄두도 내지 못했거나 아니면 코르디예라산맥과 수도 사이 지역을 급습한 적의 패거리에게 사로잡혔을 것이다. 하지만 신기하게도 몬테로파의 신문은 어떻게 해서인지 술라코에 들어왔고, 또한 몬테로의 첩자들은 대평원의 마을과 읍에 잠입해서 귀족들을 죽여야 한다고 선동했다. 이처럼 내란이 발발하려는 시점에 산적 에르난데스가 그런 첩자 두 명을 토노로의 리비에라 당국에 넘겨주겠다고(황야의 마을에 살고 있던 어떤 늙은 신부의 중개로) 제안했다. 에르난데스가 그의 산적들과 함께 반란군에 합세한다면 몬테로 장군이 그에 대한 보상으로 사면해 주고 육군 대령 계급을 내릴 거라고 제안하러 온 첩자들이었다. 에르난데스의 제안은 주목을 받지 못했다. 그것은 당시 술라코에서 국가 재건을 위한 오 년간의 통치를 방어하기 위해 모집하던 병력에 자기 부하들과 함께 입대할 수 있게 해 달라고 술라코 의회에 제출한 청원서에 그의 진심을 보여 주는 증거로 첨부되었다. 그 청원서는 다른 문서들과 마찬가지로 돈 호세의 손에 들어갔다. 그는 굴드 부인에게 더럽고 거친, 희뿌연 종이(아마도 어느 마을의 가게에서 약탈한) 몇 장을 보여 주었다. 그 무시무시한 산적이 자기 비서로 삼으려고 토벽 교회 옆의 오두막에서 끌어낸 늙은 신부의 알아보기 힘든 무식한 필체로 뒤덮인 청원서였다. 굴드 저택의 응접실 램프 밑에서 고개를 숙인 채 돈 호세와 굴드 부인은 정직한 목동을 산적으로 만든 무모하고 어리석은 야만성에 대항하려는 남자의 격렬하면서도 겸손한 호소가 담긴 문서를 골똘히 바라보았다. 추신에서 그 신부는 자신이 열흘간 자유롭게 활동하지 못한 것을 제외하면 인간적인 대접을 받았고 성직자로서 존경을 받았다고 덧붙였다. 그는 산적 대장과 부하들 대부분에게 고해성사를 하고 죄를 사해 준 것 같았고, 산적들이 진실로 선량한 마음을 갖고 있다고 장담했다. 그는 보속으로 힘겨운 고행을 시켰는데, 틀림없이 기도와 금식을 통한 고행이었을 것이다. 하지만 신부는 현명하게도 산적들이 인간과 화해하지 않는 한 하느님과의 영원한 화해는 이루기 어려울 거라고 주장했다.

에르난데스가 군 복무를 통해 자신과 탈주병 부하들을 사면해 달라고 겸손하게 청원했을 당시 그의 목숨은 그 어느 때보다 안전했다. 그는 자기 요새를 지켜 주는 황무지에서 아무런 제약도 받지 않고 멀리까지 돌아다닐 수 있었다. 그 지역에 남아 있는 군대가 전혀 없었기 때문이다. 평소에 술라코를 지키던 수비대는 취주 악단이 O. S. N. 회사 기선의 선교에서 볼리바르 행진곡을 연주하는 가운데 남부의 전쟁터로 떠났다. 군인을 가득 실은 거룻배들이 하나씩 방파제에서 멀어져 갈 때 일어서서 열렬히 레이스 손수건을 흔들어 댄 부인들과 아가씨들 때문에 부두에 늘어선 유명한 집안의 마차들이 높은 가죽 버팀대 위에서 출렁거렸다.

노스트로모는 미첼 선장의 총감독 아래 출항을 지휘했다. 눈에 띄는 새하얀 조끼를 입고 햇살에 얼굴이 붉어진 선장은 문명의 온갖 물질적 이익의 친선을 바라는 간절한 연합 세력을 대변하고 있었다. 수비대를 지휘한 바리오스 장군은 출발할 때 삼 주 안으로 몬테로를 잡아 나무 우리에 넣고 황소 세 쌍을 매달아 공화국의 온 도시를 끌고 다니겠다고 돈 호세에게 장담했다.

"그런 다음에는 부인," 바리오스는 사륜마차에 탄 굴드 부인에게 인사하려고 모자를 벗어 청회색 곱슬머리를 드러내며 말했다. "그러고 나서 부인, 우리는 우리의 칼을 쟁기로 만들어 부자가 될 겁니다. 저도 이 시시한 일이 해결되면 곧바로 평원의 제 땅에서 사업을 시작하여 조용하고 평화롭게 돈을 좀 벌어 볼 작정입니다. 잘 아시겠지만 부인, 코스타구아나인들도 모두 알고 있고, 뭐랄까, 남아메리카 대륙 전체가 잘 알고 있습니다. 파블로 바리오스는 군인의 명예를 실컷 맛봤다고요."

찰스 굴드는 그 간절한 애국적 환송식에 참석하지 않았다. 군인들의 승선 광경을 지켜보는 것은 그가 할 일이 아니었다. 그것은 그의 역할도, 그의 취향도, 그의 방침도 아니었다. 그의 역할과 취향, 방침은 산 옆구리에 다시 벌어진 상처에서 홀로 퍼내기 시작한 보물이 방해받지 않고 계속 흘러가게 하려는 노력에 집중되어 있었다. 광산이 개발되면서 그는 혼자 힘으로 토착민 일꾼을 양성했다. 십장, 기술공, 서기가 있고 광산 주민들을 총감독하는 돈 페페가 있었다. 그 나머지에 대해서는 굴드 혼자서 '정부 안의 정부'의 무거운 짐을 짊어지고 떠받쳤다. 실체 없이 이름만으로도 부친의 생명을 짓뭉갰던 어마어마한 굴드 광산이었다.

굴드 부인에게는 돌봐야 할 은광이 없었다. 그녀의 두 보좌관인 의사와 신부가 굴드 광산의 전반적인 생활에서 그녀를 대신해 주었다. 그러나 흥분을 좋아하는 그녀의 여자다운 성향은 여러 사건을 통해 충족되었고, 그녀는 상상 속에서 타오르는 목적의 불길로 사건의 의미를 정화했다. 그날 그녀는 아베야노스가의 부녀와 함께 부둣가에 내려갔다.

이 혼란스러운 시절에 돈 호세는 다른 활동 말고도 애국 위원회의 의장을 맡아서 술라코 예하 부대의 병력을 개량된 모델의 소총으로 무장시켰다. 유럽의 열강 중 한 나라가 더 치명적인 무기를 개발하면서 폐기한 소총이었다. 그 중고 무기 구입 비용의 어느 정도를 유력한 가문들의 자발적 기부금으로 충당했는지, 또 어느 정도나 돈 호세가 외국에서 끌어 모을 수 있다고 알려진 기금에서 충당했는지는 그만의 비밀이었다. 그러나 서민들이 리코라고 부르는 귀족들은 그 현명한 노인의 웅변에 시달려 금품을 기부했다. 더 열성적인 숙녀 몇몇은 감동을 받아서 그 당파의 생명이자 영혼인 노인에게 보석을 바치기도 했다.

어떤 때는 노인의 생명과 영혼이 그토록 긴 세월 동안 낙심하지 않고 재건을 믿어 오느라 혹사당한 듯이 보이기도 했다. 사륜마차의 굴드 부인 옆에 굳은 자세로 앉아 있는 그의 모습은 생기가 거의 떠난 듯 보였다. 노란 밀랍으로 빚은 듯 균일한 안색에 말끔하게 면도한 늙고 섬세한 얼굴이 부드러운 펠트 모자 밑에 그늘진 채 검은 눈으로 뚫어지듯 응시하고 있었다. 안토니아, 술라코에서 아름다운 안토니아라고 불리는 아베야노스 양은 뒤로 기대 앉아 그들을 바라보았다. 풍만한 몸매와 붉고 도톰한 입술, 진지하고 갸름한 얼굴 때문에, 그녀는 작은 몸에 표정이 잘 변하는 얼굴로 조금씩 흔들리는 양산 밑에서 꼿꼿이 앉아 있는 굴드 부인보다 더 성숙해 보였다.

안토니아는 언제든 할 수 있을 때마다 아버지를 돌보았다. 그녀의 헌신은 공히 인정되었기에 그녀가 스페인계 남미 아가씨의 생활을 규제하는 엄격한 인습을 멸시함으로써 야기한 충격을 완화시켰다. 사실 이제 그녀는 어린 아가씨도 아니었다. 그녀가 종종 아버지가 불러 주는 공문서를 받아쓰고 아버지 서재에 있는 책을 마음대로 읽는다는 소문이 돌았다. 사람들을 접대할 때는 완전히 귀가 먼 노쇠한 부인(코벨랑가의 친척)이 안락의자에 꼼짝 않고 앉아 체면을 지켜 주는 가운데 안토니아는 남자들 두세 명과 토론하면서 자기 나름의 주장을 펴기도 했다. 확실히 그녀는 맞은편 집 문간에 숨어 있는 망토 두른 연인 — 코스타구아나에서 법도에 맞는 구애 방식은 이러했다 — 의 모습을 창살 틈으로 엿보면서 만족할 아가씨가 아니었다. 외국에서 자랐고 이국적인 의견을 습득해서 유식하고 거만한 안토니아는 절대로 결혼할 수 없을 거라고 모두들 믿었다. 이제 술라코가 바야흐로 온 세계의 침략을 받을 지경에 이른 것 같으니 유럽이나 북미에서 온 외국인과 결혼하지 않는다면 말이다.

3

바리오스 장군이 걸음을 멈추고 굴드 부인에게 말을 걸었을 때, 안토니아는 얇은 레이스 숄을 두른 머리에 비치는 햇살을 가리려는 듯 손에 부채를 펼쳐 잡고 천천히 들어 올렸다. 검은 속눈썹 뒤에서 흘러나온 맑고 푸른 눈빛이 잠시 아버지에게 머물다가 더 멀리 나아가 기껏해야 서른 살이나 됐을까 싶은 젊은 남자에게 닿았다. 중키에 다소 통통하고 얇은 오버코트를 입은 사람이었다. 구부러진 지팡이 손잡이를 펼친 손바닥으로 누르면서 그는 멀리서 바라보고 있었다. 그러나 자신을 바라보는 눈길을 느끼자 곧장 조용히 다가와서 마차 문에 팔꿈치를 얹었다.

그의 차림새는 목이 깊게 파인 셔츠 칼라와 큰 나비넥타이, 둥근 모자와 반짝이는 구두에 이르기까지 프랑스식 세련미를 풍겼다. 그러나 다른 점에서 보면 전형적인 금발의 스페인계 크리올이었다. 보풀보풀한 콧수염과 짧고 곱슬거리는 금색 턱수염에도 불구하고 생기 있는 장밋빛 입술은 삐죽 내민 듯이 선명하게 드러났다. 그의 통통하고 둥근 얼굴은 고향의 햇볕에 절대로 그을지 않은 활기차고 건강한 백인 크리올의 얼굴이었다. 마틴 드쿠는 코스타구아나에서 태어났지만 그곳의 태양에 노출된 적이 거의 없었다. 그의 가족은 오래전에 파리에 정착했는데, 그곳에서 그는 법학을 공부했고 문학에 손을 대기도 했으며 어쩌다 의기양양한 기분이 들면 스페인계의 다른 외국인, 호세 마리아 드 헤레디아[23] 같은 시인이 되려는 희망을 품기도 했다. 나머지 시간에는 소일거리로 산타마르타의 주요 신문인 《세마나리오》에 유럽 정세에 관한 기사를 쓰곤 했다. 신문은 그 기사들을 '특별 통신원의 기고'라는 제목으로 실었지만 글쓴이가 누구인지는 공공연한 비밀이었다. 유럽에 사는 동포의 이야기를 선망하며 소중하게 간직한 코스타구아나인들은 그 저자가 '드쿠가의 아들'이라는 것을 알고 있었고, 재능이 많은 그 젊은이가 유럽의 상류 사교계를 드나든다고 생각했다. 사실 그는 영리한 신문 기자 몇 명과 어울리고 신문사 몇 군데를 자유롭게 드나들며 신문 기자들이 오락 삼아 즐겨 찾는 단골집에서 환영받는 나태한 한량이었다. 알록달록 번쩍이는 옷으로 어릿광대의 어리석은 익살을 덮어 버리듯, 재치가 반짝이는 박식한 허풍으로 따분한 얄팍함을 덮어

---

23) José-Maria de Heredia(1842~1905). 쿠바 태생의 프랑스 시인.

버린 이런 생활은 그에게서 프랑스화한 — 그러나 대체로는 프랑스식이 아닌 — 세계주의를 만들어 냈다. 사실 그것은 지적 우월감을 가장한 무력한 무관심주의에 불과했다. 그는 프랑스 기자들에게 자신의 모국에 대해 이렇게 말하곤 했다. "코믹 오페라 무대에서 정치가들과 산적들, 여타 인간들이 우스꽝스럽게 훔치고, 음모를 꾸미고, 칼로 찌르는 등 온갖 희극적인 짓거리를 죽어라고 진지하게 해 대는 분위기를 상상해 보게. 포복절도할 정도로 웃기고, 피가 철철 넘쳐흐르고, 배우들은 자기들이 우주의 운명에 영향을 미친다고 믿고 있지. 물론 양식 있는 사람들의 눈에 일반적으로 정부란, 어느 나라의 정부든, 교묘하게 익살맞은 것이지. 그런데 실로 우리 스페인계 남미인들은 그 한계를 훌쩍 뛰어넘는다네. 멀쩡한 정신을 가진 사람이라면 이 '죽음의 광대극'의 음모에 끼어들 수 없지. 하지만 요사이 많이 언급되는 이 리비에라 지지자들은 정말 그 나라를 살 만한 곳으로 만들고, 심지어 빚도 좀 갚으려고 그들 나름의 익살스러운 방식으로 노력하고 있다네. 여보게, 자네들의 공채 증서 소지자들을 배려해서 가급적 리비에라 씨를 칭찬하는 논평을 쓰는 게 좋겠어. 내가 받은 편지 내용이 사실이라면, 마침내 그들이 돈을 돌려받을 가능성이 조금 생겼거든."

그러고 나서 그는 돈 빈센트 리비에라 — 자신의 선량한 의도에 짓눌린 애처로운 작은 사나이 — 가 대변하는 이념이나 승전의 중요성, 몬테로(허영심이 강하고 사나운 괴기한 인물)가 누구인지, 철로 부설과 관련된 새 차관의 도입 방식과 광범위한 재정 계획에서 방대한 토지를 개척하는 문제에 대해 열렬히 조롱하며 설명하곤 했다.

그러면 프랑스인 친구들은 이 자그마한 친구 드쿠가 분명 그 문제에 정통하다고 말하곤 했다. 파리의 권위 있는 잡지사 한 곳에서 그에게 그 상황에 대한 기사를 요청했다. 그 글은 어조는 진지했지만 정신은 경박했다. 후에 그는 친한 벗에게 물었다.

"코스타구아나의 재건에 대해 쓴 내 글 읽어 봤나? 근사한 허풍이지, 안 그래?"

그는 자신이 머리끝에서 발끝까지 파리인이라고 믿었다. 하지만 파리인은커녕 평생 정체 모를 딜레탕트[24]로 남을 가능성이 컸다. 어디서나 조롱하는 습관을 밀어붙이다 보니 스스로도 본성의 진정한 충동을 알 수 없는 지경에 이르렀다. 그런데 자신이 갑자기 술라코의 애국적 소총 위원회 집행 위원으로 선출되자 그것은 그의 '친애하는 동포'들만 저지를 수 있는, 뜻밖의 기상천외한 행동의 극치로 보였다.

"갑자기 벽돌이 내 머리 위로 떨어진 기분이야. 내가, 내가, 집행 위원이라니! 이런 황당한 얘기는 처음 들어! 내가 라이플총에 대해 뭘 안다고? 참으로 어처구니없는 일이야!" 그는 사랑하는 여동생에게 이렇게 소리쳤다. 드쿠 남매는 연로한 부모가 없이 자기들끼리 있는 자리에서는 프랑스어를 사용했다. "네가 그 비밀 편지의 설명을 읽어 봐야 해! 여덟 장이나

24) 문학이나 예술의 아마추어 애호가.

되는 편지야. 엄청나게 길어!"

안토니아의 필체로 작성되고 돈 호세가 서명한 이 편지에서 돈 호세는 '재능 있는 코스타구아나의 젊은이'에게 공적 입장에서 호소했고, 재산과 여유와 넓은 인맥이 있고 혈통으로 보나 가정 교육으로 보나 전적으로 신뢰할 만한 재능이 많은 대자(代子)에게 사적으로 마음을 털어놓았다.

"신뢰할 만하다는 건, 내가 그 자금을 횡령하거나 여기 있는 우리 정부 대변인에게 비밀을 누설하지 않을 것 같다는 말이지." 마틴이 누이에게 냉소적으로 덧붙였다.

그 계획은 리비에라 정부의 불신을 받고 있지만 당장은 제거하기 어려운 국방 장관 몬테로의 배후에서 비밀리에 진행되었다. 바리오스 휘하의 군대가 새 소총을 손에 넣을 때까지 몬테로는 그 낌새를 채지 못해야 했다. 아주 어려운 처지에 봉착한 대통령만이 그 비밀을 알고 있었다.

"정말 웃기는군." 마틴의 속마음을 잘 알아주는 여동생이 말했다. 이 말에 오빠는 파리의 최고 허풍쟁이처럼 대답했다.

"대단하지! 국가 원수가 민간인 몇 명의 도움을 받아서 자기에게 꼭 필요한 국방 장관의 발밑에 지뢰를 설치하는 데 가담하다니. 아니! 우리를 따를 자는 아무도 없어!" 그리고 그는 지나치게 크게 웃었다.

후에 누이동생은 그렇게 까다로운 상황에서 전문 지식도 없는 오빠가 그 어려운 임무를 진지하고 유능하게 수행했다는 사실을 알고 놀랐다. 그녀는 오빠가 평생 어떤 일에서도 그렇게 애쓰는 것을 본 적이 없었다.

"재미있는 일이거든." 그가 간단히 설명했다. "성능이 떨어지는 온갖 총들을 팔아넘기려는 사기꾼들이 나를 에워싸더라고. 호감을 사려고 비싼 점심 식사에 초대하기도 하고. 난 그들의 기대감에 부채질을 하고 말이야. 아주 재미있어. 그동안에 진짜 거래는 다른 곳에서 진행된 거야."

그 일이 마무리되자 갑자기 드쿠는 그 귀중한 위탁물이 술라코에 안전하게 도착하는지 직접 봐야겠다고 말했다. 그 익살극은 끝까지 쫓아가서 전부 지켜볼 가치가 있다는 것이었다. 그가 예리한 아가씨 앞에서 금색 턱수염을 잡아당기며 이런저런 핑계를 늘어놓자 그 아가씨는 (처음에 깜짝 놀라서 눈을 크게 뜨고 쳐다본 후) 실눈으로 그를 살펴보며 천천히 말했다.

"오빠는 안토니아가 보고 싶은 거겠지."

"안토니아라니?" 코스타구아나 출신의 한량은 성가신 듯 오만하게 물었다. 그는 어깨를 으쓱하고는 빙 돌아섰다. 그의 뒤통수에 대고 누이동생이 재미있는 듯이 소리쳤다.

"머리칼을 두 갈래로 땋아 늘어뜨렸던 그 안토니아 말이야."

마틴은 팔 년 전 아베야노스 가족이 유럽을 완전히 떠나기 직전에 안토니아를 만났다. 키가 크고 어린 아가씨 특유의 엄격한 구석이 있고 이미 성격이 확고하게 형성되어 있던 열여섯 살의 안토니아는 편견 없이 지혜로운 척하는 그를 감히 깔보듯이 대했다. 한번은 목표가 없는 그의 삶과 경박한 의견을 더 이상 참을 수 없다는 듯이 그에게 맹렬히 덤벼든 적도 있었다. 당시 마틴은 스무 살이었고, 가족의 총애를 받고 자라 버릇없는 외아들이었다. 그 공격에 너무나 당황한 나머지, 하찮은 여학생 앞에서 잘난 척을 즐기던 그는 움찔했다. 그때의 인상이 하도 강렬하게 남아서 그 후에도 누이의 친구들을 보면 어렴풋이 비슷한 점이나 뚜렷하게 대조되는 점 때문에 안토니아 아베야노스가 떠오르곤 했다. 우스운 숙명 같다고 그는 속으로 말했다. 물론 드쿠 가족이 코스타구아나에서 정기적으로 받은 소식에는 가까운 벗인 아베야노스가의 이름이 자주 튀어나왔다. 전 장관이 체포되어 끔찍한 박해를 받은 일이며, 그 가족이 겪은 위험과 곤경, 빈궁한 상태로 술라코로 물러난 일, 그 어머니의 죽음 같은 소식이었다.

몬테로의 반란은 마틴 드쿠가 코스타구아나에 도착하기 전에 일어났다. 마틴은 본선 철로와 O. S. N. 회사의 서해안 운항을 이용해서 마젤란 해협으로 돌아서 갔다. 그의 귀중한 위탁물은 반란 초기에 느낀 경악을 희망과 결의에 찬 분위기로 바꾸기 딱 좋은 시기에 도착했다. 유력한 집안들이 그를 공공연히 떠받들어 주었다. 돈 호세는 낙심하고 허약한 상태였지만 눈물을 글썽이며 그를 포옹했다.

"네가 직접 왔구나! 드쿠 가문에 그 정도는 기대할 수 있었지. 슬프게도 우리가 가장 두려워하던 일이 현실이 되었단다." 그는 다정하게 중얼거리며 대자를 다시 꼭 껴안았다. 실로 지성과 양심을 가진 사람들이, 위기에 처한 대의를 중심으로 결집해야 할 때였다.

바로 그 순간 서유럽의 양자인 마틴 드쿠는 대기가 완전히 바뀌었음을 감지했다. 그는 말 한마디 없이 순순히 포옹을 받아들이고 이야기에 귀를 기울였다. 더 세련된 유럽 정치판에서는 듣지 못한 열렬하고 슬픈 어조에 자기도 모르게 감동을 받았다. 그러나 아베야노스 저택의 크고 휑뎅그렁한 응접실의 어둑한 곳에서 키 큰 안토니아가 가벼운 걸음으로 걸어 나와 (인습을 무시하는 그녀의 방식으로) 손을 내밀면서 "여기서 만나게 되어 기뻐요, 마틴 씨."라고 중얼거렸을 때, 그는 다음 달 정기선을 타고 돌아갈 생각이라는 말을 이 두 사람에게 도저히 할 수 없었다. 돈 호세는 그에게 계속 찬사를 늘어놓았다. 동조자들이 늘어날수록 사람들의 자신감은 더 커지는 법이지. 더욱이 조국의 재건 사업을 유창하게 옹호하고 블랑코 당의 정치적 신념을 전 세계에 훌륭하게 설파한 사람은 고국의 청년들에게 얼마나 훌륭한 모범이 되겠나! 그 유명한 파리 논평지에 실린 자네의 훌륭한 글은 읽지 않은 사람이 없다네. 이제 전 세계가 알게 됐어. 그리고 그 글을 쓴 사람이 이 순간에 등장했다는 것은 자기 신념을 표명한 공적 행위지. 이런 말을 들으면서 청년 드쿠는 초조하고 혼란스러운 감정에 압도되었다. 그는 미국을 거쳐 돌아갈 예정이었다. 캘리포니아를 지나 옐로스톤 파크를 가 보고 시카고시와 나이아가라 폭포를 구경하고 캐나다를 돌아본 다음 어쩌면 뉴욕에 잠시 머물고 뉴포트에 조금 더 오래 머물면서 유럽에서 받아 온 소개장을 사용할 생각이었다. 안토니아도 숨김없이 힘을 주어 그의 손을 꼭 잡았고 뜻밖에도 한결같이 호의적이고 따뜻한 어조로 말했기에 그는 깊이 고개 숙여 절하고 이렇게 말할 수밖에 없었다.

"이렇게 환대해 주시니 말할 수 없이 감사합니다. 하지만 모국에 돌아왔다고 해서 치사를 받을 이유는 없겠죠. 틀림없이 안토니아 양은 그렇게 생각하지 않을 겁니다."

"물론이에요, 드쿠 씨." 그녀는 조금도 흔들림 없이 차분하고 솔직하게 말했다. 그녀의 말은 늘 그랬다. "하지만 당신처럼 누군가 고국에 돌아오는 건 기쁜 일이에요. 양쪽 모두를 위해."

마틴 드쿠는 원래 계획에 대해 아무 말도 하지 않았다. 누구에게도 입도 뻥긋하지 않았을뿐더러, 이 주일밖에 지나지 않았을 때는 굴드 저택(물론 그는 즉시 그 집에 드나들 권리를 얻었다.)의 안주인에게 예의 바르고 친숙한 태도로 의자에 앉아 몸을 내밀면서 그날 자신의 모습에서 두드러진 변화 — 그의 설명에 의하면, 더 특별한 진지한 분위기 — 를 감지할 수 없는지 묻기까지 했다. 이 말에 굴드 부인은 얼굴을 정면으로 돌리고 눈을 조금 크게 뜨고는 보일 듯 말 듯 미소를 지으며 말없이 물어보듯 바라보았다. 곧바로 활기찬 관심을 보이는 그녀의 이 습관적인 동작은 어딘지 모르게 섬세한 헌신과 순수한 이타심을 드러냈기에 남자들에게 아주 매혹적이었다. 드쿠는 더 이상 자신을 이 땅 위의 나태한 방해꾼이라고 느끼지 않는다고 차분하게 말을 이었다. 이 순간 부인이 보고 있는 사람은 바로 술라코의 저널리스트라고 그는 장담했다. 굴드 부인은 즉시 안토니아를 흘긋 바라보았다. 안토니아는 등받이가 곧고 높은 스페인제 소파 구석에 꼿꼿하게 앉아서 검은 스커트 자락 밑으로 엇갈린 두 발끝을 드러낸 채 곡선미가 아름다운 몸매에 크고 까만 부채를 천천히 부치고 있었다. 드쿠도 그녀쪽으로 시선을 고정한 채 자신이 뜻밖에 얻게 된 새 일자리를 아베야노스 양이 잘 알고 있다고 나지막하게 덧붙였다. 그것은 코스타구아나에서 대체로 어중간하게 교육을 받은 흑인이나 돈 한 푼 없는 변호사가 전문으로 하는 일이었다. 그는 이제 동정의 눈길로 자신을 바라보는 굴드 부인을 세련되고 당돌하게 응시하며 "조국을 위하여!"라고 속삭였다.

실은 '그 지역의 열망을 대변할' 신문을 맡아 달라는 돈 호세의 간절한 부탁에 그가 즉시 응낙했던 것이다. 돈 호세는 오래전부터 신문을 발행하려는 생각을 소중하게 품어 왔다. 미국에 의뢰했던 필요 설비(간소한 규모로)와 대량의 종이가 얼마 전에 도착했으므로, 적절한 사람만 있으면 되었다. 산타마르타의 모라가 씨도 적절한 사람을 찾을 수 없었기에 절박한 문제였다. 몬테로파의 신문이 유포하는 거짓 선동의 영향력을 상쇄할 기관지가 절대적으로 필요했다. 그들은 잔혹한 비방을 일삼고, 사람들에게 칼을 들고 봉기하라고 호소했다. 고국의 땅을 넘겨주고 국민을 노예로 만들려고 외국인들과 음모를 꾸미는 블랑코 귀족과 무법자의 잔재, 사악한 시체, 무력하고 쓸모없는 자들을 단호히 끝장내라고 요구했다.

이 '흑인 진보주의'의 요란한 아우성에 아베야노스는 기겁했다. 그 폐해를 제거할 방법은 신문뿐이었다. 그런데 이제 드쿠라는 적절한 사람이 나타났으므로, 광장의 유개 상점가에 있는 어느 상점 1층 위 창문들 사이에 검은 페인트로 칠한 큰 글자가 등장했다. 바로 옆에 있는 안자니의 큰 잡화점은 구두, 실크, 철물, 모슬린, 목제 장난감, (맹세를 지키기 위해 바치는 헌

물용) 작은 은제 팔과 다리, 머리, 심장, 그리고 묵주와 샴페인, 여성 모자, 특효약, 대개 프랑스어로 쓰인 먼지 덮인 염가판 책 몇 권도 취급했다. 그 큰 검은 글자는 '포르베니르(미래) 신문사'였고, 여기서 마틴의 신문이 일주일에 세 번씩 사 면지에 발행됐다. 노리끼리하고 반질거리는 얼굴의 안자니는 헐렁한 검은색 옷을 입고 모직 슬리퍼를 끌면서 자기 잡화점의 여러 문 앞을 배회하다가 당당하게 업무를 보러 다니는 술라코의 저널리스트와 마주치면 몸을 비스듬히 깊게 숙여 인사했다.

4

드쿠가 군대 출정식을 보러 간 것은 직업적 의무를 수행하기 위해서였을 것이다. 모레 발행될 《포르베니르》에 그 사건이 틀림없이 보도되겠지만 그 편집자는 마차에 허리를 기대고 선 채 아무것도 보지 않는 것 같았다. 부두 끝 방파제에 삼 열로 늘어선 보병대의 전열은 사람들이 너무 가까이 밀려들면 무시무시하게 철커덕 소리를 내면서 사납게 총검을 겨누었다. 그러면 구경하던 사람들은 일제히 뒤로 물러섰고 커다란 흰 노새의 코 밑으로 밀려들기도 했다. 수많은 인파가 몰렸지만 들리는 소리는 나지막한 웅얼거림뿐이었다. 갈색 안개처럼 자욱하게 일어난 먼지 속에서 말에 탄 사람들은 관중 속 여기저기에서 상체를 우뚝 세우고 사람들 머리 너머로 한곳을 바라보았다. 그들이 말에 태워 준 친구들은 뒤에서 양손으로 앞사람의 어깨를 움켜잡고 몸의 균형을 유지하고 있었다. 두 사람의 모자 테가 서로 닿아 두 개의 원뿔형 왕관을 떠받치는 원반 밑에 두 개의 얼굴이 달린 것 같았다. 한 청년이 대열에 섞인 지인에게 뭐라고 쉰 목소리로 소리쳤고, 어떤 여자는 갑자기 비명을 지르듯 "안녕!" 하며 어떤 남자의 세례명을 외쳤다.

바리오스 장군은 추레한 푸른색 윗도리와 희한한 붉은 구두 위로 흘러내린 팽이 모양의 흰 바지 차림으로 모자를 벗은 채 구부정하게 서서 두꺼운 지팡이에 몸을 기대고 있었다. 아니! 그는 자신이 누구라도 만족할 만큼 군인의 명예를 누렸다고 굴드 부인에게 주장했고 그러면서 동시에 용맹스러운 자세를 취하려고 애썼다. 새까만 털 몇 가닥이 그의 윗입술에서 드문드문 늘어졌고 코는 툭 튀어나왔으며 턱은 가늘고 길었고 한쪽 눈에는 검은 실크 조각을 대고 있었다. 쑥 들어간 작은 눈이 반짝이며 변덕스럽게 사방을 둘러보았고 딱히 대상도 없이 친근한 눈빛을 발했다. 구경하던 유럽인 몇 명은 전부 남자였는데 자연스럽게 굴드 집안의 마차 옆으로 몰려들었고, 바리오스 장군이 참모와 함께 부두로 급히 달려오기 전에 아마리야 클럽에서 펀치(안자니가 병째 수입한 스웨덴산 펀치)를 너무 많이 마신 게 분명하다는 생각을 굳은 표정으로 드러냈다. 하지만 굴드 부인은 차분하게 고개를 숙이고, 가까운 장래에 장군에게 더 많은 영광이 있으리라 믿는다고 말했다.

"부인," 그는 대단히 흥분해서 항의하듯 말했다. "맹세코, 생각해 보십시오! 콧수염을 염색하고 다니는 대머리 거짓말쟁이를 항복시킨들 저 같은 사람에게 무슨 영광이 되겠습니까?"

시골 면장의 아들로서 육군 장성이자 옥시덴탈주의 총사령관이 된 파블로 이그나시오 바리오스는 술라코의 상류 사교계를 드나들지 않았다. 그는 재규어 사냥 얘기를 늘어놓거나 올가미 밧줄로 동물을 사로잡는 재주를 자랑할 수 있는 스스럼 없는 남자들의 모임을 더 좋아했다. 올가미 밧줄만 있으면 그는 평원 사람들의 말대로 "결혼한 남자라면 누구도 시도해서는 안 될" 고난도의 묘기를 부릴 수 있었다. 그는 특히 야간에 말을 달렸던 일이나 야생 들소와의 대결, 악어와의 사투, 거대한 숲에서 일어난 모험과 범람한 강을 건넌 이야기들을 늘어놓았다. 장군의 추억담은 그저 자랑하고 싶은 마음에서 비롯된 것이 아니었다. 그는 숲속에 있던 부모의 인디언식 초가 오두막을 영원히 등지기 전에 누렸던 젊은 시절의 야생적 생활을 진심으로 사랑했다. 멀리 멕시코까지 떠돌면서 (그의 말로는) 프랑스에 대항하여 후아레스의 편에서 싸웠고, 유럽 군대와 들판에서 맞선 유일한 코스타구아나 군인이었다. 그 덕분에 그의 이름은 큰 광채를 띠었지만 결국은 몬테로라는 떠오르는 별 때문에 그 빛이 가려졌다. 그는 평생 상습적인 도박꾼이었다. 한번은 (여단장으로) 출정했을 때 전투가 벌어지기 바로 전날 밤에 대령들과 '몬테'라는 카드 도박을 하다가 말과 권총, 군복과 장비를 견장까지 포함해 모두 날렸다는 유명한 이야기를 직접 솔직하게 털어놓기도 했다. 결국 그는 자기의 군도(금 손잡이가 달린 공식적 하사품)를 진지 후방의 시내로 보냈고, 아직 잠이 깨지 않은 겁먹은 전당포 주인에게서 당장 500페세타를 받아 오게 했다. 동이 틀 무렵 그 돈의 마지막 동전까지 다 잃자 그는 조용히 일어서며 말했다. "자, 나가서 죽을 때까지 싸우자." 그때부터 그는 장군은 막대기 하나만 쥐고도 자기 부대를 전쟁터로 잘 이끌 수 있다는 것을 알게 되었다. "그 후로 늘 그렇게 해 왔거든." 하고 그는 말하곤 했다.

그는 늘 빚에 시달렸다. 정치적 동요가 심한 코스타구아나의 장군으로서 군대에서 높은 지휘권을 갖고 호사를 누리던 시절에도 그의 금술 달린 군복은 거의 언제나 상인에게 저당잡혀 있었다. 그리고 돈을 빌려주고 걱정하는 상인들이 군복을 놓고 성가시게 벌이는 소란을 피하려고 장식 달린 군복을 경멸하며 낡고 추레한 튜닉을 입는 별난 습관을 들였다. 그것은 제2의 천성이 되었다. 그러나 바리오스가 가담한 당파는 그의 정치적 배신을 염려할 필요가 없었다. 진정한 군인 정신이 너무도 투철해서 승리를 사고파는 비열한 거래 같은 것은 절대 하지 않을 사람이었기 때문이다. 산타마르타의 외무부에 있는 어떤 사람은 그를 이렇게 평가하기도 했다. "바리오스는 더할 나위 없이 정직하고 전쟁을 치르는 수완도 좀 있습니다만 복장이 문제입니다." 리비에라 당파의 승리 이후 바리오스는 이른바 수지맞는 곳이라는 옥시덴탈주의 사령관이 되었는데, 그것은 그에게 돈을 빌려준 사람들(모두 정치적 수완이 대단한 산타마르타의 상인들)이 힘을 쓴 덕분이었다. 상인들은 공적으로는 온갖 수단을 동원해서 장군의 이권을 확보해 주려 했고, 사적으로는 영향력 있는 산토메 광산의 대변인 모라가 씨를 둘러싸고 만일 장군이 임명되지 않으면 "우리 모두 꼼짝없이 파산합니다."라는 과장된 말로 애걸복걸하면서 공세를 퍼부었다. 바리오스가 사령관에 임명된 것은 굴드 씨의 부친이 아들에게 보낸 긴 편지에서 그 장군의 이름을 우연히 호의적으로 언급한 적이 있었던 사실과 무관하지 않지만, 무엇보다도 장군의 확고한 정치적 정직성 덕분이었음이 분명하다. 서민들에게 호랑이 사냥꾼이라고 불린 장군의 용맹한 자질은 누구도 의심하지 않았다. 하지만 그는 싸움터에서 운이 좋지 않다는 말도 있었다. 그러나 이제는 평화로운 시대가 시작될 것이다. 군인들은 그의 인간적인 성품 때문에 그를 좋아했는데, 그의 성품은 썩어 버린 혁명의 온상에서 예기치 못하게 피어난 신기하고 진귀한 꽃 같았다. 군인들이 행진하는 동안 그가 천천히 거리를 달리며 외눈으로 경멸하듯이 기분 좋게 군중을 돌아보면 갈채가 터져 나왔다. 서민층 여자들은 그의 긴 코와 뾰족한 턱, 두툼한 아랫입술, 검은색 실크 안대와 건달처럼 이마에 비스듬히 늘어진 끈에 특히 매료되는 모양이었다. 그의 높은 지위 때문에 늘 주위에 몰려들어 사냥 모험담을 들으려는 신사들에게 그는 흐뭇한 얼굴로 소박하고 진지하게 무용담을 자세히 늘어놓았다. 숙녀들과 어울리려면 조신하게 행동해야 하는데 그만한 가치가 없기에 성가신 일이라고 생각했다. 사령관이 된 후 그가 굴드 부인에게 말을 건 적은 세 번도 되지 않을 것이다. 하지만 광산 경영자와 함께 말을 달리는 부인을 자주 보았고, 고삐를 잡은 그녀의 작은 손에는 술라코 여자들의 머릿속에 든 것을 다 합친 것보다 더 많은 분별력이 있다고 단언했다. 안장에 앉아서도 떨지 않는 여자와 작별할 때면 그는 언제나 공손하게 대하고 싶은 충동을 느꼈는데, 우연히도 그 여자가 늘 돈에 쪼들리는 사람에게 대단히 중요한 인물의 아내였던 것이다. 자상하게 관심을 기울여서 그는 뒤에서 밀치는 군중이 '부인의 노새를 불편하게 하지' 않도록 상등병과 병사 두 명을 마차 앞에 세우라고 옆에 있던(타타르 사람처럼 사나운 얼굴에 몸집이 땅딸막한) 전속 부관에게 명령을 내리기도 했다. 그러고는 자기 소리가 들릴 만한 곳에서 말없이 쳐다보는 몇몇 유럽인에게 몸을 돌리고는 보호해 주듯이 목소리를 높였다.

"신사 여러분, 아무 걱정 마십시오. 여러분의 철도를, 여러분의 철로와 여러분의 전신기를 묵묵히 계속 만드십시오. 여러분의…… 코스타구아나에는 모든 것을 보상해 줄 만큼 자원이 풍부합니다. 그렇지 않았다면 여러분은 여기 안 계시겠죠. 하! 하! 몬테로란 녀석의 치졸한 장난질은 신경 쓰지 마세요. 얼마 안 있어 튼튼한 나무 우리의 창살 사이로 그 녀석의 염색한 콧수염을 보게 될 테니까. 그럼 여러분! 아무 걱정 마시고, 이 나라를 발전시키고, 일하고, 일하십시오!"

몇몇 기술자는 잠자코 이 권고를 받아들였다. 그는 손을 높이 쳐들어 흔들고 다시 굴드 부인에게 말했다.

"우리가 그렇게 해야 한다고 돈 호세가 말씀하셨지요. 진취적인 정신을 가져라! 일하라! 부유해져라! 제가 할 일은 몬테로를 우리에 잡아넣는 것입니다. 그 시시한 일을 끝내고 나면, 돈 호세의 희망대로, 우리 모두 부자가 되겠지요. 많은 영국인들처럼. 나라를 구하는 건 돈이니까요. 그리고……."

그런데 빳빳한 새 군복을 입은 젊은 장교가 방파제 쪽에서 급히 다가와 아베야노스의 이상을 설명하려는 그의 말을 가로막았다. 바리오스 장군은 몸짓으로 성가시다는 뜻을 드러냈지만 장교는 존경하는 태도로 끈덕지게 말을 이었다. 참모의 말도 다 배에 실었고, 기선의 소형 보트가 승선대에서 장군을 기다리고 있다는 것이었다. 그러자 바리오스는 외눈으로 험악하게 쏘아본 후 작별 인사를 시작했다. 돈 호세는 정신을 차려 적절한 연설을 기계적으로 늘어놓기 시작했다. 희망과 두려움에 뒤섞인 극심한 긴장이 그의 몸에 영향을 미치고 있었다. 그는 머나먼 유럽까지도 전해질 이 웅변을 짜내려고 마지막 불꽃을 아껴 둔 것 같았다. 안토니아는 붉은 입술을 꼭 다문 채 펼쳐 든 부채 뒤에서 고개를 돌렸다. 드쿠는 자기에게 머무는 아가씨의 시선을 느꼈지만 극히 초연한 태도로 고집스럽게 시선을 돌리고는 자기 팔꿈치를 뚫어지게 바라보았다. 굴드 부인은 자신의 인종적 관습과는 너무나 판이한 사람들과 사건의 출현에 당혹감을 느꼈지만 그 감정을 용감하게 숨겼다. 너무 깊이 스며들어 남편에게도 털어놓을 수 없는 당혹감이었다. 그녀는 입도 뻥긋하지 않는 남편의 과묵함을 이제 잘 이해할 수 있었다. 그들은 사적인 순간이 아니라 공적인 순간에, 새롭게 전개되는 사건에 재빨리 눈길로 의견을 나누면서 은밀히 소통하곤 했다. 그녀는 단호하게 침묵하는 남편의 방식을 받아들였다. 그것만이 취할 수 있는 태도였다. 자신들의 목적을 달성하는 과정에서 만나는 충격적이고 섬뜩하고 기괴하게 보이는 많은 것들을 이 나라에서는 정상적인 것으로 받아들여야 했기 때문이다. 분명 당당한 안토니아는 굴드 부인보다 더 성숙하고 한없이 평온하게 보였다. 하지만 안토니아는 상냥하고 풍부한 표정으로 돌연히 낙심한 마음을 감싸는 법을 알지 못했을 것이다.

굴드 부인은 바리오스에게 작별의 미소를 띠고 주위 유럽인들에게 고개를 끄덕여 인사하며(그들은 동시에 모자를 들어 인사했다.) "곧 저희 집에서 모두 뵙기 바라요."라고 매력적으로 초대했다. 그런 다음에 드쿠에게 "여기 타세요, 마틴 씨."라고 불안하게 말했고, 그는 마차 문을 열면서 "주사위는 던져졌어."라고 프랑스어로 혼자 중얼거렸다. 그 말을 듣자 부인은 약간 화가 났다. 이미 오래전 아주 필사적인 승부에서 주사위가 처음 던져졌다는 것은 누구보다도 그가 잘 알 터였다. 멀리서 울리는 환호성과 고함치는 호령 소리, 방파제에 울리는 북소리가 출발하는 장군을 전송했다. 약간 어찔한 느낌에 부인은 안토니아의 고요한 얼굴을 멍하니 바라보며 만일 저 우스꽝스러운 사람이 싸움에서 지면 남편에게 어떤 일이 일어날지를 생각했다. "이그나시오, 집으로 가요." 그녀가 꼼짝 않는 마부의 넓은 등짝에 대고 소리치자 마부는 천천히 고삐를 잡으며 "네, 집으로. 네, 네, 마님."이라고 작게 중얼거렸다.

마차는 무른 흙길을 소리 없이 굴러갔다. 검푸른 덤불과 파헤친 흙더미, 철제 지붕이 덮인 나지막한 철도 회사의 목조 건물이 군데군데 자리 잡은 먼지 자욱한 작은 평원에 그림자가 길게 드리워졌다. 드문드문 늘어선 전신주가 시내를 벗어나 사선으로 나아가며 거의 보이지 않는 전깃줄 하나를 멀리 대평원으로 내보냈다. 그 땅의 지친 심장에 평화가 들어와 휘감길 순간을 밖에서 기다리며 떨리는 진보의 가느다란 촉수 같았다.

'통일 이탈리아 여관'의 식당 창문은 구릿빛 얼굴에 턱수염이 난 철도 회사 직원들로 붐볐다. 하지만 다른 쪽 끝의 영국인 숙소 문간에서는 조르조 영감이 양옆에 딸들을 거느리고 이게로타의 눈처럼 희고 덥수룩한 머리를 드러냈다. 굴드 부인은 마차를 세웠다. 그녀는 자기가 보살피는 이 노인에게 잊지 않고 말을 건네곤 했다. 더구나 흥분과 열기와 먼지 때문에 목이 말랐다. 그녀는 물 한 잔을 청했다. 조르조는 물을 가져오라고 딸들을 집 안으로 들여보냈고, 무뚝뚝한 얼굴에 기쁜 기색을 드러내며 다가왔다. 자기에게 은혜를 베풀어 준 부인을 볼 기회는 많지 않았다. 부인은 영국인이기도 했으므로, 그의 존경을 받을 자격이 하나 더 있는 셈이었다. 그는 아내에 대해 변명했다. 아내에게 힘든 날이고, 아내가 겪고 있는 고통은……. 그는 자신의 넓은 가슴을 툭툭 두드렸다. 아내는 온종일 의자에서 꼼짝도 못 한다고 말했다.

드쿠는 구석에 편안히 앉아서 굴드 부인의 늙은 혁명 투사를 우울하게 지켜보다가 불쑥 입을 열었다.

"그런데 현재 상황을 어떻게 생각하십니까, 가리발디노?"

조르조 영감은 약간 호기심을 갖고 그를 바라보면서 군대의 행군이 아주 훌륭했다고 정중하게 대답했다. 애꾸눈 바리오스와 장교들이 단기간에 신병을 모집했는데 놀랍게도 잘해냈다. 일전에 붙잡힌 인디언들은 이탈리아 정예 부대처럼 아주 빠르게 행진했다. 그들의 식사 보급도 잘된 것 같았고 군복도 다 갖춰져 있었다. "군복 말입니다!" 그는 보일 듯 말 듯 동정 어린 미소를 지으며 되풀이했다. 꿰뚫을 듯이 고정된 그의 눈에 침울한 회고의 표정이 어렸다. 그가 브라질 산림 지대나 우루과이 평원에서 독재에 대항하여 싸우던 시절에는 그렇지 않았다. 소금도 없이 설익은 소고기로 배고픔을 달래고, 반쯤 헐벗은 데다 무기라고는 작대기에 묶은 칼이 전부였던 적도 있었다. "하지만 우린 압제자들에 맞서 이기곤 했다오." 그는 자랑스럽게 말을 맺었다.

활기가 사라지며 그가 손짓으로 낙담을 드러냈다. 하지만 그는 한 하사관에게 새 소총을 보여 달라고 했다고 덧붙였다. 그가 싸우던 시절에는 그런 무기가 없었다. 만일 바리오스가 이기지 못한다면…….

"아냐, 아니지," 돈 호세가 몸을 부들부들 떨다시피 하면서 열렬히 끼어들었다. "우린 안전해요. 선량한 비올라 씨는 경험이 많은 분이지. 그건 살상력이 뛰어난 무기 아닌가, 마틴? 자네는 자네 임무를 훌륭하게 해냈네."

드쿠는 다시 우울하게 축 늘어지듯 등을 기대고 비올라 영감을 찬찬히 바라보았다.

"아! 네, 경험이 많은 분이군요. 그런데 마음속으로는 진정 누구를 지지하십니까?"

굴드 부인은 아이들에게 고개를 숙였다. 린다는 쟁반에 물잔을 올려 조심스럽게 받쳐 들고 왔다. 지젤은 서둘러 따 모은 꽃다발을 선사했다.

"민중을 지지하죠." 늙은 비올라가 엄숙하게 말했다.

"우리는 모두 민중을 지지합니다…… 결국에는."

"그렇소." 늙은 비올라가 사납게 말했다. "그런데 그동안에 그들은 당신들을 위해 싸우죠. 맹목적으로. 노예들!"

그 순간 젊은 철도 직원 스카페가 영국 신사들의 숙소에서 나타났다. 그는 상행선 어딘가에서 경기관차를 타고 본부에 내려왔고, 이제 막 목욕을 하고 옷을 갈아입은 참이었다. 그는 친절한 청년이었다. 굴드 부인이 그를 반갑게 맞았다.

"뵙게 되어 놀랍고 기쁩니다, 굴드 부인. 저는 방금 내려왔어요. 늘 그렇듯이, 다 놓쳤어요. 구경거리가 방금 끝났다고 하더군요. 어젯밤에는 돈 후스테 로페스 댁에서 큰 댄스파티가 있었다던데 사실인가요?"

"젊은 로마 귀족들은," 드쿠가 갑자기 정확한 영어로 말했다. "그 위대한 폼페이우스 장군과 전쟁에 나가기 전에 실제로 춤을 췄답니다."

청년 스카페는 깜짝 놀라 어리둥절한 얼굴이 되었다. "서로 만난 적이 없으시죠." 굴드 부인이 끼어들었다. "드쿠 씨고, 스카페 씨예요."

"아! 그렇지만 우린 파르살리아[25]에 가는 게 아니라네." 돈 호세가 불안하게 황급히 항의하듯 영어로 말했다. "자넨 이런 농담을 하면 안 돼, 마틴."

심호흡을 하느라 안토니아의 가슴이 오르내렸다. 젊은 기술

25) 기원전 48년에 카이사르가 폼페이우스를 결정적으로 패배시킨 곳.

자는 전혀 알아듣지 못했다. "위대한 누구라고요?" 그가 멍하니 중얼거렸다.

"다행히도 몬테로는 카이사르가 아니죠." 드쿠가 말을 이었다. "몬테로 둘이 합쳐도 카이사르를 멋지게 흉내 낼 수는 없을 겁니다." 그는 아베야노스 씨를 바라보며 가슴팍에 팔짱을 꼈고, 노인은 다시 부동의 자세로 돌아갔다. "진정한 옛 로마인, 웅변적이고 강직한 '비르 로마누스'는 오로지 어르신, 돈 호세뿐입니다."

몬테로의 이름이 거론되자 청년 스카페는 자신의 소박한 감정을 표현하려 애썼다. 이 몬테로를 확실히 때려눕혀서 완전히 끝장내기를 바란다고 젊은 목소리로 크게 말했다. 그 작자의 혁명이 승리한다면 철도가 어떻게 될지 아무도 모르고, 폐기되어야 할지도 모른다. 그렇다고 코스타구아나에서 처음으로 결딴나는 철도는 아닐 것이다. 알다시피 철도는 소위 그들의 국가 자산 중 하나다. 그는 남아메리카 정세에 해박한 그의 경험에 세상이 수상쩍은 냄새를 더한다는 듯 코를 찡그리며 말을 이었다. 물론 자기가 이 나이에 '아시다시피 그처럼 어마어마한 사업'의 일원으로 임명된 것은 엄청난 행운이라고 신이 나서 재잘거렸다. 자신은 일평생 많은 사람들보다 높은 지위에 있을 거라고 단언했다. "그러니 몬테로를 타도해야 합니다! 굴드 부인." 그의 꾸밈없는 웃음은 마차 안에서 그를 바라보는 얼굴들의 한결같은 엄숙한 표정 앞에서 서서히 사라졌다. 그 '노인', 돈 호세만이 밀랍처럼 창백한 옆얼굴을 보이며 귀 먹은 듯 꼼짝 않고 똑바로 정면을 응시했다. 스카페는 아베야노스 부녀를 잘 알지 못했다. 그들은 무도회를 열지 않았고, 안토니아는 다른 아가씨들처럼 나이 든 부인네를 동반하고 1층 창가에 내려와 길거리의 말 탄 신사들과 잡담을 나누는 일도 없었다. 이 스페인계 사람들의 시선은 그리 중요하지 않았다. 하지만 굴드 부인은 대체 어쩐 일일까? 부인은 "자, 출발해요, 이그나시오."라고 말하고는 그에게 천천히 고개를 숙여 인사했다. 둥근 얼굴의 프랑스풍 남자가 짧은 웃음소리를 냈다. 스카페는 눈가까지 붉어져서, 모자를 벗어 든 채 아이들과 뒤로 물러선 조르조 비올라를 바라보았다.

"당장 말을 타야겠어요." 그는 노인에게 약간 퉁명스럽게 말했다.

"그래, 말은 많소." 가리발디노가 가무스름한 큰 손으로 옆에 선 두 딸의 청동색으로 빛나는 검은 머리칼과 구릿빛이 감도는 금발 곱슬머리를 멍하니 쓰다듬으며 중얼거렸다. 돌아오는 구경꾼들의 인파로 인해 길에는 엄청난 먼지가 일었다. 말에 탄 사람들이 이들을 쳐다보았다. "엄마에게 가거라." 그가 말했다. "애들은 크고 나는 늙어 가고 있지. 그런데 아무도 없고……."

가리발디노는 젊은 기술자를 보고 갑자기 꿈에서 깨어난 듯 말을 멈췄다. 그러고는 가슴팍에 팔짱을 끼고 늘 서 있던 곳으로 가서 문간에 등을 기대고 멀리서 하얗게 빛나는 이게로타의 산등성이를 뚫어지게 올려다보았다.

마차에서 드쿠는 어떻게 해도 몸이 편치 않은 듯이 뒤척이다가 안토니아 쪽으로 몸이 기울어졌을 때 속삭였다. "당신은 내가 밉겠죠." 그러고는 돈 호세에게 모든 기술자들이 확고한 리비에라 지지자가 되었다고 큰 소리로 축하하기 시작했다. 저런 외국인들이 느끼는 관심이 흐뭇하다는 것이었다. "저 사람의 말을 들으셨죠. 그는 사리를 아는 지지자입니다. 코스타구아나의 번영이 세계에 약간이나마 유익하다는 것을 생각하면 기분이 좋습니다."

"그는 아주 젊어요." 굴드 부인이 조용히 말했다.

"그런데 나이에 비해 매우 현명하죠." 드쿠가 반박했다. "하지만 우리는 여기서, 그 애송이의 입에서, 적나라한 진실을 듣게 된 겁니다. 어르신이 옳습니다, 돈 호세. 코스타구아나의 천연 보물은 저 청년이 대변하는 진보적인 유럽에 중요한 것입니다. 삼백 년 전 우리 스페인계 조상의 재산이 대담한 해적들로 대변된 다른 유럽 국가들의 중대한 표적이었듯이 말이죠. 우리는 헛수고의 저주를 받고 태어났습니다. 돈 키호테와 산초 판사, 기사도 정신과 물질주의, 고상하게 들리는 정조(情操)와 무력한 도덕성, 이념을 실현하려는 치열한 노력과 온갖 타락의 음울한 묵인. 우리는 독립을 얻으려고 온 대륙을 뒤흔들었지만 서툴게 모방된 민주주의의 순종적인 먹잇감이 되었고, 악당과 살인자들의 무력한 희생자가 되었을 뿐입니다. 우리의 제도는 조롱거리가 되었고, 우리의 법은 익살극이 되었죠. 구스만 벤토 같은 녀석이 우리의 지배자라니! 우리는 너무나 깊이 타락했기에 어르신 같은 분이 우리의 양심을 일깨웠을 때, 몬테로 — 맙소사! 몬테로라니! — 처럼 천치 같은 야만인이 치명적인 위험인물이 되고, 바리오스처럼 무지한 허풍쟁이 인디언이 우리의 수호자로 나서는 겁니다."

그러나 돈 호세는 전체적인 비판을 한마디도 듣지 않은 듯이 무시하면서 바리오스를 옹호했다. 바리오스는 이 전투 작전에서 특별한 임무를 떠맡을 만큼 유능한 인물이었다. 그 임무는 카이타를 기점으로 삼아, 대통령을 중심으로 다른 군대가 방위하고 있는 산타마르타를 향해 남쪽에서 진격해 가는 혁명군의 측면을 공격하는 것이었다. 돈 호세는 유창하게 말을 이으면서 생기를 되찾았고, 딸이 침착하게 지켜보는 가운데 불안하게 몸을 숙였다. 그토록 작열하는 열변에 짓눌린 듯 드쿠는 아무 소리도 내지 않았다. 저녁 기도 시간을 알리는 시내의 종소리가 울릴 때 마차는 항구를 향해 서 있는 오래된 성문 밑으로 굴러갔다. 돌에 나뭇잎이 뒤덮인 볼품없는 기념비처럼 보인 성문 아치 밑에서 덜커덕거리는 바퀴 소리 너머로 찌르는 듯이 날카로운 기이한 소리가 울려 퍼졌다. 뒷자리에 앉은 드쿠는 마차 뒤에서 길을 따라 터벅터벅 걷던 사람들이 맥고모자를 쓰거나 긴 스카프를 두른 머리를 돌려 조르조 비올라의 집 너머로 재빨리 달려가는 기관차를 바라보는 모습을 볼 수 있었다. 흥분해서 길게 내지른 승리의 함성 같은 소리 속에서 길게 뻗은 흰 연기가 사라지는 것 같았다. 그것은 재빨리 사라지는 환영 같았다. 출정하는 군대를 구경하고 먼지 자욱한 길에서 조용히 발걸음을 옮기며 돌아가다가 깜짝 놀라 돌아본 사람들 너머로, 아치형 성문을 가로질러 달아나며 비명을 지르는 기관차의 유령 같았다. 그것은 평원 지대에서 울타리를 두른 조차장으로 돌아오는 자재 열차였다. 텅 빈 차량이 단선 철로 위를 가볍게 굴러갔다. 바퀴가 우르르 울리지도 않았고 땅이 진동하지도 않았다. 기관사는 비올라의 집을 지날 때 팔을 들어 인사했고 조차장에 들어서기 직전에 신속하게 속도를 줄였다. 제동기에 걸려 귀를 찢는 날카로운 기적 소리가 멈추자, 조차장 대문의 둥근 지붕 밑에서는 격렬히 부딪치는 일련의 완충 장치들이 철컥거리는 사슬 연결기와 뒤섞여 요란하게 쇠사슬을 강타하고 흔들었다.

5

굴드가의 마차는 항구에서 텅 빈 시내로 제일 먼저 돌아왔다. 무늬에 맞춰 포석이 깔리고 바퀴 자국과 구멍들로 움푹 꺼진 낡은 도로에서 뚱뚱한 이그나시오는 파리에서 제작된 사륜마차의 용수철을 조심하면서 말들을 걷게 했고, 구석에 앉은 드쿠는 성문 안쪽을 우울하게 살펴보았다. 땅딸막한 탑 모양의 석조물이 꼭대기에 덤불이 무성한 큰 석조물을 양쪽에서 떠받치고 있었다. 아치 꼭대기에 얹힌 거친 소용돌이무늬가 있는 방패형의 잿빛 돌은 스페인어 문장이 거의 반반하게 닳아 버려서 임박한 진보를 상징하는 새로운 무늬에 대비하는 것 같았다.

무개 화차의 폭발적 굉음이 드쿠의 짜증을 돋우었는지 그는 혼자 뭐라고 중얼거리다가 말없이 있는 두 여자에게 성난 듯 퉁명스러운 어조로 큰 소리를 내기 시작했다. 여자들은 그를 바라보지 않았다. 반투명하고 창백한 얼굴을 부드러운 회색 모자로 가린 채 굴드 부인 옆에 앉아 있던 돈 호세는 마차가 덜컹거릴 때마다 조금씩 흔들렸다.

"저 소리는 아주 오래된 진실을 새롭게 각인시켜 주는군요."

드쿠가 프랑스어로 말했다. 자기 위쪽의 마부석에 앉아 있는 이그나시오 때문이었을 것이다. 늙은 마부의 넓은 등짝은 은색 술이 달린 짧은 재킷에 감싸여 있고, 큼지막한 귀의 두툼한 귓불은 짧게 자른 머리칼에서 꽤 떨어져 있었다.

"그래요, 성벽 밖에서 나는 건 새로운 소음이지만 그 원칙은 오래된 것이죠."

그는 잠시 자신의 불만에 대해 곰곰이 생각하고 나서 안토니아를 곁눈질하며 다시 말을 꺼냈다.

"아니, 저 성문 밖에 투구와 갑옷을 입고 정렬한 우리 선조들을 상상해 보세요. 배에서 막 내려 저기 부두에 발을 디딘 일단의 모험가들 말입니다. 물론 도둑이었죠. 투기꾼이기도 하고요. 그들의 탐험은 전부 다 영국의 근엄하고 존귀한 분들의 투기였으니까요. 그것이 역사입니다. 우스꽝스러운 미첼 선장이 늘 떠벌리듯이."

"미첼은 군인들의 승선 준비를 아주 잘했네!" 돈 호세가 큰 소리로 말했다.

"그것! 아, 그건 실은 그 제노바 선원이 한 일이었어요! 그런데 제가 말씀드리려던 소음에 대한 얘기로 돌아가자면, 먼 옛날에 저 성문 밖에서 나팔 소리가 울리곤 했죠. 전쟁의 나팔 소리가! 틀림없이 나팔이었을 겁니다. 그런 인물들 중 가장 위대한 드레이크는 자기 선실에서 나팔 소리를 들으며 혼자 식사를 하곤 했다는 얘기를 어디선가 읽었거든요. 그 당시 이 땅에는 보물이 넘쳐 났습니다. 그들은 보물을 차지하러 왔지요. 지금은 이 땅 전체가 보물 창고나 마찬가지입니다. 저들은 뚫고 들어오려 하고, 우리는 서로의 목을 따고 있죠. 그들을 막고 있는 것은 서로 간의 경계심뿐입니다. 하지만 언젠가는 그들이 합의를 보겠죠. 싸움을 끝내고 우리가 점잖고 명예로운 국민이 되었을 때 우리에게는 아무것도 남아 있지 않을 겁니다. 언제나 그랬어요. 우리는 훌륭한 국민이지만, 우리의 운명은 언제나" — 그는 "약탈당하는 것이었어요."라고 말하지 않고, 잠시 후에 덧붙였다 — "착취당하는 것이었어요!"

굴드 부인이 "아, 그건 옳지 않은 말이에요!"라고 말했다. 그러자 안토니아가 끼어들었다. "저 사람에게 대답하지 마세요, 에밀리아. 그는 저를 비난하고 있거든요."

"내가 돈 카를로스를 공격한다고 생각하진 않는군요!" 드쿠가 대답했다.

그때 마차가 굴드 저택의 문 앞에 멈췄다. 청년은 숙녀들에게 손을 내밀어 마차에서 내리도록 도와주었다. 숙녀들이 먼저 집으로 들어갔고, 돈 호세는 드쿠와 함께 걸었다. 통풍에 걸린 늙은 문지기가 가벼운 외투를 팔에 걸고 뒤뚱거리며 뒤를 따랐다.

돈 호세는 술라코 저널리스트의 팔에 손을 끼워 잡았다.

"바리오스와 그의 강력한 카이타 군대에 관한 길고 자신만

만한 기사를《포르베니르》에 실어야 하네! 국내에서 정신적 사기를 계속 돋워야지. 해외에서 우호적인 인상을 유지하도록 유럽과 미국에 고무적인 정보를 타전해야 하네."

드쿠가 중얼거렸다. "아, 네, 우리의 벗인 투기꾼들을 위로해 줘야죠."

훤히 트인 긴 발코니에 그늘이 드리워졌고, 난간을 따라 늘어선 항아리 속에서 피어난 꽃들은 미동도 하지 않았다. 응접실의 유리문은 모두 활짝 열려 있었다. 멀리 발코니 끝에서 박차 소리가 울리다가 사라졌다.

벽에 붙어서면서 바실리오가 지나가는 숙녀들에게 나지막하게 말했다. "경영자께서 방금 산에서 돌아오셨습니다."

큰 응접실의 높고 흰 천장 밑으로 옛 스페인 가구와 현대식 유럽 가구가 제각기 중심을 이루고 모여 있었고, 작은 의자들 사이로 반짝이는 은제 찻잔 세트와 자기 세트가 숙녀의 내실처럼 여성적이고 친밀하며 다정다감한 분위기를 더해 주었다.

돈 호세는 흔들의자에 앉아서 무릎에 모자를 올려놓았고, 드쿠는 긴 응접실의 한끝에서 다른 끝까지 걸어 다니며 장식용 골동품이 놓인 탁자들 사이를 지나 가죽 소파의 높은 등받이 너머로 모습을 감추곤 했다. 그는 안토니아의 성난 얼굴을 생각하고 있었다. 그녀와 화해하게 되리라고 믿었다. 안토니아와 말다툼이나 하려고 술라코에 남은 것은 아니었다.

마틴 드쿠는 스스로에게 화가 났다. 그가 주위에서 보고 듣는 사건들은 유럽의 문명사회에서 형성된 선입견을 자극했다. 멀리 떨어진 파리의 넓은 산책로에서 혁명을 숙고하는 것은 전혀 다른 문제였다. 여기 바로 현장에서는 혁명의 비극적 희극을 "시시한 익살극이야!"라는 말로 간단히 치워 버릴 수 없었다.

실제의 정치적 행위는 변변치 않아도 더 가깝게 느껴졌고 대의에 대한 안토니아의 믿음 때문에 더 절실하게 다가왔다. 그 조악한 현실이 그의 감정을 상하게 했다. 그는 자신의 민감한 반응에 놀랐다.

'나는 내가 믿었던 것 이상으로 코스타구아나 사람인 모양이야.' 그는 생각했다.

안토니아에게 매혹되어 어쩔 수 없이 끌려 들어간 행위에 대해 자신의 회의적 마음이 반발이라도 한 듯 스스로에 대한 경멸이 커졌다. 그는 자신이 애국자가 아니라 사랑에 빠진 사람이라고 말함으로써 스스로를 달랬다.

숙녀들이 모자를 벗고 들어섰고, 굴드 부인은 작은 다탁 앞에 깊숙이 앉았다. 안토니아는 손님을 접대할 때 앉곤 하던 긴 가죽 소파 구석에 곧고 우아한 자세로 부채를 들고 앉았다. 드쿠는 똑바로 걷던 방향에서 벗어나 그녀에게 다가갔고, 그녀가 앉은 의자의 높은 등받이 너머로 몸을 숙였다.

한동안 그는 미소를 조금 머금기도 하고 친밀하게 사과하려는 기색도 보이며 뒤에서 그녀의 귀에다 부드럽게 속삭였다. 그녀는 그를 한 번도 바라보지 않은 채 느슨하게 붙잡은 부채를 무릎에 올려놓고 있었다. 그의 말은 재빨리 이어지며 점점 끈기를 더해 달래는 듯했다. 마침내 그가 조금 대담하게 웃음을 터뜨리기도 했다.

"아니, 정말이에요. 당신은 날 용서해야 해요. 사람이 가끔은 진지해야죠." 그는 말을 멈췄다. 그녀가 고개를 조금 돌렸다. 그녀의 누그러진 푸른 눈은 질문을 하려는 것처럼 그를 향해 천천히 미끄러지듯 위로 나아갔다.

"내가 《포르베니르》에서 하루 걸러 몬테로를 바보 천치라고 욕하는 것을 진지하다고 생각할 수 없겠죠? 그건 진지한 게 아니에요. 그 어떤 일도 진지하지 않아요. 실패에 대한 벌로 총알이 심장에 박히더라도 말이에요."

그녀의 손은 부채를 꽉 움켜쥐었다.

"알다시피 어떤 이성이나 양식이 생각에 슬며시 스며들 수 있어요. 진실을 일별한다고나 할까. 정치나 언론에는 수용될 수 없는 어떤 실제적 진실을 말하는 겁니다. 난 우연히도 내가 생각하는 바를 말했어요. 그런데 당신은 화가 났죠! 당신이 내게 조금 아량을 베풀어 생각해 본다면, 내가 애국자처럼 말했다는 걸 알게 될 거예요."

그녀가 처음으로 붉은 입술을 벌리고 매정하지는 않은 목소리로 말했다.

"그래요, 하지만 당신은 목표를 보지 못하고 있어요. 사람들을 있는 그대로 이용해야 해요. 정말로 사심이 없는 사람은 존재하지 않을 거예요, 돈 마틴. 어쩌면 당신만 빼고요."

"당치 않아요! 당신이 나에 대해 그렇게 생각하는 건 절대 바라지 않습니다." 그는 가볍게 말하고 입을 다물었다.

그녀는 손을 올리지 않고 천천히 부채질을 시작했다. 잠시 후 그가 열정적으로 속삭였다.

"안토니아!"

그녀는 미소를 짓고, 앞에서 고개 숙여 인사하는 찰스 굴드에게 영국식으로 손을 내밀었다. 드쿠는 소파 등받이에 팔꿈치를 댄 채 눈을 내리깔고는 "안녕하세요."라고 중얼거렸다.

산토메 광산의 경영자는 잠시 아내에게 몸을 기울였다. 그들은 몇 마디 말을 나누었는데, 굴드 부인의 "더없는 열광"이라는 말만 들렸다.

"그래요," 드쿠가 중얼거리며 말을 꺼냈다. "저 사람도 마찬가지예요!"

"이건 터무니없는 비방이에요." 안토니아가 그리 모질지 않은 어조로 말했다.

"그에게 그 위대한 대의를 위해 그의 광산을 용광로에 던져 버리라고 해 봐요." 드쿠가 속삭였다.

돈 호세가 쾌활하게 손을 비비며 목소리를 높였다. 부대의 멋진 모습과 군인들이 어깨에 두른 어마어마한 양의 치명적인 새 소총 덕분에 그는 자신감이 고조된 것 같았다.

찰스 굴드는 헌칠하고 여윈 몸으로 의자 앞에 서서 귀를 기울였지만, 존중심 어린 친절한 관심을 기울이고 있다는 것 말고는 그의 얼굴에서 아무것도 읽어 낼 수 없었다.

그동안 안토니아는 자리에서 일어나 방을 가로질러 길가로 난 세 개의 긴 창문 중 하나에 서서 밖을 내다보았다. 드쿠가 그녀의 뒤를 따랐다. 창문은 활짝 열려 있었다. 그가 두꺼운 벽에 기대서자, 넓은 놋쇠 배내기 장식에서 수직으로 흘러내린 능직 커튼의 긴 주름이 그의 모습을 부분적으로 가려 주었다. 그는 가슴팍에 팔짱을 끼고 안토니아의 옆얼굴을 뚫어지게 응시했다.

항구에서 돌아오는 사람들이 도로를 메웠고, 샌들을 질질 끄는 소리와 나지막하게 중얼거리는 목소리가 창문으로 올라왔다. 이따금 마차가 콘스티투시온가의 부서진 도로를 따라 천천히 굴러갔다. 술라코에는 마차를 소유한 사람이 많지 않아서 가장 혼잡한 시간에도 알라메다 거리의 마차를 한눈에 셀 수 있었다. 높은 가죽 받침대 위에서 흔들리는 유력한 집안의 마차에는 발랄하고 생기 넘치는 검은 눈의 분 바른 예쁜 얼굴들이 가득했다. 제일 먼저 주 의회 의장인 돈 후스테 로페스가 사랑스러운 세 딸과 지나갔는데 높은 연단에 서서 토론을 이끌 때처럼 검은 프록코트에 뻣뻣한 흰 넥타이를 맨 엄숙한 모습이었다. 그들이 올려다보았지만 안토니아가 평소처럼 손을 흔들어 인사하는 몸짓을 하지 않았기에 그들은 두 사람을 못 본 척했다. 유럽식 매너가 몸에 밴 이 코스타구아나인들의 별난 언행에 대해 술라코의 첫째가는 명문가들은 창살을 내린 창문 뒤에서 쑥덕거리곤 했다. 다음으로 과부 세뇨라 가빌라소 드 발데스가 멋지고 품위 있게 큰 마차를 타고 지나갔다. 이 마차를 타고 그녀가 시골 저택을 오갈 때면, 가죽옷 차림에 큰 맥고모자를 쓰고 안장 앞가지에 카빈총으로 무장한 경호원들이 주위를 둘러싼 채 수행하곤 했다. 매우 유명한 가문 출신인 그녀는 자부심이 강하고 부유했으며 친절했다. 그녀의 차남 제이미가 방금 바리오스의 참모로 출정한 참이었다. 부인의 장남은 변덕스러운 성격에 방탕한 건달이라는 소문이 술라코에 자자했고 클럽에서 도박을 하며 큰돈을 걸곤 했다. 어린 두 아들은 리비에라 당의 노란 모표가 달린 모자를 쓰고 앞 좌석에 앉아 있었다. 그녀도 드쿠 씨가 인습을 무시하고 안토니아와 공공연히 이야기를 나누는 것을 못 본 척했다. 그녀가 알기로 그는 안토니아의 공식 구혼자도 아니었다! 구혼자라도 그런 행동은 세간에 물의를 일으키고도 남았다. 그러나 최고 가문에서 존경과 찬사를 받는 그 품위 있는 노숙녀가 두 사람이 나눈 이야기를 들었더라면 더 큰 충격을 받았을 것이다.

"내가 목적을 보지 못한다고요? 이 세상에서 내 목적은 단 하나뿐입니다."

그녀는 보일락 말락 고개를 저어 부정했고, 길 건너 아베야노스 저택을 계속 응시했다. 퇴락의 기미가 역력한 그 회색 집엔 감옥처럼 쇠창살이 달려 있었다.

"그 목적은 아주 쉽게 이룰 수 있을 거예요." 그가 말을 이었다. "내가 의식했든 못했든 간에 그 목적은 늘 내 마음속에 있었어요. 파리에서 당신이 날 무섭게 윽박질렀던 날 이후로 언제나. 기억하겠죠."

그와 가까운 쪽의 입꼬리가 살짝 올라가 미소를 짓는 것 같았다.

"당신이 무서운 사람이었다는 건 잘 알고 있겠죠. 여학생 교복을 입은 샤를로트 코르데[26]라고 할까, 사나운 애국자죠.

---

26) Charlotte Corday(1768~1793). 프랑스 혁명 지도자였던 장폴 마라

당신은 구스만 벤토의 몸에 칼을 찔러 넣고 싶었겠죠?"

그녀가 말을 가로막았다. "지나친 찬사로군요."

"어떻든," 그가 갑자기 신랄하고 경박한 어조로 말했다. "당신은 아무렇지도 않게 나를 보내 그를 살해하게 했을 겁니다."

"아, 무슨 말을 그렇게 하세요!" 그녀가 중얼거렸다.

"글쎄요," 그가 조롱하듯이 주장했다. "당신은 날 여기 붙잡아 놓고 치명적인 헛소리를 쓰게 하고 있죠. 내게 치명적이란 말이에요! 내 자존심을 이미 죽여 버리고 말았으니까." 그는 가벼운 농담조로 말을 이었다. "만일 몬테로가 승리한다면, 부끄러움을 무릅쓰고 일주일에 세 번이나 바보 천치라고 불러 준 지성인에게 그런 야만인이 할 수 있는 유일한 방법으로 내게 보복할 겁니다. 그런 일은 지성의 죽음이나 마찬가지예요. 하지만 나같이 능력 있는 저널리스트에게는 또 다른 죽음이 뒷전에 마련되어 있지요."

"만일 그가 승리한다면!" 안토니아가 깊은 생각에 잠겨 중얼거렸다.

"내 목숨이 실오라기에 걸려 있는 것을 보니 흐뭇한 모양이군요." 드쿠가 활짝 웃으며 말했다. "그런데 또 다른 몬테로, 선언문에 '신뢰하는 내 아우'라고 묘사된 그 게릴라가 파리의 우리 공사관에서 손님들 코트를 가져다 이름표를 슬쩍 바꿔치기하고, 로사스 정부 시절에 파리에 온 피난민을 몰래 감시했다는 기사를 내가 썼잖아요? 그 성스러운 진실을 그 작자는

(Jean-Paul Marat)를 살해하고 단두대에서 처형된 노르망디 출신의 귀족.

피로 씻어 내려 할 겁니다. 내 피로 말이죠! 왜 성난 표정을 짓는 거죠? 이것은 우리의 위인들 중 한 명의 전기에 나오는 일부분일 뿐이에요. 그 작자가 날 어떻게 할 거라고 생각해요? 광장 모퉁이를 돌면 투우장 문 맞은편에 수도원 담장이 있어요. 아세요? 문 맞은편에 '어둠의 입구'라고 새겨져 있죠. 아주 적절한 표현입니다! 바로 거기서 이 집주인의 삼촌이 영국계 남미인의 영혼을 바쳤죠. 그런데 주목할 것은, 그가 달아날 수도 있었다는 겁니다. 무기를 들고 싸운 사람은 달아날 수도 있어요. 당신이 나를 염려했다면 바리오스를 따라가게 했을 겁니다. 난 호세 씨가 철석같이 믿는 소총을 메고 아주 흐뭇한 마음으로 이성이나 정치를 전혀 모르는 가난한 날품팔이 노동자나 인디언 병사 틈에 끼어 출전했겠죠. 이 세상에서 가장 비참한 군대의 가장 절망적인 희망도 당신이 나를 여기에 붙잡아 두면서 품은 희망보다는 안전했을 겁니다. 직접 싸움에 뛰어든 사람은 퇴각할 수 있어요. 그렇지만 가난하고 무지한 바보들에게 서로 죽이고 죽으라고 선동하며 시간을 보낸 사람은 그럴 수 없죠."

그의 말투는 여전히 가벼웠다. 가볍게 맞잡은 양손의 깍지 낀 손가락 사이로 부채를 늘어뜨린 채 그녀는 그의 존재를 의식하지 못하는 듯이 가만히 서 있었다. 그는 잠시 기다리다가 다시 말을 이었다.

"난 그 담장으로 가게 될 거라고요." 그가 농담조로 절박하게 말했다.

그렇게 선언했어도 그녀는 그를 바라보지 않았다. 고개를 돌리지 않고 아베야노스 저택을 뚫어지게 응시했다. 장식이 떨어져 나간 벽기둥과 부서진 처마 테두리, 전체적으로 퇴락한 그 집의 위풍은 지금 거리에 밀려드는 어스름에 잠겨 보이지 않았다. 그녀는 입술만 움직여 이런 말을 만들어 냈다.

"마틴, 당신은 날 울릴 거예요."

그는 깜짝 놀라서 잠시 입을 다물었다. 두려운 행복에 압도된 듯 입가에는 조소를 머금은 윤곽이 더 뚜렷해졌고 쉽사리 믿지 못하는 놀라운 기색이 눈가에 떠올랐다. 어떤 말은 그 말을 하는 사람의 성품에 의해 가치를 얻는다. 어떤 인간도 새로운 말을 할 수는 없기 때문이다. 그리고 그 말은 안토니아가 도저히 할 수 없을 것 같은 말이었다. 사소한 마주침으로 교류해 오는 동안 그는 그녀와 이처럼 완벽한 화해를 이룬 적이 없었다. 하지만 그녀가 곧고 우아한 자세로 천천히 몸을 돌려 그를 바라보기 전에 그는 애원하기 시작했다.

"내 누이는 당신을 포옹할 날만을 기다리고 있어요. 아버지는 몹시 기뻐하시고요. 어머니는 말할 필요도 없어요! 우리의 어머니들은 친자매와 다름없었으니까요. 다음 주에 남쪽으로 떠나는 우편선이 있어요. 나와 함께 떠나요. 모라가는 바보 천치예요! 몬테로 같은 놈은 뇌물로 매수했어야 해요. 그게 이 나라의 관례예요. 그게 전통이고, 정치라고요. 『오십 년간의 실정사』를 읽어 봐요."

"가엾은 아버지에 대해서는 아무 말 말아요, 돈 마틴. 아버지는 믿고 계세요."

"당신 아버님에 대해서는 나도 무한한 애정을 품고 있어요."

그가 급히 말을 시작했다. "하지만 난 당신을 사랑해요, 안토니아! 그런데 모라가는 이번 일을 한심하게 처리했어요. 당신 아버님도 그러셨을지 몰라요. 잘 모르겠어요. 몬테로는 매수할 수 있는 자였어요. 그 작자는 국가 재건을 도모한답시고 얻어 낸 그 떠들썩한 차관에서 제 몫을 챙길 속셈이었을 거예요. 산타마르타의 바보 같은 관리들이 그를 외교관으로 임명해서 유럽에 파견하든지 했더라면 좋았을 텐데. 오 년치 월급을 선불로 주면 파리에 가서 빈둥거렸을 겁니다. 그 어리석고 흉악한 인디언!"

"그 인간은 허영심에 취해 있어요." 드쿠가 격렬하게 말을 쏟아 냈지만 안토니아는 차분하게 생각에 잠겨 말했다. "우리는 모라가 외에 다른 사람들에게서도 정보를 받았어요. 그의 동생도 음모를 꾸몄고요."

"아, 그래요!" 그가 말했다. "물론 당신은 잘 알겠죠. 모르는 게 없겠죠. 오가는 서신을 다 읽고 문서를 전부 작성하니까요. 여기 바로 이 방에서 정치적 순수성의 논리를 맹목적으로 옹호하며 영감에 찬 공문서를 작성했겠죠. 찰스 굴드가 늘 눈앞에 떠오르지 않았나요? 술라코의 왕! 그 사람과 그의 광산은 무엇을 할 수 있었는지를 실제로 보여 줍니다. 그가 고결한 지론에 충실했기 때문에 성공했다고 생각하세요? 그리고 철도 직원들이 정직하게 일했기 때문에 성공했다고요? 물론 그들은 정직하게 일했죠. 하지만 그 도둑들이 만족할 때까지 정직한 노동을 할 수 없었다면? 굴드는 신사라서 존 경이라는 사람에게 몬테로를 매수해야 한다고 말할 수 없었을까요? 몬테로라는 작자와 금술 달린 그의 소맷부리에 매달린 흑인 리버럴들을. 그 한심한 놈의 몸무게만큼 금을 줘서 그를 매수했어야 했다고요. 구두, 기병도, 박차, 삼각모 등등을 다 합쳐서 그 무게만큼의 금을요."

그녀는 고개를 약간 저었다. "그건 불가능했어요." 그녀가 중얼거렸다.

"그 녀석이 전부 다 내놓으라고 했나요? 왜요?"

그녀는 이제 창가의 구석진 곳에서 미동도 하지 않고 가까이에서 그를 바라보았다. 그녀의 입술이 재빨리 움직였다. 드쿠는 머리를 벽에 대고 팔짱을 낀 채 눈을 내리깔고 귀를 기울였다. 그녀에게서 나오는 차분한 목소리의 울림을 들이마셨고, 심장에서 흘러나온 감정의 파도가 그녀의 합리적인 말을 통해 공중으로 빠져나가는 듯이 살아 움직이는 그녀의 목을 바라보았다. 그에게도 열망이 있었다. 그는 치명적이고 허망하기 이를 데 없는 쿠데타와 개혁의 소용돌이에서 그녀를 데리고 멀리 달아나고 싶었다. 모두 다 잘못되었고, 완전히 잘못된 일이었다. 그러나 그녀는 그의 마음을 사로잡았고, 이따금 총기 넘치는 말이 갑자기 뜻밖의 짜릿한 흥미를 일으키며 그 마력을 대치했다. 실로 천재의 문턱을 넘나드는 여자들이 있다고 그는 생각했다. 여자들은 알려고 애쓰거나, 생각하거나, 이해하려 들지 않았다. 열정이 그 모든 것을 대신했다. 여자들의 놀랍도록 심오한 말이나 성격에 대한 이해, 사건에 대한 판단력은 거의 기적에 가깝다고 그는 믿었다. 그는 성숙한 안토니아에게서 예전의 엄격한 여학생을 아주 생생하게 떠올릴 수 있었다. 가끔은 그녀의 말에 끌려 들어가 동의의 말을 중얼거리지 않을 수 없었다. 이따금 진지한 반론을 펼치기도 했다. 그들은 계속 논쟁을 했고, 커튼에 가려진 그들의 모습은 응접실에 있는 사람들에게 절반밖에 보이지 않았다.

바깥엔 서서히 어둠이 깔리고 있었다. 희미한 가로등 불빛이 흐릿하게 비추는 집들 사이 깊은 어둠의 도랑에서 저녁 시간의 고요함이 스멀스멀 올라왔다. 마차가 거의 다니지 않는 거리에 편자를 박지 않은 말과 부드러운 샌들을 신은 사람이 만들어 내는 고요함이었다. 굴드 저택의 창문에서 새어 나온 빛이 아베야노스 저택에 평행 사변형 무늬를 만들었다. 간혹 저 아래 담장 밑에서 발을 질질 끄는 소리가 붉게 깜박이는 담뱃불과 함께 지나갔다. 이게로타산 봉우리의 눈에 차가워진 듯 서늘한 밤공기가 얼굴을 상쾌하게 했다.

"우리 옥시덴탈인들은," 술라코 주민들이 스스로를 가리키는 일상적 용어를 사용하며 마틴 드쿠가 말했다. "언제나 분리된 채 살아왔어요. 우리가 카이타를 차지하고 있는 한, 그 무엇도 우리에게 다가올 수 없어요. 숱한 곤경을 겪었지만, 저 산맥을 넘어 군대가 진군해 온 적은 없었죠. 중앙에서 혁명이 일어나면 우리는 당장 고립됩니다. 지금도 얼마나 철저히 고립되어 있는지 보세요! 바리오스의 출정 소식은 미국으로 타전될 테고, 그 소식은 그 방법을 통해서만 다른 해안 지방의 전신을 거쳐 산타마르타에 전해질 수 있어요. 우리에게는 최고의 재원과 최대로 비옥한 땅, 가장 순수한 혈통의 명문가, 가장 열심히 일하는 주민이 있어요. 옥시덴탈주는 홀로 서야 합니다. 예전의 연방주의는 우리에게 나쁘지 않았어요. 그런데 이 통합주의가 생겨나는 바람에 헨리 굴드가 저항했던 겁니다. 그것이 독재에 이르는 길을 열었고요. 그 이후로 코스타구아나의 다른 지역들은 맷돌처럼 우리 목에 매달려 있죠. 옥시덴탈주는 하나의 국가로 봐도 손색이 없을 만큼 광대합니다. 저 산을 보세요! 자연도 우리에게 '분리하라!'라고 외치는 것 같지 않아요?"

안토니아는 강력한 반박의 몸짓을 했다. 침묵이 흘렀다.

"아, 그래요, 분리주의가 『오십 년간의 실정사』에서 개진된 신조와 반대된다는 건 알아요. 나는 다만 합리적으로 판단하려는 것뿐입니다. 그런데 내 판단력은 늘 당신의 화를 돋우는 것 같군요. 지극히 합리적인 이 소망이 놀라운가요?"

그녀는 고개를 저었다. 아니, 놀란 건 아니지만 그런 의견은 자신의 오랜 신념에 충격을 주었다. 그녀의 애국심은 더 넓은 것이어서, 분리의 가능성은 단 한 번도 생각해 본 적이 없었다.

"하지만 그것이 당신의 몇 가지 신념을 지킬 수단이 될 겁니다." 그는 예언하듯 말했다.

그녀는 대답하지 않았다. 지친 기색이었다. 정치 논의가 끝나자 그들은 작은 발코니 난간에 다정하게 기대어 열정의 흐름으로 찾아드는 깊은 정적 속에서 말없는 친밀감에 젖어들었다. 거리 끝의 광장 쪽, 저녁밥을 짓는 시장 여자들의 화덕에서 이글거리는 석탄불이 길을 따라 붉게 어른거렸다. 가로등 불빛 아래 한 남자가 소리 없이 나타났다. 그의 각진 어깨에서 무릎 아래 한 점으로 역삼각형처럼 늘어진 판초의 테두리 장식과 색깔이 드러났다. 그 거리의 항구 쪽 끝에서 한 사내를 태운 말이 가벼운 걸음으로 다가왔고, 가로등을 지날 때마다 검은 형체 밑에서 은회색으로 빛났다.

"저 유명한 노동자 십장을 보세요." 드쿠가 부드럽게 말했다. "자기 일을 끝내고 화려하게 차려입고 오는군요. 술라코에서 돈 카를로스 굴드 다음으로 위대한 인물이죠. 그런데 성격이 좋아서 나한테도 친절하게 대해 주더군요."

"아, 네!" 안토니아가 말했다. "어떻게 친해지셨어요?"

"저널리스트는 민중의 맥박에 손을 대고 있어야 하거든요. 저 남자는 대중의 리더 중 하나예요. 저널리스트는 걸출한 인물을 알아야 하는데, 이 남자도 나름 걸출한 사람이죠."

"아, 네!" 안토니아가 생각에 잠겨 말했다. "저 이탈리아인은 대단한 영향력을 갖고 있다고 알려져 있어요."

말에 탄 사내가 그들 밑을 지나갔다. 잿빛 암말의 빛나는 넓은 엉덩이와 광채 나는 묵직한 등자, 긴 은색 박차에 은은한 빛이 감돌았다. 어둠 속에서 노르스름한 불꽃이 잠시 깜빡였어도 커다란 맥고모자에 얼굴이 가려 보이지 않는 그 검은 형체를 감싼 신비로움은 떨쳐 내지 못했다.

환하게 밝혀진 커다란 방을 등지고 드쿠와 안토니아는 팔꿈치가 닿은 채 나란히 서서 발코니 위로 몸을 숙이고 어둠에 잠긴 거리를 내려다보았다. 이렇게 단둘이 밀담을 나누는 것은 부적절한 행실이었고, 이 나라 전역에서 그 특이한 안토니아 — 어머니를 여읜 이 가엾은 아가씨는 그저 딸의 학식을 쌓는 데만 관심을 둔 경솔한 아버지 덕분에 나이 든 부인의 보호를 받은 적이 없었다 — 만이 할 수 있는 일이었다. 드쿠도 그녀를 최대로 독차지할 수 있는 것이 이 정도라고 느끼는 것 같았다. 혁명이 끝난 후 끝없는 내란에서 그녀를 구해 먼 유럽으로 데려갈 때까지 말이다. 이 내란의 우행은 그 비열함보다 더 참아 주기 어려웠다. 몬테로 한 사람을 타도하면 또 다른 몬테로가 나타날 테고, 피부색과 인종이 다양한 대중의 무법 행위와 야만 행위, 고질적 폭정은 이어질 것이다. 위대한 해방자 볼리바르가 신랄하게 비판했듯이, "아메리카 대륙은 통세할 수 없는 곳이다. 독립을 위해 싸운 자들의 노력은 바다에 쟁기질하듯이 헛수고로 돌아갔다." 그래도 상관없다고 드쿠는 과감하게 말했다. 안토니아로 인해 블랑코 당의 저널리스트가 되었지만 자신은 애국자가 아니라고 틈날 때마다 그녀에게 말했다. 무엇보다도, 애국자란 단어는 편협한 신념을 가증스럽게 여기는 교양인에게는 무의미한 말이었다. 두 번째로, 이 불행한 나라의 끊임없는 분쟁과 관련시켜 볼 때 애국자란 말은 오염되지 않을 수 없었다. 그것은 음험한 야만인의 구호였고, 무법성과 범죄, 강탈, 단순한 도둑질을 은폐하는 구실이었다.

드쿠는 자신의 격렬한 발언에 놀랐다. 목소리를 낮출 필요는 없었다. 술라코의 관행대로 밤공기를 차단하려고 일찌감치 덧문을 닫은 어두운 집들의 정적 속에서 그의 말은 내내 나지막한 속삭임에 불과했다. 온통 어둠에 잠긴 고요한 거리에서 굴드 저택의 응접실만 네 개의 창문을 통해 밝게 호소하며 번쩍이는 빛을 도전하듯 발산했다. 작은 발코니에서의 속삭임은 잠시 멈추었다가 다시 이어졌다.

"하지만 우리는 그 모든 것을 바꾸려고 애쓰는 거예요." 안토니아가 항의했다. "우리가 바라는 게 바로 그거예요. 그게 우리의 목적이에요. 위대한 대의명분이죠. 당신이 경멸하는 애국자라는 단어는 희생과 용기, 지조, 고통을 뜻하기도 했어요. 아버지께서는……."

"헛수고를 해 오셨죠." 드쿠가 내려다보며 끼어들었다. 저 밑에서 급히 걸어오는 묵직한 발자국 소리가 들렸다.

"당신의 외삼촌, 대성당의 대목께서 방금 대문에 들어서셨어요." 드쿠가 말했다. "그분은 오늘 아침에 광장에서 군인들을 위한 미사를 집전하셨어요. 사람들이 북을 쌓아 제단을 만들었어요. 페인트칠한 목재 받침에 바람이 통하도록 모두 밖에 꺼내 놓았죠. 성인 목상들이 높은 층계참 꼭대기에 군인처럼 일렬로 늘어섰는데, 대목을 수행하는 화려한 호위 부대처럼 보이더군요. 나는 신문사 창문 너머로 그 성대한 의식을 지켜보았어요. 당신 외삼촌이자 코벨랑 가문의 마지막 후예이신 그분은 놀랍더군요. 등에 커다란 진홍색 벨벳 십자가가 늘어진 제의를 입은 모습이 대단히 화려했어요. 그런데 그동안 우리의 구세주인 바리오스는 아마리야 클럽의 열린 창가에 앉아 내내 펀치를 마셨죠. 대단한 의지의 소유자죠, 우리의 바리오스는. 나는 당신 외삼촌께서 광장 건너편 창가에 검은 안대를 두르고 앉아 있는 사람을 바로 그 자리에서 파문하시기를 매 순간 기대했어요. 그런데 그런 일은 일어나지 않더군요. 마침내 군대가 행군을 시작했지만 한참 지나서야 바리오스가 장교 몇 명과 함께 내려오더니 군복의 단추를 다 풀어 젖힌 채 길가에 서서 얘기를 하더군요. 그런데 갑자기 당신 외삼촌께서 이제는 화려한 옷이 아니라 온통 시커먼 사제복을 차려입고 위협적인 모습으로 — 알다시피 복수의 유령처럼 — 성당 문 앞에 나타나셨어요. 그분은 한번 척 돌아보더니 곧장 군복 입은 무리에게 성큼성큼 다가가서 장군의 팔꿈치를 잡아끌고 가시더군요. 그러더니 십오 분간 그늘진 담벼락에서 그를 걷게 하셨어요. 잠시도 팔꿈치를 놓지 않고 내내 흥분한 상태로 말씀을 이어 가면서 길고 검은 팔을 마구 휘두르시더군요. 아주 기묘한 장면이었어요. 장교들은 깜짝 놀란 것 같더군요. 성직자인 당신 외삼촌은 놀라운 분입니다. 그분은 이교도보다 무신론자를 덜 싫어하시고, 무신론자보다는 미개인을 몇 배나 더 좋아하세요. 감사하게도 이따금 날 미개인이라고 불러 주신답니다."

안토니아는 난간에 손을 올리고 부채를 가만히 폈다 접었다 하면서 귀를 기울였다. 드쿠는 말을 멈추면 그녀가 가 버릴까 두려운 듯이 불안하게 말을 이었다. 비교적 남들과 떨어진 곳에서 소중한 친밀감을 느끼며 팔이 약간 닿아 있었기에 그의 감정은 부드러웠다. 유창하게 빈정거리는 그의 속삭임에 이따금 다정한 어조가 스며들었다.

"당신 친척이 내게 조금이라도 호의를 보여 주신다면 환영입니다, 안토니아. 어쩌면 그분은 날 이해하실 거예요! 그렇지만 나도 그분을, 우리의 코벨랑 신부님을 잘 알아요. 그분에게 정치적 명예니 정의니 정직이라는 말은 압수된 교회 재산의 반환과 관련이 있죠. 그것 말고 다른 이유로는, 미개한 인디언들을 맹렬하게 개종시키는 분을 황야에서 끌어내 리비에라 당파의 대의를 위해 일하게 할 수 없었을 겁니다! 오로지 그 무모한 희망뿐이죠! 추종자만 구할 수 있다면 신부님은 그 목적을 위해 어떤 정부에 대해서라도 직접 쿠데타를 일으키셨을 거예요! 돈 카를로스 굴드는 그 문제에 대해 어떻게 생각하나요? 하긴 그는 영국인답게 속내를 드러내지 않으니 무슨 생각을 하는지 아무도 모르겠죠. 아마 그는 자기의 광산, '정부 안의 정부' 외에는 아무것도 생각하지 않을 겁니다. 굴드 부인은 자신이 세운 학교와 병원, 아기 엄마들, 세 광산 마을의 병든 노인들을 생각하죠. 지금 고개를 돌리면, 체크무늬 셔츠를 입은 저 인상 고약한 의사 — 이름이 뭐였더라? 모니검? — 의 보고를 받거나 돈 페페에게 질문을 퍼붓거나 로만 신부의 말을 열심히 듣는 부인이 보일 겁니다. 저 세 사람, 부인의 각료들이 오늘 모두 산에서 내려와 여기 모였군요. 글쎄, 부인은 분별력 있는 여성이고, 돈 카를로스도 분별력 있는 사람이겠죠. 영국인이 가진 확고한 분별력의 특징 중 하나는 너무 많이 생각하지는 않는다는 겁니다. 그 순간에 실제적으로 유용한 것만 보는 거죠. 이 사람들은 우리와 달라요. 우리에겐 정치적 이성이 없어요. 정치적 열정만 있죠. 때로 그렇다는 겁니다. 신념이란 게 대체 뭡니까? 실제적이거나 감정적으로 사적 이익이 되는 개별적 견해일 뿐이에요. 어느 누구도 아무 이유 없이 애국자가 되지는 않거든요. 애국자라는 단어가 자기 목적에 잘 들어맞는 거죠. 하지만 나는 명료하게 꿰뚫어

보기 때문에 그 단어를 쓰지 않을 겁니다, 안토니아! 나는 애국적 환상 같은 건 전혀 갖고 있지 않아요. 오직 연인으로서의 지고한 환상만 있을 뿐입니다."

그는 말을 멈추었다가 들릴 듯 말 듯 속삭였다. "그렇지만 그 환상으로 인해 아주 멀리 나아갈 수 있지요."

등 뒤에서는 스물네 시간마다 한 번씩 굴드의 응접실에 힘차게 밀려드는 정치적 논의의 파고가 웅성거리는 목소리 속에서 조금씩 높아졌다. 사람들이 한 명 또는 두세 명씩 들어섰다. 지역 고위 관리들과, 그을린 얼굴에 트위드 옷을 입은 철도 기술자들이 들어섰다. 백발이 성성한 그들의 우두머리는 열성적인 청년들 사이에서 천천히 유머러스하고 너그럽게 미소를 지었다. 판당고[27]를 좋아하는 스카페는 댄스파티를 찾아 변두리 어딘가로 이미 슬쩍 빠져나간 모양이었다. 돈 후스테 로페스는 딸들을 집에 데려다주고, 늘어진 갈색 턱수염 밑으로 단추를 꼭꼭 채워 올린 검은색 주름진 코트를 입고 엄숙하게 들어섰다. 그 자리에 있던 지방 의회 의원 몇 명이 즉시 의장 주위에 몰려들어 전쟁 소식과 반역자 몬테로, 그 파렴치한 몬테로가 최근에 발표한 성명에 대해 의논했다. 그 녀석은 자신의 칼로 평화를 이루고 민의를 물어볼 때까지 모든 지방 의회의 회의를 중단하라고 '정당한 분노를 품은 민주주의'의 이름으로 요구했던 것이다. 실제로는 의회를 해산하라는 도발이자 사악한 미친놈의 전례 없이 뻔뻔한 요구였다.

27) 3박자 또는 6박자의 활발하고 야성적인 에스파냐 춤.

호세 아베야노스 뒤에 몰린 의원들 사이에서 성난 목소리들이 높아졌다. 돈 호세는 높은 의자 등받이 너머로 그들에게 소리쳤다. "그 답으로 술라코는 오늘 그의 옆구리를 칠 군대를 보냈소. 다른 지역들도 우리 옥시덴탈인들의 애국심을 절반이라도 보여 준다면……."

큰 박수가 터져 나와 그 무리의 생명이자 영혼인 아베야노스의 떨리는 고음이 묻혀 버렸다. 옳소! 옳습니다! 사실입니다! 위대한 진실입니다! 늘 그렇듯 술라코가 선두에 섰습니다! 자기들의 가축과 토지, 가족의 안전을 염려하는 평원 지대의 신사들이 그날의 사건에 고무되어 희망과 자화자찬의 함성을 요란하게 질러 댔다. 모든 것이 위기 상태였다……. 아니! 몬테로가 승리한다는 건 있을 수 없는 일이다! 그 범죄자, 그 뻔뻔스러운 인디언! 왁자지껄한 함성이 얼마간 이어졌다. 돈 후스테가 지방 의회에 앉아 회의를 관장하는 듯 공정하고 엄숙한 분위기를 띠고 있었고, 다른 사람들은 그를 둘러싼 무리를 바라보았다. 드쿠는 소음이 울리는 쪽으로 고개를 돌리고, 난간에 등을 기댄 채 목청껏 소리쳤다. "바보 천치!"

뜻밖의 고함 소리에 시끄럽던 방 안이 잠잠해졌다. 모두들 수긍하며 기대하는 눈길로 창가를 바라보았다. 하지만 드쿠는 이미 등을 돌려 다시 고요한 거리 위로 몸을 내민 상태였다.

"내가 쓰는 기사의 본질은 이겁니다. 그게 가장 중요한 요지예요." 그가 안토니아에게 말했다. "내가 이 정의를 만들어 냈어요. 중요한 문제에 관한 이 최종적인 말을. 하지만 난 애국자가 아니에요. 술라코 부두 노동자 감독처럼 나도 애국자가 아니에요. 이 항구에서 대단한 일을 해 온 저 제노바인, 우리의 진보를 위한 물적 수단을 적극적으로 들여온 사람 말입니다. 미첼 선장이 거듭해서 하는 말을 당신도 들었을 거예요. 이 사람을 손에 넣을 때까지는 배에서 짐을 부리는 데 시간이 얼마나 걸릴지 알 수 없었다고요. 그래서는 발전하기 힘들죠. 일이 끝난 후 그가 흙바닥의 댄스홀에서 아가씨들의 찬탄을 받으려고 그 유명한 말을 타고 지나가는 것을 당신도 봤을 겁니다. 그는 운이 좋은 사람이에요! 독자적인 능력을 발휘하며 일하고, 특별한 찬사를 받으며 여기 시간을 보내니까요. 그 자신이 그걸 좋아하기도 하죠. 이보다 운 좋은 사람이 있을까요? 동시에 두려움과 찬탄의 대상이 된다는 것은……."

"당신이 가장 열망하는 게 그런 건가요, 돈 마틴?" 안토니아가 말을 가로막았다.

"그런 부류의 인간에 대해 말하는 겁니다." 드쿠가 퉁명스럽게 말했다. "세상의 영웅들은 두려움과 찬탄의 대상이 되어 왔어요. 그가 무엇을 더 바랄 수 있겠어요?"

드쿠는 자신에게 익숙한 냉소적 사고방식이 안토니아의 진지한 태도에 부딪쳐 산산조각 나는 것을 종종 느꼈다. 그녀도 평범한 남녀 관계를 빈번히 가로막는, 설명하기 어려운 여성적 아둔함에 빠져 있는 것 같아 짜증스러웠다. 하지만 그는 즉시 염증을 억눌렀다. 자신의 냉소적 성향이 스스로를 어떻게 판단하든, 결코 안토니아를 평범하다고 판단할 수는 없었다. 간절히 파고드는 다정한 목소리로 그는 자신의 유일한 열망은 이 지상에서 실현되기 어려울 만큼의 지고한 행복을 누리는 것이라고 말했다.

보이지 않게 그녀의 얼굴이 붉어졌다. 갑자기 눈을 녹이며 산맥에서 불어오는 바람도 그 열기는 차갑게 식힐 수 없을 것 같았다. 그의 목소리에는 얼음 심장을 녹일 만한 뜨거운 열정이 담겨 있었지만 그 속삭임은 그리 멀리까지 나아가지 못했다. 확신에 찬 그의 속삭임을 환하고 시끌벅적한 방으로 이끌어 가려는 듯이, 안토니아는 돌연 돌아섰다.

정치 토론의 물결이 희망의 돌풍에 실려 한계 수위를 넘어선 듯이 큰 방의 네 벽 안에서 높이 출렁이고 있었다. 여전히 소란스럽고 활기찬 토론의 중심에는 턱수염이 부채꼴로 난 돈 후스테가 있었다. 누구의 목소리에서든 자신감이 울렸다. 찰스 굴드 주위에 모인 몇몇 유럽인 — 덴마크인 한 명과 프랑스인 두 명, 눈을 내리깔고 미소 짓는 신중하고 뚱뚱한 독일인, 산토메 광산의 보호를 받아 술라코에서 터전을 잡은 물질적 이권 세력의 대표자들 — 도 정중한 태도에 다분히 쾌활한 기색을 띠고 있었다. 그들이 추종하는 찰스 굴드는 변화무쌍한 혁명의 격전지에서 얻을 수 있는 안정을 눈으로 보여 주는 상징이었다. 그들은 각자의 다양한 사업에 낙관적이었다. 두 프랑스인 중 하나는 키가 작고 거무스름한 피부에다 수염이 덤불처럼 무성하고 반짝이는 두 눈이 푹 파묻힌 듯이 보였는데 작은 갈색 손과 가냘픈 손목을 휘둘러 댔다. 그는 유럽 자본가들의 공사채 인수 조합을 위해 그 지방의 내지를 여행하고 돌아온 참이었다. 매분 그가 '경영자님'이라고 힘주어 대답하는 소리가 꾸준히 웅성거리는 소리 너머로 날카롭게 들렸다.

그는 자신이 알아낸 사실을 이야기하며 신나 있었다. 찰스 굴드는 예의 바르게 그를 내려다보았다.

굴드 부인은 필요한 접대를 하다가 어떤 순간에는 큰 응접실 옆의 작은 객실, 특히 자신의 응접실로 조용히 물러나곤 했다. 그녀는 자리에서 일어섰고, 안토니아를 기다리면서 약간 근심이 어린 우아한 태도로 철도 회사 수석 기술자의 이야기를 들었다. 그의 눈이 익살스럽게 반짝이는 것으로 보아 가만히 서서 부인을 굽어보며 천천히 들려주는 이야기가 재미있는 것이었음이 분명했다. 안토니아는 굴드 부인에게 가려고 방 안에 들어서기 전에 어깨 너머로 고개를 돌려 드쿠를 보았다. 단 한순간뿐이었다.

"우리가 왜 그 사람의 소망이 실현될 수 없다고 생각해야 하죠?" 그녀가 재빨리 말했다.

"나는 나의 소망에 끝까지 매달릴 겁니다, 안토니아." 그가 이를 꽉 문 채 대답하고는 약간 쌀쌀맞게 고개를 깊이 숙여 인사했다.

수석 기술자의 재미난 이야기는 아직도 계속되고 있었다. 남아메리카의 철도 부설 과정에서 벌어진 우스꽝스러운 일들이 그의 예리한 부조리 감각을 자극했으므로, 사람들의 무지한 편견과 잔꾀가 드러난 사례들을 줄줄이 늘어놓을 수 있었다. 그가 숙녀들을 호위하며 밖으로 나가는 동안 굴드 부인은 그의 이야기에 관심을 기울였다. 세 사람은 주목받지 않고 발코니의 유리문을 통해 밖으로 나갔다. 소란스러운 응접실에서 조용히 성큼성큼 걸음을 옮기던 키 큰 신부가 걸음을 멈추고 그들을 바라보았을 뿐이다. 발코니에 서 있던 드쿠가 굴드 저택의 대문으로 들어오는 모습을 보았던 코벨랑 신부는 집 안에 들어와서 누구에게도 말을 걸지 않았다. 길고 꼭 끼는 사제복 때문에 그의 장신은 한층 돋보였다. 그는 건장한 몸을 앞으로 내밀고 걸었다. 일직선으로 붙은 검은 눈썹과 뼈만 앙상하고 호전적인 옆얼굴, 푸르스름하게 면도한 뺨의 흰 흉터(개종하지 않은 인디언 무리가 전도자로서 그의 열정에 남긴 기념)는 그 성직자의 이면에 숨겨진 어딘가 무법자적인 면모를 암시했고, 산적의 신부라는 인상을 주었다.

그는 뒷짐 졌던 마디가 굵고 앙상한 손을 풀어 마틴에게 손가락을 흔들었다.

드쿠는 방금 안토니아를 따라 방에 들어섰지만 멀리 가진 않았다. 방에 들어와서 아이들 놀이에 끼어든 어른처럼 진정으로 심각하지는 않은 표정으로 커튼에 기대섰다. 그는 그 위협적인 손가락을 조용히 바라보았다.

"광장에서 신부님이 바리오스 장군을 특별한 설교로 개종시키는 모습을 보았습니다." 그는 자리에서 움직이지 않고 말했다.

"말도 안 되는 소리!" 코벨랑 신부의 저음이 방 안에 쩌렁쩌렁 울리자 사람들이 모두 어깨 너머로 돌아보았다. "그 작자는 술꾼이야. 신사 여러분, 여러분의 장군이 섬기는 신은 술병이오!"

신부의 모욕적이고 독단적인 말에 사람들의 자신감이 일격에 무너진 듯 불안하게 웅성거리던 소리가 잦아들었다. 그러나 누구도 코벨랑 신부의 실토를 비난하지 않았다.

코벨랑 신부가 황야에서 돌아온 것이 교회의 신성한 권리를 광신적일 정도로 대담하게 옹호하기 위해서였다는 사실은 잘 알려져 있었다. 인간적 동정심이 없고 아무것도 숭배하지 않는 잔인한 야만인들을 전도하러 갔을 때도 마찬가지였다. 기독교인의 눈이 닿지 않는 곳에서 그가 선교사로서 거둔 성공은 전설처럼 소문이 자자했다. 그는 여러 인디언 부족 전체에 세례를 주었고 스스로도 야만인처럼 그들과 함께 살았다고 한다. 신부가 인디언들과 함께 반쯤 벌거벗은 몸으로 소가죽 방패를 들고 여러 날 말을 달렸다는 소문도 있었다. 틀림없이 긴 창도 들었을 것이다. 누가 알겠는가? 또 개종시킬 사람을 찾아 가죽으로 몸을 감싸고 코르디예라산맥의 설선 근처를 헤매고 다녔다는 얘기도 있다. 이런 위업에 대해서 코벨랑 신부가 직접 말한 적은 없었다. 하지만 자신에게서 하느님의 말씀을 전해 들은 이교도들보다 산타마르타 정치인들의 마음이 더 냉혹하고 더 타락했다고 그는 거침없이 공언했다. 교회의 세속 재산에 대한 그의 무분별한 집착은 리비에라 당파의 대의명분에 해가 되었다. 약탈당한 교회 재산을 정의롭게 되찾을 때까지는 옥시덴탈 주교구의 유명무실한 주교가 되지 않겠다고 거절한 일은 모두가 아는 사실이었다. 술라코의 주지사(후에 미첼 선장이 폭도들로부터 구해 준 고관)는 장관들이 그 신부를 연중 가장 혹독한 날씨에 산을 넘어 술라코로 가게 한 것은 고지대의 황야에서 그가 얼음 같은 돌풍에 얼어 죽기를 바랐기 때문일 거라고 순진하게 비꼬며 암시했다. 혹한에 단련된 억센 노새몰이꾼도 해마다 몇 명씩 그렇게 죽는다고 했다. 하지만 어쩌겠는가? 고관들은 신부가 얼마나 강인한 사람인지 몰랐을 것이다. 한편 무지한 자들은 리비에라 당의 개혁이 기껏해야 사람들의 땅을 빼앗는 것일 뿐이라며 투덜거리기 시작했다. 땅의 일부는 철도를 부설하는 외국인에게 넘어가고, 더 많은 땅은 신부들에게 돌아간다는 것이었다.

결국 이 신부의 열성은 그런 결과를 빚어 냈다. 그는 광장에 집결한 군인들에게 잠시 강연할 때도(앞줄에 서 있던 군인들에게만 들렸지만) 참회하는 나라로부터 보상받기를 기다리는 유린당한 교회에 대한 강박관념에서 벗어날 수 없었다. 그 강연을 들은 주지사는 화가 났지만 돈 호세의 처남을 카빌도의 감옥에 처넣을 수는 없었다. 태평한 성격에 인기 있는 관리였던 주지사는 해가 진 후 주 청사에서 나와 홀로 굴드 저택으로 걸어갔고 지위가 높거나 낮은 사람들의 인사를 똑같이 정중하게 받아들였다. 그날 저녁에 그는 찰스 굴드에게 곧장 다가가서 그 신부를 어디든 술라코 밖으로, 어디 무인도로, 가령 이사벨 군도로 추방하고 싶다고 식식거리며 말했다. "물이 없는 섬이 더 좋겠군. 그렇지 않소, 돈 카를로스?" 그는 농담과 진담이 섞인 어조로 덧붙였다. 도무지 억제할 수 없는 이 신부는 주교 관저를 숙소로 사용하라는 그의 제안을 거절하고 몰수된 도미니크 수도원의 깨진 돌 더미와 거미들 사이에 추레한 해먹을 걸어 놓고 지내는 쪽을 선호하더니 산적 에르난데스를 무조건 사면해야 한다고 주장하기에 이르렀다! 그런데 그것만으로도 충분치 않았는지, 이 나라에서 오랫동안 가장 대담무쌍한 범죄자로 알려진 산적과 연락을 주고받기 시작한 것 같았다. 물론 술라코 경찰은 무슨 일이 일어나는지 알았다. 코벨랑 신부는 그런 일에 적합한 유일한 인물, 그 무모한 이탈리아인, 카파타스 데 카르가도레스를 손에 넣어 그를 통해 전갈을 보냈다. 코벨랑 신부는 로마에서 공부했기에 이탈리아어를 할 줄 알았다. 카파타스는 한밤중에 도미니크 수도원을 찾아간다고 알려져 있었다. 신부의 시중을 드는 노파가 에르난데스라는 이름이 언급되는 것을 들었고, 바로 지난 토요일 오후에 카파타스가 말을 타고 질주하여 도시를 빠져나가는 모습이 목격되었다. 그는 이틀간 돌아오지 않았다. 폭동을 일으킬 수도 있는 사나운 부두 노동자들이 두렵지만 않았다면 경찰은 그 이탈리아인에게 족쇄를 채워 감금했을 것이다. 요사이 술라코를 통치하는 것은 쉬운 일이 아니었다. 철도 노동자들의 주머니에 든 돈을 노리는 고약한 인간들이 몰려들고 있었다. 주민들은 코벨랑 신부의 강연 때문에 불안해했다. 주지사는, 이제 이 지역에는 군인이 없으므로 불법 폭동이 일어난다면 당국은 사실 무방비 상태로 허둥댈 거라고 찰스 굴드에게 설명했다.

그런 다음에 그는 언짢은 얼굴로 안락의자에 앉아 길고 가느다란 시가를 피웠고, 가까이 있는 돈 호세에게 몸을 돌려 이따금 몇 마디 말을 나누었다. 신부가 방에 들어섰을 때 그는 아는 척도 하지 않았고, 뒤에서 코벨랑 신부의 목소리가 높아질 때마다 못 참겠다는 듯이 어깨를 으쓱했다.

코벨랑 신부는 왠지 모르게 복수심이 이글거리는 부동의

자세로 한동안 꼼짝하지 않았는데, 그것이 그의 특징적인 태도인 것 같았다. 강렬한 신념에서 타오르는 검붉은 불길이 그 거무스름한 형체에게 특이한 면모를 부여했다. 그렇지만 신부가 드쿠를 뚫어지게 바라보며 길고 거무스름한 팔을 천천히 당당하게 들어 올렸을 때는 사나운 빛이 한결 부드러워진 상태였다.

"그런데 자네, 자네는 지독한 무신론자란 말이야." 그가 낮고 굵은 목소리로 말했다.

그는 한 걸음 다가와서 집게손가락으로 젊은이의 가슴을 가리켰다. 드쿠는 아주 차분하게 커튼 뒤의 벽에 뒤통수를 댔다. 그런 다음에 턱을 치켜들고 미소를 지었다.

"좋습니다." 그는 이런 밀담에 익숙한 사람인 양 약간 지친 듯이 무심하게 동의했다. "하지만 제가 숭배하는 신이 무엇인지 신부님이 아직 못 찾으신 게 아닐까요? 바리오스 장군의 경우에는 쉬웠지만."

신부는 낙담한 몸짓을 억제했다. "자네는 막대기도 돌멩이도 믿지 않아."

"술병도 믿지 않죠." 드쿠가 움직이지 않고 덧붙였다. "신부님께서 허물없이 대하시는 그 사람도 그렇죠. 부두 노동자 십장 말이에요. 그는 술을 마시지 않아요. 제 성격을 파악하신 걸 보니 신부님은 통찰력이 매우 뛰어난 분입니다. 그런데 왜 저를 무신론자라고 하십니까?"

"그래." 신부가 응수했다. "자넨 무신론자보다 열 배는 더 고약해. 기적이 일어나도 개종하지 않을 거야."

"기적은 전혀 믿지 않습니다." 드쿠가 조용히 말했다. 코벨랑 신부는 의심스럽다는 듯이 치솟은 넓은 어깨를 으쓱했다.

"일종의 프랑스인이랄까, 신을 믿지 않는 유물론자야." 그는 신중하게 분석한 용어를 따져 보듯이 천천히 단언했다. "자기 조국의 아들도 아니고 다른 나라의 아들도 아냐." 그가 생각에 잠겨 말을 이었다.

"실은 인간이라고 할 수도 없죠." 드쿠가 머리를 벽에 기댄 채 천장을 올려다보며 나지막이 논평을 달았다.

"믿음이 없는 이 시대의 희생양이지." 코벨랑 신부는 깊고 차분한 목소리로 다시 시작했다.

"하지만 저널리스트로는 좀 쓸모가 있습니다." 드쿠는 자세를 바꾸고 좀 더 활기찬 목소리로 말했다. "《포르베니르》 최근 호를 읽으셨나요? 사실 다른 호와 다를 건 없습니다. 전반적인 책략으로 몬테로를 바보 천치라고 부르고 게릴라인 그의 동생을 아첨꾼이자 첩자라고 욕하거든요. 그보다 효과적인 방법이 어디 있겠습니까? 지역 문제에 관해서는, 산적 에르난데스의 무리를 몽땅 군대에 편입시키라고 주 정부에 촉구하지요. 분명 그 산적은 교회의 보호를, 아니면 적어도 대목님의 보호를 받고 있지요. 이보다 더 건전한 제안은 없습니다."

신부는 고개를 끄덕였고, 커다란 강철 죔쇠가 달리고 발가락 부분이 넓적한 신발로 홱 돌아서더니 다시 뒷짐 지고 발을 확고히 내디디며 주위를 서성였다. 몸을 돌릴 때면 그의 거친 몸놀림에 성직복의 끝자락이 살짝 들렸다.

큰 응접실에서 사람들이 서서히 빠져나가고 있었다. 주지사가 몸을 일으키자 아직 남아 있던 사람들 대부분이 인사를 하기 위해 갑자기 일어섰다. 돈 호세 아베야노스도 일어서려고 흔들의자의 진동을 멈추었다. 그러나 성격 좋은 그 최고 관리는 만류하는 몸짓을 하고는 찰스 굴드에게 손을 들어 인사하고 신중하게 방을 나섰다.

비교적 조용해진 응접실에서 허약한 털북숭이 프랑스인이 "경영자님," 하고 내지르는 소리가 기이하고 날카롭게 울렸다. 자본가 연합체를 조직하려는 그 사람은 아직도 열변을 토하고 있었다. "1000만 달러어치의 구리가 눈앞에 보입니다, 경영자님. 1000만 달러어치가 보인다고요. 게다가 철도가 부설되고 있어요. 철도가! 그분들은 제 보고를 믿지 않을 겁니다. 너무나 훌륭해서 말이죠." 변함없이 고요한 찰스 굴드 앞에서 사려 깊게 고개를 끄덕이는 사람들에 싸여 그는 도취한 듯이 소리를 내질렀다.

신부만 계속 서성거렸는데, 일정하게 걸음을 내디딜 때마다 성직복 자락이 펄럭였다. 드쿠는 빈정대듯이 그에게 중얼거렸다. "저 신사들은 자기들의 신에 대해 얘기하고 있군요."

코벨랑 신부는 걸음을 멈추고 술라코의 저널리스트를 한순간 뚫어지게 바라보더니 어깨를 약간 으쓱하고는 고집 센 여행자처럼 다시 터벅터벅 걷기 시작했다.

이제 찰스 굴드를 둘러싼 무리에서 유럽인들이 빠져나가자 그 위대한 은광 경영자의 홀쭉한 전신이 머리에서 발끝까지 드러났다. 손님들이 조수처럼 빠져나가 갈색 구두 밑에 있던 형형색색의 꽃과 당초무늬가 수놓인 커다란 사각 카펫에 그

혼자 남겨진 것이다. 코벨랑 신부는 흔들의자에 앉은 돈 호세 아베야노스에게 다가갔다.

"갑시다, 매형." 그는 친절하고도 무뚝뚝하게 말했다. 순전히 쓸모없는 의식이 끝나서 조급함이 풀어진 듯한 어조였다. "집으로 갑시다! 집으로! 전부 다 말뿐이야. 이제 가서 생각을 좀 하고 하늘이 인도해 주시기를 기도합시다."

그는 검은 눈을 부라리며 올려다보았다. 블랑코 당의 생명이자 영혼인 허약한 외교관 옆에 서자 신부는 광신적 눈빛이 어른거리는 거인 같았다. 그러나 그 당의 목소리, 아니 그 당의 입이 된 드쿠, 안토니아의 마음에 들려고 저널리스트가 된 파리 출신의 '드쿠가의 아들'은 사실이 그렇지 않다는 것을 아주 잘 알았다. 그 신부는 오직 한 가지 관념을 위해 분투할 뿐이었고 여자들의 두려움과 남자들의 통렬한 비난을 받고 있었다. 인생의 아마추어 예술 애호가인 마틴 드쿠는 정직하고 성스럽기까지 한 신념이 기발하게 극단적인 외고집으로 인간을 몰아가는 광경을 보면서 예술적 재미를 맛본다고 생각했다. '이건 광기나 다름없어. 틀림없이 광기야. 자기 파괴적이잖아.' 드쿠는 종종 속으로 말했다. 그가 보기에 신념이란 그것이 어떤 것이든, 효력을 발휘하면 그와 동시에 신이 멸망시키고자 하는 인간에게 보낸 치매증 같은 것으로 변질되었다. 하지만 그는 예술 감식가가 자신이 선택한 미술품에 대해 느끼는 대단한 열성으로 그런 광기가 드러나는 실례에서 쓰라린 맛을 만끽했다. 이 두 남자는 마음이 잘 맞았다. 사람을 지배하는 신념은 철저한 회의주의와 마찬가지로 인간을 정치적 행위의 샛길에서 아주 멀리 나아가게 할 수 있다고 각자 느끼는 것 같았다.

돈 호세는 신부의 커다란 털북숭이 손에 순순히 따랐다. 드쿠는 그 처남 매부를 따라 밖으로 나갔다. 그러자 푸르스름한 담배 연기가 자욱한 텅 빈 응접실에 남은 손님은 딱 한 명뿐이었다. 에스메랄다에서 가난한 농장 일꾼 몇 명과 말을 타고 해안 산맥을 넘어 육로로 술라코에 온, 무기력한 눈에 뺨이 둥글고 콧수염이 늘어진 피혁상이었다. 그는 가죽 수출 사업에 필요한 원조를 얻기 위해 산토메 광산의 경영자를 만나겠다는 일념으로 여행길에 나섰다고 간절하게 말했다. 이제 나라가 안정될 테니 자신의 사업을 확장해 나갈 수 있기를 희망한다고 했다. 나라가 안정될 거라고 몇 번이나 되풀이하면서 기이하게도 불안하게 징징거리는 바람에 그가 속사포처럼 쏟아 낸 스페인어의 낭랑함은 비굴한 지절거림이 되고 말았다. 이제 이 나라에서는 평범한 사람도 소규모로 장사를 할 수 있고, 사업 확장도 생각할 수 있습니다. 그래도 안전하죠. 그렇지 않습니까? 그는 찰스 굴드에게 확언 한마디나 동의의 끙 소리, 고갯짓 한 번이라도 해 달라고 애원하는 것 같았다.

그는 아무것도 얻지 못했다. 그러자 더욱 마음이 불안한지 말이 끊긴 사이에 눈길을 이리저리 돌리곤 했다. 그러고는 체념하기 싫은 듯 여행 중에 겪었던 위험한 일을 실감 나게 묘사하며 여담에 빠져들었다. 대담무쌍한 에르난데스가 평소의 활약 무대를 떠나 술라코 평원 지대를 가로질러 해안 산맥의 협곡에 숨어 있다는 소문이 있었다. 어제 피혁상과 하인들은 술라코에서 몇 시간 떨어지지 않은 길에서 수상쩍게도 말 머리를 맞댄 채 멈춰서 있는 세 남자를 보았다. 두 사람은 즉시 말을 달려 왼쪽의 야트막한 골짜기로 사라졌다. "저희는 멈췄죠." 에스메랄다에서 온 남자가 말을 이었다. "저는 작은 덤불 뒤에 숨으려고 했어요. 하인들이 무슨 일인지 알아보려고 나서질 않더군요. 말에 탄 세 번째 남자는 저희가 다가오기를 기다리는 것 같았어요. 다른 도리가 없었죠. 이미 발각되었으니까요. 그래서 저희는 부들부들 떨면서 천천히 나아갔어요. 회색 말에 탄 그 남자는 눈이 덮이도록 모자를 푹 눌러쓰고 있었는데, 인사말도 없이 우리가 그냥 지나가게 두더군요. 그런데 얼마 후 그가 쫓아오는 소리가 들렸어요. 우리는 뒤돌아보았지만, 그렇다고 그가 겁먹은 것 같지는 않았어요. 그는 급히 달려와서 구두 끝으로 제 발을 치더니 피를 얼어붙게 할 섬뜩한 소리로 웃으며 담배를 달라고 하더군요. 언뜻 봐서는 무장한 것 같지 않았지만, 성냥을 찾으려고 손을 내렸을 때 보니 허리끈에 큼지막한 권총이 매달려 있었어요. 저는 몸서리를 쳤죠. 구레나룻이 몹시 무섭게 보였어요, 돈 카를로스. 그가 가라는 말을 하지 않아서 저희는 꼼짝도 못 했어요. 마침내 제가 준 담배의 연기를 콧구멍으로 내뿜더니 이렇게 말하더군요. '내가 당신들 뒤에서 달리는 게 더 낫겠군. 여기서 술라코는 그리 멀리 않소. 신의 가호로 안전하게 여행하시오.' 그러니 어쩌겠어요? 앞으로 나아갈 수밖에요. 그의 말대로 하지 않을 수 없었죠. 어쩌면 그 작자는 에르난데스였을지도 모릅니다. 바닷길로 술라코에 여러 번 와 본 제 하인은 그를 알아보았다고, 선박 회사 노동자 십장이라고 주장했지만요. 바로 그날 저녁에 그 남자가 광장 구석에서 가무잡잡한 아가씨에게 말을 거는 것을 보았습니다. 그 아가씨는 회색 말의 갈기에 손을 얹고 등자 옆에 서 있었죠."

"이번엔 당신에게 위험의 소지가 전혀 없었소, 허시 씨." 찰스 굴드가 중얼거렸다.

"그랬을 수도 있죠. 하지만 저는 아직도 온몸이 떨립니다. 쳐다보기도 무서운 사람이었어요. 그런데 대체 무슨 일입니까? 기선 회사에 고용된 사람이 외진 곳에서 노상강도 — 네, 그렇습니다. 말에 탄 다른 사내들은 틀림없이 노상강도였어요 — 와 얘기를 나누고 본인도 강도처럼 굴다니! 담배쯤이야 아무것도 아니죠. 그렇지만 그가 제 지갑을 내놓으라고 했을 수도 있는 것 아닙니까?"

"아니, 그렇지 않소, 허시 씨." 찰스 굴드는 매부리코를 들고 어린애처럼 호소하는 둥근 얼굴에서 멍하니 눈길을 돌리며 중얼거렸다. "당신이 만난 사람이 부두 노동자 십장이었다면 — 그것은 의심할 바가 없지 않소? — 그렇다면 더할 나위 없이 안전했소."

"감사합니다. 매우 친절하시군요. 아주 흉악해 보이는 사람이었어요, 돈 카를로스. 상당히 친숙하게 담배를 달라고 하더군요. 제게 담배가 없었으면 어떻게 됐을까요? 아직도 몸서리가 쳐집니다. 그가 무슨 용무로 호젓한 곳에서 강도들과 얘기를 나눠야 할까요?"

하지만 찰스 굴드는 이제 다른 생각에 잠겨서 아무 기색도 드러내지 않고 아무 말도 하지 않았다. 굴드 채굴권의 화신이 드러내는 꿰뚫을 수 없는 표면에는 미묘한 차이가 있었다. 잠자코 있는 것은 피할 수 없는 고통일 뿐이다. 그러나 술라코의 왕은 과묵함이 신비롭게도 대단히 무겁고 힘 있게 느껴질 정도의 말을 했다. 그 말의 힘에 뒷받침되어 그의 침묵은 동의나 의혹, 부정, 심지어 단순한 의견까지 다양하고 미묘한 의미를 띠었다. 어떤 때 그의 침묵은 명백히 '심사숙고해 보라'는 말 같았고, 다른 경우에는 '계속 추진하라'는 뜻이 분명했다. 참을성 있게 삼십 분간 듣고 난 후 동의하듯 고개를 끄덕이며 간단히 "알겠소."라고 나지막하게 한마디 하면 구두 계약과 마찬가지였다. 사람들은 그 말을 절대적으로 신뢰했는데 그 배후에 위대한 산토메 광산이 있었기 때문이다. 물질적 이익의 정점이자 정수인 광산은 너무나 막강했기에 길고 넓은 옥시덴탈주 전역에서 어느 누구의 호의에도 좌우되지 않았다. 다시 말해서, 열 번이고 백 번이고 매수할 수 있을 사람들의 동의 따위에 좌지우지되지 않았다. 그러나 가죽 수출을 열망하며 에스메랄다에서 온 매부리코의 작은 사내에게는 찰스 굴드의 침묵이 실패의 암시로 받아들여졌다. 신중한 사람이라면 지금은 사업을 확장할 때가 아니라는 의미가 분명했다. 그는 속으로 이 나라 전체, 리비에라 당파나 몬테로 패거리나 할 것 없이 온 주민을 싸잡아 재빨리 저주를 퍼부었다. 완벽하게 둥근 수평선 안에서 바다에 떠 있는 배처럼 종려나무들이 우뚝 솟아 있고, 파도처럼 물결치는 풀밭 위에 나뭇잎이 쌓인 견고한 섬처럼 육중한 목재가 무더기로 쌓여 있는 아득히 방대한 평원에서 수많은 쇠가죽이 폐기될 걸 생각하니 말 못 할 분노에 눈물이 솟았다. 쇠가죽이 거기서 누구에게도 이득이 되지 못하고 썩어 가고 있었다. 정치 혁명의 긴급한 사태에 끌려간 남자들이 던져 둔 그곳에서 말이다. 실용적 장사꾼인 허시 씨의 영혼은 그 기가 막힌 상황에 저항했고, 찰스 굴드가 구현하는 산토메 광산의 막강한 힘과 권위에 존경을 표하면서도 불안한 마음으로 작별 인사를 했다. 그는 쓰라린 실망감을 웅얼거리지 않을 수 없었다.

"이건 굉장히, 매우 어리석은 일입니다, 돈 카를로스. 이 모든 일이. 함부르크의 가죽값이 올랐어요. 뛰었다고요. 물론 리비에라 정부가 모든 것을 처리하겠죠. 확고하게 자리를 잡으면 말입니다. 그동안에는……."

허시가 한숨을 쉬었다.

"그렇소, 그동안에는." 찰스 굴드가 이해할 수 없이 그 말을 따라 했다.

상대방은 어깨를 으쓱했다. 하지만 아직은 떠날 준비가 안 되어 있었다. 가능하면 사소한 문제를 꼭 언급하고 싶었다. 함부르크의 친한 친구 몇 명이(그는 그 회사의 이름을 중얼거렸다.) 다이너마이트를 몹시 팔고 싶어 한다고 설명했다. 산토메 광산과 다이너마이트 계약을 맺고 후에 혹시 다른 광산과도 계약을 맺는다면 틀림없이……. 에스메랄다에서 온 작은 남자는 말을 이어 가려 했지만 찰스 굴드가 가로막았다. 경영자의 인내심이 마침내 한계에 이른 모양이었다.

"허시 씨," 그가 말했다. "온 광산을 폭파시켜 골짜기를 뒤덮을 만큼의 다이너마이트가 산에 보관되어 있소." 그의 목소리가 약간 높아졌다. "내가 원한다면 술라코 절반을 공중으로 날려 보낼 수도 있소."

찰스 굴드는 깜짝 놀라 휘둥그레진 피혁상의 눈을 보며 미소를 지었다. 상인은 다급히 "그럼요, 그럼요."라고 중얼거리고는 그제야 자리에서 일어섰다. 그처럼 부족한 것 하나 없이 구비해 놓고 맥 빠지게 하는 경영자와는 폭발물을 거래할 수 없었다. 그는 말을 타고 오면서 몹시 고생했고 산적 에르난데스의 잔학한 횡포를 맞닥뜨릴 위험도 있었지만 죄다 헛수고였다. 쇠가죽도 팔지 못했고, 다이너마이트도 마찬가지였다. 상당히 진취적인 이 이스라엘인의 어깨가 실망으로 축 늘어졌다. 그는 문간에서 마주친 수석 기술자에게 고개를 깊이 숙여 인사했다. 그러나 안뜰의 층계 밑에 이르자 갑자기 걸음을 멈추고는 퍼뜩 떠오른 생각에 깜짝 놀라서 포동포동한 손을 입술에 얹었다.

"대체 왜 그 많은 다이너마이트를 갖고 있는 거지?" 그는 중얼거렸다. "왜 내게 그런 얘기를 한 걸까?"

수석 기술자는 정치 토론의 물결이 마지막 한 방울까지도 쓸려 나간 텅 빈 응접실의 문간에서 들여다보다가 집주인에게 친근하게 고개를 끄덕였다. 물이 빠져나간 모래톱 같은 가구들 사이에서 그 주인은 높이 솟은 등대처럼 꼼짝 않고 서 있었다.

"안녕히 주무세요. 이제 가겠습니다. 아래층에 자전거를 갖다 놓았어요. 혹시 철도 회사에 다이너마이트가 부족하면 어디서 구할 수 있을지 알겠습니다. 이제 꽤 오랫동안 자르고 깎아 왔으니 곧 폭파해서 길을 뚫을 겁니다."

"내게는 오지 마시오." 찰스 굴드가 아주 차분하게 대답했다. "누구에게든 털끝만큼도 나눠 줄 수 없소. 털끝만큼도, 친형제도 안 됩니다. 내게 친형제가 있고 그가 세상에서 가장 유망한 철도 회사의 수석 기술자라도 말이오."

"왜 그러십니까?" 수석 기술자가 침착하게 물었다. "인심이 박하신 건가요?"

"아니." 찰스 굴드가 딱딱하게 말했다. "방침이오."

"극단적인 방침이군요." 수석 기술자가 문간에서 말했다.

"그게 맞는 표현이오?" 찰스 굴드가 방 한가운데서 말했다.

"제 말은, 뿌리를 뽑는다는 뜻입니다." 기술자가 즐거운 기색으로 설명했다.

"아, 그렇소." 굴드가 천천히 말했다. "굴드 광산은 이 나라에, 이 지역에, 저 산 골짜기에 너무 깊이 뿌리를 내려서, 다이너마이트 말고는 무엇으로도 떼어 낼 수 없소. 그건 내 선택이오. 마지막 카드고."

수석 기술자는 나지막하게 휘파람을 불었다. "멋진 게임이군요." 그가 신중한 기색을 띠며 말했다. "손에 들고 계신 그 특별한 으뜸패를 홀로이드 씨는 알고 계십니까?"

"그 카드를 내놓을 때, 게임이 끝나서 던질 때라야 으뜸패라고 하겠지요. 그때까지는 뭐라고 할까……."

"무기라고 할까요?" 기술자가 제안했다.

"아니. 차라리 변수라고 부르는 게 좋겠소." 찰스 굴드가 부드럽게 정정했다. "홀로이드 씨에게는 그런 식으로 설명했소."

"그분이 뭐라고 하셨습니까?" 기술자가 숨김없이 호기심을 드러내며 물었다.

"그분은," 찰스 굴드는 약간 멈췄다가 말했다. "필사적으로 하느님께 매달리고 믿어야 한다는 등 그런 말씀을 하셨소. 틀림없이 좀 놀라셨겠지. 그렇지만……." 산토메 광산의 경영자가 말을 이었다. "그렇지만 그분은 아주 먼 곳에 계시지요. 그리고 이 나라 사람들이 말하듯이, 하느님은 까마득히 높은 곳에 계시고."

수석 기술자의 즐거운 웃음소리가 계단 밑으로 사라졌다. 아이를 팔에 안은 마돈나가 좁은 벽감 안에서 그의 흔들리는 넓적한 등을 바라보는 것 같았다.

6

굴드 저택에 깊은 정적이 감돌았다. 집주인은 복도를 걸어가서 자기 방문을 열었다. 담배를 피울 때 주로 앉는 큰 안락의자에 아내가 앉아 자신의 작은 신발을 바라보며 생각에 잠겨 있었다. 그가 들어섰는데도 그녀는 눈을 들지 않았다.

"피곤하오?" 찰스 굴드가 물었다.

"좀 그래요." 굴드 부인이 대답했다. 그러고는 여전히 눈을 들지 않은 채 깊은 감정을 담아 덧붙였다. "이 모든 일이 지독히 비현실적으로 느껴져요."

찰스 굴드는 서류가 흩어지고 사냥용 채찍과 박차가 놓인 긴 탁자 앞에 서서 아내를 바라보았다. "오늘 오후 바닷가에서 열기와 먼지가 끔찍했을 거요." 그는 안쓰럽다는 듯이 중얼거렸다. "수면에 반사된 빛도 굉장히 눈부셨을 테고."

"그런 빛이라면 눈을 감으면 돼요." 굴드 부인이 말했다. "하지만, 찰리, 우리가 처한 상황에는 눈을 감을 수 없어요. 이 끔찍한……."

그녀는 눈을 들어 남편 얼굴을 보았다. 공감이나 다른 감정의 흔적이 완전히 사라진 얼굴이었다. "왜 아무 말도 하지 않아요?" 그녀는 울부짖듯이 소리쳤다.

"당신이 나를 처음부터 완벽하게 이해했다고 생각했소." 찰스 굴드가 천천히 말했다. "우리가 나눠야 할 이야기도 이미 오래전에 다 나눈 걸로 알았고. 이젠 할 말이 없소. 해야 할 일이 있었고 우린 그 일을 했소. 줄곧 해 왔지. 이젠 돌아갈 수 없소. 실은 처음부터 돌아갈 수 없었던 것 같소. 더구나 이제는 가만히 멈춰 있을 수도 없소."

"아, 당신이 얼마나 멀리 갈 작정인지 알았더라면!" 아내가 마음속으로는 떨면서도 장난스럽게 들릴 어조로 말했다.

"물론 어디까지든, 아무리 멀어도 갈 작정이오." 딱딱한 어조의 대답에 굴드 부인은 또다시 몸서리가 나는 걸 억누르려고 애써야 했다.

그녀는 우아하게 미소를 지으며 일어섰다. 풍성한 머리칼과 길게 끌리는 가운 때문에 그녀의 작은 몸이 더 작아 보였다.

"그렇지만 언제나 성공으로 나아가죠." 그녀가 설득하듯이 말했다.

찰스 굴드는 강철같이 푸른 눈으로 주의 깊게 아내를 감싸며 주저 없이 말했다.

"아, 대안이 없소."

그는 무한한 확신이 담긴 어조로 말했다. 양심적으로 할 수 있는 말은 이것이 전부였다.

굴드 부인의 희미한 미소가 입가에서 사라지지 않았다. 그녀가 속삭이듯 말했다.

"그만 갈게요. 두통이 좀 있어요. 그 열기와 먼지는 정말이지……. 아침이 되기 전에 광산으로 돌아갈 건가요?"

"자정에 출발하겠소." 찰스 굴드가 말했다. "내일 은을 갖고 내려올 거요. 그런 다음에 당신과 시내에서 사흘을 꼬박 쉴 생각이오."

"아, 호위대를 마중하러 가는군요. 당신이 지나가는 모습을 보러 5시에 발코니에 나갈게요. 그때 다시 봐요."

찰스 굴드는 재빨리 탁자를 돌아서 아내의 손을 잡고 몸을 굽혀 양손에 입술을 대고 눌렀다. 그가 몸을 일으키기 전에 그녀는 한 손을 빼내어 그의 뺨을 어린아이처럼 가볍게 어루만졌다.

"두 시간이라도 쉬도록 해요." 그녀가 구석에 걸린 해먹을 보며 말했다. 그녀의 긴 드레스 자락이 뒤에서 끌리며 붉은 타일 위에서 부드럽게 사각거리는 소리를 냈다. 문에서 그녀가 돌아보았다.

무광택의 유리 등피가 덮인 큰 램프 두 개에서 은은하고 풍부한 빛이 나와 하얀 네 벽과 무기가 진열된 유리 장식장, 네모난 벨벳 위에 놓인 헨리 굴드의 기병도의 놋쇠 손잡이, 산토메 골짜기의 수채화를 감싸고 있었다. 굴드 부인은 검은 나무 액자에 든 수채화를 바라보며 한숨을 쉬었다.

"아, 우리가 저 산을 그대로 두었더라면, 찰스!"

"아니." 찰스 굴드가 우울하게 대답했다. "그건 불가능했소."

"아마 그랬겠죠." 굴드 부인이 천천히 인정했다. 입술이 약간 떨렸지만 그녀는 우아하게 허세를 부리듯 말했다. "우리가 그 낙원의 수많은 뱀을 몰아냈어요, 찰리. 그렇지 않아요?"

"그래, 기억하고 있소." 찰스 굴드가 말했다. "돈 페페가 그 골짜기를 뱀들의 낙원이라고 불렀지. 우리가 많이 교란시켜 놓았소. 하지만 지금 저곳은 당신이 저 스케치를 그리던 때와 다르다는 것을 기억해요, 여보." 그는 커다란 벽에 홀로 동그마니 걸려 있는 작은 수채화를 손으로 가리켰다. "이제는 뱀들의 낙원이 아니오. 우리가 저기에 사람들을 데려다 놓았지. 그들에게 다른 곳에 가서 새 삶을 시작하라고 등을 돌릴 수는 없소."

그는 확고하고 집중된 시선으로 아내를 똑바로 바라보았다. 굴드 부인은 두렵지 않다는 듯 용감하게 그 시선을 받으며 밖으로 나가 조용히 문을 닫았다.

흰 불빛이 눈부시던 방과 달리 어두운 복도는 트인 쪽 난간을 따라 식물 줄기와 이파리가 늘어져서 어둠에 잠긴 숲처럼 신비로운 휴식에 잠겨 있었다. 응접실의 열린 문틈으로 새어 나온 빛줄기에 흰색과 붉은색, 그리고 연보라색 꽃들이 쏟아지는 햇살을 받은 화려한 꽃처럼 선명하게 두드러졌다. 복도를 걸어가는 굴드 부인의 모습은 숲속 빈터에 얼룩덜룩한 그늘 사이로 화창한 햇빛이 곧바로 쏟아진 곳에 있는 듯이 선명하게 보였다. 이마를 누른 손에 낀 반지의 보석이 큰 응접실 문 옆의 램프 불빛을 받아 반짝였다.

"거기 누구예요?" 그녀가 깜짝 놀란 목소리로 물었다. "바실리오, 당신이에요?"

그녀는 방을 들여다보았다. 뭔가를 잃어버린 듯이 마틴 드쿠가 의자와 탁자 사이를 누비고 있었다.

"안토니아가 여기에 부채를 두고 갔어요." 드쿠가 이상하게도 산만한 표정으로 말했다. "그래서 찾으러 왔습니다."

하지만 이렇게 말하고도 그는 찾는 것을 포기한 듯이 곧장 굴드 부인에게 다가왔다. 부인은 의아하고 놀란 얼굴로 그를 보았다.

"부인," 그가 나지막하게 말을 꺼냈다.

"대체 무슨 일이에요, 돈 마틴?" 굴드 부인이 물었다. 그러고는 너무 성급한 질문을 사과하려는 듯이 약간 미소를 지으며 덧붙였다. "오늘은 내가 좀 예민해요."

"당장 위험한 일은 아닙니다." 드쿠가 말했다. 이제 그는 흥분을 숨길 수 없었다. "걱정하지 마십시오. 아뇨, 정말로, 걱정하시면 안 됩니다."

굴드 부인은 솔직한 눈을 크게 뜨고 입술을 오므려 미소를 지으려 하면서 반지 낀 작은 손을 방문 상인방에 대고 몸을 지탱했다.

"당신이 얼마나 불안하게 하는지 모를 거예요. 이렇게 난데없이 나타나서……."

"제가요! 불안하게 한다고요!" 그는 진심으로 당황하며 놀라서 항의했다. "저는 조금도 불안하지 않습니다. 부채를 잃어버렸어요. 아무튼 다시 찾겠지요. 그런데 여기에는 없는 것 같군요. 제가 찾는 것은 부채입니다. 제가 이해할 수 없는 것은 어떻게 안토니아가……. 자! 여보게, 찾았나?"

"아니요." 굴드 부인의 뒤에서 이 집의 수석 시종인 바실리오가 부드럽게 대답했다. "아가씨께서 부채를 여기 두고 가신 것 같지는 않군요."

"다시 안뜰에 가서 찾아보게. 지금 가게나, 친구. 계단 위와 문 아래도 찾아보고, 앞뜰의 판석도 전부 살펴보게. 내가 다시 내려갈 때까지 찾아보라고……. 저 친구는," 드쿠가 굴드 부인에게 영어로 말했다. "늘 맨발로 슬그머니 등 뒤에서 나타나거든요. 제가 다시 찾아온 핑계를 대느라 들어오자마자 저 친구에게 부채를 찾으라고 시켰어요."

그가 말을 멈추자 굴드 부인이 상냥하게 말했다. "당신은 언제나 환영이에요." 그녀도 잠시 말을 멈췄다. "그런데 왜 돌아왔는지 궁금하군요."

갑자기 드쿠는 지극히 태연한 척했다.

"저는 감시당하는 것은 참지 못합니다. 아, 이유요? 네, 이유가 있습니다. 잃어버린 것은 안토니아가 좋아하는 부채만이 아니에요. 제가 돈 호세와 안토니아를 집에 모셔다 드리고 돌아가는데, 거리에서 부두 노동자 십장이 말을 타고 가다가 말을 걸더군요."

"비올라 씨 댁에 무슨 일이 있나요?" 굴드 부인이 물었다.

"비올라 씨? 기술자들의 숙소 주인인 가리발디노 노인을 말씀하시는 겁니까? 거기엔 아무 일도 없습니다. 그 가족 얘기는 전혀 없었어요. 다만 전신소의 기사가 모자도 쓰지 않은 채 광장에서 저를 찾아다니더라는 얘기였어요. 내지에서 소식이 왔습니다, 굴드 부인. 소문이라고 해야겠죠."

"좋은 소식인가요?" 굴드 부인이 나지막하게 말했다.

"무가치한 소식이라고 생각합니다. 하지만 굳이 따지자면, 나쁜 소식이라고 해야겠죠. 산타마르타 근방에서 이틀간 전투가 있었는데 리비에라파가 패했다고 합니다. 길어 봐야 일주일 전에 일어난 일이겠지요. 그 소식이 바로 얼마 전에 카이타에 전해졌고, 그곳 전신국 책임자가 여기 있는 동료에게 전보로 알렸어요. 바리오스를 여기 술라코에 붙잡아 두는 게 더 나을 뻔했습니다."

"이제 어떻게 해야 할까요?" 굴드 부인이 중얼거렸다.

"할 수 있는 일이 아무것도 없습니다. 바리오스는 군대와 함께 바다에 있으니 이틀 후 카이타에 도착해서 그 소식을 듣겠죠. 그다음에 그가 어떤 행동을 할지는 아무도 모릅니다. 카이타를 지킬까요? 몬테로에게 항복할까요? 군대를 해산하고 — 이 추측이 가장 그럴 듯한데 — O. S. N. 회사의 기선을 타고 남쪽이든 북쪽이든, 발파라이소든 샌프란시스코든 어디로든 도망갈까요? 우리의 장군 바리오스는 망명하거나 본국에 송환된 경험이 많으니 정치 게임에서 유리한 조건이죠."

굴드 부인을 뚫어지게 응시하며 드쿠는 실로 가설을 제기하듯 덧붙였다. "하지만 바리오스가 성능이 좀 더 나은 소총 2000개를 갖고 여기 있었다면 뭔가 해낼 수 있었을 겁니다."

"몬테로가 승리했다고! 완전한 승리라고!" 굴드 부인이 믿을 수 없다는 듯이 속삭였다.

"허위 보도일지도 모릅니다. 요즘 같은 때는 뜬소문도 많이 나도니까요. 그런데 만일 사실이라면? 글쎄, 최악의 상황을 상정하고 사실이라고 생각해 보죠."

"그럼 모든 것을 잃은 거예요." 굴드 부인이 절망에 빠져 고요히 말했다.

갑자기 부인은 드쿠가 일부러 쓰고 있는 무관심의 가면 밑에서 무섭게 흥분한 상태임을 알아차렸다. 그것이 선명하게 보이는 것 같았다. 실로 그것은 그의 대담하고 경계하는 시선과 무모하면서도 경멸에 찬 입술 곡선에서 드러나고 있었다. 그 입에서 프랑스어가 흘러나왔다. 이 코스타구아나 출신의 한량에게는 그것만이 강력한 언어라는 듯이…….

"농 마담, 리엥 네 페르뒤.(아뇨, 마담. 잃은 것은 아무것도 없습니다.)"

이 말에 전기 충격을 받은 듯이 굴드 부인은 얼어붙은 자세를 떨치고 활발하게 말했다.

"뭘 하실 생각인가요?"

그러나 드쿠의 억제된 흥분에는 이미 조롱기가 배어 있었다.

"진짜 코스타구아나인이 뭘 하리라고 기대하십니까? 당연히 또 혁명을 일으켜야죠. 맹세코, 굴드 부인, 코벨랑 신부님이 뭐라시든 간에, 저는 이 나라의 진정한 아들이고 친아들이라 믿습니다. 그리고 저 나름의 이념과 해결책, 제 욕망도 믿지 않을 정도의 무신론자는 아닙니다."

"그래요." 굴드 부인이 의심스럽다는 듯이 말했다.

"못 믿으시는 것 같군요." 드쿠가 다시 프랑스어로 말을 이었다. "그렇다면 제 열정을 믿는다고 해 두죠."

이 말에 굴드 부인은 놀라지 않았다. 그가 확언하려고 중얼거린 말을 듣지 않아도 완전히 이해할 수 있었다.

"안토니아를 위해서라면 못 할 일이 없습니다. 무슨 일이든 각오가 되어 있습니다. 어떤 위험이라도 무릅쓸 생각입니다."

이렇게 생각을 입 밖에 내면서 드쿠는 더 대담해지는 것 같았다.

"조국을 사랑하기 때문이라고 하면 믿지 않으시겠죠……."

그녀는 누구에게서도 그런 이유를 기대하지 않는다고 말하려는 듯 기운 없이 팔을 내저었다.

"술라코의 혁명," 드쿠는 힘주어 낮은 소리로 말을 이었다. "그 위대한 대의를 바로 여기서, 그것이 잉태되고 태어난 곳에서 실현할 수 있습니다, 굴드 부인."

생각에 잠겨 이마를 찌푸리고 아랫입술을 깨물면서 그녀는 문에서 한 걸음 물러섰다.

"남편께 말씀드리지 않겠죠?" 드쿠가 걱정스럽게 그녀를 만류했다.

"하지만 그의 도움이 필요하겠죠?"

"물론입니다." 드쿠가 망설임 없이 인정했다. "모든 것은 산토메 광산에 달려 있습니다. 하지만 그분은 아직 모르시는 편이 낫겠어요. 제, 제 희망을."

굴드 부인은 어리둥절한 표정을 지었고, 드쿠는 가까이 다가서서 은밀히 설명했다.

"아시다시피, 그분은 지극히 이상주의자시니까요."

부인의 얼굴이 붉어졌고 동시에 눈빛은 더욱 어두워졌다.

"찰리가 이상주의자라고요?" 그녀는 혼잣말하듯이 어리둥절해서 중얼거렸다. "대체 무슨 뜻인가요?"

"네," 드쿠가 인정했다. "산토메 광산, 남아메리카 전역에서 가장 위대한 실체를 바로 눈앞에 두고 그런 말을 하는 건 놀라운 일이죠. 하지만 굴드 씨는 그것을 보면서 그 실체를 다분히 이상화했어요……." 그가 말을 멈췄다. "굴드 부인, 남편께서 산토메 광산의 존재와 가치, 의미를 어느 정도나 이상화했는지 아십니까? 알고 계세요?"

드쿠는 자신이 하는 말의 의미를 잘 알았을 것이다. 결과는 그가 예상했던 대로였다. 굴드 부인은 흥분해서 화를 내려다가 갑자기 그만두고는 신음하듯 나직이 말했다.

"당신은 무엇을 알고 있나요?" 그녀가 힘없이 물었다.

"아무것도 모릅니다." 드쿠가 확고하게 대답했다. "하지만 아시다시피 남편분은 영국인 아닙니까?"

"그래요. 그게 어떻다고?" 굴드 부인이 물었다.

"그분은 아무리 단순한 감정이나 욕망, 성취도 이상화하지 않고는 행동할 수도, 존재할 수도 없는 분입니다. 자신의 동기를 아름다운 동화의 일부로 꾸미지 못하면 그 동기를 믿지 못하실 거고요. 유감이지만, 세상은 그분에게 어울리는 좋은 곳이 아닙니다. 솔직히 말씀드려도 용서해 주시겠어요? 게다가, 너그러이 봐주시든 아니든 간에, 실제 세상은, 뭐랄까, 앵글로색슨족의 민감한 감수성에 상처를 주죠. 지금 제 기분으로는 세상에 대한 그분의 관념이나 — 이 말을 용서해 주신다면 — 부인의 관념을 곧이곧대로 받아들일 수 없습니다."

굴드 부인은 화난 기색을 보이지 않았다. "아마 안토니아는 당신을 속속들이 이해하겠죠?"

"이해하냐고요? 아, 네. 하지만 찬성하지는 않을 겁니다. 그래도 달라지는 건 없습니다. 아주 솔직하게 말씀드리는 겁니다, 굴드 부인."

"당신 생각은, 물론, 분리하자는 것이겠죠." 그녀가 말했다.

"물론입니다." 마틴이 선언했다. "네, 옥시덴탈주 전체를 불안정한 본체에서 떼어 내자는 겁니다. 하지만 제 진심은, 단 하나의 관심사는, 안토니아와 헤어지지 않는 겁니다."

"그게 전부예요?" 굴드 부인이 엄한 기색 없이 물었다.

"순전히 그뿐입니다. 저는 제 동기에 대해 스스로를 속이지 않습니다. 그녀가 저를 위해 술라코를 떠나는 일은 절대 없을 겁니다. 그러니 술라코가 공화국의 다른 지역에서 떨어져 나와야죠. 타 지역이 어떻게 되든 간에. 이보다 더 명료할 순 없겠죠. 저는 명료한 논리가 좋습니다. 저는 안토니아와 헤어질 수 없으니, 나뉘어 질 수 없는 코스타구아나 공화국이 그 서쪽 주와 갈라서야 하는 거죠. 다행히도 이것은 건전한 계획이기도 합니다. 이 나라의 가장 비옥하고 풍요로운 땅이 난장판이 되지 않도록 지킬 수 있으니까요. 제 일신상의 문제는 거의 관심이 없습니다. 그러나 몬테로가 권력을 잡고 집권할 경우 제가 살해되리란 건 분명한 사실이죠. 그들이 발표한 일반 사면에 관한 성명에서 저와 몇 사람의 이름이 특별히 제외되어 있더군요. 잘 아시다시피 몬테로 형제는 저를 미워합니다, 굴드 부인. 게다가 그들이 전투에서 승리했다고 합니다. 그것이 사실이라도 제가 달아날 시간은 많다고 하시겠죠."

굴드 부인이 반박하듯 속삭이자 그는 잠시 입을 다물고 어둡고 단호한 눈으로 그녀를 바라보았다.

"아, 그렇지만 전 달아날 겁니다, 굴드 부인. 제 유일한 욕망에 도움이 된다면 달아날 거예요. 저는 용감하게 그런 말을 할 수 있고, 실제로도 그렇게 행동할 겁니다. 그러나 여자들은, 우리 나라의 여자들도, 이상주의자입니다. 안토니아는 절대 달아나지 않을 거예요. 고상한 허영심이죠."

"그게 허영심이라고요?" 굴드 부인이 충격받은 목소리로 말했다.

"그렇다면 자만심이라고 할까요. 코벨랑 신부님께서는 자만심은 치명적인 죄라고 말씀하시겠지요. 하지만 저는 자만심이 없습니다. 저는 그저 사랑에 너무 깊이 빠져서 달아날 수 없을 뿐입니다. 동시에 살고 싶습니다. 죽은 자는 사랑할 수 없으니까요. 그러므로 술라코는 승리자 몬테로를 절대로 받아들이지 말아야 합니다."

"내 남편이 당신을 지지할 거라고 생각하세요?"

"이상주의자들이 다 그렇듯이, 행동에 나서야 할 감상적 이유를 찾아내면 동조하실 거라고 생각합니다. 하지만 제가 직접 말씀드리지는 않을 겁니다. 명료한 사실을 얘기해서는 그분의 감정에 호소할 수 없을 테니까요. 그분이 자기 나름의 방식으로 스스로를 설득하는 편이 훨씬 낫습니다. 솔직히 말씀드리면 지금으로서는 그분의 동기나 어쩌면 부인의 동기도 충분히 존중해 드리지 못하겠어요, 굴드 부인."

굴드 부인은 화를 내지 않겠다고 단단히 결심한 것이 분명했다. 그녀는 희미한 미소를 지은 채 그 문제를 심사숙고하는 것 같았다. 안토니아가 조금 털어놓은 말로 판단하건대, 안토니아는 저 청년을 잘 이해하고 있었다. 분명 그의 계획, 아니 그의 생각은 안전을 지킬 가능성이 있었다. 더욱이, 옳든 그르든 간에, 그 생각 자체가 해로울 건 없었다. 그리고 그 소문이 거짓일 가능성도 있다.

"어떤 계획이 있겠지요." 그녀가 말했다.

"아주 단순한 계획입니다. 바리오스가 이미 출발했으니 계속 가게 두는 겁니다. 그는 카이타를 지킬 겁니다. 술라코로 들어오는 해상 도로의 관문이지요. 몬테로 패거리는 많은 병력을 산맥 너머로 보낼 수 없습니다. 아니, 에르난데스의 산적에 대항할 만큼도 보낼 수 없어요. 그동안 우리는 여기서 저항군을 조직하는 겁니다. 그 일에 바로 이 에르난데스라는 인물이 쓸모 있을 겁니다. 그 산적은 군대와 싸워 이겼어요. 그를 대령이나 장군으로 만들면 틀림없이 똑같은 일을 해낼 겁니다. 이 나라를 아주 잘 아시니 제 말에 충격받지는 않으시겠죠, 굴드 부인. 부인이, 이 가엾은 산적을 가리켜 이 나라 사람들의 재산뿐 아니라 영혼까지 파괴하는 잔인성과 불법, 우둔함과 억압을 예시하는, 살아 있는 실례라고 단언하시는 걸 들었습니다. 자, 정직한 목동을 범법자로 몰아간 해악을 짓뭉개기 위해 그 사람이 결연히 일어선다면 인과응보가 되겠죠. 멋진 응보가 되는 겁니다. 그렇지 않습니까?"

드쿠는 편안하게 영어로 바꾸어 말했다. 그의 영어는 아주 바르고 정확했지만 '즈' 소리가 너무 많이 났다.

"또한 부인께서 세우신 병원과 학교, 병든 아기 엄마들과 허약한 노인들, 또 부인께서 남편과 함께 산토메의 돌투성이 골짜기로 데려오신 모든 사람을 생각해 보세요. 부인의 양심은 이 사람들에 대해 책임을 느끼지 않으십니까? 달리 노력을 기울여 볼 만한 가치가 없을까요? 그 노력이 겉보기처럼 그렇게 절망적인 건 아닙니다. 오히려……."

드쿠는 전멸을 암시하듯 팔을 들어 흔들며 말을 맺었다. 굴드 부인은 공포에 질린 얼굴로 고개를 돌렸다.

"남편에게 직접 얘기해 보는 게 어떻겠어요?" 그녀는 드쿠를 쳐다보지 않으며 물었고, 그는 자기 말이 미친 영향을 바라보며 서 있었다.

"아! 하지만 돈 카를로스는 너무나 영국인답습니다." 그가 말을 꺼내자 굴드 부인이 가로막았다.

"그런 말 마세요, 돈 마틴. 그 못지않게 코스타구아나인이에요. 아니! 당신보다 더 코스타구아나인이에요."

"감상주의자시죠. 감상주의자." 드쿠는 부드럽게 달래듯이 존중심을 드러내는 어조로 다정하게 말했다. "영국인들의 놀라운 습성을 이어받은 감상주의자입니다. 저는 어리석은 용무로 여기 온 후로 술라코의 왕을 줄곧 관찰해 왔습니다. 아마도 설명할 수 없을 정도로 변화무쌍한 삶의 이면에 도사린 운명의 배신으로 인해 어쩔 수 없이 여기 왔겠죠. 하지만 저는 문제가 되지 않습니다. 감상주의자가 아니에요. 저는 제 개인적 욕망을 빛나는 실크와 보석으로 치장할 수 없습니다. 저에게 인생은 멋진 동화의 전통에서 끌어낸 도덕적 로맨스가 아니에요. 아뇨, 굴드 부인. 저는 현실적인 사람입니다. 제 동기를 부끄럽게 여기지 않아요. 하지만 용서하세요. 말이 좀 지나쳤군요. 제 말은 굴드 씨를 관찰해 왔다는 것입니다. 무엇을 알아냈는지는 말하지 않겠습니다."

"네. 그럴 필요 없어요." 굴드 부인이 다시 고개를 돌리며 속삭였다.

"네. 다만 남편께서 저를 좋아하지 않는다는 사소한 사실만 빼고요. 사소한 일이기는 한데, 이 상황에서는 말할 수 없이 중요한 문제로 보이는군요. 우습지만 엄청나게 중요하죠. 왜냐하면 제 계획에는 당연히 돈이 필요하니까요." 그는 곰곰이 생각하더니 의미심장하게 덧붙였다. "그리고 우리는 감상주의자 두 명을 상대해야 합니다."

"무슨 말인지 모르겠군요, 돈 마틴." 굴드 부인이 나지막하게 대화를 이어 가면서 차갑게 말했다. "그렇지만 이해한다 치고, 다른 사람은 누구인가요?"

"물론, 샌프란시스코의 그 위대한 홀로이드죠." 드쿠가 가볍게 속삭였다. "부인께서 제 말을 잘 이해하실 거라고 생각합니다. 여자들은 이상주의자지만 통찰력이 대단히 깊으니까요."

헐뜯으면서도 동시에 칭찬하는 이유가 무엇이든 간에 굴드 부인은 그 말에 관심을 두지 않는 것 같았다. 홀로이드라는 이름이 나오자 그녀는 새로 걱정하는 기색을 드러냈다.

"은괴 호송대가 내일 항구로 내려올 거예요. 꼬박 여섯 달을 작업한 결실이죠, 돈 마틴!" 그녀가 당황해서 소리쳤다.

"그러면 내려오게 두십시오." 드쿠가 그녀의 귀에 대고 진지하게 속삭였다.

"하지만 그 소문이 퍼지면, 더욱이 그 소문이 사실로 밝혀지면 시내에서 소요가 일어날지도 몰라요." 굴드 부인이 이의를 제기했다.

드쿠는 그럴 수 있겠다고 인정했다. 그는 술라코 평야에 거주하는 주민들을 잘 알았다. 대평원에 사는 그들의 형제에게 어떤 위대한 자질이 있든 간에, 그들은 음울하고 손버릇이 나쁘고 앙심을 품은 데다 피에 굶주린 잔인한 사람들이었다. 그런데 또 다른 감상주의자는 구체적인 사실에 희한하게도 이상적인 의미를 부여하는 사람이었다. 이 은 줄기는 홀로이드의 위대한 사원에서 재정적 지원의 형태로 돌아오도록 계속 북쪽으로 흘러가야 했다. 저 광산의 금고에 보관된 은괴 막대는 그의 목적에 같은 분량의 납만큼도 쓸모가 없었다. 납이라면 적어도 탄환이라도 만들 수 있겠지만. 그러니 은은 항구에 내려와 배에 실려야 했다.

북쪽으로 떠나는 다음번 기선은 지금껏 그 많은 보물을 토해 낸 산토메 광산 그 자체를 구하기 위해 보물을 싣고 갈 것이다. 게다가 그 소식은 거짓일지 모른다고 그는 조급한 어조로 자신 있게 말했다.

"게다가 부인," 드쿠가 결론적으로 말했다. "그 소식이 퍼져 나가지 않도록 여러 날 막을 수 있을 겁니다. 메이어 광장의 한복판에서 전신 기사와 얘기를 나눴기 때문에 우리의 말을 엿들은 사람은 하나도 없다고 확신합니다. 옆에 새 한 마리도 없었거든요. 또 다른 얘기도 해 드릴게요. 저는 노스트로모라 불리는 그 남자, 카파타스와 친해졌고, 바로 오늘 저녁에 그와 이야기를 나누었습니다. 그가 말을 타고 천천히 시내를 벗어나는 동안 그 옆에서 걸었죠. 그가 약속하더군요. 만일 어떤 이유에서든 — 가장 정치적인 이유에서라도 — 폭동이 일어난다면, 그의 노동자들, 아시겠지만 주민의 상당수를 차지하는 부두 노동자들이 유럽인 편에 설 거라고요."

"그가 그런 약속을 했다고요?" 굴드 부인이 흥미를 보이며 물었다. "왜 당신에게 그런 약속을 했을까요?"

"정말 모르겠습니다." 드쿠가 약간 놀란 어조로 말했다. "제게 그런 약속을 한 것은 분명한데, 이제 부인께서 물으시니 그 이유를 명확히 말씀드릴 수 없군요. 그는 평소처럼 태평하게 말했어요. 그가 평범한 선원이 아니었으면, 허세를 부리거나 가식을 떤다고 느낄 만한 태도였죠."

드쿠는 궁금한 듯 말을 멈추고 굴드 부인을 쳐다보았다.

"아마도," 그가 말을 이었다. "그는 그 일에서 이득을 기대할 겁니다. 그가 하층민에게 엄청난 권력을 행사할 때는 신상의 위험도 상당히 감수하고 또 자기 돈도 아낌없이 퍼 준다는 것을 기억해야겠죠. 개인적 위신 같은 실속을 얻으려면 이런저런 방법으로 대가를 지불해야 하니까요. 성벽 바로 바깥에서 멕시코인이 운영하는 여관 댄스파티에서 알게 됐는데, 자기는 큰돈을 벌려고 여기 왔다고 하더군요. 그는 자기 위신을 일종의 투자로 생각할 겁니다."

"위신 그 자체를 소중히 여길지도 모르죠." 굴드 부인은 부당한 비방에 반박하듯이 말했다. "그와 여러 해를 살아온 비올라, 가리발디노는 그를 부패할 수 없는 사람이라고 불러요."

"아, 항구 근처에 사는 부인의 피보호자 중 한 분요, 굴드 부인? 좋습니다. 미첼 선장은 그를 놀라운 인물이라고 하더군요. 그의 체력과 대담함, 충직함에 대해서는 수도 없이 들었어요. 멋진 이야기가 끝없이 이어졌죠. 흠! 부패할 수 없는 사람? 실로 술라코 부두 노동자 감독에게는 명예로운 별명입니다. 부패할 수 없는 사람이라! 멋지지만 모호한 말이군요. 아무튼 그는 판단력도 있는 것 같습니다. 그런 온당하고 실제적인 가정하에서 저는 그와 얘기를 나누었죠."

"그는 사욕이 없고, 그래서 더 신뢰할 만한 사람이라고 생각해요." 굴드 부인이 그녀로서는 최대한 퉁명스럽게 말했다.

"글쎄요, 만일 그렇다면 은괴는 더 안전하겠죠, 부인. 은을 내려오게 하십시오. 그것이 북으로 가서 신용이라는 형태로 우리에게 돌아오도록 말입니다."

굴드 부인은 복도를 따라 남편의 방문 쪽을 흘끗 바라보았다. 자신의 운명이 부인의 손에 달린 듯이 지켜보던 드쿠는 보일락 말락 동의의 고갯짓을 알아냈다. 그는 미소를 지으며 고개 숙여 절했고, 손을 가슴팍 주머니에 넣더니 백단향 이파리가 그려진 곳에 가벼운 깃털이 달린 부채를 꺼냈다. "제 주머니에 있었어요." 그가 의기양양하게 중얼거렸다. "그럴듯한 구실을 대려고." 그는 다시 고개를 숙였다. "안녕히 주무십시오, 부인."

굴드 부인은 복도를 따라 걸음을 옮기며 남편의 방에서 멀어졌다. 산토메 광산의 운명이 그녀의 가슴을 무겁게 짓눌렀다. 그녀가 광산을 두려워하게 된 건 꽤 오래전부터였다. 처음에는 하나의 이념에 불과하던 것이 물신(物神)으로 변해 가는 것을 그녀는 불안한 마음으로 지켜보았다. 이제 그 물신은 괴물처럼 거대해져서 무서운 무게로 짓눌렀다. 그들이 젊은 시절에 느꼈던 영감은 그녀의 마음을 떠나 그녀와 남편 사이에 악령들이 소리 없이 세운 은 벽돌담으로 변해 버린 것 같았다. 그는 귀금속 성벽 안에 혼자 기거하면서 그녀를 성벽 바깥에 내버려 둔 것 같았다. 학교와 병원, 병든 산모와 허약한 노인들, 그리고 처음에 느꼈던 영감의 하찮은 잔재와 함께. "가엾은 사람들!" 그녀는 혼자 중얼거렸다.

저 아래 안뜰에서 마틴 드쿠가 크게 외치는 목소리가 들려왔다.

"안토니아 양의 부채를 찾았네, 바실리오. 보게, 여기 있어!"

7

남녀 사이에 우정의 가능성을 믿지 않는 것은 이른바 드쿠의 온건한 유물론의 한 부분이었다.

그는 단 하나의 예외를 인정했는데 그것이 그 절대적 원칙을 더 공고히 해 준다고 주장했다. 남매 사이에는 우정이 가능하다는 것이었다. 우정이란 다른 인간 앞에서 생각과 감정을 기탄없이 털어놓는 것을 의미하며, 한 인간의 내밀한 삶이 아무런 목적도 없이 진심으로 다른 존재의 깊은 공감에 작용하는 것이다.

마틴 드쿠는 사랑하는 여동생에게 자신의 생각과 행동, 목적, 의혹, 심지어 실패까지 내밀한 이야기를 털어놓았다. 예쁘고 약간 독단적이면서도 단호한, 그 천사 같은 아가씨는 파리의 매우 훌륭한 이 층 저택에서 부모를 마음대로 휘둘렀다.

"남아메리카 공화국이 또 하나 탄생하겠구나. 파리에 사는 동포들에게 준비를 시켜 주렴. 공화국이 하나 더 늘든 줄든 그게 무슨 대수겠니? 공화국이란 썩어 빠진 제도의 온상에서 피어난 역겨운 꽃처럼 세상에 나타나는걸. 하지만 이 공화국의 씨앗은 네 오빠의 머릿속에서 싹을 틔웠단다. 그러니 그 사실만으로도 너는 열렬히 찬성하겠지. 나는 지금 굴드 부인이 보살펴 주는 이탈리아인 비올라의 항구 옆 여관에서 촛불 하나 켜 놓고 이 편지를 쓰고 있단다. 300년 전에 진주조개를 채취한 스페인계 농부가 지었다는 이 건물은 쥐 죽은 듯이 고요하구나. 도시와 항구 사이의 평야 역시 고요하지만, 이 집 안만큼 어둡지는 않아. 철도를 지키는 이탈리아인 노동자들이 선로를 따라 작은 횃불을 피워 놓았거든. 어제는 이 근방이 이렇게 고요하지 않았어. 끔찍한 폭동이 일어났거든. 갑자기 사람들이 들고일어났는데 오늘 오후 늦게까지도 진압되지 않았어. 물론 약탈이 목적이었지. 전신이 끊어지지 않은 어젯밤에 샌프란시스코와 뉴욕을 통해 보낸 외전으로 이미 소식을 들었겠지만 폭동은 진압되었단다. 철도 회사 유럽인들이 강경하게 대응한 덕분에 시내가 파괴되지 않았다는 소식은 너도 이미 들었을 거야. 믿을 만한 소식이란다. 내가 그 전문을 직접 썼거든. 여기는 로이터 통신원이 없어. 나는 클럽 창가에서 양갓집 청년 몇 명과 함께 폭도들에게 사격을 하기도 했어. 콘스티투시온가에서 폭도를 몰아내 부인네들과 아이들이 탈출할 수 있도록 하기 위해서였지. 부녀자들은 지금 여기 항구에 정박한 화물선 두 척에 피신하고 있단다. 그게 어제 있었던 일이야. 그런데 행방불명된 대통령 리비에라, 산타마르타의 전투 이후에 종적을 감춘 대통령이 믿을 수 없이 기이한 우연으로 여기 술라코에 나타났다는 소식을 외전에서 보았겠지. 그는 절름발이 노새를 타고 한창 시가전이 치열하던 곳에 나타났단다. 몬테로의 위협을 피하려고 보니파시오라는 노새 몰이꾼과 함께 산맥을 넘어 도망쳐 와서는 곧장 분노한 폭도의 팔에 뛰어들었던 거야.

내가 전에도 편지에 썼던 부두 노동자 감독이라는 이탈리아인 선원이 대통령을 치욕적인 죽음에서 구해 냈단다. 이 사내는 뭔가 별난 일이 일어날 때마다 바로 그 현장에 나타나는 기막힌 재주가 있는 것 같아.

그가 새벽 4시에 포르베니르 사무실에 찾아와, 곧 시끄러운 일이 닥칠 거라고 경고해 주더구나. 그의 부두 노동자들이 치안을 맡을 거라고 장담하면서. 날이 밝자 걷거나 말에 탄 무리가 광장에 몰려들어 주 청사 창문에 돌을 던지며 시위하는 걸 함께 구경했단다. 노스트로모(여기 사람들은 그를 이렇게 부르지.)는 폭도들 사이에 흩어져 있는 그의 노동자들을 알려 주더군.

술라코에서는 해가 먼저 산 위로 떠올라야 하기에 빛이 늦게 든단다. 어슴푸레한 여명이 걷히면서 환하고 청명한 아침 빛이 들 무렵, 큰 광장 너머 성당 뒤쪽의 거리 끝에서 말에 탄 누군가가 고함을 질러 대는 불한당들에게 둘러싸여 봉변을 당하는 걸 보더니 노스트로모가 바로 이렇게 말하더구나. "저자는 처음 보는 사람인데요. 저놈들이 그에게 무슨 짓을 하고 있죠?" 그러고는 부두에서 사용하는 은제 호루라기(이 사내는 은보다 못한 금속을 사용하는 건 경멸하는 모양이야.)를 꺼내 두 번 불더구나. 부두 노동자들과 미리 약속한 신호였겠지. 그가 즉시 달려 나가자, 부두 노동자들이 그의 주위에 몰려들었어. 나도 달려갔지만 너무 뒤처져서, 고꾸라져 버린 노새를 타고 있던 낯선 사람을 도와줄 수 없었단다. 나는 가증스러운 귀족이라며 당장 공격을 받았지. 너무나 다행스럽게도 클럽으로 피신할 수 있었어. 그곳에 들어가니 돈 하이메 베르헤스(삼 년 전쯤 파리의 우리 집을 방문했던 그 사람을 기억할지 모르겠구나.)가 내 손에 사냥총을 강제로 쥐여 주더군. 벌써 창가에서 총을 쏘고 있었어. 펼쳐진 카드 게임 탁자에는 탄약통이 쌓여 있고, 신사들이 카드 게임을 하다가 갑자기 일어나서 폭도들에게 총을 쏘느라 의자 두 개가 뒤집어졌고 바닥에 흩어진 카드들 사이에 술병들이 나뒹굴더구나. 여기 청년들 대부분은 그런 폭동이 일어나리라 예상하고 클럽에서 밤을 새웠던 거야. 벽에 붙은 작은 받침대 위의 큰 촛대 두 개에서는 양초가 초를 끼운 구멍까지 타 내려갔더구나. 내가 클럽에 들어선 순간, 철도 공사장에서 훔쳤을 큰 강철 나사가 거리에서 날아 들어와 벽에 걸린 큰 거울을 박살 냈단다. 클럽의 하인 하나는 커튼 끈으로 손발이 묶인 채 한구석에서 뒹굴고 있었어. 그 녀석이 저녁 식사에 독을 넣다가 발각됐다고 돈 하이메가 급히 설명해 준 일이 어렴풋이 기억나는구나. 그 녀석이 자비를 베풀어 달라고 잠시도 쉬지 않고 비명을 질러 대던 일은 생생하게 기억나. 그런데 모두들 그 녀석을 철저히 무시하면서 재갈을 물리려는 수고도 하지 않더군. 녀석이 질러 대는 소리가 너무 불쾌해서 내가 직접 재갈을 물릴까 하는 생각도 했지. 하지만 그런 사소한 일에 낭비할 시간이 없었단다. 나도 창가에 자리 잡고 총을 쏘기 시작했거든.

그날 오후 늦게서야 노스트로모가 부두 노동자들과 이탈리아인 직원들과 함께 술 취한 불한당들에게서 간신히 구해 낸 사람이 누구인지를 알게 되었단다. 그 사내는 뭔가 멋지게 보이는 일이 일어날 때마다 기발한 재능을 발휘하는 모양이야. 나중에 시내에 질서가 좀 잡히고 나서 마주쳤을 때 그에게 그렇게 말했어. 그런데 그의 대답이 약간 놀라웠지. 아주 뚱하게 말하더군. '그런데 그 대가로 얼마나 받겠소?' 바로 그때 이 사내의 허영심이 평민들의 찬사와 윗사람들의 신뢰를 받는 데 이미 신물이 났을지도 모른다는 생각이 퍼뜩 들었지!"

여기까지 쓰고 나서 드쿠는 담뱃불을 붙이려고 잠시 멈추고 편지를 내려다보았다. 그가 내뿜은 담배 연기가 종이에 부딪혀 돌아오는 것 같았다. 그는 다시 연필을 잡았다.

"그건 엊저녁 광장에서 있었던 일이야. 그는 성당 층계에 앉아서 양 무릎 사이의 깍지 낀 손으로 그의 유명한 은회색 암말의 고삐를 잡고 있었지. 부두 노동자들을 하루 종일 멋지게 이끌었지만 지친 기색이었어. 내 몰골은 어땠을지 모르겠구나. 아주 지저분해 보였겠지. 그렇지만 즐겁게 보이기도 했을 거야. 도주해 온 대통령을 증기선 미네르바호에 태운 순간부터 승리의 물결이 폭도들에게 등을 돌렸거든. 그들은 항구에서 밀려났고, 시내의 근사한 거리에서도 쫓겨나 미로처럼 복잡한 자기들의 쓰러져 가는 천막으로 돌아갔지. 이 폭동의 주된 목적은 의심할 바 없이 (전반적으로 부자들을 약탈하는 것 말고도) 세관 아래층에 보관된 산토메 광산의 은괴를 장악하는 것이었는데, 볼손 출신의 지방 의회 의원인 가마초와 푸엔테스가 선두에 섰다는 점에서 정치적 색채를 띠었다는 걸 이해해야 해. 사실 오후 늦게 폭도들은 약탈의 기대가 좌절되자 비좁은 거리에서 '자유주의 만세!', '봉건 제도 타도!'(그들이 생각하는 봉건 제도가 무엇인지 궁금하구나.), '침략자와 병신들을 타도하자.'라고 외쳐 대며 저항했어. 가마초와 푸엔테스는 자기들이 저지른 일을 잘 알았을 거야. 빈틈없는 신사들이지. 의회에서 본인들을 중도파라고 불렀고, 늘 인도주의적 우려를 늘어놓으며 강력한 조처에 반대했거든. 그런데 몬테로가 승리했다는 소문이 돌자 그들의 신중한 처신이 미묘하게 달라지더니, 의장석에 앉은 가엾은 돈 후스테 로페스에게 뻔뻔스럽게 도전하기 시작하더군. 가엾은 의장은 도전을 받고 깜짝 놀라서 수염을 쓰다듬거나 의장석 종을 치는 수밖에 없었지. 리비에라 당파의 대의가 무너졌다는 것이 분명해지자 그들은 확신에 찬 자유주의자로 변신했고, 마치 샴쌍둥이처럼 함께 행동하면서 결국에는 몬테로파의 명분을 내걸어 폭동을 지휘한 거였어.

어젯밤 8시에 그들은 끝으로 몬테로파 위원회를 조직했어. 내가 알기로는, 이름은 잊었지만 은퇴한 투우사이고 대단한 정치꾼이었던 멕시코인이 운영하는 하숙집에서 그 위원회를 발족했지. 그곳에서 그들은 우리에게, (우리 나름의 위원회가 있는) 아마리야 클럽의 침략자들과 병신들에게, 통신문을 보냈고, 임시 휴전 협정을 맺자고 요구했어. 뻔뻔스럽게도 자유라는 고귀한 대의가 '이기적인 보수주의자들의 범죄적이고 잔학무도한 행위로 더럽혀지지 않기 위해서'라고 썼더군. 내가 밖으로 나와 노스트로모와 성당 계단에 앉아 있을 때, 클럽의 큰 방에 모인 사람들은 적절한 응답을 궁리하느라 분주했지. 폭발한 탄약통과 부서진 유리, 핏자국, 촛대, 온갖 파편이 흩어져 있는 곳에서 말이야. 하지만 죄다 헛소리지. 시내에서 실제로 힘 있는 사람은 철도 기술자들과 노스트로모뿐이거든. 철도 기술자들은 회사에서 시내 역사를 지으려고 구입한 광장 한쪽의 부서진 집들을 점유했고, 부두 노동자들은 안자니 잡화점 앞쪽에 이어진 아케이드 밑에서 자고 있었어. 주 청사의 큰 회의실에서 부서진 가구들, 대개 금박 입힌 가구를 꺼내다 광장에서 태우는 통에 불길이 높이 솟구쳐 샤를 4세의 동상에 어른거리더구나. 동상 받침대의 층계에 어떤 사람의 시체가 두 팔을 활짝 벌리고 널브러져 있었어. 얼굴이 맥고모자에 덮여 있었는데…… 아마 어떤 친구의 배려였겠지. 불길이 알라메다 거리 초입의 가로수 이파리에 닿았고, 가까이 달구지들과 죽은 소들이 뒤섞여 가로막힌 골목 입구에서 번쩍였어. 얼굴을 가린 불한당 하나가 죽은 소에 앉아서 담배를 피우고 있더구나. 알다시피 휴전 중이었으니까. 광장에 살아 있는 사람이라곤 우리 말고 부두 노동자 한 명뿐이었는데, 칼집에서 긴 칼을 빼들고 친구들이 자고 있는 아케이드 앞을 파수

병처럼 서성였지. 어두운 시내에서 빛이 새어 나오는 다른 곳은 길모퉁이의 클럽 창문뿐이었어."

여기까지 쓴 후에 파리의 이국적인 멋쟁이 돈 마틴 드쿠는 일어서서, 가리발디의 옛 동료인 조르조 비올라가 운영하는 '통일 이탈리아 여관'의 한쪽 끝에 있는 식당의 모래 바닥을 가로질렀다. 색채가 강렬한 석판화 속에서 신념에 찬 영웅이 자기 감각의 진실성 외에는 아무것도 믿지 않는 남자를 촛불빛 속에서 의심스럽게 쳐다보는 것 같았다. 창밖을 내다보니 꿰뚫을 수 없는 어둠이 앞을 가려 산도, 시내도, 항구 주위의 건물도 보이지 않았다. 플라시도만의 지독한 어둠이 바다에서 육지로 흘러들어 보이지도, 들리지도 않는 곳으로 만들어 놓은 듯이 사방이 정적에 잠겨 있었다. 오래지 않아 바닥이 약간 진동하더니 멀리서 절거덕 쇳소리가 들렸다. 짙은 어둠 속에서 나타난 환한 백광이 우레 소리와 함께 점점 커졌다. 평시에 린콘의 대피선에 보관되어 있던 차량들을 안전하게 지키려고 조차장으로 끌어오는 소리였다. 기관차의 헤드라이트 뒤에서 어둠이 신비롭게 꿈틀거리는 듯이 기차가 갑자기 공허한 굉음을 내며 집 귀퉁이를 지나자 집 전체가 진동하며 응답하는 것 같았다. 뚜렷이 보이는 것은 마지막 무개 화차의 꽁무니에서 흰 바지를 입고 웃통을 벗은 흑인이 맨팔로 끊임없이 원을 그리며 돌리는 횃불 바구니뿐이었다. 드쿠는 꼼짝하지 않았다.

뒤쪽으로 그의 의자 등받이에는 진주색 실크로 안감을 댄 우아한 파리제 코트가 걸려 있었다. 그러나 탁자로 돌아왔을 때 촛불 빛에 드러난 그의 얼굴은 지저분했고 여기저기 긁혀 있었다. 불그레한 입술은 열기와 화약 연기로 거무죽죽했고, 짧은 콧수염은 먼지와 녹 때문에 윤기가 없었다. 셔츠 칼라와 소맷부리는 구겨지고 푸른 실크 넥타이는 넝마처럼 가슴팍에 걸려 있었다. 기름때 얼룩이 그의 흰 이마를 가로질렀다. 그는 대략 마흔 시간쯤 옷도 벗지 않았고, 게걸스럽게 한 모금 급히 마실 때를 제외하고는 물도 마시지 않았다. 무서운 초조감에 사로잡혀 필사적으로 투쟁한 흔적을 온몸에 드러냈고 잠을 자지 못한 메마른 눈으로 멍하니 한곳을 바라보았다. 그는 쉰 목소리로 "여기 혹시 빵이 있을지 궁금하군." 하고 중얼거리며 건성으로 주위를 돌아보고는 털썩 의자에 주저앉아 다시 연필을 집었다. 꽤 긴 시간 동안 아무것도 먹지 않았음을 깨달았다.

누이동생은 누구보다도 자기를 잘 이해할 거라는 생각이 들었다. 생사가 달린 이런 순간에는 더없이 회의적인 마음이라도 감정의 명확한 흔적을 남기려는 욕구에 젖는다. 한 자아가 사라지고, 죽음이 세상 밖으로 끌어낼 진실이 어떤 탐색의 빛도 닿지 못할 곳으로 사라질 때, 행동을 비춰 볼 빛처럼. 그러므로 먹을 것을 찾거나 한두 시간이나마 잠을 청하는 대신 드쿠는 큰 수첩의 여러 장을 누이에게 보내는 편지로 채우고 있었다.

이렇게 친밀한 교신을 하면서도 그는 몹시 지치고 피로한 느낌과 밀착된 신체의 감각을 떨쳐 낼 수 없었다. 그는 누이에게 말하듯이 다시 시작했다. 여동생의 모습을 환상처럼 떠올리며 "몹시 배가 고프구나."라고 썼다.

"거대한 고독이 나를 둘러싸고 있다는 느낌이 든단다. 온갖 결단이나 의도, 희망이 주위에서 완전히 부서지고 말았는데 머릿속에 명확한 개념을 갖고 있는 사람이 나 혼자여서일까? 그러나 그 고독감은 아주 현실적인 것이기도 해. 철도 기술자들이 국립 중앙 철도의 재산을 지키러 가서 이틀간 여기 없었거든. 영국인, 프랑스인, 미국인, 독일인, 그 밖의 다른 사람들 호주머니에 돈을 넣어 줄 위대한 코스타구아나 사업을 지키려고 말이지. 이 주위에는 불길한 정적이 흐르고 있어. 이 집 한가운데에 2층처럼 높은 다락방이 있는데 창문이랍시고 총안처럼 좁은 구멍이 나 있지. 우리가 태어난 이 대륙의 끈질긴 야만성 때문에 정치인들이 검은 코트를 입지 않고 반벌거숭이로 활과 화살을 들고 소리 지르며 돌아다니던 시절에 야만인들의 공격을 방어하는 데 사용됐을 거야. 그런데 그 방에서 이 집 안주인이 죽어 가고 있고, 늙은 남편만이 그 옆을 지키고 있어. 그리로 올라가는 계단은 혼자서도 밀려드는 폭도에 맞설 수 있을 만큼 좁단다. 방금 노인이 뭔가를 가지러 계단을 내려와서 부엌에 들어가는 소리가 두꺼운 벽 너머로 들렸어. 쥐 한 마리가 회벽 뒤에서 낼 법한 소리였어. 이 집의 하인들은 어제 모두 달아났고 아직 돌아오지 않았어. 진짜 돌아올지는 모르겠지만. 남은 사람은 어린 여자애 둘뿐이야. 아버지가 아이들을 아래층에 내려보냈는데 이 식당으로 살그머니

들어왔구나. 내가 여기 있어서겠지. 구석에서 서로 껴안은 채 웅크리고 있어. 몇 분 전에 아이들을 보았지만 고적감이 더 커지는구나."

드쿠는 의자에서 몸을 반쯤 돌리고 물었다. "혹시 여기 빵 있니?"

린다가 가슴에 기댄 동생의 금발 위로 검은 머리를 저었다.

"빵을 좀 갖다줄 수 없을까?" 드쿠가 다시 물었다. 아이는 꼼짝하지 않았다. 구석에서 그를 응시하는 아이의 크고 새카만 눈이 보였다. "내가 무서운 건 아니겠지?" 그가 말했다.

"네," 린다가 말했다. "무섭지 않아요. 아저씨는 잔 바티스타와 함께 오셨잖아요."

"노스트로모 말이냐?" 드쿠가 말했다.

"영국인들은 그렇게 불러요. 하지만 그건 사람에게도 동물에게도 알맞지 않은 이름이에요." 소녀는 동생의 머리칼을 부드럽게 쓰다듬으며 말했다.

"하지만 사람들이 그렇게 불러도 그는 가만히 있잖아." 드쿠가 말했다.

"우리 집에서는 그렇게 부르지 않아요." 아이가 대꾸했다.

"아! 좋아, 그럼 카파타스라고 부를게."

드쿠는 그 점에 대해 양보하고, 한참 꾸준히 써 내려간 다음에 몸을 다시 돌렸다.

"그가 언제 돌아올 것 같니?" 그가 물었다.

"아저씨를 여기 모셔 온 다음에, 엄마를 위해 의사 선생님을 모셔 오려고 시내에 갔어요. 곧 돌아올 거예요."

"길에서 총을 맞을지도 모르는데." 드쿠는 들릴락 말락 혼자 중얼거렸다. 그러자 린다가 카랑카랑한 목소리로 또박또박 말했다.

"누구도 감히 잔 바티스타는 쏘지 못해요."

"그렇게 믿는구나, 그렇지?" 드쿠가 물었다.

"전 알아요." 아이가 확신을 갖고 말했다. "이 근방에 잔 바티스타를 공격할 만큼 용감한 사람은 없어요."

"덤불 뒤에서 방아쇠를 당기는 데는 큰 용기가 필요하지 않아." 드쿠가 혼자 중얼거렸다. "다행히 칠흑 같은 밤이군. 그렇지 않았다면 은괴를 지킬 가능성이 거의 없었을 텐데."

그는 다시 수첩을 바라보고 몇 장을 훑어본 다음에 연필을 잡고 써 내려갔다.

"어제 미네르바호가 탈주한 대통령을 태우고 항구를 빠져나간 후, 그리고 폭도들이 시내 뒷골목으로 쫓겨난 후 상황이 그랬단다. 나는 조금이나마 관심을 기울여 주는 세상 사람들에게 이곳 사정을 알리려고 해외 전문을 보낸 다음에 노스트로모와 성당 계단에 앉아 있었지. 전신소 사무실은 신문사와 같은 건물에 있는데, 참 희한하게도 폭도들은 내 인쇄기는 창밖으로 내던지고 활자판은 온 광장에 흩뿌려 놓았지만 안뜰 건너편에 있는 통신기에는 손도 대지 않았더구나. 내가 노스트로모와 얘기를 나누고 있을 때 전신 기사인 베른하르트가 종이 한 장을 들고 아케이드 밑에서 나왔지. 그 작은 남자는 몸에 큰 칼을 단단히 묶고 연발 권총을 줄줄이 매달고 있었어. 우스꽝스러운 모습이었지만, 모르스 송신기의 키를 두드리는 체구가 작은 사람들 가운데 제일 용감한 독일인이었어. 그가 카이타에서 받은 전문은 그때 막 항구에 들어선 바리오스 군대가 열광적 환호를 받았다는 소식을 전하며 '최고의 압도적 열광'이라는 말로 끝맺었더군. 나는 물을 마시려고 샘으로 걸어갔는데 알라메다 거리의 가로수 뒤에 숨어 있던 누군가가 총을 쏘았어. 하지만 나는 개의치 않고 물을 마셨지. 바리오스 장군이 카이타에 도착했고, 코르디예라산맥의 준봉이 몬테로 승리군을 가로막고 있는 한, 가마초와 푸엔테스 같은 작자들이 있더라도 내 손바닥 위에 새로운 국가를 세운 기분이었지. 잠을 청하려 했지만 굴드 저택에 가 보니 밀짚에 누운 부상자들이 안뜰에 넘쳐 나더구나. 등불이 환히 밝혀지고, 무더운 밤에 사방이 막힌 안뜰에 클로로포름과 피 냄새가 코를 찔러 숨이 막힐 정도였어. 한쪽에서는 광산의 전속 의사 모니검이 상처를 치료하고, 다른 쪽 층계 옆에서는 무릎을 꿇은 코벨랑 신부가 죽어 가는 노동자의 고해를 듣고 있었어. 굴드 부인은 한 손에는 큰 병을, 다른 손에는 탈지면을 잔뜩 들고 피비린내 나는 곳을 누비고 있었어. 나를 보았지만 눈짓도 하지 않더군. 부인의 하녀도 병을 들고 따라다니면서 조용히 흐느끼고 있었지.

나도 부상자들을 위해 부지런히 저수지에서 물을 길어 왔단다. 그러고는 이리저리 다니다가 위층에 올라갔는데 전에 없이 창백한 얼굴로 붕대를 든 술라코의 최고 상류층 부인네들과 마주쳤어. 그들 모두가 배로 달아난 것은 아니더구나. 꽤 많은 숙녀들이 그날 굴드 저택에 피신해 있었지. 층계참에서 머리칼이 반쯤 흘러내린 소녀가 벽에 기댄 채 푸른 옷에 금박 왕관을 쓴 성모상이 있는 벽감 아래 무릎을 꿇고 있었어. 로페스 씨의 장녀였을 거야. 얼굴은 보이지 않았지만 작은 구두에 달린 프랑스식 높은 굽을 본 것 같거든. 그 아가씨는 소리도 내지 않고 움직이지도 않았어. 흐느껴 울지도 않더군. 그저 흰 벽을 배경으로 온통 까맣게, 꼼짝하지 않고 말없이 열렬한 신앙심을 드러낸 형체라고나 할까. 하얗게 질린 얼굴로 붕대를 들고 다니던 부인네들처럼 그 소녀도 겁을 먹지 않았었다고 믿어. 어떤 부인이 계단 꼭대기에 앉아서 서둘러 시트를 찢어 긴 조각으로 만들고 있었는데, 이곳 부자 노인의 젊은 아내였지. 내가 인사를 건네자 그녀는 마차를 타고 알라메다가를 드라이브라도 하는 듯이 일을 멈추고 손을 흔들었어. 혁명기의 우리 나라 여자들은 정말 볼만해. 입술연지와 연백분이 떨어져 나가고, 그와 더불어 아기였을 때부터 교육과 전통, 관습을 통해 주입된 바깥 세계에 대한 수동적 태도도 떨어져 나가거든. 난 아기였을 때도 총명함을 드러냈던 네 얼굴을 생각했단다. 정치적 동요가 일어나서 화장과 관습의 베일을 찢어 놓을 때 드러나는 수동적이고 체념한 얼굴이 아니라.

위층의 큰 응접실에서는 저명인사들이 회의를 하고 있었어. 유명무실해진 지방 의회의 잔재였지. 돈 후스테 로페스는 산탄이 장전된 탄총의 총구에 콧수염의 절반이 까맣게 타 버렸는데, 운 좋게도 산탄이 그를 맞히지 못하고 빗나간 거야. 그가 머리를 이리저리 돌릴 때마다 프록코트 속에 두 사람이 들어 있는 것 같았지. 품위 있게 수염을 기른 엄숙한 신사와 너저분하고 겁에 질린 사람이.

내가 응접실에 들어서자 그들이 '어이, 드쿠! 돈 마틴!' 하고 소리치더구나. 내가 물었지. '신사 여러분, 무슨 의논을 하고 계십니까?' 상석에 돈 호세 아베야노스가 앉아 있기는 했지만, 회의를 끌어갈 의장은 없는 것 같았어. 그들은 '생명과 재산을 지키는 일'에 대해 의논 중이라고 대답했지. '새 관리가 도착할 때까지.'라고 돈 후스테가 근엄한 반쪽 얼굴을 내게 보이며 설명하더군. 그 말은 새로운 국가를 수립하려는 내 작열하는 관념에 물줄기를 쏟아붓는 것 같았어. 쉭쉭거리며 불이 꺼지는 소리가 들리더니 방 안이 갑자기 수증기로 가득 찬 듯 침침해졌지.

난 술에 취한 사람처럼 무턱대고 탁자로 걸어갔단다. '여러분은 항복을 생각하시는군요.' 내가 말했어. 왠지 모르지만 다들 앞에 놓인 서류에 코를 들이박고 가만히 있더군. 돈 호세만 두 손으로 얼굴을 가리고 '안 돼, 절대 그렇지 않아!'라고 중얼거리셨어. 그런데 그분은 내가 입김만 불어도 날아갈 정도로 허약하고 무력하고 진이 빠진 듯이 보였지. 앞으로 어떻게 되든 그분은 살아남지 못할 거야. 그분의 연세에 실망감이 너무 커서 견딜 수 없겠지. 그런 데다 우리가 신문사에서 찍어내기 시작한 『오십 년간의 실정사』 인쇄지가 광장에 흩뿌려지고, 하수도에 떠다니고, 활자를 한 움큼씩 채운 탄총의 마개로 쓰여 타 버리고, 바람에 휘날리고, 진흙탕에서 짓밟히는 것을 그분도 보시지 않았겠어? 나는 부두의 바닷물에 떠다니는 낱장도 보았어. 그분이 살아남는 건 기대할 수 없는 일이야. 잔인한 일이지.

'항복이 어떤 의미인지 아십니까? 여러분과 여러분의 부인과 자녀들과 재산에?'

나는 오 분간 열변을 토했어. 숨도 쉬지 않은 것 같아. 우리에게 남은 최선의 가능성과 몬테로의 흉악함에 대해 되풀이해서 말했지. 몬테로가 체계적으로 공포 시대를 열어 갈 만큼 머리가 있는 놈이라면 틀림없이 지독한 야수가 될 거라고 주장했어. 그런 다음에 또 오 분 넘게 그들의 용기와 남자다움에 격정적으로 호소했지. 안토니아에 대한 열렬한 사랑을 다 바쳐서. 누군가 열변을 토로한다면 그건 사실 적을 매도하면서 자신을 변호하거나, 아니면 실로 생명보다 더 소중한 무언가를 위해 간청하려는 개인적 감정에서 비롯되는 거야. 사랑하는 누이야, 정말 나는 그들에게 천둥처럼 호통을 쳤단다. 내 고함소리에 벽이 다 떨어져 나갈 지경이었어. 말을 멈추고 보니 그들이 겁에 질린 눈으로 의심스러운 듯 날 쳐다보고 있더구나. 내가 일으킨 효과는 그게 다였어! 돈 호세만 고개를 더 깊이 가슴 위에 숙이고 계셨지. 그분의 메마른 입술에 귀를 댔더니, '그렇다면 하느님의 이름으로, 마틴, 내 아들!' 같은 속삭임이 들리더구나. 정확히는 모르겠지만 하느님의 이름이 들어 있었던 건 확실해. 난 그분의 마지막 숨결을 포착한 느낌이었단다. 떠나는 그분의 영혼이 입술에 남긴 숨결을.

실은 돈 호세는 아직 살아 계셔. 나중에 그분을 뵈었지. 하지만 턱까지 이불을 당겨 덮고 두 눈을 뜬 채 고요히 누워 있는 탈진한 육신일 뿐이라 이제 숨은 쉬지 않는다고 말할 수 있을 정도야. 사방에서 저승사자가 또 기다리고 있는 이 이탈리아인 여관으로 오기 직전에 뵈었을 때 그분은 그런 상태였고 안토니아는 침대 옆에 무릎을 꿇고 있었어. 하지만 나는 돈 호세가 실은 그곳에서, 굴드 저택에서 숨을 거두셨다고 믿는단다. 외교적 협약과 엄숙하고 존엄한 선언에 감싸인 그분의 영혼이 틀림없이 혐오하셨을 방안을 시도해 보라고 내게 속삭이셨을 때 말이지. 나는 '인간이 스스로를 돕지 않는 나라에는 하느님도 없습니다.'라고 외쳤단다.

그동안에 돈 후스테가 심사숙고해서 준비한 연설을 시작했지만 우스운 꼴을 당한 그의 수염 때문에 엄숙한 효과는 내지 못했어. 나는 무슨 내용인지 들어 보려고 기다리지도 않았단다. 몬테로(그 작자를 장군이라고 부르더군.)에게 사악한 의도는 없을 거라고 주장하는 것 같더군. 그런데 '그 특출한 인물'(일주일 전만해도 후스테는 몬테로를 '짐승 같은 놈'이라고 불렀어.)은 올바른 수단이 무엇인지 잘못 알고 있을 겁니다.'라고 하더라고. 내가 그 자리에 남아 나머지 얘기를 들었으리라고는 생각하지 않겠지. 난 몬테로의 동생 페드리토의 꿍꿍이를 알아. 몇 년 전에 남아메리카 학생들이 자주 드나드는 식당에서 그 게릴라의 속임수를 폭로했거든. 그는 그 식당에 와서 공사관의 서기관 행세를 하려 들었지. 털북숭이 손으로 펠트 모자를 비틀면서 몇 시간이고 이야기를 늘어놓곤 했어. 나폴레옹 3세의 이복형 모르니 공작처럼 되려는 야심이 있는 것 같더군. 그 당시에도 이미 자기 형에 대해 과장된 얘기를 떠벌리곤 했어. 그의 정체가 탄로 날 위험은 없을 것 같았지. 왜냐하면 학생들은 모두 블랑코 당파 집안 출신이라서 너도 알다시피 공사관에 들락거리지 않았거든. 오로지 드쿠가, 그들 말로는 신념도 원칙도 없는 인간이, 때로 재미 삼아서 잘 훈련된 원숭이들의 회의에 가듯이 공사관에 들렀지. 나는 그 작자의 꿍꿍이를 잘 알아. 그가 탁자에서 이름표를 바꾸는 것도 보았으니까. 공포 시대에 살아남을 사람이 누구든지 간에, 내가 죽는 것은 틀림없어.

아무튼 난 돈 후스테가 몬테로 형제의 너그러움이며 정의로움, 정직함, 청렴함에 대해 엄숙하게 늘어놓으며 스스로를 설득하려 하는 말을 끝까지 듣지 않았어. 안토니아를 찾으려고 불쑥 나와 버렸지. 그녀는 발코니에 있었어. 내가 문을 열자 꼭 움켜쥔 두 손을 내밀더구나.

'저 안에서 뭘 하고 있어요?' 그녀가 물었어.

'말하고 있어요.' 내가 그녀의 눈을 들여다보며 말했지.

'그래요, 하지만……'

'다 공허한 말이에요.' 내가 그녀의 말을 가로막았어. '바보 같은 희망으로 공포를 감추고 있죠. 저기 있는 사람들은 철저한 의회주의자들이에요. 알다시피, 영국식 모델을 따르고 있죠.' 나는 너무 화가 나서 말을 할 수 없을 정도였어. 그녀는 절망적인 몸짓을 하더구나.

등 뒤에 약간 열린 문틈으로 돈 후스테가 한 구절에서 다른 구절로 넘어가며 단조롭게 웅얼거리는 소리가 들렸지. 무시무시하게도 엄숙한 광기 같았어.

'결국, 민주당의 열망은 그 나름의 정당성이 있겠지요. 인간의 진보는 불가사의한 방식으로 진행됩니다. 만일 이 나라의 운명이 몬테로의 손에 달려 있다면, 우리는 마땅히…….'

그 말이 들리기에 나는 문을 꽝 닫아 버렸어. 그걸로 충분했어. 너무 심한 말이었지. 안토니아만큼 공포와 절망에 빠져서도 아름다운 얼굴은 다시없을 거야. 난 그걸 참을 수 없었지. 그녀의 손목을 꼭 잡았어.

'저 사람들이 저기서 아버지를 돌아가시게 했나요?' 그녀가 물었어.

그녀의 눈은 분노로 이글거렸어. 하지만 내가 매료되어 바라보는 동안 그 눈빛이 사라졌지.

'항복하자는 겁니다.' 내가 말했어. 그녀의 손목을 잡고 흔들었던 기억이 나는구나. '빈말이 아니에요. 당신 아버님께서는 내게 하느님의 이름으로 전진하라고 하셨어요.'

사랑하는 누이야, 안토니아에게는 내게 무엇이든 가능하다고 믿게 만드는 무언가가 있단다. 그녀의 얼굴을 한 번 바라보는 것만으로도 내 머릿속에선 불길이 타올라. 하지만 난 어떤 남자보다 그녀를 사랑해. 가슴으로, 오로지 가슴으로만. 내게 그녀는 코벨랑 신부(그 대목은 어젯밤에 시내에서 사라졌는데 에르난데스의 산적 무리에 가담하러 가셨을 거야.)의 교회보다 소중한 존재야. 그 감상적인 영국인의 귀중한 광산보다도 소중한 존재지. 그의 아내에 대해서는 말하지 않겠어. 그녀도 한때는 감상적이었겠지. 지금은 산토메 광산이 부부 사이를 가로막고 있어. '당신 아버님께서 직접, 안토니아,' 내가 되풀이해서 말

했어. '당신 아버님께서 내게 전진하라고 말씀하셨어요. 알겠어요?'

그녀가 얼굴을 돌리고 괴로운 목소리로 말했지.

'그러셨어요?' 그녀가 소리쳤어. '그렇다면, 아버지가 다시는 입을 떼지 않으실까 봐 두렵군요.'

그녀는 내게 잡힌 손목을 빼내 손수건으로 얼굴을 가리고 울음을 터뜨렸어. 난 그녀의 슬픔에 개의치 않았어. 그녀를 아예 못 보거나 더 이상 보지 못하는 것보다는 그녀의 불행한 모습이라도 보는 편이 나으니까. 내가 달아나든 그냥 여기 남아서 죽든, 우리는 함께 있을 수 없고 미래도 없으니까. 사정이 그렇기 때문에, 그녀가 슬픔을 느끼며 흘려보내는 순간에 헛되이 낭비할 동정심이 없었지. 눈물에 젖은 그녀에게 에밀리아 부인과 돈 카를로스를 데려와 달라고 했어. 내 계획의 성패는 그 감상적인 부부에게 달려 있으니까. 자신의 열렬한 욕망이 이상이라는 아름다운 옷에 감싸여 다가오지 않는 이상 그것을 위해 아무것도 하지 않을 사람들의 감상주의 말이야.

푸른색과 흰색이 어우러진 굴드 부인의 내실에서 밤늦게 네 사람이, 두 여자와 돈 카를로스, 그리고 내가 소규모 내각 회의를 열었단다.

술라코의 왕은 스스로를 정직한 사람이라고 생각하는 게 분명해. 사실 그는 정직한 사람이 맞아. 그 과묵함의 이면을 들여다볼 수 있다면 말이지. 어쩌면 그는 과묵해야지만 자신의 정직성을 더럽히지 않을 수 있다고 생각할지도 몰라. 이 영국인들은 환상을 먹고사는데 어찌 된 일인지 그것이 실체를 확고하게 붙잡도록 도와주고 있어. 어쩌다 입을 떼더라도 그가 하는 말은 '그렇소.' 또는 '아니요.' 같은 말뿐인데, 그 말이 신탁의 계시처럼 예사롭지 않게 들리지. 하지만 그가 아무리 입을 다물고 침묵을 지켜도 나를 압도할 수는 없었어. 나는 그의 머릿속에 무엇이 있는지 뻔히 알고 있거든. 그의 머릿속에는 광산이 있었지. 그 아내의 머릿속에는 오로지 남편이라는 소중한 인간뿐이고. 그런데 그는 스스로를 굴드 광산에 꽁꽁 동여매서 그 자그마한 여자의 목에 단단히 묶어 놓은 거야. 그건 아무래도 상관없어. 중요한 것은 그가 이 사건을 재정적 지원을 확보할 만한 방식으로 홀로이드(강철과 은의 제왕)에게 제시하도록 하는 거니까. 바로 전날 밤, 그러니까 스물네 시간 전만 해도, 우리는 광산의 은괴가 북행 기선이 와서 실어 갈 때까지 세관 금고에 안전하게 있으리라고 생각했지. 보물이 북쪽으로 쉴 새 없이 흘러가는 한, 그 철저한 감상주의자 홀로이드는 정의와 산업, 평화뿐 아니라 보다 순수한 형태의 기독교라는 자신의 소중한 꿈을 이 미개한 대륙에 펼치겠다는 생각을 버리지 않을 테니까. 잠시 후 술라코의 유력한 유럽인인 철도 회사의 수석 기술자가 항구에서 말을 타고 올라와서 우리의 비밀 회의에 끼었어. 그동안 큰 응접실에 모인 명사들은 계속 회의를 하고 있었지. 다만 한 사람이 복도로 나와서 음식을 갖다줄 수 있는지를 하인에게 묻더군. 수석 기술자는 부인의 내실에 들어오자마자 이렇게 말하더구나. '굴드 부인, 부인의 저택이 어떻게 된 겁니까? 아래층은 전시 병원이고 위층은 식당 같군요. 맛있는 음식이 잔뜩 담긴 쟁반들이

큰 응접실로 들어가는 걸 봤어요.'

'그리고 여기, 이 내실에서는 앞으로 탄생할 옥시덴탈 공화국의 비공식 자문 위원회를 보고 계십니다.' 내가 말했지.

그는 정신이 없어서 이 말을 듣고도 웃지 않았어. 놀란 표정도 짓지 않더구나.

그는 조차장에서 철도 자산을 보호하기 위한 전체적인 작전 계획을 짜다가 철도 통신실로 오라는 전갈을 받았다고 하더군. 산기슭의 철도 종착점에서 일하는 기술자가 전선이 끝나는 곳에서 그에게 전갈을 보낸 거였어. 통신실에는 그와 철도 전신 기사밖에 없었는데, 전신 테이프가 둘둘 말리며 바닥에 늘어지면서 찰깍찰깍 내는 소리를 전신 기사가 큰 소리로 해독했지. 깊은 숲속의 목제 헛간에서 불안한 마음으로 짤깍거리며 보낸 그 소식의 골자는 리비에라 대통령이 추격당했거나, 아니면 지금도 추격당하고 있다는 것이었어. 사실 술라코의 우리에게는 놀라운 소식이었지. 우리가 구하고 기운을 차리게 하고 위로했을 때 리비에라 본인은 추격당하지 않았다고 말했거든.

리비에라는 친구들의 절박한 간청에 어쩔 수 없이 패배한 군대 본부를 홀로 떠났던 거야. 노새몰이꾼 보니파시오가 위험을 무릅쓰고 안내를 자청했지. 리비에라는 사흘째 되는 날 새벽에 출발했는데, 남아 있던 그의 병력은 밤사이에 흩어지고 말았어. 보니파시오와 그는 코르디예라산맥을 향해 필사적으로 말을 달렸지. 그곳에 이르러서는 노새를 얻어 타고 산길에 들어섰고, 살을 에는 돌풍이 바위투성이 고원에 휘몰아치고 휘날리는 눈보라가 작은 돌 움막을 덮어 버리기 바로 전에 이비에 황야를 건넜고 그 움막에서 밤을 보냈다더군. 그 후 가엾은 리비에라는 숱한 곤경을 겪었고 안내인을 놓치고는 노새도 잃어 허우적거리면서 힘겹게 초원으로 내려갔단다. 한 농부에게 자비를 청하지 않았더라면 술라코에서 멀리 떨어진 곳에서 죽었을 거야. 농부가 그를 단번에 알아보고 노새를 주었는데, 그 도주자가 몸이 육중한 데다 기술이 없어서 노새가 숨이 끊어지도록 타고 왔던 거야. 사실 리비에라는 바로 장군의 동생인 페드로 몬테로 패거리의 추격을 받았어. 다행히도 황무지의 찬바람이 높은 산 고갯길에서 추격자들을 불시에 습격했지. 얼음 같은 돌풍에 사람도 몇 명 죽고 동물은 모두 죽었어. 낙오자들이 죽었지만 주력 부대는 추격을 계속했어. 그리고 눈 덮인 산비탈에서 반주검이 된 가엾은 보니파시오를 발견했고, 내전의 전형적인 방식대로 즉시 그를 총검으로 살해했지. 무슨 이유에서인지 '왕도'에서 벗어나 더 낮은 기슭의 숲에 들어서서 길을 잃지만 않았다면 리비에라도 사로잡혔을 거야. 그런데 그들은 그 숲에서 헤매다 뜻밖에도 철도 부설 캠프에 비틀거리며 들어서게 된 거야. 철도 종착점의 기술자는 페드로 몬테로가 바로 그곳에, 바로 그 사무실에 있고 찰깍거리는 전신기 소리를 듣고 있다고 수석 기술자에게 전신을 보냈단다. 그 녀석은 민주주의의 기치를 걸고 술라코를 점령할 거라며 아주 거만하게 굴고 있고, 그의 부하들은 허락도 받지 않고 철도 회사의 가축 몇 마리를 도살해서 고기를 숯불에 굽고 있다는 거야. 페드리토가 은광에 대해서, 그리고 지난 육 개월

간 생산한 은괴가 어떻게 되는지를 몇 번이나 자세히 물었다더군. 그러고는 거만하게 말했다지. '네 상사에게 전신으로 물어봐. 그는 알 테니까. 새 정부의 대평원 사령관이자 내무 장관인 돈 페드로 몬테로가 정확한 정보를 알고자 한다고 써.'

페드로는 피에 젖은 넝마로 발을 감싸고 꼬부라진 나뭇가지를 지팡이 삼아 의지하며 절뚝거리면서 들어왔다더군. 여위고 초췌한 얼굴은 덥수룩한 수염과 머리칼에 뒤덮여 있었고. 부하들은 더 형편없는 꼬락서니였겠지만 무기는 내버리지 않았고 아무튼 탄약은 버리지 않은 것이 분명해. 그들의 핼쑥한 얼굴이 전신기가 있는 오두막의 문과 창문을 둘러쌌지. 그 오두막은 기술자의 침실이기도 했기에 몬테로는 기술자의 깨끗한 담요에 벌렁 드러누워 덜덜 떨면서 전신으로 술라코에 보낼 요구 사항을 구술했던 거야. 그는 부하들을 태워 갈 열차를 즉시 보내라고 요구했어.

'그 요구에 대해 답장을 보냈습니다.' 수석 기술자가 우리에게 이렇게 말했어. '철로에서 차량을 결딴내려는 시도가 여러 차례 있었기 때문에, 내지로 차량을 보내는 위험은 감수할 수 없다고 말입니다. 당신을 위해 그렇게 했죠, 굴드 씨.' 수석 기술자가 말했지. '제 부하의 말에 의하면, 그러자 "제 침대에 누운 더러운 짐승이 '내가 널 쏴 죽인다면?'" 하고 답했답니다. 그래서 제 부하가, 직접 전신기를 치고 있었던 모양인데, 그렇게 해도 열차는 올라오지 않을 거라고 대답했답니다. 그러자 그 녀석이 하품을 하면서 '상관없어. 평원에 말은 많으니까.'라고 했답니다. 그러고는 돌아누워 해리스의 침대에서 잠에 빠

졌다는군요.'

사랑하는 누이야, 이렇게 되어 난 오늘 밤에 도망치는 신세가 된 거란다. 철도 종착점에서 보낸 마지막 전신에 의하면 페드로 몬테로와 부하들이 밤새 소고기를 구워 먹고 동틀 무렵에 출발했다는구나. 말들을 모조리 끌고 갔다는데 도중에 더 손에 넣겠지. 그자들이 서른 시간 내로 이곳에 들이닥칠 테니 술라코는 내가 있을 곳이 못 되고 또 굴드 광산의 그 엄청난 은괴도 남아 있을 수 없어.

하지만 최악의 사태는 그게 아니야. 에스메랄다 수비대가 승리군에게 넘어갔단다. 그 소식을 전신사의 기사에게서 들었는데, 새벽에 그 소식을 갖고 굴드 저택에 왔더구나. 술라코는 아직 날도 새지 않은 이른 시간이었어. 에스메랄다에 있는 동료가 전신을 보내왔는데, 수비대가 장교 몇 명을 사살한 후 항구에 정박해 있던 정부의 기선을 점거했다는구나. 이 소식은 실로 내게 큰 타격이었어. 나는 이 지방 사람들을 모두 믿을 수 있는 줄 알았거든. 착각이었지. 그건 몬테로를 지지하는 혁명이었어. 술라코에서도 똑같은 시도가 있었지만, 거기에서는 실제로 성공한 거야. 전신 기사가 계속 베른하르트에게 신호를 보내왔는데, 마지막으로 전송한 말은 '그들이 사무실을 점거하려고 문을 부수고 들어왔음. 통신 두절됨. 더 이상 보낼 수 없음.'이었어.

그런데 실은 이 통신원이 바깥 세계와의 교신을 막으려 한 점령자들의 감시를 어떻게 해서인지 따돌릴 수 있었어. 그 일을 해낸 거지. 어떻게 가능했는지 모르지만, 몇 시간 후에 그는 다시 술라코에 통신을 보내서 이렇게 말했어. '반정부군이 만에 정박한 정부 수송선을 점거했고 해안선을 따라 술라코에 가려고 군인들을 태우고 있음. 그러니 주위를 경계할 것. 몇 시간 내로 출발하여 해 뜨기 전에 도착할 예정.'

그가 할 수 있는 말은 이게 전부였어. 그 녀석들이 이번에는 그를 통신기 앞에서 완전히 쫓아냈거든. 베른하르트가 이후에도 계속 에스메랄다에 통신을 보냈지만 답장은 받지 못했어."

누이를 위해 써 내려가던 수첩에 이 글을 적은 후 드쿠는 고개를 들고 귀를 기울였다. 물이 여과기를 통해 목제 받침대 밑의 큰 항아리에 똑똑 떨어지는 소리가 났다. 그 외에는 방 안에서나 집 안에서나 아무 소리도 들리지 않았다. 바깥에도 거대한 정적이 감돌았다. 드쿠는 다시 수첩 위로 고개를 숙였다.

"알다시피 나는 달아나는 게 아니야. 어떤 대가를 치르더라도 지켜야 하는 저 귀중한 은괴를 갖고 떠나는 거지. 평원에서는 페드로 몬테로가, 바다 쪽에서는 에스메랄다의 반란군이 은을 차지하려고 모여들고 있어. 그들이 차지할 수 있도록 은이 여기 마련되어 있는 것은 우연일 뿐이야. 잘 알겠지만, 진짜 목표는 산토메 광산 그 자체거든. 광산만 없었다면 옥시덴탈주는 틀림없이 몇 주가 지나도록 방치됐을 거야. 승리군이 한가할 때 찾아와 천천히 손에 넣었겠지. 돈 카를로스 굴드는 조직체와 구성원을 갖춘 자기 광산을 구하기 위해 뭔가 할 수 있는 일이 있겠지. 그의 감상주의는 부를 창출하는 이 '정부 안의 정부'에다가 희한하게도 정의라는 이념을 갖다 붙였어. 어떤 이들이 사랑이나 복수라는 일념에 집착하듯이 그는 광산에 집착하고 있지. 내 생각이 틀리지 않다면, 이 광산은 그의 자발적 의지에 의해 불가침 상태로 남거나 폐허가 되어야만 해. 그의 차갑고 이상주의적인 삶에 어떤 열정이 스며들었지. 나는 그 열정을 머리로만 이해할 수 있어. 그의 열정은 우리처럼 피가 다른 사람들이 아는 열정과는 전혀 달라. 그렇지만 우리가 아는 그 어떤 열정보다 위험하지.

그의 아내도 그것을 알아. 부인이 내게 잘 협력해 주었던 것도 그 때문이야. 그녀는 내 제안이 결국 굴드 광산의 안전에 기여하리라는 걸 본능적으로 확신하고 그 제안을 받아들였어. 그리고 그는 아내의 의견을 따르고 있지. 아마도 아내를 신뢰하기 때문일 거야. 그렇지만 내가 상상하기에는, 아내를 신뢰해서라기보다는 어떤 매혹적인 이념에 빠져 아내의 행복과 인생을 저버린 미묘한 과오랄까, 그 감상적 부정(不貞) 행위에 보상을 하고 싶어서인 것 같아. 그 자그마한 여자는 남편이 자기보다 광산을 위해 살고 있다는 것을 알게 됐어. 하지만 그 부부에 대해서는 그만 얘기하자. 열정이나 감상으로 구축된 각자의 운명에 맡겨야지. 중요한 것은 부인이 은괴를 이 도시 밖으로, 이 나라 밖으로, 즉시, 어떤 대가를 치르고라도, 또 어떤 위험이 있더라도 빼내야 한다는 내 제안을 지지했다는 거야. 돈 카를로스의 소명은 자기 광산의 아름다운 이름을 더럽히지 않고 보존하는 것이고, 굴드 부인의 소명은 그 모든 것을 압도하는 차가운 열정이 미칠 영향에서 남편을 구하는 것이지. 그녀는 남편이 다른 여자에게 빠지는 것보다 그것을 더 두려워하거든. 노스트로모의 소명은 은괴를 지키는 거란다. 은괴를 선박 회사의 가장 큰 거룻배에 실어서 만을 가로질러 코스타구아나 영토 너머 아수에라반도 건너편에 있는 작은 항구로 보낼 계획이야. 제일 먼저 북쪽으로 향하는 기선이 그곳에서 은괴를 적재하라는 명령을 받을 거야. 여기는 수면이 잔잔하기 때문에 우리는 에스메랄다 반란군이 도착하기 전에 캄캄한 만으로 몰래 빠져나갈 거란다. 바다 위에 햇살이 퍼질 시간이면 우리는 사람들의 시야를 벗어나 아수에라에 가려 보이지 않는 곳에 있겠지. 아수에라도 술라코 해안에서는 수평선 위의 작고 희미한 구름처럼 보이거든.

그 일을 맡은 사람은 부패할 수 없는 부두 노동자 감독이지. 그리고 열정은 있지만 소명이 없는 나는, 그와 함께 갔다가 돌아올 거란다. 이 어릿광대극에서 내 역할을 끝까지 해내려고. 그리고 성공한다면 안토니아만이 줄 수 있는 보상을 받으려고.

출발하기 전에 그녀를 다시 볼 수는 없을 거야. 이미 말했듯이 돈 호세의 침대 옆에 그녀를 두고 나왔거든. 거리는 캄캄하고, 집들은 문이 굳게 닫히고, 나는 한밤중에 걸어서 시내를 벗어났어. 이틀 동안 거리의 가로등이 하나도 켜지지 않았고, 아치형 성문은 흐릿한 탑처럼 짙은 어둠에 잠겨 있었어. 그곳에서 나지막하고 음산한 신음 소리가 들렸는데, 어떤 남자의 웅얼거리는 목소리에 대답하는 것 같았어.

그 남자의 목소리에서 나는 그 제노바 출신 선원 특유의 태연하고 무심한 어조를 알아차렸지. 그 선원도 나처럼 우연히 이 사건에 말려들었고, 나처럼 회의적인 시각으로 순응하면서 한편으로는 경멸하는 것 같았어. 내가 지금까지 알아낸 바로는, 그는 남들의 칭찬을 받는 데에만 관심이 있거든. 고상한 영혼에게 어울리는 야심이지만 특히 머리 좋은 악당에게는 이로운 야심이기도 하지. 그래, 그가 이렇게 말하더구나. '칭찬받는 것, 바로 그겁니다.' 그는 사람들의 말과 생각이 다를 수 있다는 것을 전혀 생각하지 않는 모양이더라. 순진해서인지 실리적이어서인지는 모르겠다. 나는 늘 비범한 인물에게 관심을 느끼는데, 그들이 인류의 정신 상태를 보여 주는 일반적 공식에 꼭 들어맞기 때문이야.

내가 걸음을 멈추지 않고 어두운 아치문 밑에 있는 사람들을 지나친 후에 부둣가 길에서 그가 다가왔단다. 그는 어려운 처지의 여자와 얘기를 나누었다더구나. 그가 옆에서 걷는 동안 나는 입을 다물고 신중히 있었어. 잠시 후 그가 입을 열었는데, 내가 예상한 이야기는 아니었지. 그저 어떤 노파에 대한 이야기였어. 레이스를 짜는 그 노파는 시 당국에 청소부로 고용된 아들을 찾고 있었다는 거야. 전날 동틀 무렵에 아들 친구들이 오두막에 찾아와 그를 불러냈는데, 그들과 함께 나간 후로 아들을 보지 못했다고. 그래서 노파가 꺼진 불 위에 반쯤 조리된 음식을 놔두고 기어 나와서 항구까지 왔다는 거야. 폭동이 일어난 아침에 청년들이 거기서 살해되었다는 말을 듣고서. 세관을 지키던 부두 노동자 한 명이 호롱불을 들고 나와서 주위에 널린 시신들을 살펴보도록 노파를 도와주었다네. 그런데 노파는 아들을 찾지 못하고 엉금엉금 돌아가다가 너무 지쳐서 아치문 밑 돌계단에 주저앉아 신음하고 있었어. 노동자 감독은 노파에게 말을 걸었고, 신음 소리와 함께 띄엄띄엄 이어지는 이야기를 듣고는 굴드 저택의 앞뜰에 누워 있는 부상자들 속에서 찾아보라고 말해 줬단다. 또 노파에게 25센트를 줬다고 태평하게 말하더구나.

'왜 그랬소?' 내가 물었어. '아는 사람이었소?'

'아뇨, 본 적이 없을 겁니다. 볼 수가 없었죠. 그 노인네는 몇 년간 길거리에 나온 적도 없을 테니까요. 이 나라에서 흔히 볼 수 있는 노인네예요. 오두막 뒤곁에서 막대기를 옆에 놓고 쭈그리고 앉아 풍로를 들여다보고, 너무 기운이 없어서 불쑥 나타난 개들이 냄비에 덤벼들어도 쫓아내지도 못하죠. 망할! 목소리만 들어도 저승사자가 깜빡 잊고 데려가지 않은 노인네라는 걸 알 수 있거든요. 그렇지만 늙은이든 어린애든 돈을 좋아해요. 그리고 돈 주는 사람을 칭찬할 거예요.' 그가 조금 웃었어. '내가 손바닥에 동전을 올려 줬을 때 그걸 움켜쥐는 거친 손을 보셨어야 하는데.' 그가 말을 멈추더니 '게다가 그건 내게 남은 마지막 동전이었어요.'라고 덧붙였어.

나는 아무 말도 하지 않았어. 그가 씀씀이가 헤프고 카드 도박에 운이 없다는 건 잘 알려진 사실이지. 그러니 그는 지금도 여기 처음 왔을 때처럼 무일푼인 거야.

'어쩌면, 돈 마틴,' 그가 생각에 잠긴 듯이 말을 꺼냈어. '내가 은괴를 지켜 내면 광산 경영자께서 언젠가는 보답해 주겠죠?'

나는 분명코, 그러지 않을 리 없다고 말했어. 그는 걸음을 옮기며 혼자 중얼거렸지. '네, 그래요, 틀림없이, 분명히 그럴 겁니다. 자, 남들의 칭찬을 받는 게 어떤 건지 생각해 보세요, 마틴 씨! 나 말고는 이런 일을 도맡을 사람을 생각할 수가 없거든요. 언젠가는 큰 보상을 받겠죠. 빨리 받으면 좋겠어요.' 그가 중얼거렸어. '이 나라에서는 시간이 어느 곳보다 빨리 흐르니까.'

사랑하는 누이야, 그 위대한 대의를 위한 대탈출에 나와 동행할 인간이 바로 이런 사람이란다. 약삭빠르기보다는 순진하고, 교활하기보다는 오만하고, 그를 부리는 사람들이 쓰는 돈보다 더 아낌없이 자기 능력을 베풀지. 감상이 아니라 자부심을 느끼며 그는 적어도 그렇게 생각하고 있어. 그와 사귀게 되어 다행이야. 자기 분야에서 작은 천재적 재능을 발휘하는 사람으로서보다는 동무로서 그가 더 중요하단다. 나는 이 독특한 이탈리아인 선원에게 자정이 지난 시간에도 신문사에 와서 신문이 인쇄되는 동안 편집자에게 허물없이 얘기할 수 있게 해 주었어. 인생의 가치를 일신의 명성에 두는 사람을 만난 건 희한한 일이야.

나는 지금 여기서 그를 기다리고 있단다. 비올라의 여관에 도착해 보니 아이들만 아래층에 있고 제노바 출신의 영감이 동향인 노스트로모에게 의사를 데려오라고 소리치더구나. 아니었다면 우리는 벌써 부두로 나갔을 거야. 미첼 선장이 자원한 유럽인 몇 명과 선발된 부두 노동자들과 함께 은괴를 거룻배에 싣고 있을 테지. 몬테로를 패배시키기 위해 그 은괴가 그의 손아귀에 들어가지 않도록 지켜야 하는 거야. 노스트로모는 말을 타고 시내로 맹렬히 달려갔단다. 출발한 지 벌써 꽤 됐어. 이렇게 지연되는 바람에 네게 얘기할 시간이 생긴 셈이지. 이 수첩이 네 손에 들어갈 때쯤이면 많은 일이 일어났겠지. 하지만 지금은 깜깜한 어둠에 묻힌 이 고요한 집에 떠도는 죽음의 날개 밑에서 시간이 잠시 정지되어 있단다. 죽어 가는 여자, 숨소리도 내지 않고 웅크리고 있는 두 아이, 두꺼운 벽 너머에서 생쥐처럼 살그머니 발을 스치며 배회하는 노인이 있을 뿐이지. 그들과 함께 있는 유일한 타인인 나는 산 사람들 속에 있는지 죽은 사람들 속에 있는지 모르겠구나. 여기 사람들이 어느 질문에나 대답할 때 말하듯이, '누가 알겠니?' 그렇지만 아니! 너에 대한 감정은 분명 죽지 않았어. 이 모든 것, 이 집, 이 어두운 밤, 이 어둑한 방에 있는 고요한 아이들, 여기 있는 바로 내 존재. 이 모든 것이 삶이고, 틀림없는 삶이야. 너무도 꿈만 같구나."

이 마지막 줄을 쓰면서 드쿠는 갑자기 한순간 완전한 망각에 빠져들었다. 총알이라도 맞은 듯 그의 몸이 탁자 위로 기울어졌다. 다음 순간 그는 혼란스러운 상태에서 똑바로 앉았고, 연필이 바닥에 구르는 소리를 들은 것 같았다. 활짝 열린 나지막한 식당 문에서 횃불이 번쩍였고 그 가운데서 말의 다리가 보였다. 말은 맨발 뒤꿈치에 긴 쇠 박차를 묶은 기수의 다리를 꼬리로 치고 있었다. 두 소녀는 보이지 않았고, 이마에 푹 눌러쓴 맥고모자의 둥근 테두리 밑에서 노스트로모가 그를 쳐다보았다.

"굴드 부인의 마차로 그 심술궂은 얼굴의 영국인 의사를 데려왔어요." 노스트로모가 말했다. "아무리 재주가 뛰어나다 해도 이번에는 여기 안주인을 구할 수 없을 겁니다. 아이들을 불러갔어요. 그건 나쁜 조짐이죠."

그는 의자 끝에 앉았다. "안주인이 애들을 축복하려는 모양이에요."

얼떨떨한 기분으로 드쿠는 자신이 깊은 잠에 빠졌던 모양이라고 말했다. 노스트로모는 창밖에서 들여다보니 드쿠가 양팔에 머리를 올려놓고 탁자 위에 엎어져 있었다고 희미한 미소를 지으며 말했다. 영국인 부인도 함께 와서 의사와 함께 즉시 2층으로 올라가며, 아직 돈 마틴을 깨우지 말라고 말했다. 하지만 위층에서 아이들을 불러오라고 해서 그가 식당에 들어왔던 것이다.

문밖에서 기수의 하체와 함께 빙 도는 말의 하반신이 보였다. 안장 앞가지의 막대기에 걸린 쇠 통에서 대마와 송진을 태우는 횃불이 한순간 번뜩이듯 방 안을 밝혔고, 굴드 부인이 몹시 창백하고 지친 얼굴로 급히 들어섰다. 검푸른 망토의 두건이 젖혀져 있었다. 두 남자가 일어섰다.

"테레사가 당신을 보고 싶어 해요, 노스트로모." 그녀가 말했다.

카파타스는 움직이지 않았다. 드쿠는 탁자를 등지고 외투의 단추를 채우기 시작했다.

"굴드 부인, 그 은, 은괴 말입니다." 그가 영어로 중얼거렸다.

"에스메랄다 수비대가 기선을 타고 온다는 것을 잊지 마십시오. 언제든 항구에 나타날 수 있어요."

"의사 말로는 희망이 없대요." 굴드 부인 역시 영어로 재빨리 말했다. "내가 마차로 당신들을 항구에 데려다줄게요. 그런 다음에 아이들을 데리러 돌아오겠어요." 그녀는 재빨리 스페인어로 바꾸어 노스트로모에게 말했다. "시간을 허비하지 마세요. 조르조 씨의 아내가 당신을 보고 싶어 해요."

"가겠습니다, 부인." 카파타스가 중얼거렸다.

모니검 의사가 이제 아이들을 데리고 내려왔다. 굴드 부인의 묻는 눈빛에 그는 고개만 젓고는 곧 밖으로 나갔고, 노스트로모가 그 뒤를 따랐다.

횃불을 운반하는 사람의 말은 고개를 푹 숙인 채 꼼짝하지 않았고, 말에 탄 사람은 담뱃불을 붙이려고 고삐를 늘어뜨렸다. 검은색의 큰 글자가 새겨진 집의 정면에 횃불 빛이 어른거리자 그 가운데 '이탈리아'라는 글자만 온전히 빛을 받아 선명하게 돋보였다. 길에서 기다리는 굴드 부인의 마차에도 불빛이 너울거렸고, 누런 얼굴의 뚱뚱한 이그나시오는 마부석에서 졸고 있는 게 분명했다. 그 옆에 가무잡잡하고 바싹 여윈 바실리오가 윈체스터 카빈총을 양손으로 움켜잡고 겁에 질린 채 어둠을 응시하고 있었다. 노스트로모가 의사의 어깨를 가볍게 쳤다.

"정말 부인이 죽는 겁니까, 의사 선생님?"

"그렇다네." 의사는 흉터가 있는 뺨을 기묘하게 씰룩이며 말했다. "왜 자네를 보려고 하는지 이해할 수 없군."

"전에도 그랬어요." 노스트로모가 얼굴을 돌리며 말했다.

"자, 카파타스, 장담하네만, 이제는 부인이 그럴 수 없을 거네." 모니검 의사가 으르렁거리듯 말했다. "부인에게 가 보든지 아니면 가까이 가지 말든지 결정하게. 죽어 가는 사람에게 이야기해 봐야 얻을 건 거의 없어. 그런데 부인은 자네가 이곳에 첫발을 딛는 순간부터 어머니처럼 대해 주었다고 에밀리아 부인에게 말하더군."

"맞습니다! 그런데 남들에게 제 칭찬을 해 준 적은 한 번도 없어요. 오히려 제가 살아 있어서, 또 부인이 원했던 아들과 비슷한 남자라서 저를 용서하지 못하는 것 같았어요."

"그럴지도 모르지!" "여자들은 자기 나름으로 스스로를 고문하거든." 가까이에서 슬픔에 젖어 나지막하게 탄식하는 목소리가 들렸다. 조르조 비올라 영감이 집에서 나왔던 것이다. 횃불 빛에 그의 육중한 그림자가 검게 드리워졌다. 눈부신 빛이 노인의 큰 얼굴과 백발이 성성한 머리를 환히 비췄다. 그는 팔을 뻗어 카파타스에게 안으로 들어가라고 손짓했다.

모니검 의사는 마차 좌석에서 광택이 도는 작은 목제 약품 상자를 바삐 뒤적이더니 몸을 돌리고 유리 마개가 달린 병을 조르조 영감의 떨리는 손에 내밀었다.

"이걸 한 숟가락씩 물에 타서 부인에게 가끔 주십시오." 그가 말했다. "그러면 조금 편안해질 겁니다."

"아내에게 더 해 줄 것은 없소?" 노인이 끈기 있게 물었다.

"없습니다. 이 세상에는 없어요." 의사가 돌아서서 약품 상자를 딱 소리가 나게 닫으며 말했다.

노스트로모는 천천히 큰 부엌을 가로질렀다. 조리대의 육중한 화로 선반 밑에서 타고 있는 숯 더미 외에는 온통 캄캄했고, 쇠 주전자의 물이 요란한 소리를 내며 끓고 있었다. 두 벽 사이의 좁은 층계에, 위층 병실에서 새어 나온 밝은 빛이 흘러내렸다. 벌어진 체크무늬 셔츠 사이로 늠름한 목과 덥수룩한 수염, 구릿빛 가슴을 드러낸 채 부드러운 가죽 샌들을 신고 소리 없이 계단을 올라가는 당당한 부두 노동자 감독은 포도주나 과일을 운반하는 작은 범선에서 방금 뭍에 내린 지중해 선원 같았다. 층계참에 이르자 그가 걸음을 멈췄다. 넓은 어깨와 좁은 엉덩이, 유연한 몸을 가진 그는 큰 침대를 바라보았다. 눈처럼 하얀 시트가 호화로운 침상처럼 펼쳐진 침대에 안주인이 눈썹이 검고 잘생긴 얼굴을 가슴 위로 푹 숙인 채 어디에도 기대지 않고 앉아 있었다. 은발 몇 가닥이 섞인 칠흑처럼 까만 숱 많은 머리칼이 어깨를 덮었고 앞으로 쏟아진 한 움큼의 머리칼이 뺨을 반쯤 가렸다. 육신의 불안과 초조함을 드러내는 그 자세 그대로 그녀는 눈만 들어 노스트로모를 보았다.

붉은 띠로 허리를 여러 번 감은 그는 묵직한 은반지를 낀 집게손가락을 들어 수염을 비틀었다.

"그 혁명이, 그놈의 혁명이," 테레사 부인이 헐떡이며 말했다. "봐라, 잔 바티스타, 난 결국 그것 때문에 죽는 거야!"

노스트로모는 아무 말도 하지 않았다. 병든 여자는 고개를 들고 다시 우겼다. "봐, 이번 혁명이 날 죽였어. 너하고는 아무 상관도 없는 걸 위해 싸운답시고 네가 돌아다니는 동안에 말이야. 이 바보야."

"왜 그런 말을 하세요?" 감독은 이를 악물고 중얼거렸다. "내 판단력은 전혀 믿지 않는 건가요? 나 자신을 유지하는 건 나한테 중요한 일이에요. 어느 날이나 똑같이."

"정말로 넌 늘 똑같아." 그녀가 신랄하게 말했다. "언제나 네 생각만 하고, 네게 관심이 없는 사람들의 그럴싸한 말을 보상이랍시고 받고 있지."

두 사람 사이에는 화목하고 다정한 친밀감이 있었지만 그 못지않게 적대적인 친밀감이 존재했다. 그는 테레사가 바란 길로 나아가지 않았던 것이다. 자기 딸들에게 벗이자 보호자가 되어 주기를 바라며 그에게 배를 떠나라고 권한 것도 그녀였다. 조르조의 아내는 자신의 위태로운 건강 상태를 알고 있었고, 늙은 남편의 외로움과 의지할 데 없는 아이들에 대한 걱정에 시달렸다. 그래서 겉보기에는 조용하고 착실하며 다정하고 고분고분한 그 젊은이를 자기 사람으로 만들고 싶었다. 그는 아주 어린 시절에 고아가 되어서 이탈리아에는 삼촌 외에 다른 친지도 없었고, 작은 선박의 주인이자 선장이었던 삼촌이 혹사시키는 바람에 열네 살도 되기 전에 달아났다고 했다. 그는 용감했고, 출세하려고 작정하고 열심히 일하는 듯이 보였다. 고마운 마음과 습관에 얽매이다 보면 자신과 조르조에게 아들이나 다름없는 사람이 될 것이다. 그리고 린다가 커서 어쩌면……. 부부간에 열 살 차이는 그리 대단한 것이 아니다. 그녀의 남편도 거의 이십 년 연상이었다. 게다가 잔 바티스타는 매력적인 청년이었다. 남자나 여자, 아이들에게도 매력적으로 보이는 깊고 조용한 성품은 맑은 여명처럼 그의 강건한 육체와 확고한 행동의 장래를 더욱 유혹적으로 보이게 했다.

조르조 영감은 아내의 생각과 소망을 전혀 알지 못한 채 동향인 젊은이를 존중했다. "남자는 고분고분하면 못 써." 그는 그 멋진 카파타스를 변호하느라 스페인 속담을 인용해서 아내에게 말하곤 했다. 그녀는 그의 성공을 점점 시샘하게 되었다. 그가 자기에게서 달아날까 봐 두려웠다. 실리적인 그녀가 보기에 그는 자신을 소중한 인물로 만들어 준 자질을 터무니없이 허비하는 것 같았다. 그 자질에 비해 그가 얻는 보상은 너무나 형편없었다. 너무 많은 사람에게 그 자질을 아낌없이 흩뿌리며 허비하고 있다고 그녀는 생각했다. 그에게는 모아 놓은 돈도 한 푼 없었다. 그녀는 그의 가난과 공적, 모험, 연애와 평판에 욕설을 퍼붓곤 했다. 그러나 마음속으로는 실로 친아들인 양 그를 포기하지 않았다.

지금처럼 다가오는 죽음의 냉기와 검은 숨결이 느껴질 만큼 아픈 와중에도 그녀는 그가 보고 싶었다. 자신의 지배력을 되찾으려고 마비된 손을 내미는 것 같았다. 하지만 그녀는 자신의 힘을 너무 과신했다. 생각을 추스를 수 없었다. 생각이 시력처럼 흐릿했다. 말도 입술에서 머뭇거렸다. 평생의 가장 큰 근심과 욕구만이 죽음에 맞설 만큼 강렬한 것 같았다.

카파타스가 말했다. "이런 얘기는 많이 들었어요. 부인 말씀은 옳지 않아요. 그렇다고 내가 불쾌하게 느끼는 건 아니지만. 다만 지금 부인은 말할 기운이 없는 것 같고, 나는 들어줄 시간이 없어요. 아주 중요한 일을 하기로 되어 있거든요."

그녀는 자기를 위해 그가 시간을 내서 의사를 데려온 것이 사실이냐고 힘겹게 물었다. 노스트로모는 그렇다고 고개를 끄덕였다.

그녀는 기분이 좋아졌다. 이 청년이 진정으로 도움을 원하는 사람을 위해 그 일을 해 주었다는 것을 알고 나니 고통이 줄어들었다. 그것은 우애의 증거였다. 그녀의 목소리가 조금 커졌다.

"내게 필요한 건 의사가 아니라 신부님이야." 그녀가 애처롭게 말했다. 그녀는 고개는 그대로 두고 눈동자만 돌려 눈꼬리로 침대 옆에 서 있는 카파타스를 바라보았다. "지금 날 위해 신부님을 모셔다 주겠니? 생각해 봐! 죽어 가는 여자의 부탁이야!"

노스트로모는 단호하게 고개를 저었다. 그는 신부들이 성스러운 권리를 갖고 있다고 믿지 않았다. 의사들이야 쓸모가 있다. 그러나 사제로서 신부는 아무것도 아닌 무해무익한 존재였다. 노스트로모가 조르조 영감처럼 신부들의 모습조차 보기 싫어한 건 아니다. 신부를 데려와 봐야 쓸모없는 일이라는 생각이 확고했을 뿐이다.

"부인," 그가 말했다. "전에도 이러다가 며칠 지나서 좋아졌잖아요. 나는 이미 할애할 수 있는 마지막 몇 분까지 부인에게 다 썼어요. 신부님을 데려다달라는 부탁은 굴드 부인에게 하세요."

이처럼 불경하게 거절하면서도 그는 마음이 편치 않았다. 부인은 신부를 믿었고 고해성사를 받아 왔다. 하지만 여자들은 다들 그렇게 한다. 그것은 그리 중요한 일일 리 없다. 하지만 부인이 사죄(赦罪)를 조금이라도 믿는다면 그것이 얼마나 중요한 의미일지 생각하니 잠시 마음이 무거웠다. 상관없다. 그에게 남은 마지막 순간을 이미 그녀에게 내준 것은 전적으로 사실이었다.

"안 가겠다고?" 그녀가 헐떡거렸다. "아, 넌 늘 그 모양이야."

"합리적으로 생각해 보세요, 부인." 그가 말했다. "광산의 은을 지키려면 내가 필요해요. 아시겠어요? 아수에라반도의 유령과 마귀가 지킨다는 보물보다 더 굉장한 보물이에요. 사실이에요. 난 지금까지 해 온 것보다 더 필사적인 과업을 해내기로 결심했어요."

부인은 절망적인 분노를 느꼈다. 그를 시험해 보려는 최후의 테스트에서 실패한 것이다. 그녀를 내려다보며 서 있던 노스트로모는 발작적 고통과 분노로 일그러지는 그녀의 얼굴을 보지 못했다. 그녀의 온몸이 떨리기 시작했다. 앞으로 숙인 머리가 흔들렸고 넓은 어깨도 떨렸다.

"그렇다면 하느님이 나를 가엾게 여기시겠지! 하지만 그 일에서 언젠가 네게 닥칠 후회 말고도 뭔가 네 것을 챙길 수 있도록 해라."

그녀는 힘없이 웃었다. "적어도 한번은 큰 재산을 얻으란 말이야, 너, 꼭 필요한 사람이라고 칭찬받는 잔 바티스타. 죽어가는 여자의 평화를 사람들의 칭찬만도 못하게 여기는 녀석. 네 영혼과 몸을 바친 대가로 그들은 바보 같은 칭찬이나 해 대고 그것 말고는 아무것도 주지 않는데."

카파타스 데 카르가도레스는 작은 소리로 혼자 욕설을 퍼부었다.

"내 영혼은 걱정 마세요, 부인. 그리고 내 몸은 내가 잘 돌볼 수 있어요. 사람들이 나를 필요로 한다고 무슨 해가 되나요? 내가 부인과 애들에게서 뭘 빼앗았다고 시기하는 겁니까? 부인이 비난한 바로 그 사람들이 영감님께 많은 것을 해 줬어요. 내게 해 준 것 이상으로."

그는 손바닥을 펼쳐 가슴을 쳤다. 어조는 강력했지만 목소리는 높지 않았다. 그는 콧수염을 차례로 비틀고, 두리번거리며 방을 돌아보았다.

"그들의 목적에 적합한 사람이 나뿐이라는 게 내 잘못인가요? 화가 나서 아무렇게나 헛소리를 하는 거예요, 부인. 내가 용기도 명성도 없는 물러 터진 나폴리 사람처럼, 시장에서 수박을 팔거나 항구에서 노를 저어 승객이나 운반하면서 겁에 질려 바보처럼 살면 좋겠어요? 젊은이를 수도승처럼 살게 하고 싶어요? 난 그럴 생각 없어요. 부인은 큰딸의 남편감이 수도승 같으면 좋겠어요? 그 애가 자라도록 내버려 두세요. 뭐가 두려운 거죠? 부인은 지난 몇 년간 내가 무슨 일을 하든 사사건건 화를 냈어요. 부인이 조르조 영감님 몰래 내게 린다에 대해 얘기한 후로. 한 아이의 남편이 되고 다른 아이의 오빠가 되어 달라고 하셨죠? 그래, 좋아요! 난 애들을 좋아하고, 또 언젠가는 결혼해야겠죠. 그렇지만 그 후로 부인은 누구에게나 나를 헐뜯었어요. 왜 그런 거죠? 저기 철도 조차장을 지키는 개처럼 내 목에 개 목걸이와 사슬을 두를 수 있다고 생각했나요? 자, 보세요. 나는 어느 날 저녁 육지에 올라와서 당시 부인이 살던 시내 반대편 초가지붕의 목장에 앉아 부인에게 내 얘기를 털어놓은 바로 그 남자예요. 그때는 부인이 날 부당하게 대하지 않았어요. 그 후로 무슨 일이 있었던 거죠? 난 이제 하찮은 청년이 아니에요. 영감님 말씀대로 좋은 평판은 보물 같은 거예요, 아주머니."

"사람들이 칭찬을 해 대면서 널 우쭐하게 만들었어." 병든 여자가 헐떡이며 말했다. "네게 빈말로 보상을 했지. 네 어리석음에 속아서 너는 가난하고 비참하고 굶주리게 될 거야. 천한 인간들도 비웃을 거야, 그 위대한 카파타스를."

노스트로모는 깜짝 놀라서 벙어리가 된 듯이 잠시 서 있었다. 그녀는 그를 한 번도 쳐다보지 않았다. 자신감 넘치는 씁쓸한 미소가 입가에 재빨리 스치더니 그가 뒤로 물러섰다. 무시당한 그의 형체가 문간을 넘어갔다. 자신이 손에 넣었고 계속 간직하려 하는 명성을 비웃은 이 여자 때문에 평소처럼 당혹스러운 기분으로 뒤돌아 계단을 내려갔다.

아래층 큰 부엌에는 촛불 하나가 벽과 천장의 그림자에 둘러싸여 타고 있었고, 열려 있는 바깥문은 환한 붉은빛으로 채워져 있지 않았다. 굴드 부인과 돈 마틴을 태운 마차가 이미 횃불 든 기사를 앞세워 부두로 달려간 것이다. 집에 남아 있던 모니검 의사는 촛대 가까이 있는 단단한 목제 탁자의 귀퉁이에 앉아서 상흔이 남은 면도한 얼굴을 옆으로 기울이고 가슴에 팔짱을 낀 채 입술을 오므리고 퉁방울눈으로 검은 흙바닥을 냉담하게 쏘아보고 있었다. 주전자의 물이 여전히 팔

팔 끓고 있는 화로 위 선반 가까이에서 손으로 턱을 괴고 있던 조르조 영감이 갑자기 떠오른 생각에 이끌린 듯 한 발을 내밀었다.

"안녕히 계세요, 영감님." 노스트로모가 혁대에 매달린 권총 손잡이를 만져 보고 칼집에서 칼을 끌러 놓으며 말했다. 그는 붉은 안감을 댄 푸른색 판초를 탁자에서 집어 머리 위로 뒤집어썼다. "안녕히. 제 방에 있는 물건들을 처리해 주세요. 제 소식을 듣지 못하시거든 거기 있는 상자를 파키타에게 주시고요. 값나가는 물건은 별로 안 들어 있어요. 새로 산 멕시코제 모포와 제일 좋은 재킷에 달린 은 단추 몇 개뿐이에요. 상관없어요. 그녀의 다음 애인에게는 그것들이 아주 멋지게 보일 테니까. 그리고 그 남자는 제가 아수에라를 떠나지 못하는 그 외국인 귀신들처럼 죽은 후에도 땅 위에 남아 있을까 봐 걱정할 필요가 없어요."

모니검 의사는 입술을 비틀어 신랄한 미소를 지었다. 조르조 영감이 보일 듯 말 듯 고개를 끄덕이고 말없이 좁은 계단을 올라간 다음에 의사가 말했다.

"아니, 카파타스! 자네는 어떤 일에도 실패를 모르는 줄 알았는데."

노스트로모는 얕보듯이 의사를 흘끗 쳐다보고는 문간에 서서 담배를 말아 성냥을 그어 불을 붙인 다음에 성냥개비의 불꽃이 거의 손가락에 닿을 때까지 머리 위로 쳐들었다.

"바람이 전혀 없군!" 그는 혼자 중얼거렸다. "저, 선생님은 제가 맡은 일이 어떤 건지 아십니까?"

모니검 의사가 찌무룩하게 고개를 끄덕였다.

"저는 저주받은 기분이에요, 의사 선생님. 이 해안에서 누군가 보물을 갖고 있다면 어느 바닷가에서든 모두들 칼을 겨눌 거예요. 아시겠어요, 선생님? 어디에선가 북향 기선을 만날 때까지 제 목숨은 저주에 걸려 꼼짝없이 물 위를 떠돌 겁니다. 혹시 기선을 만난다면 아메리카의 한쪽 끝에서 다른 끝까지 사람들이 온통 술라코의 부두 노동자 감독 얘기를 하겠죠."

모니검 의사는 목에 걸린 듯 쿡 소리를 내며 짧게 웃었다. 노스트로모가 문간에서 돌아보았다.

"하지만 선생께서 그런 일에 나서 줄 만한 사람을 찾는다면 전 물러나겠어요. 정확히 말해서, 사는게 지겨워진 건 아니거든요. 전 재산을 말 등에 실을 수 있을 정도로 가난하긴 하지만."

"자네는 도박을 너무 많이 해. 그리고 예쁜 여자에게는 절대로 거절을 못 하지, 카파타스." 모니검 의사가 은근히 고집스럽게 말했다. "그래서는 재산을 모으지 못해. 그런데 내가 아는 사람 중 어느 누구도 자네가 가난할 거라고는 생각하지 않네. 자네가 이번 모험에서 안전하게 돌아올 경우를 대비해서 흥정을 잘했으면 좋겠군."

"선생님이라면 어떻게 흥정하셨겠습니까?" 노스트로모가 입술 사이로 연기를 문간에 내뿜으며 물었다.

모니검 의사는 잠시 계단 위쪽에 주의를 기울이다가 갑자기 짧은 웃음을 터뜨리며 말했다.

"유명한 카파타스, 자네 말대로 자기 등에 죽음의 저주가 걸린 일이라면, 그 보물 전부가 아니면 안 될 걸세."

이런 조롱조의 대답을 듣자 노스트로모는 불만스러운 듯 투덜거리며 문밖으로 사라졌다. 모니검 의사는 급히 질주하는 그의 말발굽 소리를 들었다. 노스트로모는 어둠 속에서 맹렬히 달렸다. 부두 옆 O. S. N. 회사 건물에 불이 밝혀져 있었지만 그곳에 이르기 전에 굴드 집안의 마차와 마주쳤다. 앞장선 기사들의 불빛에 속보로 달리는 흰 노새들과 마차를 모는 뚱뚱한 이그나시오, 카빈총을 들고 마부석에 앉아 있는 바실리오가 보였다. 검은 마차 안에서 굴드 부인이 소리쳤다. "모두들 당신을 기다리고 있어요, 카파타스!" 그녀는 드쿠의 수첩을 아직 손에 쥔 채 한기와 흥분을 느끼며 돌아오고 있었다. 그것을 누이에게 보내 달라고 드쿠가 맡긴 것이다. "누이에게 보내는 제 마지막 말이 될지도 모릅니다." 그는 굴드 부인의 손을 꼭 잡고 이렇게 말했다.

카파타스는 속도를 줄이지 않고 내달렸다. 방파제 끝에서 라이플총을 든 희미한 형체들이 튀어나와 말 머리에 다가왔고, 다른 형체들이 그를 에워쌌다. 미첼 선장이 망을 보도록 배치한 선박 회사 노동자들이었다. 노스트로모가 한마디 하자 그의 목소리를 알아들은 형체들이 웅얼거리며 순순히 물러섰다. 방파제 다른 쪽의 화물 기중기 옆에서 발갛게 달아오른 시가를 들고 있던 시커먼 무리가 안도한 목소리로 그의 이름을 불렀다. 술라코의 유럽인들 대부분이 찰스 굴드를 둘러싸고 거기 모여 있었다. 마치 광산의 은이 공동 이념의 표상이자 물질적 이익의 최고 중요성을 상징하는 것처럼. 그들은 손수 은을 거룻배에 실었다. 노스트로모는 키가 크고 여윈 돈 카를로스 굴드를 알아보았다. 약간 떨어진 곳에서 말없이 서 있는 굴드에게 또 다른 장신의 수석 기술자가 말했다. "혹시라도 잘못해서 은을 잃는다면, 바닷속에 빠지는 편이 천만 배 더 낫습니다."

마틴 드쿠가 거룻배에서 소리쳤다. "새로 탄생한 옥시덴탈 공화국에서 다시 악수를 나눌 때까지 안녕히 계십시오, 신사 여러분." 낭랑하게 울리는 그의 목소리에 대한 응답은 나직한 중얼거림뿐이었다. 바로 다음 순간 항구가 캄캄한 어둠 속으로 떠내려가는 것 같았다. 실은 노스트로모가 벌써 무거운 노를 잡아 말뚝에 대고 밀어낸 것이었다. 드쿠는 꼼짝하지 않았다. 마치 우주 속으로 흘러 들어가는 느낌이었다. 한두 번 철썩거린 후에는 쿵쿵거리며 보트를 돌아다니는 노스트로모의 발소리 말고는 아무 소리도 들리지 않았다. 그가 큰 돛을 올렸다. 숨결 같은 바람이 드쿠의 뺨에 살랑였다. 노스트로모가 항구를 벗어나도록 도와주려고 미첼 선장이 방파제 끝기둥에 달아 놓은 등불 외에는 모든 것이 사라졌다.

서로의 얼굴도 볼 수 없었던 두 남자는 입을 다물었다. 이윽고 거룻배가 변덕스러운 미풍을 받아 미끄러지듯 움직이며 거의 보이지 않는 곶을 빠져나와 더 캄캄한 만에 들어섰다. 얼마간은 방파제의 등불이 그들 뒤쪽에서 빛을 발했다. 바람이 멎었다가 다시 일었지만 너무나 미약한 실바람이어서 이물 쪽에 갑판이 있는 큰 배는 마치 공중에 매달린 듯 소리 없이 미끄러져 나아갔다.

"이제 만에 들어왔군요." 노스트로모가 차분한 목소리로 말했다. 잠시 후 그가 덧붙였다. "미첼 씨가 등불을 내렸어요."

"그래." 드쿠가 말했다. "이제는 누구도 우리를 찾을 수 없겠소."

거대한 어둠이 다시 밀려와 배를 에워쌌다. 만의 바닷물은 하늘의 구름처럼 시커멓게 보였다. 노스트로모는 거룻배의 선박용 나침반을 보려고 성냥을 두어 번 그은 다음 얼굴에 닿는 바람을 느끼며 키를 조종했다.

끊임없이 요동치는 파도가 짙은 어둠의 무게에 짓눌린 듯 기이하게도 부드럽게 출렁이는 방대한 물결의 신비는 드쿠에게 생소한 경험이었다. 플라시도만은 검은 판초에 덮여 깊은 잠에 빠져 있었다.

이제 이 일의 성공 여부는 동트기 전에 해안에서 멀리 벗어나 만의 한가운데까지 나아갈 수 있느냐에 달려 있었다. 어딘가 가까이에 이사벨 군도가 있었다. "앞으로 바라볼 때 왼쪽에 있어요." 노스트로모가 갑자기 말했다. 그의 목소리가 사라지자 빛도 소리도 없는 거대한 정적이 강한 마약처럼 드쿠의 감각에 영향을 미치는 것 같았다. 이따금 그는 자기가 잠들었는지 깨어 있는지조차 알 수 없었다. 잠에 빠진 사람처럼 아무것도 듣지 못하고 아무것도 보지 못했다. 심지어 얼굴 앞에 손을 쳐들어도 그의 눈에는 존재하지 않았다. 흥분, 열정과 위험, 육지의 풍경과 소리와 백팔십도로 다른 상황이라서 머릿속에 오가는 생각만 아니었으면 죽음의 상태와 흡사했을 것이다. 이처럼 영원한 평화를 미리 맛보면서 그의 생각은 가볍고 생생하게 떠다녔다. 죽음을 통해 회한이나 희망이 자욱한 대기에서 풀려난 영혼이 이 세상 같지 않은 기이하고 선명한 꿈에 사로잡히듯이. 드쿠는 몸을 흔들었고, 따뜻한 공기가 몸을 스쳤지만 몸서리가 쳐졌다. 땅도, 바다도, 하늘도, 산과 바위도 존재하지 않는 듯이 주위를 둘러싼 암흑에서 자신의 영혼이 육신으로 방금 되돌아온 듯한 기묘한 느낌에 사로잡혔다.

키를 잡은 노스트로모도 존재하지 않는 것 같았지만 그의 목소리가 들려왔다. "잠시 졸았어요, 돈 마틴? 맙소사! 나도 그럴 수만 있다면 깜빡 잠든 모양이라고 생각할 텐데. 희한하게도 흐느끼는 소리가 들리는 꿈을 꾼 것 같거든요. 어딘지 이 배 가까이에서 슬퍼하는 남자 목소리. 한숨과 흐느낌의 중간이랄까."

"이상하군!" 드쿠는 여러 겹의 방수포에 덮인 은괴 상자 위로 몸을 뻗으며 중얼거렸다. "이 만에 우리 가까이 다른 보트가 있을 수 있을까? 우리에겐 안 보이지만."

이 터무니없는 생각에 노스트로모는 약간 웃음을 터뜨렸다. 그들은 그 생각을 머릿속에서 떨쳐 냈다. 적막감이 손에 잡힐 듯 생생하게 느껴졌다. 실바람이 멎자 드쿠는 돌덩이 같은 어둠에 짓눌리는 느낌이었다.

"이건 너무 심하군." 그가 중얼거렸다. "배가 조금이라도 움직이는 거요, 카파타스?"

"뒤엉킨 풀숲에서 기어가는 딱정벌레보다도 느려요." 노스트로모가 대답했다. 그의 목소리는 그들을 둘러싼 따뜻하고 절망적인 어둠의 두터운 장막에 흡수된 듯 둔탁하게 들렸다. 노스트로모가 한참 아무 말도 하지 않고 있으면 기이하게도 보이지도, 들리지도 않는 가운데 거룻배 밖으로 걸어 나가 사라져 버린 것 같았다.

온통 암흑천지에서 바람이 완전히 잦아들자 노스트로모는 거룻배가 어느 쪽을 향하고 있는지도 알 수 없었다. 그는 섬을 찾으려고 뚫어지게 응시했다. 바다 밑바닥에 가라앉아 버린 듯 섬의 흔적도 보이지 않았다. 결국 그는 드쿠 옆에 드러누워 드쿠의 귀에 속삭였다. 바람이 없어 동이 틀 때까지도 술라코 해안을 벗어나지 못하면 큰이사벨섬의 높은 기슭 끝 절벽 뒤로 노를 저어 그곳에 배를 숨겨 둘 수 있을 거라고. 노스트로모가 진지하게 걱정하는 바람에 드쿠는 깜짝 놀랐다. 그에게 은괴를 옮기는 일은 정략적인 조처일 뿐이었다. 은이 몬테로의 수중에 들어가면 안 되는 몇 가지 이유가 있기 때문에 필요한 일이었다. 그러나 여기 이 남자는 그 일을 다른 시각에서 보았다. 저 육지의 신사들은 그에게 무슨 일을 맡겼는지 전혀 모른다는 것이었다. 노스트로모는 사방에 깔린 어둠에 압도되었는지 두려워하며 화를 내는 듯했다. 드쿠는 속으로 놀랐다. 옆 사람에게는 뻔히 보이는 위험에도 무덤덤했던 그 카파타스가 당연히 자신에게 믿고 맡겨진 물건의 치명적 위험에 냉소적으로 분개했던 것이다. 이것은 악마와 유령이 지킨다는 보물을 찾아오라고 아수에라의 깊은 협곡으로 보내는 것보다 더 위험한 일이라고 노스트로모는 웃음과 욕설을 터뜨리며 말했다. “우리는 망망대해에서 기선을 붙잡아야 해요.” 그가 말했다. "이 배에 실린 음식이 전부 동날 때까지 훤히 트인 바다에서 기선을 찾느라 줄곧 지켜봐야 한다고요. 혹시 운수 사납게 배를 놓치더라도 육지에 가까이 가서는 안 돼요. 그러다가 기력이 빠져서 미치거나 죽으면, 결국 어떤 해군 기선이 보물과 함께 두 시체가 실린 보트를 발견할 때까지 죽은 채로 떠다녀야겠죠. 보물을 지킬 방법은 그것뿐입니다. 아시겠어요? 우리가 지금 운반하는 이 은을 갖고 이 해안의 100킬로미터 이내의 어디든 상륙한다면 칼끝에 맨가슴을 들이대는 것과 마찬가지예요. 내게 맡겨진 이 물건은 치명적인 병이나 다름없어요. 사람들이 이걸 찾아내면 난 죽은 목숨이죠. 당신도 그렇고요, 나와 함께 있으니. 이 은만 있으면 한 지방 전체가 부자가 될 수 있어요. 도둑놈과 불한당이 득실거리는 원주민 부락 정도는 말할 것도 없죠. 그들은 하늘이 내려 준 선물이라 생각하고 한 치의 망설임도 없이 우리 목을 벨 겁니다. 이 난폭한 해안가에서 가장 훌륭한 사람의 그럴싸한 말이라도 믿을 수 없어요. 보물을 내놓으라는 요구에 즉시 순응하더라도 우리 목숨은 부지할 수 없어요. 아시겠어요? 더 자세히 설명할까요?"

"아니, 그럴 필요 없소." 드쿠가 약간 맥이 풀려 말했다. "이런 보물을 갖고 있는 것이 우리 처지에서는 죽을병에 걸린 거나 마찬가지라는 걸 나도 잘 알겠소. 하지만 이것을 술라코에서 옮겨야 했고, 그 일의 적임자가 당신이었소."

"그렇죠." 노스트로모가 말했다. "하지만 이 은을 잃는다 해도 돈 카를로스 굴드가 가난뱅이가 되진 않을 겁니다. 산에는 더 많은 보물이 있으니까. 부두에서 일을 끝내고 아가씨를 만나러 린콘에 갈 때면 조용한 밤에 은이 활강관을 따라 굴러 떨어지는 소리가 들리곤 했어요. 몇 년간 보물 덩어리가 천둥 같은 소리를 내며 쏟아져 내렸죠. 광부들 말로는 앞으로도 몇 년이고 계속 천둥처럼 쏟아질 보물이 산의 심장부에 가득 있다더군요. 하지만 바로 엊그제 우리는 이 보물을 폭도에게 빼앗기지 않으려고 싸웠고, 오늘 밤에는 멀리 옮기려고 바람 한 점 없는 이 어둠 속에 내몰린 거예요. 이것이 굶주린 사람에게 빵을 사 주기 위해 남은 마지막 은덩이라도 되는 듯이. 하! 하! 바람이 있든 없든 어떻든 간에 나는 이 일을 내 일생의 가장 유명하고 가장 필사적인 위업으로 만들 겁니다. 어린아이가 어른이 되고 어른이 노인이 되도록 이 사건은 사람들 입에 오르내릴 거예요. 하하! 카파타스 노스트로모에게 무슨 일이 생기든 이 은이 몬테로 일당에게 들어가선 절대로 안 된다고 하더군요. 그러니 장담하는데, 그 녀석들은 이것을 절대 손에 넣지 못할 겁니다. 이것의 안전은 노스트로모의 목에 걸려 있으니까."

"알겠소." 드쿠가 중얼거렸다. 동행자가 이 일을 자기 나름의 특이한 관점에서 바라보고 있음을 확실히 알게 되었다.

드쿠가 인간이 가진 자질의 특성에 대한 기본적인 이해도 없이 그 자질이 이용되는 것에 대한 생각에 잠겨 있을 때 갑자기 노스트로모가 그의 생각을 방해하며 긴 노를 살며시 물에 밀어 넣어 이사벨 군도 쪽으로 저어 가자고 제안했다. 날이 밝았을 때 항구 입구에서 1.5킬로미터쯤 떨어진 곳에 떠 있는 보물이 발각되어서는 안 되는 것이었다. 대체로 어둠이 짙게 깔릴수록 한바탕 세찬 바람이 불어오는 법이라서 그는 바람을 받아 나아가리라고 기대했지만, 오늘 밤에 만은 판초 같은 구름에 덮여 잠든 것이 아니라 아예 죽은 듯이 바람 한 점 일지 않았다.

돈 마틴은 부드러운 손으로 커다란 노의 두꺼운 손잡이를 힘껏 당기면서 통증을 느꼈지만 이를 악물고 남자답게 버텼다. 또한 상상의 나래를 펼쳐 그 속에 빠져들기도 했다. 거룻배의 노를 젓는 생소한 노동은 당연히 새로운 국가의 탄생과 관련이 있었고, 안토니아에 대한 사랑으로 인해 이상적 의미를 띠었다. 두 사람이 힘겹게 애써도 무거운 짐이 실린 거룻배는 거의 움직이지 않았다. 노스트로모가 규칙적으로 철썩철썩 노를 저으며 혼자 욕설을 내뱉는 소리가 들렸다. "비뚤비뚤 가는 모양이군." 그가 혼자 중얼거렸다. "섬이 보이면 좋겠는데."

돈 마틴은 서툰 솜씨로 너무 무리하게 힘을 주었다. 이따금 욱신거리는 손가락 끝에서 근육 마비 같은 것이 일어나 온몸을 지나서 달아오른 열기로 빠져나가곤 했다. 지난 마흔여덟 시간 동안 그는 몸과 마음의 온 힘을 다해 쉴 새 없이 싸우고, 말하고, 심신의 고통을 겪었다. 한시도 쉬지 못하고 음식도 거의 못 먹고 긴장된 사고와 감정으로 인해 숨 돌릴 틈도 없었다. 그의 힘과 영감의 원천이었던 안토니아에 대한 사랑도 돈 호세의 병상 옆에서 급히 대면하는 동안 비극적 긴장 상태에 이르렀다. 그런데 이제 갑자기 그 모든 것에서 벗어나 캄캄한 만에 내던져진 것이다. 만의 어둠과 정적, 바람 한 점 없는 고요가 육신을 놀려야 하는 노력을 더 고통스럽게 만들었다. 거룻배가 바닥으로 가라앉고 있다고 상상하자 놀랍게도 기쁨의 전율이 일었다. '정신이 혼미해지는 모양이야.'라고 생각하며 그는 팔다리와 가슴의 떨림을 억눌렀고, 강한 힘이 다 빠져 버린 온몸에서 일어나는 전율을 억제했다.

"좀 쉴까요, 카파타스?" 그는 무심한 어조로 제안했다. "새벽이 되려면 아직 시간이 많이 남았잖아요."

"맞아요. 1.5킬로미터쯤 남았을 겁니다. 팔을 편히 놀리세요. 그걸 원하신다면. 이 보물에 얽매였으니 다른 휴식은 얻지 못할 거요. 이 은덩이가 없어진다고 가난뱅이가 더 가난해지는 것도 아닌데. 어떻든 북쪽으로 가는 기선을 만날 때까지, 아니면 영국인의 은덩이에 널브러져 표류하는 우리 시신을 어떤 기선이 발견할 때까지 휴식은 없습니다. 아니면 오히려…… 아뇨. 맹세코, 갈증과 굶주림으로 내 온몸의 기운이 빠지기 전에, 뱃전이 물에 닿을 때까지 도끼로 부숴 버리겠어요. 모든 성인과 악마를 걸고 맹세하는데, 이 보물을 모르는 놈에게 넘기느니 차라리 바다에 빠뜨리겠어요. 이런 일에 흔쾌히 날 내보낸 신사들이, 내가 그분들의 생각에 딱 맞는 사내라는 걸 알게 될 겁니다."

드쿠는 은 상자 위에 누워 헐떡였다. 떠올릴 수 있는 과거의 온갖 활기찬 감각이나 감정이 더없이 무모한 꿈처럼 여겨졌다. 회의주의의 수렁에서 스스로 불러일으킨 안토니아에 대한 열정적 헌신도 현실감을 상실했다. 잠시 그는 아주 노곤하면서도 그리 불쾌하지 않은 무감각에 빠져들었다.

"그들은 당신이 이 일을 이토록 필사적으로 여길 줄은 몰랐을 거요." 그가 말했다.

"그럼 어떻게 봐야 하나요? 농담으로 여겨야 할까요?" 술라코 O. S. N. 회사 임금 대장의 급료 액수 옆에 '부두 감독'으로 명시된 남자가 으르렁거렸다. "이틀간 시가전을 치른 뒤 자고 있는 날 깨워 고약한 패에 목숨을 걸게 한 게 장난인가요? 게다가 내가 도박에 재수가 없다는 건 누구나 알아요."

"그렇소. 당신이 여자들에게 운이 좋다는 건 누구나 알아요, 카파타스." 드쿠가 지친 듯이 느린 어조로 그를 달랬다.

"자, 보세요." 노스트로모가 말을 이었다. "나는 이 일에 항의도 하지 않았어요. 무엇을 해야 하는지 듣자마자, 결사적으로 달려들어야 할 일이라는 것을 알았고, 그걸 해내겠다고 마음먹었어요. 일분일초가 소중했어요. 처음엔 당신을 기다려야 했죠. 그런데 이탈리아 여관에 도착했을 땐 조르조 영감이 영국인 의사를 데려오라고 소리쳤어요. 그런 다음에는, 아시다시피, 죽어 가는 가엾은 부인이 날 보자고 했어요. 내키지 않더군요. 벌써 이 저주받은 은괴가 내 등을 무겁게 짓누르는 느낌이었고, 부인이 자기가 죽어 가고 있다는 걸 알기 때문에 또 신부님을 모셔 오랄까 봐 걱정이 됐어요. 코벨랑 신부님이야 대담한 분이니 한마디만 하면 오셨겠죠. 하지만 그 신부님은 멀리 에르난데스 패거리와 함께 안전한 곳에 계시가든요. 대중은 신부들을 갈기갈기 찢고 싶어 할 정도로 성직자를 미워하죠. 내가 경호하지 않는 이상, 어느 뚱뚱이 신부도 오늘 밤에는 교인 한 사람의 영혼을 구하려고 피신처 밖으로 고개를 내밀지 않을 겁니다. 부인도 그걸 생각한 거예요. 나는 부인의 죽음을 믿지 않는 척했어요. 죽어 가는 여자에게 신부님을 데려다주지 않겠다고 거절한 겁니다……."

드쿠가 부스럭 소리를 냈다.

"그랬군, 카파타스!" 그가 외쳤다. 그의 어조가 달라졌다. "글쎄, 알다시피, 오히려 잘된 일이었소."

"신부를 믿지 않는군요, 돈 마틴? 나도 믿지 않아요. 시간 낭비할 필요 있을까요? 그런데 그 부인은 신부를 믿어요. 그게 마음에 걸리는 거죠. 부인은 이미 죽었을지도 몰라요. 그런데 우리는 바람 한 점 없는 이곳에서 무력하게 물에 떠 있으니. 빌어먹을 미신. 부인은 나 때문에 천국에 못 가게 됐다고 생각하며 죽었을 거예요. 이 일은 내 평생 가장 필사적으로 매달릴 과업이 될 겁니다."

조용히 생각에 잠겨서 드쿠는 방금 들은 이야기가 불러온 기분을 분석해 보려 했다. 다시 카파타스의 목소리가 들렸다.

"자, 돈 마틴, 노를 잡고 이사벨 군도를 찾아봅시다. 갑자기 동이 트면 그 섬으로 가든지, 아니면 거룻배를 침몰시키든지 둘 중 하나예요. 군인을 태운 에스메랄다 기선이 곧 당도하리란 걸 잊어선 안 돼요. 이제 곧장 저어야겠어요. 양초 조각을 찾았으니, 나침반을 보고 침로를 잡으려면 위험하더라도 잠시 불을 밝혀야 해요. 촛불을 꺼뜨릴 만한 바람도 없군요. 이 캄캄한 만에 하늘의 저주가 내리길!"

작은 불꽃이 나타나 곧게 타오르며 거룻배의 움푹 들어간

부분에서 단단한 늑재와 널빤지 일부를 비췄다. 드쿠는 노를 저으려고 일어선 노스트로모를 볼 수 있었다. 그의 허리에 두른 붉은 허리띠도 보였고, 권총의 흰 손잡이와 왼쪽 옆구리에 비어져 나온 긴 칼의 나무 자루도 어렴풋이 눈에 들어왔다. 드쿠는 기운을 내어 노를 저으려고 애썼다. 분명 촛불을 끌 만한 바람은 없었지만 무거운 배가 천천히 움직이자 불꽃이 조금 흔들렸다. 배가 너무 컸기 때문에 그들이 사력을 다해도 시속 1.5킬로미터 이상은 움직일 수 없었다. 하지만 날이 밝기 전에 이사벨 군도에 들어가려면 그 정도로도 충분했다. 어둠이 걷히려면 아직 대여섯 시간은 더 있어야 했고, 항구에서 큰이사벨섬까지는 3킬로미터가 넘지 않았다. 그런데도 이토록 힘겹게 고생하는 것은 카파타스의 조바심 때문이라고 드쿠는 생각했다. 때로 그들은 노를 멈추고 에스메랄다의 기선 소리를 들으려고 귀를 기울였다. 이처럼 완벽한 정적 속에서는 기선이 움직이는 소리가 멀리서도 들릴 것이다. 육안으로 보는 것은 절대 불가능했다. 서로의 모습도 보이지 않았으니까. 거룻배의 돛을 올렸지만 그것조차 보이지 않았다. 그들은 자주 쉬었다.

"제기랄!" 잠시 쉬면서 무거운 노의 손잡이에 기대 축 늘어져 있을 때 노스트로모가 갑자기 말했다. "무슨 일이에요? 어디 아파요, 돈 마틴?"

드쿠는 전혀 아프지 않다고 대답했다. 노스트로모는 잠시 가만히 있더니 마틴에게 고물 쪽으로 오라고 속삭였다.

그는 드쿠의 귀에 바싹 입을 대고 거룻배에 자기들 말고 다른 사람이 있다고 말했다. 숨죽여 흐느끼는 소리를 지금 두 번 들었다는 것이었다.

“누군가 이 배에서 울고 있는 게 확실해요.” 그가 두렵고 의아한 듯이 속삭였다.

드쿠는 아무 소리도 듣지 못했기에 믿을 수 없다고 말했다. 하지만 사건의 진상은 쉽게 확인할 수 있을 것이다.

“참으로 희한한 일이군요.” 노스트로모가 중얼거렸다. “이 배가 항구에 정박하고 있을 때 누군가 배에 올라타서 숨었을까요?”

“흐느끼는 것 같다고?” 드쿠도 목소리를 낮추고 물었다. “만일 울고 있다면 누구든 간에 그리 위험한 인물은 아닐 거요.”

그들은 배의 한복판에 실린 보물 더미를 기어 넘어가서 큰 돛대의 앞 뱃전에서 몸을 쭈그리고 반갑판 밑을 더듬었다. 바로 앞쪽의 가장 좁은 부분에서 그들의 손이 어떤 사람의 팔다리에 닿았다. 시체처럼 고요한 사람이었다. 그들은 너무 놀라서 아무 소리도 내지 못하고 팔과 코트 깃을 붙잡아 고물로 끌어냈다. 그는 죽은 듯이 축 늘어져 있었다.

작은 촛불 빛에 매부리코와 검은 콧수염, 구레나룻이 있는 둥근 얼굴이 드러났다. 몹시 지저분했다. 면도한 뺨에 자란 턱수염은 기름에 절어 있었다. 두툼한 입술은 약간 벌어졌지만 눈은 감긴 채였다. 드쿠는 에스메랄다의 피혁상 허시 씨를 알아보고 몹시 놀랐다. 노스트로모도 그를 알아보았다. 그들은 그 몸뚱이 너머로 서로를 바라보았다. 맨발을 머리보다 높이 올린 채 누워 있는 그 몸은 어처구니없게도 잠들었거나 기절했거나 죽은 체하고 있었다.

8

기이하게 찾아낸 인물 앞에서 잠시 그들은 자신들의 기분과 걱정을 잊어버렸다. 거기 누워 있는 허시 씨는 극단적 공포를 느꼈던 게 분명했다. 한참이나 살아 있는 기척을 보이지 않았다. 그러다가 드쿠가 비난을 퍼붓고, 아니 그보다는 노스트로모가 죽은 것 같으니 바다에 던져 버리자고 서둘러 제안하자 그제야 마지못해 먼저 한쪽 눈꺼풀을 살짝 들었고 그런 다음에 다른 눈꺼풀을 떴다.

허시 씨는 술라코를 안전하게 떠날 기회를 잡지 못한 모양이었다. 그는 메이어 광장의 잡화점 주인 안자니의 집에 묵었다. 그러나 폭동이 일어나자 날이 새기 전에 그 주인집에서 빠져나왔는데 너무 서두르는 바람에 신발도 신지 못했다. 양말 바람에 모자를 손에 들고 충동적으로 뛰쳐나와 안자니 집 정원으로 뛰어들었다. 공포심 덕분에 신속하게 나지막한 담장 몇 개를 기어오를 수 있었고 그러다가 어느 뒷골목에서 폐허가 되어 버린 프란체스코 수도원의 수풀이 무성한 회랑에 들어섰다. 뒤엉킨 덤불을 필사적으로 뚫고 나가느라 온몸이 긁히고 옷이 찢어졌다. 더위와 공포로 참을 수 없는 갈증을 느끼며 혀를 입천장에 붙인 채 하루 종일 그곳에 숨어 있었다. 각기 다른 세 무리가 코벨랑 신부를 찾느라 고함을 지르고 저주를 퍼부으며 세 차례나 그곳을 습격했다. 저녁이 되자 얼굴을 계속 덤불에 처박고 엎드려 있던 그는 정적이 무서워 죽을 것 같았다. 무슨 생각이 들어 그곳을 떠났는지 분명치 않지만, 그는 일어나서 인적이 없는 뒷골목을 살금살금 걸어 무사히 시내를 빠져나왔다. 어둠 속에서 철로 근방을 배회했고, 미칠 것같이 불안해서 철도를 지키는 이탈리아인 노동자들이 경계소에 피워 놓은 불가에 다가갈 엄두도 내지 못했다. 철도 조차장에 피신할까 막연히 생각해 보았지만, 개가 달려들며 짖어 댔고 사람들이 고함을 지르며 마구 총을 쏘았다. 그 입구에서 달아나면서 그는 우연히 O. S. N. 회사 건물 쪽으로 방향을 잡았다. 그날 죽은 사람의 시신에 발이 걸려 두 번이나 비틀거렸다. 하지만 살아 있는 것이 더 무서웠다. 그는 불빛이나 목소리가 들리는 곳을 모두 피하면서 동물적 본능으로 웅크려 네발로 포복하거나 재빨리 달려갔다. 미첼 선장의 발치에 엎드려 그 회사 사무실에 숨겨 달라고 간청할 생각이었다. 그가 두 손과 두 발로 기어 가까이 갔을 때 온 사방이 깜깜했다. 그런데 보초를 서던 사람이 갑자기 "거기 누구야?" 하고 크게 소리를 질렀다. 그곳엔 더 많은 시체가 널려 있었는데, 그는 즉시 차가운 시체 옆에 납작 엎드렸다. 누군가의 말소리가 들렸다. "저기 부상당한 깡패가 기어 다니고 있어. 내가 가서 끝장내고 올까?" 그런데 다른 목소리가 그런 일을 하려고 등불도 없이 나가는 건 안전하지 않다며 반대했다. 어쩌면 정직한 사람의 배에 칼을 찔러 넣을 기회를 노리는 자유당 검둥이일지도 모른다는 것이었다. 허시는 더 듣지 않고 살금살금 부두 끝으로 기어가서 빈 통에 들어가 숨었다. 얼마 후 불붙은 담배를 들고 얘기를 나누며 사람들이 다가왔다. 그는 자신에게 해로운 사람일지 생각해 보지도 않고 경솔하게 방파제를 따라 내달렸고 그 끝에 정박한 거룻배를 보고는 무작정 뛰어들었다. 몸을 숨기려는 생각에 곧장 반갑판 밑으로 기어들었다. 그곳에서 배고픔과 갈증에 시달리며, 살아 있다기보다는 죽은 듯이 숨어 있었다. 그런데 부두 노동자들이 선로를 따라 밀어온 수레 속 보물을 호위하려고 유럽인들이 다가오며 내는 발자국 소리와 목소리가 들리자 그는 겁이 나서 졸도할 지경이었다. 들리는 이야기를 통해 무슨 일이 벌어지고 있는지를 분명히 이해했지만 그곳에서 쫓겨날까 봐 두려워 모습을 드러내지 않았다. 그때 그를 강렬하게 압도한 욕구는 어떻게든 이 끔찍한 술라코를 벗어나겠다는 것뿐이었다. 지금은 그것이 몹시 후회스러웠다. 노스트로모가 드쿠에게 하는 말을 듣고 나니 다시 해안으로 돌아가고 싶었다. 그는 어떤 필사적인 사건에도, 달아날 수 없는 상황에도 말려들고 싶지 않았다. 너무나 괴로운 나머지 무심결에 낸 신음 소리가 카파타스의 예리한 귀에 들린 것이다.

그들은 그를 일으켜 거룻배 뱃전에 기대 앉혔다. 그는 신음 소리를 더하며 자신이 겪은 위험을 털어놓았다. 마침내 목소리가 갈라지더니 그가 고개를 툭 떨어뜨렸다. "물." 그가 힘겹게 속삭였다. 드쿠가 그의 입에 물통을 대 주었다. 그러자 놀랍게도 금세 기운을 차리고 무모하게 몸을 움직여 일어섰다. 노스트로모는 화가 난 목소리로 그에게 이물 쪽으로 가라고 위협적으로 명령했다. 허시는 공포심을 느끼면 채찍을 얻어맞은 듯 주눅 드는 사람이어서, 카파타스가 섬뜩하고 잔인한 인물이라고 생각했음에 틀림없다. 그는 놀랍게도 날쌔게 뱃머리 쪽으로 달아나서 어둠 속에 묻혀 버렸다. 그가 방수포를 기어 넘는 소리가 들리더니 쿵 떨어지는 소리와 지친 한숨 소리가 들렸다. 그러고 나자 거룻배 앞쪽은 그가 곤두박질쳐서 죽어 버린 듯 온통 고요했다. 노스트로모가 위협적으로 소리쳤다.

"거기서 꼼짝도 하지 마! 손끝 하나 까딱하지 말라고. 숨소리가 크게 나면 내가 그리 가서 당신 머리에 총알을 박아 줄 거니까."

아무리 말을 잘 들어도 겁쟁이가 옆에 있으면 위험한 상황에서 배신이 일어날 수 있다. 노스트로모는 불안한 마음으로 초조해하다가 음울한 생각에 빠져들었다. 드쿠는 이 희한한 사건 때문에 결국 크게 달라질 일은 없다고 혼잣말하듯이 나지막이 중얼거렸다. 저 남자가 해를 미칠 거라고는 생각할 수 없다. 기껏해야 쓸모없는 무생물처럼, 가령 나무토막처럼 방해가 될 뿐이다.

"나무토막이라면 치우기 전에 두 번 생각해야죠." 노스트로모가 차분하게 말했다. "뜻밖에 그걸 사용할 일이 생길지도 모르니까. 하지만 우리가 처한 상황에서 저런 남자는 배 밖으로 내던져야 해요. 사자처럼 용감한 사람도 여기서는 필요하지 않아요. 우리가 목숨을 건지려고 달아나는 게 아니잖아요. 용기와 재간을 갖고 스스로를 구하려는 용감한 사람이야 해로울 게 없겠죠. 하지만 저 사람 얘기를 들었잖아요, 돈 마틴. 그가 여기 온 건 특이한 공포심 때문이에요." 노스트로모가 말을 멈췄다. "이 배엔 공포심이 머물 자리가 없습니다." 그가 이를 악물고 덧붙였다.

드쿠는 아무 대답도 할 수 없었다. 반박하거나, 망설임이나 동정심을 드러낼 계제가 아니었다. 공포에 질린 사람은 수많은 방법으로 스스로에게 위험한 상황을 만들어 낸다. 허시에게 말을 하거나 논리적으로 설득해서 합리적으로 행동하게 만들 수 없는 것은 명백했다. 그의 탈출 이야기가 그것을 잘 보여 주었다. 저 가엾은 사람이 겁에 질려 죽지 않은 것이 한없이 유감스러운 일이라고 드쿠는 생각했다. 자연은 그를 저런 인간으로 만들어 놓고 얼마나 잔혹한 고통을 견디고도 숨이 끊어지지 않을 수 있는지를 잔인하게 계산한 것 같았다. 그 지독한 공포심에 대해서는 어느 정도 동정심을 느끼지 않을 수 없었다. 드쿠는 동정심을 느낄 상상력이 있었지만 노스트로모가 어떤 행동을 하든 간섭하지 않기로 마음먹었다. 그러나 노스트로모는 아무 행동도 하지 않았다. 그래서 허시의 운명은 이 칠흑 같은 만에서 유보된 채 앞으로 일어날 예상할 수 없는 사건에 맡겨졌다.

카파타스가 손을 내밀더니 갑자기 촛불을 껐다. 그 순간 드쿠는 자신의 동료가 사건들과 사랑, 혁명이 들끓는 세상을, 자신이 자기만족적 우월감으로 자신을 포함한 모든 동기와 열정을 겁 없이 분석했던 세상을 한 번의 손짓으로 파괴해 버린 느낌이 들었다.

드쿠는 숨이 턱 막혔다. 자신이 처한 새로운 상황이 그에게 영향을 미쳤다. 지적으로 자신만만했던 그는 자신이 효과적으로 사용할 수 있는 유일한 무기를 빼앗기자 괴로웠다. 아무리 뛰어난 지성도 플라시도만의 어둠을 꿰뚫을 수 없었다. 그가 확신할 수 있는 것은 단 하나, 동료의 과도한 허영심뿐이었다. 그 허영심은 노골적이고 단순하고 순진하고 효과적이었다. 그를 이용해 왔던 드쿠는 그 사내를 철저히 이해하려고 애써 왔다. 그는 일관된 성격을 보여 주는 다양한 표현들의 이면에서 한 가지 완벽한 동기를 찾아냈다. 바로 이 허영심 때문에 그 남자는 위대한 업적을 열망하는 자만심 속에서 놀랍게도 단순했던 것이다. 그런데 지금은 사정이 복잡해졌다. 실패의 가능성이 아주 많은 임무를 맡게 되어 분개하고 있는 게 분명했다. '내가 여기 없으면 저 친구가 어떻게 행동할지 궁금하군.' 드쿠는 생각했다.

노스트로모가 다시 중얼거리는 소리가 들렸다. "그래! 이 거룻배엔 공포가 들어설 자리가 없어요. 용기만으로도 충분치 않은데. 내 눈은 예리하고 내 손은 떨지 않아요. 내가 지치거나 뭘 해야 할지 몰라 어영부영하는 꼴을 본 사람은 없어요. 하지만 제기랄, 돈 마틴, 예리한 눈도, 떨지 않는 손도, 판단력도 아무 쓸모 없는 이 고요한 암흑 속으로 임무를 띠고 내몰린 겁니다…….” 그는 숨을 죽이고 스페인어와 이탈리아어로 계속 욕설을 퍼부었다. “이건 그저 죽기 살기로 덤벼야 하는 일이라고요.”

이 말은 만에 깔린 고요함, 거의 단단해 보이는 정적과 기이하게 대조를 이루었다. 갑자기 사각사각 소리가 들리더니 배 주위에 소나기가 쏟아졌다. 드쿠는 모자를 벗고 머리를 적시며 상쾌한 기분을 느꼈다. 곧 실바람이 불어와 그의 뺨을 어루만졌다. 거룻배가 움직이기 시작했지만 소낙비는 배를 앞질러 갔다. 그의 머리와 손에 떨어지던 빗방울이 멎고 사각사각 소리도 멀리 달아났다. 노스트로모는 만족스러운 듯 끙 소리를 내며 키의 손잡이를 붙잡고, 선원들이 하듯이, 바람을 부르는 혀 차는 소리를 냈다. 지난 사흘 사이 처음으로 드쿠는 카파타스가 말한, 죽기 살기로 덤벼들 필요를 느끼지 않았다.

“빗소리가 또 나는 것 같군.” 드쿠가 조용히 흡족한 어조로 말했다. “우리에게 쏟아지면 좋겠는데.”

노스트로모는 즉시 혀 차는 소리를 멈췄다. “소낙비 소리가 또 난다고요?” 그가 의심스러운 듯이 말했다. 어둠이 약간 옅어진 것 같았다. 이제 드쿠는 동료의 형체를 알아볼 수 있었고, 깜깜한 밤하늘에 사각의 불투명한 그림자 덩어리처럼 돛의 윤곽도 드러났다.

드쿠가 감지한 그 소리는 수면을 따라 거칠게 다가왔다. 노스트로모는 쉭쉭거리고 찰랑거리는 그 소리를 알아차렸다. 그것은 고요한 밤에 잔잔한 물을 가르며 나아가는 증기선 주위에서 사방으로 퍼져 나가는 소리였다. 에스메랄다 군인이 타고 있는 나포된 수송선이 틀림없었다. 그 배는 불빛 한 점 내비치지 않았다. 증기를 분출하는 소리가 매 순간 점점 커지다가 이따금 완전히 멎었고 그러다가 깜짝 놀랄 만큼 가까운 곳에서 갑자기 다시 소리를 내곤 했다. 정확한 위치를 가늠할 수 없는 그 보이지 않는 기선은 거룻배를 향해 일직선으로 다가오는 듯했다. 한편 거룻배는 미미한 실바람을 받아 천천히 소리 없이 나아가고 있었다. 드쿠는 뱃전 너머로 몸을 굽혀 손가락 사이로 빠져나가는 물을 느껴 보고서야 배가 조금이라도 움직이고 있음을 확인할 수 있었다. 졸음기가 완전히 가셨다. 거룻배가 움직이고 있어 다행이었다. 엄청난 정적이 이어진 후 다시 들린 기선의 소음은 정신을 빼놓을 정도로 요란했다. 배가 보이지 않았기에 왠지 섬뜩한 기분이 들었다. 갑자기 사방이 고요해졌다. 배가 멈춘 것이다. 하지만 아주 가까이 있었기에 기선에서 분출된 증기가 바로 그들 머리 위에서 우르르 진동하며 지나갔다.

"위치를 알아내려 하고 있군." 드쿠가 속삭였다. 다시 그는 갑판 위로 몸을 내밀고 손가락을 물에 담갔다. "우린 꽤 빨리 움직이고 있소." 그가 노스트로모에게 알려 주었다.

"우리 배가 저들의 뱃머리와 교차하는 것 같군요." 카파타스가 조심스럽게 말했다. "하지만 이건 눈 감고 죽음과 씨름하는 거지. 움직여 봐야 아무 소용 없어요. 저들에게 보여서도, 들려서도 안 돼요."

그는 흥분해서 거칠게 속삭였다. 그의 얼굴에서 눈의 흰자위만 보였다. 그의 손이 드쿠의 어깨를 움켜쥐었다. “군인들이 잔뜩 탄 기선으로부터 이 보물을 구할 방법은 이것뿐이에요. 다른 배라면 불을 밝혔을 텐데, 보다시피 저 배엔 희미한 빛도 없어 위치를 알 수 없군요.”

드쿠는 몸이 굳어 버린 듯 가만히 있었다. 흥분한 탓에 머리만 활발하게 돌아갔다. 창문은 닫혔지만 문은 죄다 열리고 늙은 흑인 문지기만 제외하고 하인들이 모두 달아나 버린, 아베야노스 씨의 음울한 집에서 부친의 병상 옆에 두고 온 안토니아의 쓸쓸한 눈길이 순간 떠올랐다. 또한 자기가 마지막으로 찾아갔을 때의 굴드 저택과 열띤 논쟁, 자신의 어조, 찰스의 꿰뚫을 수 없는 태도, 근심과 피로로 얼굴이 너무나 창백해서 대조적으로 눈동자가 거무스름하게 보였던 굴드 부인이 떠올랐다. 또한 바리오스가 카이타의 본부에 도착하면 그곳에서 발표하게 하려던 선언문의 문장 하나하나가 그의 마음을 스쳤다. 그것은 딸의 눈길을 받으며 침대에 몸을 뻗고 누운 돈 호세에게 그가 떠나기 전에 황급히 읽어 준 새로운 국가의 탄생 그 자체, 분리주의 선언서였다. 노정치가가 그것을 이해했는지는 알 수 없다. 그는 말을 하지 못했다. 하지만 분명 노인은 이불 위로 팔을 들어 올렸고, 축복과 승낙의 표시로 공중에 십자를 긋는 듯이 손을 움직였다. 드쿠는 ‘산토메 은광 관리부. 술라코. 코스타구아나 공화국’이라고 두꺼운 글자체로 주소가 인쇄된 편지지 몇 장에 연필로 쓴 그 초고를 주머니에 갖고 있었다. 그는 찰스 굴드의 책상에서 종이를 한 장씩

뜯어 가며 맹렬하게 써 내려갔다. 그가 쓰는 동안 굴드 부인은 몇 번 그의 어깨 너머로 들여다보았지만, 두 다리를 벌리고 서 있던 광산 경영자는 그것이 완성되었을 때도 쳐다보지 않았다. 단호히 손을 내저어 물리쳤을 뿐이다. 그 경영자의 신용을 위태롭게 할 문서에 그의 편지지를 사용한 것에 대해서 한 마디도 하지 않은 것으로 보아, 그것은 분명 신중해서가 아니라 경멸했기 때문이었다. 그의 태도는 평범한 조심성에 대한 경멸, 진짜 영국인다운 경멸을 드러냈다. 자신의 생각과 감정의 영역을 벗어난 것은 죄다 진지하게 고려할 가치가 없다는 식이었다. 드쿠는 일순간 찰스 굴드에 대해 맹렬한 분노가 치밀었고, 안토니아를 안전하게 보살펴 달라고 무언중에 부탁한 굴드 부인에게도 화가 났다. 저런 사람들의 신세를 지며 살아가기보다는 죽는 편이 훨씬 낫다고 속으로 외쳤다. 노스트로모의 손이 그의 어깨를 더 거세게 움켜잡아 조이자 그가 정신을 차렸다.

"어둠이 우리 편이에요." 카파타스가 그의 귀에 속삭였다. "돛을 내리고 이 만의 어둠을 틈타 탈출할 수 있으면 좋겠어요. 돛을 내린 채 찍소리도 없이 가만히 있으면 누구도 우리를 찾아내지 못할 겁니다. 기선이 더 다가오기 전에 당장 내려야겠어요. 받침대가 조금만 삐걱거려도 우리와 산토메의 보물이 발각되어 저 도둑들 손에 들어갈 테니."

노스트로모는 고양이처럼 살금살금 움직였다. 드쿠의 귀에는 아무 소리도 들리지 않았다. 네모난 얼룩 같은 시커먼 것이 사라지고 나서야 돛이 유리처럼 조심스럽게 내려졌다는 것을 알았다. 다음 순간, 옆에 선 노스트로모의 조용한 숨소리가 들려왔다.

"지금 있는 곳에서 꼼짝 않는 게 좋겠어요, 돈 마틴." 카파타스가 진지하게 충고했다. "무엇에 걸려 넘어지거나 옮기면 소리가 날 테니까. 긴 노와 삿대가 옆에 있어요. 제발 움직이지 마세요. 맹세코, 돈 마틴," 그가 신랄하면서도 친밀하게 속삭였다. "난 지금 너무 절박해요. 당신이 무슨 일이 일어나든 목석처럼 꼼짝도 안 할 용감한 사람이라는 것을 알지 못했다면 당신 심장에 칼을 꽂았을지도 모릅니다."

죽음 같은 정적이 거룻배를 에워쌌다. 칠흑 같은 어둠 속 가까이 있는 증기선의 선교 위에서는 많은 눈들이 육지가 나타날 조짐을 찾느라 응시 중일 터였다. 믿기 어려운 현실이었다. 증기의 분출이 멎었다. 그 배는 어떤 소리도 거룻배에 닿지 않을 만큼 떨어진 곳에 멈춰서 있는 게 분명했다.

"그렇겠지, 카파타스." 드쿠가 속삭이기 시작했다. "하지만 걱정할 필요 없소. 당신의 칼이 겁나서가 아니라 다른 것 때문에 마음을 단단히 먹겠소. 당신을 배반하지 않을 거요. 다만, 당신이 잊지 않았는지……."

"난 나처럼 필사적인 사람에게 솔직히 말한 겁니다." 카파타스가 설명했다. "이 은은 몬테로 패거리의 손에 들어가서는 안 돼요. 난 혼자 가는 편이 좋겠다고 미첼 선장에게 세 번이나 말했어요. 돈 카를로스 굴드에게도 말했고요. 굴드 저택에서 말입니다. 그들이 나를 부르러 사람을 보냈거든요. 숙녀들도 거기 있었어요. 내가 왜 당신과 함께 가지 않으려 하는지를 설명하려 하자 그들이, 두 숙녀 모두, 당신을 안전하게 지켜 주면 큰 보상을 하겠다고 약속하더군요. 거의 죽을 게 틀림없는 곳으로 사람을 보내면서 참 희한한 말을 한 거죠. 그 신사들은 자기들이 무슨 일을 시키는지도 모를 만큼 분별력이 없는 것 같아요. 난 당신을 위해선 아무것도 할 수 없다고 말했어요. 당신은 산적 에르난데스와 함께 있는 편이 더 안전했을 겁니다. 어둠 속에서 등 뒤로 총알이 우연히 날아오는 것 말고는 다른 위험 없이 도시를 빠져나갈 수 있었을 거예요. 난 항구 입구에서 당신을 기다리겠다고 약속해야 했죠. 그리고 기다렸어요. 그런데 지금은 당신이 용감한 사람이기 때문에 이 은괴만큼 안전한 겁니다. 그 이상도 그 이하도 아니에요."

바로 그 순간 노스트로모의 말에 대답이라도 하듯이 천천히 돌아가는 프로펠러 소리가, 눈에 보이지 않는 기선이 중간 속도로 전진하기 시작했음을 알려 주었다. 소리로 짐작하건데, 배의 위치는 꽤 달라졌지만 아까보다 가까워진 것은 아니었다. 기선은 거룻배와 직각 방향으로 조금 더 멀리 나아가다가 다시 멈췄다.

"저들은 이사벨섬을 찾고 있어요." 노스트로모가 말했다. "항구에 일직선으로 들이닥쳐서 보물이 보관된 세관을 덮치려는 거죠. 에스메랄다의 사령관 소티요를 본 적 있습니까? 목소리가 부드럽고 잘생긴 사내죠. 처음 여기 왔을 때 길거리에서 그를 자주 봤어요. 여러 집들의 창가에서 흰 이를 드러내고 웃으며 아가씨들과 시시덕거리더군요. 부두 노동자 중 한 사람이 군인이었는데, 소티요가 시골 장원에서 신병을 모집하려고 외진 평원 지대에 갔을 때 한번은 사람의 가죽을 산 채로 벗기라고 명령했답니다. 그의 장난질을 막을 수 있는 사람이 그의 중대에 있다는 것을 생각 못 했던 거죠."

카파타스가 중얼거리며 수다를 늘어놓자 그의 약점이 드러난 듯 드쿠는 불안해졌다. 하지만 수다스러운 결의도 냉혹한 침묵 못지않게 진정한 것이리라.

"소티요의 계획은 아직 좌절되지 않았소." 그가 말했다. "뱃머리에 있는 저 정신 나간 사람을 잊었소?"

노스트로모는 허시 씨를 잊지 않았다. 그는 항구를 떠나기 전에 거룻배를 샅샅이 살펴보지 않은 것을 몹시 자책했다. 또 그 사내를 본 순간 얼굴도 보지 않고 칼로 찔러 바다에 던지지 않은 것도 자책했다. 그렇게 했어야 사활을 건 이 일에 차질이 생기지 않을 터였다. 어찌 되었든 소티요의 목적은 이미 틀어졌다. 지금은 죽은 듯이 잠잠한 저 비참한 녀석이 혹시 무슨 짓을 저질러 가까이 있는 거룻배의 존재를 드러내더라도, 그래도 소티요 — 저 기선의 군인들을 지휘하는 인간이 소티요라면 — 의 약탈 계획은 좌절될 것이다.

"난 도끼를 쥐고 있어요." 노스트로모가 분연히 속삭였다. "세 번만 내리치면 뱃전을 수면까지 잘라 낼 수 있어요. 게다가 거룻배 고물에 뱃바닥 마개가 있는데, 그게 어디 있는지도 정확히 알아요. 내 발바닥 밑에서 느껴지거든."

그 유명한 카파타스의 불안한 속삭임과 강한 집념으로 인한 흥분에서 드쿠는 진정한 결의의 울림을 알아차렸다. 외마디 비명(그 이상은 내지 못할 거라고 노스트로모가 이를 갈며 말했다.)에 기선이 거룻배를 찾아내더라도 자기 목에 묶여 있는 이 보물을 침몰시킬 시간은 충분하다는 것이었다.

노스트로모는 이 마지막 말을 드쿠의 귀에 대고 식식거렸다. 드쿠는 아무 대답도 하지 않았다. 의심의 여지가 없었다. 평소의 특징이었던 그 사내의 차분함은 사라지고 없었다. 차분함으로는 그가 감지한 상황을 감당할 수 없었다. 무언가 더 깊고 아무도 예상하지 못했던 일이 겉으로 드러나기 시작한 것이다. 드쿠는 조심스럽게 몸을 움직여 코트와 구두를 벗었다. 도의상 자신도 보물과 함께 침몰해야 한다고는 생각하지 않았다. 카파타스도 잘 알듯이 그의 목적은 카이타에 있는 바리오스에게 가는 것이었다. 그 목적을 위해서 그도 자기 나름대로 최대한 필사적으로 노력할 생각이었다. 노스트로모가 중얼거렸다. "그래, 맞아요! 당신은 정치가죠. 군대에 합류해서 새 혁명을 시작하십시오." 그러고는 어느 거룻배에나 두 사람 — 그 이상은 안 되더라도 — 을 태울 수 있는 작은 보트가 달려 있다고 알려 주었다. 이 배의 보트는 뒷전에 밧줄로 매달려 끌려오고 있었다.

드쿠는 그 사실을 모르고 있었다. 물론 너무 깜깜해서 보이지도 없었다. 노스트로모가 고물의 밧줄걸이에 묶인 밧줄에 그의 손을 대 주었을 때에야 비로소 안도감을 느낄 수 있었다. 물속에 빠져 무지와 어둠 탓에 제자리를 맴돌며 헤엄치다가 결국 지쳐서 가라앉게 되는 것은 생각만 해도 혐오스러웠다. 허무하고 잔인하도록 무익한 그런 종말은 그가 가장해 온 무관심한 회의주의를 위협했다. 그에 비하면, 보트에 남아 표류하며 갈증과 굶주림에 시달리다가 발각되어 투옥되고 처형되는 위험을 겪는 편이 자기 경멸이라는 대가를 조금 치르더라도 확보할 만한 즐거움이 있을 것 같았다. 그는 당장 보트에 타라는 노스트로모의 제안을 받아들이지 않았다. "불시에 뭔가 우리를 덮칠 수도 있어요." 카파타스는 이렇게 말하면서 명백히 필요한 순간이 되면 밧줄을 끊어 버리겠다고 충실하게 약속했다.

그러나 드쿠는 최후의 순간까지 보트에 탈 생각이 없고 그 순간이 되면 카파타스와 함께 타겠다고 가볍게 대꾸했다. 만을 뒤덮은 어둠이 이제는 세상만사의 종말로 여겨지지 않았다. 그것은 살아 있는 세계의 일부였다. 어둠 속에 퍼져 있는 실패와 죽음을 바로 곁에서 느낄 수 있기 때문이었다. 동시에 어둠은 은신처이기도 했다. 꿰뚫을 수 없는 어둠에 갇혀 있는 것이 더없이 다행스럽게 생각됐다. "벽 같군, 벽 같아." 그는 혼자 중얼거렸다.

다만 허시 씨에 대한 걱정 때문에 그의 자신감이 위축되었다. 그를 묶고 재갈을 물렸어야 했는데 그러지 않은 것이 이제 보니 앞일을 생각하지 못한 지극히 어리석은 짓이었다. 고함을 지를 힘이 남아 있는 한 그 딱한 인간은 언제든 위험인물이 될 수 있었다. 지금은 절망적 공포에 빠져 잠잠하지만, 어떤 이유로 갑자기 비명을 내지를지는 아무도 알 수 없었다.

드쿠와 노스트로모는 미치광이처럼 희번덕거리는 그의 눈과 끊임없이 씰룩거리는 입에서 광적인 공포를 감지했기에 이 필사적인 상황에서 부득이 취했어야 할 잔인한 처사를 감행하지 않았다. 그의 입을 영원히 막아 버릴 순간은 이미 지났다. 그것이 유감이라는 드쿠의 말에 노스트로모가 대답했듯이, 그러기에는 너무 늦었다! 더구나 그 남자의 위치를 정확히 알지 못하기 때문에 소리를 내지 않고는 해치울 수 없었다. 어디서 웅크려 떨고 있든 간에 그에게 가까이 가는 것은 너무 위험했다. 그는 살려 달라고 고함을 지르기 시작할 것이다. 지금은 쥐 죽은 듯 조용히 있으니 가만히 내버려 두는 편이 훨씬 나았다. 그러나 그의 침묵을 기대하려니 드쿠의 차분한 마음에도 매 순간 긴장이 더해졌다.

"카파타스, 당신이 적시를 놓치지 않았어야 하는데 말이죠." 그가 중얼거렸다.

"뭐라고요! 저 녀석의 입을 영원히 막아 버리는 거요? 처음에는 그가 어떻게 여기 있는지를 들어 보는 게 좋겠다고 생각했죠. 너무나 기이한 일이었으니까요. 순전히 우연이었다고 누가 상상이나 했겠어요? 그런 다음 당신이 그에게 물을 주는 걸 보니 그렇게 할 수 없었어요. 마치 친형제에게 하듯이 수통을 그의 입술에 대 주는 것을 보고는 그럴 수 없었죠. 그런 부득이한 일은 오래 생각하면 안 돼요. 하지만 그의 가련한 목숨을 빼앗았더라도 잔인한 처사는 아니었을 겁니다. 공포에 질려 있을 뿐이니까요. 그때 당신의 동정심이 그를 살렸어요, 돈 마틴. 지금은 너무 늦었어요. 소리를 내지 않고는 해치울 수 없어요."

기선은 쥐 죽은 듯 고요했다. 너무 깊은 정적이 감돌아서 드쿠는 아무리 작은 소리라도 거침없이 지구 끝까지 퍼져 나갈 것 같은 느낌이 들었다. 허시가 기침이나 재채기를 하면 어쩌지? 그런 바보 같은 우발적 사건에 자기 목숨이 달려 있다고 생각하니 냉소적으로 생각할 수 없을 만큼 짜증이 났다. 노스트로모도 점점 불안이 커지는 것 같았다. 증기선이 정지해 있는 게, 너무 어둡다고 생각하여 날이 밝을 때까지 지금 있는 곳에서 기다리려는 것일지 자문해 보았다. 결국은 그 경우가 가장 위험했다. 자기들을 보호해 준 어둠이 결국 파멸을 가져올까 두려웠다.

노스트로모의 짐작대로 그 수송선의 지휘자는 소티요였다. 그는 지난 마흔여덟 시간 동안 술라코에서 일어난 사건을 알지 못했다. 또한 에스메랄다의 전신 기사가 술라코의 동료에게 가까스로 경고를 보냈다는 것도 알지 못했다. 그 지역 수비대의 많은 장교들처럼 소티요가 리비에라 당파의 대의를 받아들인 것은 굴드 광산의 막강한 재력이 그쪽을 지지한다고 믿었기 때문이다. 그는 굴드 저택에 자주 들락거렸었고, 돈 호세 아베야노스 앞에서 블랑코 당파의 노선에 대한 자신의 신념과 개혁에 대한 열성을 떠벌렸으며, 굴드 부인과 안토니아에게 노골적인 시선을 던지곤 했다. 원래는 집안이 괜찮았는데 구스만 벤토의 폭정 시절에 박해받고 몰락한 것으로 알려져 있었다. 그가 피력한 의견은 그런 조상과 혈통의 후손으로서 아주 당연하고 적절한 것으로 여겨졌다. 그가 사기꾼이었던 것은 아니다. 당시 그의 마음은 온통 완전히 현실적 생각 — 안토니아 아베야노스의 남편이 된다면 당연히 굴드 광산의 절친한 벗이 되리라는 생각 — 에 빠져 있었으므로 그가 고상한 의견을 표명한 것은 더없이 자연스러운 일이었다. 그는 그 생각을 안자니에게 암시한 적도 있었다. 아케이드 아래 길게 늘어선 큰 가게 뒤편으로 거대한 쇠창살이 둘러진 침침하고 축축한 방에서 여섯 번짼가 일곱 번째로 소액을 빌려달라고 협상하던 때였다. 소티요는 자신이 그 영국 부인의 친자매나 다름없는 자유분방한 아가씨와 남다른 관계라고 잡화점 주인에게 말했다. 안자니 앞에서 한 다리를 내밀고 양손을 허리에 대고 포즈를 취하면서 거만한 시선으로 뚫어지게 바라보았다.

'보라고, 이 비천한 주인장! 나 같은 사람이 얻지 못할 여자가 있을 것 같소? 자유분방하기로 유명한 아가씨야 말할 것도 없지.' 그는 이렇게 말하는 것 같았다.

물론 굴드 저택에서 그가 취한 태도는 이와는 딴판이어서, 거칠고 공격적이기는커녕 오히려 슬픔에 잠긴 듯이 보이기까지 했다. 이 나라 사람들이 대체로 그렇듯이 그는 멋지게 들리는 말에 도취했고, 특히 그것이 자신의 말일 때는 더욱 그랬다. 그는 너무나 매력적인 자신의 외모 외에는 어떤 종류의 확신도 갖고 있지 않았다. 그 확신이 너무나 강해서 드쿠가 술라코에 나타나 굴드 부부 및 아베야노스 가족과 친하게 지내도 불안감을 느끼지 않았다. 오히려 유럽에서 온 그 부유한 코스타구아나인에게서 언젠가는 큰돈을 빌릴 수 있기를 기대하며 친하게 지내려고 애썼다. 그의 인생에서 지침이 되는 동기는 자신의 사치스러운 취향을 만족시키기 위해 돈을 마련하는 것 하나였다. 자제력이 없었기에 무모하게 사치에 탐닉했던 것이다. 그는 스스로를 술수의 대가라고 생각했지만 그의 퇴폐

성은 동물적 본능처럼 단순했다. 어쩌다 혼자 있을 때는 광포해지기도 했는데, 가령 돈을 빌리려고 안자니와 단둘이 방에 있던 때가 그런 경우였다.

그는 에스메랄다 수비대를 지휘하겠다고 자청했다. 에스메랄다는 옥시덴탈주를 외부 세계와 연결하는 해저 본선을 술라코 지선과 연결하는 전신국으로서 중요한 작은 항구였다. 돈 호세 아베야노스가 그를 추천하자 바리오스는 조롱이라도 하듯 무례하게 너털웃음을 터뜨리며 말했다. "아, 소티요를 보내십시오. 전신소를 지키는 데는 아주 적절한 사람이에요. 그리고 에스메랄다의 부인네들도 재미를 볼 기회가 있어야죠." 용감한 사나이였던 바리오스는 소티요를 대단치 않게 생각했다.

산토메 광산이 리비에라 당파 운동을 지지하는 걸 암암리에 승인해 준 그 위대한 금융가와 끊임없이 접촉할 수 있었던 것도 바로 에스메랄다 전신국 덕분이었다. 그 운동의 반대파들은 그곳에도 있었다. 소티요는 에스메랄다를 억압적으로 가혹하게 지배했고 그러다가 멀리 떨어진 내전 현장에서 잇달아 전세가 역전되자 그 어마어마한 은광이 결국은 승자의 전리품이 될 운명이라는 데 생각이 미쳤다. 그렇지만 조심할 필요가 있었다. 그는 리비에라 당에 충실한 에스메랄다시 당국자들에게 애매모호한 태도를 취하기 시작했다. 나중에 사령관이 한밤중에 장교들과 회의를 연다는 정보(어떻게 해서인지 그런 소문이 나돌았는데)가 새 나오자 시 당국자들은 공적 의무를 완전히 내팽개치고 집에 틀어박혀서 나오지 않았다. 어느 날 갑자기 군인 두 명이 술라코에서 육로를 통해 전달된 우편물을 우체국에서 압수하여 사령부로 가져가 버렸다. 그들은 변장하거나 숨기지도 않았고 변명도 늘어놓지 않았다. 소티요는 카이타를 통해 리비에라가 최종적으로 패배했다는 소식을 들었다.

이 사건으로 그의 소신에 변화가 일어났음이 처음으로 드러났다. 그 이전에는 체포되고 족쇄에 채워져 매질을 당할까 봐 늘 겁을 먹었던 악명 높은 민주당 패거리들이 오래지 않아 사령부의 큰 문을 들락거리는 것이 눈에 띄었다. 그 앞에서 연락병의 말은 무거운 안장을 얹은 채 졸고 있었고, 다 떨어진 군복을 입고 뾰족한 밀짚모자를 쓴 군인들은 벤치에 앉아 맨발을 그늘 밖으로 내밀고 빈둥거렸다. 팔꿈치에 구멍이 난 붉은 나사 코트를 입은 보초병은 층계 꼭대기에 서서 지나가며 모자를 벗어 인사하는 평민을 거만하게 쏘아보았다.

소티요의 생각은 자기 일신의 안전을 확보하고 휘하의 도시를 노략질할 기회를 노리는 것 이상으로 치솟지 않았다. 하지만 뒤늦게 지지해 봐야 승리자들이 탐탁지 않게 여길 것이 걱정이었다. 그는 산토메 광산의 위력을 지나치게 오래 믿었던 것이다. 압수한 편지를 통해 그는 막대한 양의 은괴가 술라코 세관에 보관되어 있다는, 이미 얻은 정보를 확인할 수 있었다. 은괴를 점유하는 것은 분명 몬테로파에 걸맞은 행동이고, 보상을 받아야 할 일종의 봉사였다. 은을 손에 넣으면 자신과 부하들을 위한 대가를 요구할 수 있다. 그는 폭동이 일어났고 대통령이 술라코로 탈출했으며 몬테로의 동생인 게릴라

투사가 바짝 추격하고 있다는 것을 전혀 알지 못했다. 사냥감이 자기 손에 들어온 것 같았다. 제일 먼저 할 일은 전신국을 점령하고 에스메랄다 항구의 좁은 만에 정박한 정부의 증기선을 확보하는 것이었다. 증기선 확보는 선창에 댄 배의 현문으로 일단의 군인을 돌진시킴으로써 어렵지 않게 이루어 냈다. 그러나 전신 기사를 체포할 임무를 띠고 가던 하사가 도중에 에스메랄다의 유일한 술집 앞에서 걸음을 멈췄고, 리비에라파로 알려진 술집 주인 부담으로 부하들에게 브랜디를 돌리고 자기도 한잔 했던 것이다. 그 무리는 술에 취해 고함을 지르고 마음대로 창문에다 총을 쏴 대며 임무를 수행하러 거리를 올라갔다. 전신 기사는 자기 목숨을 위태롭게 할 수도 있었을 그 작은 술잔치 덕분에 결국 술라코에 경고를 보낼 수 있었다. 칼을 빼 들고 위층에서 비틀거리던 하사는 오래지 않아 만취한 인간 특유의 변덕스러운 감정으로 전신 기사의 양 볼에 입을 맞추었다. 전신 기사의 목을 꼭 끌어안고 에스메랄다 수비대의 장교는 모두 대령이 될 거라고 장담하면서 부석부석한 얼굴에 기쁨의 눈물을 줄줄 흘렸다. 이런 경위로 나중에 전신국에 들른 총경이 계단과 복도에 늘어져 자고 있는 무리와 송신기의 키를 바삐 두드리고 있는 전신 기사(그는 이 틈에 달아나는 것을 경멸했다.)를 보았던 것이다. 그는 전신 기사의 손을 등 뒤로 묶고 모자도 씌우지 않은 채 끌고 갔지만 그 사실을 소티요에게 숨겼다. 그래서 그는 술라코에 급송된 경고를 알지 못했다.

소티요 대령은 아무리 어둠이 앞을 막아도 기습 공격을 중단할 사람이 아니었다. 그 작전이 틀림없이 성공할 것이라 생각했기에, 그는 어린애처럼 조급함을 참지 못하고 목적에 집착했다. 기선이 푼타 말라를 돌아 더 짙은 어둠이 깔린 만에 들어섰을 때부터 그는 자기 못지않게 흥분한 장교들과 함께 선교를 떠나지 않았다. 가엾은 선장은 소티요와 참모들의 감언과 위협 사이에서 정신이 없었지만 그들이 간섭하지 않는 한 가급적 신중하게 배를 몰았다. 물론 그들 중 몇 명은 술을 퍼마시고 있었다. 하지만 엄청난 보물을 손에 넣으리라는 기대감 때문에 다들 말도 안 되게 저돌적이었고 동시에 몹시 조급해했다. 난생처음 배를 타 본 아둔하고 의심 많은 수비대의 늙은 소령은 항해의 필수품으로 갑판 위에 남은 유일한 불빛이었던 나침함의 불을 갑자기 꺼 버리기까지 했다. 항로를 찾는 데 그 불이 무슨 소용이 있는지 모르겠다는 것이었다. 선장이 격렬하게 항의하자 그는 발을 탕탕 구르며 칼 손잡이를 툭툭 두드렸다. "아하! 이제야 정체가 드러났군!" 그는 의기양양하게 소리쳤다. "내가 정곡을 찌르니까 네가 자포자기로 머리칼을 쥐어뜯는 거지. 이 놋쇠 상자의 불빛이 항구의 위치를 보여 준다고 믿으란 말이야? 난 노병이야, 5킬로미터쯤 떨어져 있어도 반역자의 냄새를 맡을 수 있다고. 넌 우리의 접근을 네 친구 영국인들에게 몰래 알려 주려고 불빛을 비추려 했던 거야. 그런 것이 길을 알려 준다고! 뻔뻔한 거짓말! 한심한 속임수! 너희 술라코 인간들은 모두 외국인에게 고용됐지. 내 칼로 마땅히 네 몸뚱이를 쑤셔 버려야 해." 다른 장교들이 몰려들어 그를 진정시키려고 애쓰며 설득했다. "아니, 아닙니다!

이건 선원들이 쓰는 기구예요, 소령. 이건 반역 행위가 아닙니다." 수송선의 선장은 엎드려서 선교 바닥에 얼굴을 댄 채 일어서지 않았다. "당장 나를 끝장내시오." 그는 숨 막히는 목소리로 되풀이했다. 소티요가 중재에 나서지 않을 수 없었다.

선교에서 큰 소동과 혼란이 일어나자 키잡이가 타륜을 놓고 달아나 버렸다. 그가 기관실로 도망가는 바람에 기관사들도 놀라서 자기들을 감시하도록 배치된 군인들의 위협을 묵살하고 엔진을 멈춰 버렸다. 바다에 빠져 죽느니 차라리 총에 맞아 죽겠다고 항의했다.

노스트로모와 드쿠가 기선이 처음 정지하는 소리를 들은 것은 바로 이때였다. 혼란이 수습되고 나침함의 불이 켜진 후 기선은 이사벨 군도를 찾느라 거룻배에서 멀어지며 다시 앞으로 나아갔다. 섬은 도무지 찾을 수 없었다. 선장이 가련하게 간청하는 바람에 소티요는 다시 엔진을 멈추도록 허락했고 만의 수면 위에 닫집처럼 덮인 구름이 움직여 순간적으로 어둠이 걷히기를 기다렸다.

선교에 서 있던 소티요는 이따금 선장에게 화를 내며 소리쳤다. 선장은 사과하듯이 굽실거리는 어조로 이처럼 칠흑 같은 밤에는 인간의 능력에 한계가 있을 수밖에 없음을 고려해 달라고 높으신 대령님께 애걸했다. 소티요는 분노와 초조감을 억누르지 못하고 흥분했다. 이것은 일생일대의 기회였다.

"네 눈이 이 정도밖에 쓸모가 없다면 그 눈알을 뽑아내야겠군." 그가 소리를 질러 댔다.

선장은 아무 대답도 하지 않았다. 바로 그 순간 소나기가 지나간 후 큰이사벨섬이 불쑥 시커먼 덩어리를 어렴풋이 드러냈다가 소낙비가 다시 퍼붓기 이전의 더 시커먼 파도에 휩쓸려 간 듯 사라진 것이다.

선장에게는 그 정도로도 충분했다. 다시 생기를 얻은 목소리로 그는 한 시간 내에 술라코 항구에 도착할 거라고 소티요에게 알렸다. 그런 다음 배는 전속력으로 나아갔고 갑판 위의 군인들은 상륙 준비로 북적거렸다.

드쿠와 노스트로모의 귀에 그 소리가 선명하게 들려왔다. 카파타스는 그 의미를 알았다. 그들은 이사벨 군도의 위치를 파악했고 이제 술라코를 향해 일직선으로 나아가려는 것이다. 그는 기선이 가까이 지나가리라고 판단했지만 이처럼 닻을 내리고 가만히 있으면 거룻배가 보이지 않을 거라고 믿었다. "그래, 우리 뱃전을 스쳐도 모를 거야." 그가 중얼거렸다.

비가 다시 쏟아지기 시작했다. 처음에는 젖은 안개처럼 내리다가 폭우처럼 쏟아질 기미를 보이며 빗줄기가 굵어지더니 수직으로 세차게 내리꽂혔다. 기선이 다가오면서 식식 소리와 쿵쿵 소리도 아주 가까워졌다. 두 눈에 빗물이 쏟아져 내려 고개를 숙이고 드쿠는 그 기선이 지나가기까지 얼마나 시간이 걸릴지를 생각했다. 그 순간 뜻밖에도 배가 기우뚱하는 것이 느껴졌다. 밀어닥친 물보라가 고물 위에서 부서졌고 동시에 늑재가 삐걱거리며 휘청거리도록 충격을 가했다. 어떤 분노한 손이 거룻배를 움켜잡고 끌어당겨 부숴 버리려는 것 같았다. 물론 그는 충격 때문에 넘어졌고 거룻배 바닥에 고인 물속에 나뒹굴었다. 뱃전에서 파도가 거품을 일으키며 맹렬하게 일었고, 위쪽 어둠 속에서 기이하고 놀란 목소리가 뭐라고 외쳤다. 살려 달라는 허시 씨의 날카로운 비명 소리였다. 드쿠는 내내 이를 악물고 있었다. 충돌한 것이다!

기선이 거룻배를 비스듬히 들이박았던 것이다. 강타당한 거룻배는 반쯤 물에 잠겼고 선재 몇 개가 휘어지면서 뱃머리가 빙 돌아 기선의 진로와 평행해졌다. 기선의 갑판에서는 그 충격을 거의 느끼지 못했다. 충돌로 인한 격렬한 충격은 늘 그렇듯 작은 배에서만 느꼈다. 노스트로모도 자신의 필사적인 모험이 이렇게 끝나는가 보다고 생각했다. 그는 나동그라지는 바람에 붙잡고 있던 긴 키의 손잡이에서 튕겨져 나갔고, 그래서 기울어지는 배를 제어할 수 없었다. 기선은 거룻배를 밀쳐 낸 후 거룻배야 침몰하든 말든 그대로 두고 다음 순간 지나가 버렸을 테고 거룻배의 형체도 알아차리지 못했을 것이다. 하지만 워낙 많은 물건이 적재된 데다 갑판에 사람이 많이 몰려 있었기 때문에 닻이 거룻배의 돛대 밧줄에 걸릴 정도로 낮게 내려져 있었다. 거룻배의 새 밧줄이 갑자기 당기는 힘에 맞서 버틴 것은 숨을 두세 번 헐떡거릴 순간에 불과했다. 무엇인가 거룻배를 와락 움켜잡아 부숴 버리려고 끌어간다고 드쿠가 느꼈던 것도 그 때문이었다. 물론 그는 그 이유를 알 수 없었다. 너무나 갑작스럽게 일어난 일이라서 생각할 여유도 없었다. 하지만 그는 더없이 명료한 감각으로 완벽한 자제력을 발휘했다. 실은 고물보 위에 머리를 부딪쳐 물속에 자빠져서 버둥거리던 순간에도 자신이 침착하다는 사실을 기분 좋게 의식했다. 그가 어둠 속에서 마구 끌려가고 있다는 불가사의한 느낌을 받으면서 두 발로 일어서려고 몸을 가누는 동안 허시 씨의 비명이 들리자 그 소리의 정체를 알아차렸다. 드쿠의 입에서는 말 한 마디도, 탄성 한 번도 새 나오지 않았다. 무엇을 살펴볼 시간도 없었다. 살려 달라는 절망적인 비명이 들린 후 배를 끌어가던 움직임이 갑자기 멎는 바람에 그는 양팔을 벌린 채 비틀거리며 고꾸라져서 보물 상자 더미에 부딪쳤다. 그는 또다시 내동댕이쳐질까 두려운 마음에 본능적으로 상자에 매달렸다. 그 순간 살려 달라는 길고 절망적인 비명 소리가 또다시 들려왔다. 이번에는 바로 옆이 아니라, 도무지 이해할 수 없게도 거룻배를 벗어나 멀리 떨어진 곳에서, 마치 한밤중의 유령이 허시 씨의 공포와 절망을 조롱하는 소리처럼 들려왔다.

그러고 나자 사방이 고요해졌다. 어두운 방의 침대에 누워 기괴하고 혼란스러운 꿈을 꾸다가 깨어난 것처럼 적막했다. 거룻배는 조금씩 흔들렸고, 비는 계속 내리고 있었다. 그의 다친 허리를 뒤에서 더듬으며 붙잡는 두 손이 있었다. 그러더니 카파타스가 귀에 대고 속삭였다. "쉿, 제발! 조용히! 기선이 멈췄어요."

드쿠는 귀를 기울였다. 만에서는 아무 소리도 들리지 않았다. 물이 무릎까지 차오르고 있었다. "지금 침몰하고 있는 거요?" 그가 가느다란 소리로 물었다.

"모르겠어요." 노스트로모가 속삭였다. "소리 내지 말아요."

허시는 노스트로모가 앞쪽으로 가라고 명령했을 때 자신이 원래 숨어 있던 곳으로 돌아가지 않았다. 돛대 옆에서 넘어졌는데 일어날 기운이 없었다. 게다가 움직이기가 두려웠다.

그는 스스로를 죽은 목숨으로 포기했지만 합리적인 근거가 있었던 것은 아니다. 그저 지독히 무서운 느낌 때문이었다. 앞으로 어떻게 될까 생각하려 할 때마다 이가 격렬하게 맞부딪쳤다. 그는 극단적인 공포에 빠져 아무것도 인식하지 못했다.

그는 노스트로모가 의도치 않게 그의 머리 위에 떨어뜨린 거룻배 돛에 깔려 숨이 막혔지만, 기선과 부딪친 순간까지 머리도 내밀지 않았다. 그런데 바로 그 순간 이 새로운 위험에 자극을 받자 기적처럼 육신의 힘이 되살아나서 곧바로 튀어나왔다. 거룻배가 기울어지며 물이 밀려들자 막혔던 그의 입이 터졌다. "살려 줘요!"라는 그의 비명 소리는 기선에 탄 사람들에게 충돌을 알린 첫 번째 명확한 신호였다. 다음 순간 돛대 줄이 끊어졌고, 줄에서 풀려난 닻이 거룻배의 앞 갑판을 휩쓸며 지나갔다. 닻이 가슴에 부딪치자 허시 씨는 무엇인지도 모른 채 붙잡았고, 어처구니없이 끈질긴 불굴의 힘으로 닻 갈고리 윗부분을 팔과 다리로 휘감았다. 거룻배는 기선의 침로에서 벗어났고, 기선은 도와달라고 소리치는 그를 매단 채 앞으로 나아갔다. 그의 위치가 발견된 것은 기선이 멈추고 얼마 지난 후였다. 도와달라고 계속해서 울부짖는 그의 비명은 물에 빠진 사람에게서 나는 소리 같았다. 마침내 두 군인이 뱃머리를 넘어가서 그를 갑판으로 끌어 올렸다. 허시는 당장 선교에 있던 소티요 앞으로 끌려갔다. 그를 심문한 결과 어떤 선박이 부딪쳐서 침몰한 정황은 분명했지만, 이처럼 칠흑 같은 어둠 속에서 떠다니는 파편과 같은 확실한 증거물을 찾기란 불가능했다. 이제 소티요는 더더욱 지체 없이 항구에 진입하려고 안달이었다. 자신이 이 원정의 중요한 목적으로 삼은 은괴를 침몰시켜 버렸다고는 도저히 생각할 수 없었다. 이런 감정 때문에 그가 들은 이야기는 더욱 신빙성이 없어 보였다. 허시 씨는 거짓말을 했다고 간주되어 약간 얻어맞은 다음 해도실에 감금되었다. 하지만 그는 조금만 맞았을 뿐이었다. 소티요의 참모들은 대장의 주위에 몰려서서 "말도 안 돼요! 불가능한 얘기입니다!"라고 되풀이했지만 속으로는 그 이야기에 용기가 꺾였다. 늙은 소령만 예외였는데 음울하게 의기양양해했다.

"거봐, 그렇다고 했지." 그는 우물거렸다. "난 5킬로미터 떨어진 곳에서도 사악한 짓거리, 반역의 냄새를 맡을 수 있다니까."

그동안 기선은 술라코를 향해 나아갔다. 그곳에 도착해야만 사실을 확인할 수 있을 터였다. 드쿠와 노스트로모는 시끄럽게 돌아가는 프로펠러 소리가 점점 작아지다가 완전히 사라지는 것을 들었다. 그러고 나서 그들은 불필요한 말을 하지 않고 이사벨 군도 쪽으로 빨리 몰아가려고 몸을 움직였다. 조금 전에 내린 소나기가 몰고 온 바람이 미약하지만 꾸준히 불었다. 위험이 아직 끝나지 않았기에 말을 나눌 시간이 없었다. 거룻배는 체처럼 물이 새고 있었다. 걸음을 옮길 때마다 물이 철벅거렸다. 카파타스는 고물 쪽 뱃전에 끼워져 있던 펌프 손잡이를 드쿠의 손에 쥐여 주었고, 드쿠는 질문이나 의견 한마디 없이 곧장 펌프질을 시작했다. 보물을 가라앉게 해서는 안 된다는 것 외에는 아무것도 생각나지 않았다. 노스트로모는 돛을 올린 다음 급히 키 손잡이로 달려갔고 아딧줄을 미친 듯이 잡아당겼다. 힘껏 펌프질하던 드쿠의 눈에, 한순간 타오른 성냥(사람은 흠뻑 젖었지만 성냥은 물이 새지 않는 깡통에 들어 있어 젖지 않았다.)의 선명한 불빛을 의지하여 고개를 깊이 숙이고 나침반 상자를 들여다보는 노스트로모의 열중한 얼굴과 주의 깊은 눈빛이 들어왔다. 노스트로모는 이제 배의 위치를 파악했고, 침수하고 있는 거룻배를 큰이사벨섬의 얕고 작은 만으로 몰아갈 수 있기를 바랐다. 큰이사벨섬의 낭떠러지처럼 높은 꼭대기는 그곳의 깊고 무성한 협곡에 의해 두 부분으로 나뉘어 있었다.

드쿠는 펌프질을 쉬지 않았다. 노스트로모는 시선을 한시도 떼지 않고 뚫어지게 응시하며 키를 조종했다. 그들은 오직 각자의 일을 하면서 온전히 홀로 있는 듯했다. 말을 꺼낼 생각도 들지 않았다. 부서진 거룻배가 서서히, 그렇지만 분명히, 침몰하고 있다는 인식 외에는 두 사람 사이에 어떤 공통점도 없었다. 각자의 욕망을 결정적으로 시험하는 듯한 그 인식 속에서 그들의 사이는 완전히 멀어진 것 같았다. 마치 이 충격적인 충돌을 통해서 거룻배의 침몰이 두 사람에게 동일한 의미를 갖지 않는다는 것을 깨달은 듯이. 이 공동의 위험은 그들의 서로 다른 목표와 관점, 성격과 지위를 각자의 내밀한 시각에 명확히 각인시켰다. 그들에게는 신념의 유대도, 공통된 이념의 유대도 없었다. 그저 각자의 모험에 나선 두 모험가로서 동일한 위험, 절박하고 치명적인 위험에 빠진 것이다. 그러므로 그들은 서로 할 말이 없었다. 그러나 이 위험은, 그들이 공유한 단 하나의 부정할 수 없는 사실은, 그들의 정신력과 체력을 고무하는 것 같았다.

카파타스가 그림자처럼 흐릿한 섬의 형체와 작은 모래사장의 부연 빛을 길잡이 삼아 그 작은 만을 찾아낸 것은 거의 기적에 가까웠다. 절벽 사이에 협곡이 이어지고 덤불 사이로 얕고 가느다란 개울이 구불구불 흘러나와 바다로 들어가는 곳에서 거룻배는 뭍에 올랐다. 두 남자는 불굴의 힘으로 말없이 그 귀중한 화물을 내리기 시작했고, 쇠가죽 상자를 개울둑 위의 덤불을 지나 우묵한 구덩이로 운반했다. 커다란 나무뿌리 밑에 흙이 푹 꺼져 생긴 구덩이였다. 그 나무의 크고 매끈한 몸통은 흩어진 돌멩이들 사이로 졸졸 흐르는 물 위에 쓰러진 기둥처럼 기울어져 있었다.

노스트로모는 이 년 전 어느 일요일에 하루 종일 혼자서 이 섬을 탐사한 적이 있다고 드쿠에게 말했다. 일을 끝낸 후 두 사람은 팔다리가 욱신거려 나무에 등을 기댄 채 낮은 둑 아래로 다리를 늘어뜨리고 앉았다. 설명할 수 없는 육감으로 서로와 주위 환경을 의식하는 맹인들 같았다.

"그래요," 노스트로모가 되풀이해서 말했다. "난 한 번 자세히 본 곳은 절대 잊지 않아요." 그는 동트기까지의 두 시간 남짓한 시간이 아니라 한가로운 인생이 통째로 앞에 놓인 듯이 천천히 느긋하게 말을 꺼냈다. 보물이 있을 법하지 않은 장소에 보물을 간신히 숨겨 놓자 계획된 조치와 앞으로의 행동 계획 및 의도에 비밀을 지켜야 한다는 부담이 더해졌다. 그는 자신의 힘으로 쌓아 온 그 위대한 명성에 맡겨진 이 필사적인 임무가 일정 부분 실패했다고 느꼈다. 하지만 일부 성공이기도 했다. 그의 허영심은 절반쯤 채워졌다. 초조한 신경이 진정

되었다.

"무엇을 써먹을 수 있을지는 절대 알 수 없죠." 그는 평소처럼 조용한 어조와 태도로 말을 이었다. "이 작은 땅덩어리를 탐험하면서 어느 비참한 일요일 하루를 다 보냈어요."

"사람이 싫어서 그랬겠지." 드쿠가 심술궂게 말했다. "아마 도박할 돈도, 평소에 잘 가는 곳의 아가씨들에게 던져 줄 돈도 없었겠죠, 카파타스."

"에 베로!(맞습니다!)" 카파타스는 상대의 예리한 통찰에 깜짝 놀라 모국어로 탄성을 질렀다. "돈이 없었어요! 그래서 내 씀씀이에 익숙한 가난한 사람들에게 가고 싶지 않았어요. 그들은 카파타스에게 그것을 기대하거든요. 그들에겐 부두 노동자가 부자로 보이니까요. 사실 평민들 사이에서는 신사라고 할 수 있죠. 나는 도박 게임을 소일거리로나 여기지, 그리 좋아하진 않아요. 그리고 내 노크에 문을 열어 줬다고 자랑하는 아가씨들에 대해서도, 사람들이 이러쿵저러쿵 말하지만 않으면, 그 어느 아가씨도 두 번 다시 보지 않을 겁니다. 술라코의 양반들은 이상한 사람들이에요. 내가 사랑한다고 모두들 생각하는 여자의 수다를 참을성 있게 들어주면서 난 쓸모 있는 정보를 많이 얻었죠. 가엾은 테레사는 그걸 절대 이해하지 못했어요. 바로 그 일요일에도 부인이 몹시 야단을 치는 바람에 내 해먹과 옷장을 가지러 오는 게 아니라면 다시는 이 집에 발을 들여놓지 않겠다고 맹세하며 나왔지요. 존경하는 부인이 내 훌륭한 평판에 악담을 퍼붓는 것을 듣고 있자니 몹시 짜증이 났어요. 주머니엔 동전 한 푼 없는데 말이죠. 그래서 작은 보트를 풀어 노를 저어서 항구를 나왔어요. 주머니에는 이 섬에서 하루를 보내게 해 줄 시가 세 개만 달랑 들어 있었죠. 그런데 발밑에 흐르는 이 개울물은 시원하고 달콤해요. 담배를 피우기 전과 피우고 난 후에 마시기 좋죠." 그는 잠시 입을 다물었다가 생각에 잠겨 덧붙였다. "그건 내가 엔트라다 협곡 꼭대기의 파라모에서 수염이 흰 부자 영국인을 산 아래로 모셔 온 뒤의 첫 번째 일요일이었어요. 그것도 사륜 대형 마차로 모셔 왔죠! 사륜 대형 마차가 그 산길을 오르내린 건 사람들이 듣도 보도 못한 일이었어요. 내가 날품팔이 노동자 오십 명에게 밧줄과 곡괭이와 장대를 들려 한 사람처럼 움직이게 해서 마차를 책임지고 끌어내릴 때까지는 말입니다. 그 영국인 부자는 철도 부설에 돈을 댄 사람이라더군요. 그는 나를 무척 마음에 들어 했어요. 하지만 내 임금은 그달 말까지 지급되지 않았죠."

그는 갑자기 둑 아래로 미끄러져 내려갔다. 드쿠는 시냇물에서 절벅거리는 발소리를 듣고 그를 따라 계곡을 내려갔다. 그의 형체는 덤불 속으로 사라졌다가 절벽 밑 긴 모래사장에 이르렀다. 초저녁에 세찬 소낙비가 여러 차례 내릴 때 흔히 그렇듯이 만에는 아직 해가 뜰 기색이 없어도 새벽이 다가오면서 어둠이 꽤 열어져 가고 있었다.

귀중한 짐을 덜어 낸 거룻배는 모래사장에 뱃머리를 올리고 반쯤 물에 뜬 채 힘없이 흔들리고 있었다. 노스트로모가 소형 닻 갈고리를 뭍으로 끌어와 계곡 초입의 나무처럼 생긴 관목 줄기에 걸어 놓아서 긴 밧줄이 좁고 긴 해변을 검은 무명실처럼 가로질렀다.

드쿠는 섬에 남는 것 외에 다른 방도가 없었다. 그는 섬에 도착하자마자 미첼 선장이 선견지명으로 거룻배에 실어 준 음식을 노스트로모에게 받아서, 보이지 않도록 덤불 사이에 끌어 올린 작은 보트에 임시로 넣어 두었다. 그 보트는 그와 함께 남을 것이다. 이 섬은 감옥이 아니라 은신처가 될 것이다. 그는 지나가는 배에 노를 저어 다가갈 수 있을 것이다. 북쪽에서 오는 O. S. N. 회사의 우편선은 술라코에 들어갈 때 이 섬 가까이로 지나갔다. 그러나 미네르바호는 전 대통령을 싣고 가면서 술라코에서 폭동이 일어났다는 소식을 북쪽에 전해 주었다. 그러니 다음에 내려올 기선은, 미네르바호의 간부 선원들은 술라코가 얼마간 폭도에게 장악되리라는 것을 알고 있으므로, 그 항구에 절대 들르지 말라는 지시를 받을 수도 있다. 그렇다면, 우편선 운항으로 보면 한 달간 기선이 오지 않을 수도 있다는 뜻이다. 하지만 드쿠로서는 운에 맡길 수밖에 없다. 이 섬은 그가 당할 처벌을 피할 수 있는 유일한 은신처였다. 물론 카파타스는 돌아갈 것이다. 무거운 짐을 내려서 물이 덜 새기 때문에 그는 거룻배가 항구까지 무사히 돌아갈 수 있을 거라고 생각했다.

무릎까지 물이 차는 뱃전에 서서 노스트로모는 배의 바닥 짐을 실을 때 사용하도록 어느 거룻배에나 구비된 삽 두 개 중 하나를 드쿠에게 넘겨주었다. 주위가 보일 만큼 빛이 드는 대로 드쿠가 조심스럽게 삽질을 하면 그들이 보물을 쌓아 둔 구덩이 위로 흙과 돌이 자연스럽게 무너진 듯이 흩뜨려 놓을 수 있을 것이다. 흙과 돌로 그 구덩이뿐 아니라 그들이 작업한 흔적과 발자국, 옮겨진 돌, 부러진 관목의 흔적까지도 모두 덮어야 한다.

"게다가 누가 당신이나 보물을 찾으러 여기 오겠어요?" 노스트로모가 그 자리에서 발을 떼지 못하겠다는 듯이 말을 이었다. "여긴 아무도 오지 않을 겁니다. 육지에 발을 붙일 수만 있다면 이 조그만 땅을 무엇 때문에 탐내겠어요! 이 나라 사람들은 호기심이 없어요. 어부들이 나타나서 당신을 방해하는 일도 없을 겁니다. 이 만에서는 저 너머 사피가 근처에서만 물고기를 잡거든요. 만일 당신을 위한 계획이 세워지기 전에 이 섬을 떠나야겠다면, 사피가 쪽으로는 가지 마세요. 도둑과 강도의 소굴이라, 당신의 금시계와 사슬을 뺏으려고 당장 당신의 목을 벨 겁니다. 혹시 선박 회사의 기선을 타게 된다면, 거기 간부 선원이든 누구에게든 여러 번 생각하고 말하세요. 정직하기만 해서는 안전할 수 없어요. 분별력이 있고 신중한 사람인지 주의 깊게 살펴야 합니다. 그리고 뭔가를 털어놓으려고 입을 열기 전에, 이 보물은 여기에 백 년을 있어도 안전하다는 것을 늘 기억하십시오. 시간은 보물 편이에요. 게다가 은은 부패하지 않는 금속이니 그 가치가 영원하다고 믿어도 되죠……. 부패하지 않는 금속이니." 그는 이 생각에 아주 흡족한 듯이 되풀이했다.

"어떤 사람도 그렇다는 소문이 있지." 드쿠가 모호한 말을 하는 동안 카파타스는 나무 물통으로 배 바닥에 고인 물을 부지런히 퍼서 일정한 간격으로 뱃전 밖에 쏟았다. 이 남자가 부패할 수 없는 것은 그의 엄청난 허영심 때문이라고, 미덕처럼 보일 수 있는 가장 멋진 형태의 이기심 때문이라고 생각하며 고질적인 회의주의자 드쿠는 냉소적이 아니라 전반적으로 만족스러운 기분에 젖어 들었다.

노스트로모는 물을 퍼내다가 멈추고, 갑자기 떠오른 생각에 깜짝 놀란 듯 물통을 요란하게 거룻배에 떨어뜨렸다.

"전할 말씀 있으세요?" 그가 나지막이 물었다. "생각해 보세요, 내게 물어볼 겁니다."

"당신이 사람들에게 들려줘야 할 희망찬 말들을 찾아야겠지. 나는 당신의 지혜와 경험을 믿어요, 카파타스. 아시겠소?"

"네…… 숙녀들에게."

"아, 그래요." 드쿠가 성급히 말했다. "당신의 놀라운 명성 덕분에 사람들은 당신의 말을 대단히 소중하게 생각할 거요. 그러니 조심해서 말하도록 하시오. 나는 고대하고 있소." 그는 자신의 복잡한 성격이 빠져들기 쉬운 스스로에 대한 숙명적인 경멸의 기미를 감지하며 말을 이었다. "나는 내 임무가 명예롭고 성공적으로 끝나기를 고대하고 있소. 알겠소, 카파타스? 숙녀들에게 말할 때 '명예롭고 성공적'이라는 단어를 써 줘요. 당신의 임무는 명예롭고 성공적으로 완수되었소. 광산의 은을 의심의 여지없이 지켜 냈으니. 이 은괴뿐 아니라 어쩌면 앞으로 산출될 모든 은을."

노스트로모는 반어적인 어조를 알아차렸다. "아마도, 돈 마틴," 그가 침울하게 말했다. "내가 감당하지 못할 일은 거의 없을 겁니다. 외국인 신사들에게 물어보세요. 나는 민중의 한 사람으로서 당신의 말뜻을 다 이해하진 못해요. 그렇지만 여기 남겨 둬야 하는 이 물건에 대해서는, 당신이 함께 오지 않았으면 더 안전했을 거라고 믿을 수 있죠."

드쿠의 입에서 불만의 탄성이 튀어나왔고 짧은 침묵이 이어졌다. "나도 같이 술라코로 돌아갈까?" 그가 화가 난 어조로 물었다.

"지금 서 계신 곳에서 당신을 내 칼로 찔러 드릴까요?" 노스트로모가 오만하게 대꾸했다. "그렇게 하나 당신을 술라코로 데려가나 똑같을 겁니다. 자, 당신의 명성은 당신의 정치에 달려 있고, 내 명성은 이 은의 운명에 달려 있어요. 내가 아는 사실을 어느 누구도 알지 못하기를 바라는 게 이상합니까? 나는 누구와도 함께 오고 싶지 않았어요."

"내가 없었으면 당신은 거룻배가 침몰하는 걸 막을 수 없었을 거요." 드쿠가 소리를 지르다시피 말했다. "배와 함께 바다에 가라앉았겠지."

"그래요," 노스트로모가 천천히 말했다. "혼자서."

자신의 완벽한 자부심이 훼손되는 것보다 차라리 죽음을 택할 사람이 여기 있다고 드쿠는 생각했다. 그런 사람은 믿을 수 있다. 아무 말 없이 그는 카파타스가 작은 닻을 배에 싣도록 도와주었다. 노스트로모가 무거운 노를 한 번 밀어 완만한 해안에서 멀어지자, 드쿠는 꿈속의 사람처럼 해안에 홀로 남은 자신을 발견했다. 인간의 목소리를 한 번 더 듣고 싶은 갑작스러운 욕망이 밀려왔다. 검은 물에 떠 있는 거룻배는 분간하기 어려웠다.

“허시가 어떻게 되었을 것 같소?” 그가 소리쳤다.

“배 밖으로 내던져져서 죽었겠죠.” 작은 섬을 둘러싼 막막하고 시커먼 하늘과 바다에서 노스트로모의 목소리가 자신만만하게 들려왔다. “협곡에 숨어 있어요. 하루나 이틀 밤 후에 돌아올게요.”

부스럭거리며 스치는 소리는 노스트로모가 돛을 올리고 있음을 알려 주었다. 돛은 큰북처럼 한 번 울리더니 즉시 부풀었다. 드쿠는 협곡으로 돌아갔다. 키를 잡은 노스트로모는 멀어지는 큰이사벨섬을 이따금 돌아보았다. 섬은 한결같이 시커먼 어둠 속으로 조금씩 녹아들었다. 이윽고 다시 고개를 돌렸을 때는 단단한 벽처럼 매끈한 어둠뿐이었다.

그러자 거룻배가 해안에서 미끄러져 나올 때 드쿠를 무겁게 짓눌렀던 고독감이 노스트로모를 엄습했다. 그러나 섬에 남은 사내는 발에 닿는 땅에도 스며든 기이한 비현실감에 짓눌린 반면, 부두 노동자 감독은 앞으로 취할 행동에 기민하게 관심을 돌렸다. 노스트로모는 두 가지를 병행했는데, 한편으로는 가까이 지나야 할 에르모사섬을 계속 찾으며 키를 똑바로 조종하고 동시에 내일 술라코에서 어떤 일이 일어날지를 상상했다. 내일, 아니 실은 새벽이 그리 멀지 않으니 오늘, 소티요는 은괴가 어떻게 사라졌는지 알아낼 것이다. 세관 보관실에서 보물을 철도 화차에 싣고 부두로 옮기는 데 부두 노동자들이 고용되었다. 소티요는 사람들을 체포할 테고 그러면 분명 정오가 되기 전에 은괴가 어떻게 술라코를 빠져나갔는지, 그것을 가져간 작자가 누구인지 알게 될 것이다.

노스트로모는 곧장 항구로 배를 몰고 갈 생각이었지만, 이런 생각이 들자 갑자기 키를 잡아 바람이 불어오는 쪽으로 거룻배를 돌려 전진하지 못하게 했다. 그가 바로 그 배를 타고 다시 나타난다면 의혹과 추측을 불러일으켜 틀림없이 소티요가 추적에 나설 것이다. 그도 체포될 것이다. 일단 감옥에 갇히면 자백을 받아 내려고 무슨 짓을 할지 아무도 모른다. 그는 자기 자신을 믿었지만, 일어서서 주위를 돌아보았다. 가까운 곳에서 에르모사섬의 탁자처럼 평평한 흰 표면이 나지막이 드러났다. 산들바람에 일어난 바닷물이 밀려가서 섬 언저리를 요란하게 씻어 내렸다. 거룻배를 즉시 침몰시켜야 했다.

그는 돛이 역풍을 받아 배가 표류하도록 내버려 두었다. 이미 배 안에는 물이 많이 차 있었다. 그는 배가 항구 쪽으로 흘러가게 한 뒤 키의 손잡이를 빙 돌린 채 그대로 두고는 쭈그리고 앉아서 뱃바닥 마개를 뽑아내려고 애썼다. 마개가 뽑히면 배에 금방 물이 찰 것이다. 거룻배에는 작은 쇳덩이가 바닥짐으로 실려 있기 때문에 물만 차면 침몰할 것이다. 그가 다시 일어섰을 땐 에르모사섬 기슭을 요란하게 쓸어내리던 파도 소리가 멀어져 거의 들리지 않았다. 벌써 항구 입구 주위의 지형이 어슴푸레 보이기 시작했다. 이 일은 죽기 살기로 덤벼야하는 과업이었고, 그는 수영의 명수였다. 1.5킬로미터쯤은 아무것도 아니었다. 더구나 그는 폐허가 된 옛 요새의 방어용 둑 바로 밑에 상륙하기 편안한 곳을 알고 있었다. 여러 날 밤을 지새운 후 온종일 낮잠을 자기 적합하다는 점에서도 이 요새는 특히 유혹적이었다.

그는 일부러 떼어 낸 키의 손잡이로 한 번 세게 쳐서 뱃바닥 마개를 뽑았지만, 굳이 돛을 내리는 수고는 하지 않았다. 다리 주위로 콸콸 솟아오르는 물을 느끼고는 고물 난간으로 껑충 뛰어올랐다. 셔츠와 바지만 걸친 몸으로 난간에 똑바로 서서 꼼짝 않고 기다렸다. 배가 가라앉는 것이 느껴지자 그는 힘차게 첨벙 소리를 내며 멀리 뛰어들었다.

그는 곧 고개를 돌려 바라보았다. 산 뒤쪽에서 올라오는, 구름에 가린 어둑한 새벽빛이 부드러운 물결 위로 돛의 윗부분을 비추었다. 물에 젖은 삼각형의 검은 천이 이리저리 흔들렸다. 밑에서 잡아당기기라도 한 듯 갑자기 그 천이 사라지는 것을 보고 그는 뭍을 향해 힘차게 물을 가르고 나아갔다.

세계문학전집 414

노스트로모 1

1판 1쇄 찍음 2022년 9월 23일
1판 1쇄 펴냄 2022년 9월 30일

지은이 조지프 콘래드
옮긴이 이미애
발행인 박근섭, 박상준
펴낸곳 (주)민음사

출판등록 1966. 5. 19. (제 16-490호)
서울특별시 강남구 도산대로1길 62(신사동) 강남출판문화센터 5층 (우편번호 06027)
대표전화 02-515-2000 팩시밀리 02-515-2007
www.minumsa.com

© 이미애, 2022. Printed in Seoul, Korea

ISBN 978-89-374-6414-0 04800
ISBN 978-89-374-6000-5 (세트)

* 잘못 만들어진 책은 구입처에서 교환해 드립니다.

세계문학전집 목록

45 젊은 예술가의 초상 조이스 · 이상옥 옮김 서울대 권장도서 100선
46 카탈로니아 찬가 오웰 · 정영목 옮김
47 호밀밭의 파수꾼 샐린저 · 공경희 옮김 《타임》 선정 현대 100대 영문소설 | 미국대학위원회 선정 SAT 추천도서 | 《뉴스위크》 선정 100대 명저 | BBC 선정 꼭 읽어야 할 책
48·49 파르마의 수도원 스탕달 · 원윤수, 임미경 옮김
50 수레바퀴 아래서 헤세 · 김이섭 옮김 노벨 문학상 수상 작가 | 국립중앙도서관 선정 청소년 권장도서
51·52 내 이름은 빨강 파묵 · 이난아 옮김 노벨 문학상 수상 작가
53 오셀로 셰익스피어 · 최종철 옮김 서울대 권장도서 100선
54 조서 르 클레지오 · 김윤진 옮김 노벨 문학상 수상 작가
55 모래의 여자 아베 코보 · 김난주 옮김
56·57 부덴브로크 가의 사람들 토마스 만 · 홍성광 옮김 노벨 문학상 수상 작가
58 싯다르타 헤세 · 박병덕 옮김 노벨 문학상 수상 작가
59·60 아들과 연인 로렌스 · 정상준 옮김 《뉴스위크》 선정 100대 명저
61 설국 가와바타 야스나리 · 유숙자 옮김 노벨 문학상 수상 작가 | 서울대 권장도서 100선
62 벨킨 이야기 · 스페이드 여왕 푸슈킨 · 최선 옮김
63·64 넙치 그라스 · 김재혁 옮김 노벨 문학상 수상 작가
65 소망 없는 불행 한트케 · 윤용호 옮김 노벨 문학상 수상 작가
66 나르치스와 골드문트 헤세 · 임홍배 옮김 노벨 문학상 수상 작가
67 황야의 이리 헤세 · 김누리 옮김 노벨 문학상 수상 작가
68 페테르부르크 이야기 고골 · 조주관 옮김
69 밤으로의 긴 여로 오닐 · 민승남 옮김 노벨 문학상 수상 작가 | 미국대학위원회 선정 SAT 추천도서
70 체호프 단편선 체호프 · 박현섭 옮김
71 버스 정류장 가오싱젠 · 오수경 옮김 노벨 문학상 수상 작가
72 구운몽 김만중 · 송성욱 옮김 서울대 권장도서 100선 | 국립중앙도서관 선정 청소년 권장도서
73 대머리 여가수 이오네스코 · 오세곤 옮김
74 이솝 우화집 이솝 · 유종호 옮김 논술 및 수능에 출제된 책(1998~2005)
75 위대한 개츠비 피츠제럴드 · 김욱동 옮김 《타임》 선정 현대 100대 영문소설
76 푸른 꽃 노발리스 · 김재혁 옮김
77 1984 오웰 · 정회성 옮김 《타임》 선정 현대 100대 영문소설 | 《뉴스위크》 선정 100대 명저
78·79 영혼의 집 아옌데 · 권미선 옮김
80 첫사랑 투르게네프 · 이항재 옮김
81 내가 죽어 누워 있을 때 포크너 · 김명주 옮김 노벨 문학상 수상 작가
82 런던 스케치 레싱 · 서숙 옮김 노벨 문학상 수상 작가
83 팡세 파스칼 · 이환 옮김
84 질투 로브그리예 · 박이문, 박희원 옮김
85·86 채털리 부인의 연인 로렌스 · 이인규 옮김
87 그 후 나쓰메 소세키 · 윤상인 옮김
88 오만과 편견 오스틴 · 윤지관, 전승희 옮김 미국대학위원회 선정 SAT 추천도서
89·90 부활 톨스토이 · 연진희 옮김 논술 및 수능에 출제된 책(1998~2005)
91 방드르디, 태평양의 끝 투르니에 · 김화영 옮김
92 미겔 스트리트 나이폴 · 이상옥 옮김 노벨 문학상 수상 작가
93 빼드로 빠라모 룰포 · 정창 옮김

94 **차라투스트라는 이렇게 말했다** 니체 · 장희창 옮김 국립중앙도서관 선정 청소년 권장도서

95·96 **적과 흑** 스탕달 · 이동렬 옮김 국립중앙도서관 선정 청소년 권장도서

97·98 **콜레라 시대의 사랑** 마르케스 · 송병선 옮김 노벨 문학상 수상 작가 | BBC 선정 꼭 읽어야 할 책

99 **맥베스** 셰익스피어 · 최종철 옮김 서울대 권장도서 100선 | 미국대학위원회 선정 SAT 추천도서

100 **춘향전** 작자 미상 · 송성욱 풀어 옮김 서울대 권장도서 100선

101 **페르디두르케** 곰브로비치 · 윤진 옮김

102 **포르노그라피아** 곰브로비치 · 임미경 옮김

103 **인간 실격** 다자이 오사무 · 김춘미 옮김

104 **네루다의 우편배달부** 스카르메타 · 우석균 옮김

105·106 **이탈리아 기행** 괴테 · 박찬기 외 옮김

107 **나무 위의 남작** 칼비노 · 이현경 옮김

108 **달콤 쌉싸름한 초콜릿** 에스키벨 · 권미선 옮김

109·110 **제인 에어** C. 브론테 · 유종호 옮김 BBC 선정 꼭 읽어야 할 책

111 **크눌프** 헤세 · 이노은 옮김 노벨 문학상 수상 작가

112 **시계태엽 오렌지** 버지스 · 박시영 옮김 《타임》 선정 현대 100대 영문소설 | 《뉴스위크》 선정 100대 명저

113·114 **파리의 노트르담** 위고 · 정기수 옮김 미국대학위원회 선정 SAT 추천도서

115 **새로운 인생** 단테 · 박우수 옮김

116·117 **로드 짐** 콘래드 · 이상옥 옮김 《뉴스위크》 선정 100대 명저

118 **폭풍의 언덕** E. 브론테 · 김종길 옮김 미국대학위원회 선정 SAT 추천도서

119 **텔크테에서의 만남** 그라스 · 안삼환 옮김 노벨 문학상 수상 작가

120 **검찰관** 고골 · 조주관 옮김

121 **안개** 우나무노 · 조민현 옮김

122 **나사의 회전** 제임스 · 최경도 옮김 미국대학위원회 선정 SAT 추천도서

123 **피츠제럴드 단편선 1** 피츠제럴드 · 김욱동 옮김

124 **목화밭의 고독 속에서** 콜테스 · 임수현 옮김

125 **돼지꿈** 황석영

126 **라셀라스** 존슨 · 이인규 옮김

127 **리어 왕** 셰익스피어 · 최종철 옮김 서울대 권장도서 100선 | 《뉴스위크》 선정 100대 명저

128·129 **쿠오 바디스** 시엔키에비츠 · 최성은 옮김 노벨 문학상 수상 작가

130 **자기만의 방 · 3기니** 울프 · 이미애 옮김

131 **시르트의 바닷가** 그라크 · 송진석 옮김

132 **이성과 감성** 오스틴 · 윤지관 옮김

133 **바덴바덴에서의 여름** 치프킨 · 이장욱 옮김

134 **새로운 인생** 파묵 · 이난아 옮김 노벨 문학상 수상 작가

135·136 **무지개** 로렌스 · 김정매 옮김

137 **인생의 베일** 서머싯 몸 · 황소연 옮김

138 **보이지 않는 도시들** 칼비노 · 이현경 옮김

139·140·141 **연초 도매상** 바스 · 이운경 옮김 《타임》 선정 현대 100대 영문소설

142·143 **플로스 강의 물방앗간** 엘리엇 · 한애경, 이봉지 옮김 미국대학위원회 선정 SAT 추천도서

144 **연인** 뒤라스 · 김인환 옮김

145·146 **이름 없는 주드** 하디 · 정종화 옮김

147 **제49호 품목의 경매** 핀천 · 김성곤 옮김 《타임》 선정 현대 100대 영문소설

148 **성역** 포크너·이진준 옮김 노벨 문학상 수상 작가 | 퓰리처상 수상 작가

149 **무진기행** 김승옥

150·151·152 **신곡(지옥편·연옥편·천국편)** 단테·박상진 옮김 《뉴스위크》 선정 100대 명저

153 **구덩이** 플라토노프·정보라 옮김

154·155·156 **카라마조프가의 형제들** 도스토옙스키·김연경 옮김

157 **지상의 양식** 지드·김화영 옮김 노벨 문학상 수상 작가

158 **밤의 군대들** 메일러·권택영 옮김 퓰리처상 수상 작가

159 **주홍 글자** 호손·김욱동 옮김 서울대 권장도서 100선 | 미국대학위원회 선정 SAT 추천도서

160 **깊은 강** 엔도 슈사쿠·유숙자 옮김

161 **욕망이라는 이름의 전차** 윌리엄스·김소임 옮김

162 **마사 퀘스트** 레싱·나영균 옮김 노벨 문학상 수상 작가

163·164 **운명의 딸** 아옌데·권미선 옮김

165 **모렐의 발명** 비오이 카사레스·송병선 옮김

166 **삼국유사** 일연·김원중 옮김 서울대 권장도서 100선

167 **풀잎은 노래한다** 레싱·이태동 옮김 노벨 문학상 수상 작가

168 **파리의 우울** 보들레르·윤영애 옮김

169 **포스트맨은 벨을 두 번 울린다** 케인·이만식 옮김

170 **썩은 잎** 마르케스·송병선 옮김 노벨 문학상 수상 작가

171 **모든 것이 산산이 부서지다** 아체베·조규형 옮김 《타임》 선정 현대 100대 영문소설 | 《뉴스위크》 선정 100대 명저

172 **한여름 밤의 꿈** 셰익스피어·최종철 옮김 미국대학위원회 선정 SAT 추천도서

173 **로미오와 줄리엣** 셰익스피어·최종철 옮김 미국대학위원회 선정 SAT 추천도서

174·175 **분노의 포도** 스타인벡·김승욱 옮김 노벨 문학상 수상 작가 | 《타임》 선정 현대 100대 영문소설

176·177 **괴테와의 대화** 에커만·장희창 옮김

178 **그물을 헤치고** 머독·유종호 옮김 《타임》 선정 현대 100대 영문소설

179 **브람스를 좋아하세요...** 사강·김남주 옮김

180 **카타리나 블룸의 잃어버린 명예** 하인리히 뵐·김연수 옮김 노벨 문학상 수상 작가

181·182 **에덴의 동쪽** 스타인벡·정회성 옮김 노벨 문학상 수상 작가

183 **순수의 시대** 워튼·송은주 옮김 《뉴스위크》 선정 100대 명저 | 퓰리처상 수상작

184 **도둑 일기** 주네·박형섭 옮김

185 **나자** 브르통·오생근 옮김

186·187 **캐치-22** 헬러·안정효 옮김 《타임》 선정 현대 100대 영문소설 | 《뉴스위크》 선정 100대 명저 | BBC 선정 꼭 읽어야 할 책

188 **숄로호프 단편선** 숄로호프·이항재 옮김 노벨 문학상 수상 작가

189 **말** 사르트르·정명환 옮김

190·191 **보이지 않는 인간** 엘리슨·조영환 옮김 《타임》 선정 현대 100대 영문소설 | 미국대학위원회 선정 SAT 추천도서 | 《뉴스위크》 선정 100대 명저

192 **왑샷 가문 연대기** 치버·김승욱 옮김 퓰리처상 수상 작가

193 **왑샷 가문 몰락기** 치버·김승욱 옮김 퓰리처상 수상 작가

194 **필립과 다른 사람들** 노터봄·지명숙 옮김

195·196 **하드리아누스 황제의 회상록** 유르스나르·곽광수 옮김

197·198 **소피의 선택** 스타이런·한정아 옮김 퓰리처상 수상 작가

199 **피츠제럴드 단편선 2** 피츠제럴드 · 한은경 옮김
200 **홍길동전** 허균 · 김탁환 옮김
201 **요술 부지깽이** 쿠버 · 양윤희 옮김
202 **북호텔** 다비 · 원윤수 옮김
203 **톰 소여의 모험** 트웨인 · 김욱동 옮김
204 **금오신화** 김시습 · 이지하 옮김
205·206 **테스** 하디 · 정종화 옮김 미국대학위원회 선정 SAT 추천도서 | BBC 선정 꼭 읽어야 할 책
207 **브루스터플레이스의 여자들** 네일러 · 이소영 옮김
208 **더 이상 평안은 없다** 아체베 · 이소영 옮김
209 **그레인지 코플랜드의 세 번째 인생** 워커 · 김시현 옮김 퓰리처상 수상 작가
210 **어느 시골 신부의 일기** 베르나노스 · 정영란 옮김
211 **타라스 불바** 고골 · 조주관 옮김
212·213 **위대한 유산** 디킨스 · 이인규 옮김 서울대 권장도서 100선 | BBC 선정 꼭 읽어야 할 책
214 **면도날** 서머싯 몸 · 안진환 옮김
215·216 **성채** 크로닌 · 이은정 옮김
217 **오이디푸스 왕** 소포클레스 · 강대진 옮김 서울대 권장도서 100선
218 **세일즈맨의 죽음** 밀러 · 강유나 옮김
219·220·221 **안나 카레니나** 톨스토이 · 연진희 옮김 서울대 권장도서 100선
222 **오스카 와일드 작품선** 와일드 · 정영목 옮김
223 **벨아미** 모파상 · 송덕호 옮김
224 **파스쿠알 두아르테 가족** 호세 셀라 · 정동섭 옮김 노벨 문학상 수상 작가
225 **시칠리아에서의 대화** 비토리니 · 김운찬 옮김
226·227 **길 위에서** 케루악 · 이만식 옮김 《타임》 선정 현대 100대 영문소설 | 《뉴스위크》 선정 100대 명저
228 **우리 시대의 영웅** 레르몬토프 · 오정미 옮김
229 **아우라** 푸엔테스 · 송상기 옮김
230 **클링조어의 마지막 여름** 헤세 · 황승환 옮김 노벨 문학상 수상 작가
231 **리스본의 겨울** 무뇨스 몰리나 · 나송주 옮김
232 **뻐꾸기 둥지 위로 날아간 새** 키지 · 정회성 옮김 《타임》 선정 현대 100대 영문소설 | 《뉴스위크》 선정 100대 명저
233 **페널티킥 앞에 선 골키퍼의 불안** 한트케 · 윤용호 옮김 노벨 문학상 수상 작가
234 **참을 수 없는 존재의 가벼움** 쿤데라 · 이재룡 옮김
235·236 **바다여, 바다여** 머독 · 최옥영 옮김
237 **한 줌의 먼지** 에벌린 워 · 안진환 옮김 《타임》 선정 현대 100대 영문소설
238 **뜨거운 양철 지붕 위의 고양이 · 유리 동물원** 윌리엄스 · 김소임 옮김 퓰리처상 수상작
239 **지하로부터의 수기** 도스토옙스키 · 김연경 옮김
240 **키메라** 바스 · 이운경 옮김
241 **반쪼가리 자작** 칼비노 · 이현경 옮김
242 **벌집** 호세 셀라 · 남진희 옮김 노벨 문학상 수상 작가
243 **불멸** 쿤데라 · 김병욱 옮김
244·245 **파우스트 박사** 토마스 만 · 임홍배, 박병덕 옮김 노벨 문학상 수상 작가
246 **사랑할 때와 죽을 때** 레마르크 · 장희창 옮김
247 **누가 버지니아 울프를 두려워하랴?** 올비 · 강유나 옮김

248 **인형의 집** 입센 · 안미란 옮김
249 **위폐범들** 지드 · 원윤수 옮김 노벨 문학상 수상 작가
250 **무정** 이광수 · 정영훈 책임 편집 서울대 권장도서 100선
251·252 **의지와 운명** 푸엔테스 · 김현철 옮김
253 **폭력적인 삶** 파솔리니 · 이승수 옮김
254 **거장과 마르가리타** 불가코프 · 정보라 옮김
255·256 **경이로운 도시** 멘도사 · 김현철 옮김
257 **야콥을 둘러싼 추측들** 욘존 · 손대영 옮김
258 **왕자와 거지** 트웨인 · 김욱동 옮김
259 **존재하지 않는 기사** 칼비노 · 이현경 옮김
260·261 **눈먼 암살자** 애트우드 · 차은정 옮김 《타임》 선정 현대 100대 영문소설
262 **베니스의 상인** 셰익스피어 · 최종철 옮김
263 **말리나** 바흐만 · 남정애 옮김
264 **사볼타 사건의 진실** 멘도사 · 권미선 옮김
265 **뒤렌마트 희곡선** 뒤렌마트 · 김혜숙 옮김
266 **이방인** 카뮈 · 김화영 옮김 노벨 문학상 수상 작가 | 미국대학위원회 선정 SAT 추천도서
267 **페스트** 카뮈 · 김화영 옮김 노벨 문학상 수상 작가 | 국립중앙도서관 선정 청소년 권장도서
268 **검은 튤립** 뒤마 · 송진석 옮김
269·270 **베를린 알렉산더 광장** 되블린 · 김재혁 옮김
271 **하얀 성** 파묵 · 이난아 옮김 노벨 문학상 수상 작가
272 **푸슈킨 선집** 푸슈킨 · 최선 옮김
273·274 **유리알 유희** 헤세 · 이영임 옮김 노벨 문학상 수상 작가
275 **픽션들** 보르헤스 · 송병선 옮김 서울대 권장도서 100선
276 **신의 화살** 아체베 · 이소영 옮김
277 **빌헬름 텔 · 간계와 사랑** 실러 · 홍성광 옮김
278 **노인과 바다** 헤밍웨이 · 김욱동 옮김 노벨 문학상 수상 작가 | 퓰리처상 수상작
279 **무기여 잘 있어라** 헤밍웨이 · 김욱동 옮김 미국대학위원회 선정 SAT 추천도서
280 **태양은 다시 떠오른다** 헤밍웨이 · 김욱동 옮김 《타임》 선정 현대 100대 영문 소설
281 **알레프** 보르헤스 · 송병선 옮김
282 **일곱 박공의 집** 호손 · 정소영 옮김
283 **에마** 오스틴 · 윤지관, 김영희 옮김
284·285 **죄와 벌** 도스토옙스키 · 김연경 옮김 미국대학위원회 선정 SAT 추천도서
286 **시련** 밀러 · 최영 옮김
287 **모두가 나의 아들** 밀러 · 최영 옮김
288·289 **누구를 위하여 종은 울리나** 헤밍웨이 · 김욱동 옮김 노벨 문학상 수상 작가
290 **구르브 연락 없다** 멘도사 · 정창 옮김
291·292·293 **데카메론** 보카치오 · 박상진 옮김
294 **나누어진 하늘** 볼프 · 전영애 옮김
295·296 **제브데트 씨와 아들들** 파묵 · 이난아 옮김 노벨 문학상 수상 작가
297·298 **여인의 초상** 제임스 · 최경도 옮김 미국대학위원회 선정 SAT 추천도서
299 **압살롬, 압살롬!** 포크너 · 이태동 옮김 노벨 문학상 수상 작가
300 **이상 소설 전집** 이상 · 권영민 책임 편집

358 **아무도 대령에게 편지하지 않다** 마르케스 · 송병선 옮김
359 **사양** 다자이 오사무 · 유숙자 옮김
360 **좌절** 케르테스 · 한경민 옮김 노벨 문학상 수상 작가
361·362 **닥터 지바고** 파스테르나크 · 김연경 옮김 노벨 문학상 수상 작가
363 **노생거 사원** 오스틴 · 윤지관 옮김
364 **개구리** 모옌 · 심규호, 유소영 옮김 노벨 문학상 수상 작가
365 **마왕** 투르니에 · 이원복 옮김 공쿠르상 수상 작가
366 **맨스필드 파크** 오스틴 · 김영희 옮김
367 **이선 프롬** 이디스 워튼 · 김욱동 옮김 퓰리처상 수상 작가
368 **여름** 이디스 워튼 · 김욱동 옮김 퓰리처상 수상 작가
369·370·371 **나는 고백한다** 자우메 카브레 · 권가람 옮김
372·373·374 **태엽 감는 새 연대기** 무라카미 하루키 · 김연경 옮김
375·376 **대사들** 제임스 · 정소영 옮김
377 **족장의 가을** 마르케스 · 송병선 옮김 노벨 문학상 수상 작가
378 **핏빛 자오선** 매카시 · 김시현 옮김
379 **모두 다 예쁜 말들** 매카시 · 김시현 옮김
380 **국경을 넘어** 매카시 · 김시현 옮김
381 **평원의 도시들** 매카시 · 김시현 옮김
382 **만년** 다자이 오사무 · 유숙자 옮김
383 **반항하는 인간** 카뮈 · 김화영 옮김 노벨 문학상 수상 작가
384·385·386 **악령** 도스토옙스키 · 김연경 옮김
387 **태평양을 막는 제방** 뒤라스 · 윤진 옮김
388 **남아 있는 나날** 가즈오 이시구로 · 송은경 옮김
389 **앙리 브륄라르의 생애** 스탕달 · 원윤수 옮김
390 **찻집** 라오서 · 오수경 옮김
391 **태어나지 않은 아이를 위한 기도** 케르테스 · 이상동 옮김 노벨 문학상 수상 작가
392·393 **서머싯 몸 단편선** 서머싯 몸 · 황소연 옮김
394 **케이크와 맥주** 서머싯 몸 · 황소연 옮김
395 **월든** 소로 · 정회성 옮김
396 **모래 사나이** E. T. A. 호프만 · 신동화 옮김
397·398 **검은 책** 오르한 파묵 · 이난아 옮김 노벨 문학상 수상 작가
399 **방랑자들** 올가 토카르추크 · 최성은 옮김 노벨 문학상 수상 작가
400 **시여, 침을 뱉어라** 김수영 · 이영준 엮음
401·402 **환락의 집** 이디스 워튼 · 전승희 옮김
403 **달려라 메로스** 다자이 오사무 · 유숙자 옮김
404 **아버지와 자식** 투르게네프 · 연진희 옮김
405 **청부 살인자의 성모** 바예호 · 송병선 옮김
406 **세피아빛 초상** 아옌데 · 조영실 옮김
407·408·409·410 **사기 열전** 사마천 · 김원중 옮김 서울대 권장도서 100선
411 **이상 시 전집** 이상 · 권영민 책임 편집
412 **어둠 속의 사건** 발자크 · 이동렬 옮김
413 **태평천하** 채만식 · 권영민 책임 편집
414·415 **노스트로모** 콘래드 · 이미애 옮김

세계문학전집은 계속 간행됩니다.